DIE ÄLTESTEN - THE ELDERS

GEDANKENDIMENSIONEN: BUCH 4

DIMA ZALES

AUS DEM AMERIKANISCHEN VON
GRIT SCHELLENBERG

♠ MOZAIKA PUBLICATIONS ♠

Veröffentlicht von Mozaika Publications, einer Druckmarke von Mozaika LLC.
www.mozaikallc.com

Cover by Najla Qamber Designs
www.najlaqamberdesigns.com

Lektorin: Kerstin Frashier

e-ISBN: 978-1-63142-148-8

1

BEERDIGUNGEN SIND EIGENARTIGE VERANSTALTUNGEN. Besonders, wenn man die Person, die zu Grabe getragen wird, selbst umgebracht hat. Und ganz besonders dann, wenn man sie erneut töten würde, bekäme man die Gelegenheit dazu.

Ich habe zwar kein schlechtes Gewissen, aber irgendein anderes unterschwelliges Gefühl.

Hunderte, wenn nicht tausende Polizisten haben vor der Beerdigung an der Totenwache zu Ehren Kyles teilgenommen. Ihre düsteren Gesichter waren überall. Vielleicht waren es ihr Respekt und ihre Loyalität zu einem Kollegen, die mich heruntergezogen haben, oder einfach nur ihre Solidaritätsbezeugung. Es war berührend, aber fehl am Platz.

Für sie und die Medien ist Kyle als Held gestorben – als ein Kriminalbeamter, der während seiner Arbeit von der russischen Mafia erschossen wurde. Ein mutiger Mann, der viel zu früh aus seinem Leben gerissen wurde.

In anderen Worten: Sie kannten den wahren Kyle Grant überhaupt nicht.

Das ist aber in Ordnung. Ich verstehe, dass die Menschen ab und an einen Helden brauchen, und werde ihnen ihre Illusionen nicht zerstören. Es ist einfach hart, einer der wenigen zu sein, die die Wahrheit kennen.

Allerdings war es nicht nur die Trauer der Polizisten, die mich getroffen hat. Es war das unglaubliche Ausmaß dieses Ereignisses: Die motorisierte Eskorte durch die Stadt, die den ganzen Verkehr blockiert hat, der Sarg, der feierlich mit einer Fahne abgedeckt war, die Ansprache des Bürgermeisters – und als Höhepunkt einige Hubschrauber, die über uns flogen.

Das Ganze wurde durch die Anwesenheit all dieser Gedankenführer verschlimmert. Wenn man bedenkt, dass die Gemeinschaft in New York ziemlich klein ist, müssen einige von ihnen auch von außerhalb gekommen sein, um an Kyles Beerdigung teilzunehmen. Zumindest nehme ich an, dass die Menschenmasse, die ich gesehen habe, aus Gedankenführern bestand. Einige der Gesichter kannte ich aus dem Nachtklub, in den mich Liz mitgenommen hatte, damit ich andere »Strippenzieher« kennenlerne – wie Bill alias William Pierce, meinen Chef. Wir hatten keine Gelegenheit, uns auf der Totenwache zu unterhalten; wir haben uns nur zugenickt. Ich nehme an, dass er und die anderen hier waren, um einem Gedankenführer ihren Respekt zu erweisen. Fast alle von ihnen sahen wirklich betroffen aus, was bedeutet, dass auch sie den echten Kyle nicht kannten.

Die Gemeinschaft der Gedankenführer glaubt wahrscheinlich das Gleiche wie die Medien. Ich frage mich, ob sie vorhaben, den Mord an Kyle zu untersuchen. Ich hoffe nicht. Es ist eher zu erwarten, dass einer der Polizisten Viktor – denjenigen, der Kyle erschossen hat – umbringen wird, und ausgehend von dem, was ich in den Medien gesehen habe, wird es bald geschehen. Wenn die Behörden denken, dass man ein Polizistenmörder ist, hat man eine ungewisse Zukunft. Sobald Viktor verschwunden sein wird, befinde ich mich in Sicherheit, außer Liz oder Thomas verraten mich. Sie wissen zwar nicht mit Sicherheit, dass ich für Kyles Tod verantwortlich bin, aber sie wären dumm, wenn sie es nicht vermuten würden. Außerdem habe ich Thomas fast alles erzählt, bevor er mich gebeten hat, den Mund zu halten. Sollte ich eine Therapiestunde besuchen, würde Liz mit Sicherheit alles besprechen wollen. Ich habe allerdings nicht vor, zu ihr zu gehen, hauptsächlich deshalb nicht, weil ich sie nicht sagen hören möchte: »Ich habe dir ja gleich gesagt, dass du eine Therapie brauchen würdest, solltest du deinen Onkel umbringen.«

Wenigstens ist keiner der Führer zur Beerdigung gekommen. Auf dem Cypress Hills Cemetery läuft alles viel schlichter ab. Nur die Menschen, die Kyle am nächsten standen, sind hier. Hauptsächlich handelt es sich dabei um einige Dutzend Polizisten, die mit Kyle zusammengearbeitet haben oder ihn gut kannten, sowie meine Mütter und mich in der Rolle der »Familie«. Mira ist auch hier, um mich moralisch zu unterstützen. Und nicht zu vergessen Thomas.

Warum ist Thomas eigentlich hier? Diese Frage beziehungsweise die möglichen Antworten auf sie machen mich nervös. Mit Sicherheit gibt es für ihn keinen offiziellen Grund, hier zu sein. Ich nehme an, dass er für Lucy gekommen sein könnte, da er ihr biologischer Sohn ist und vielleicht Schuldgefühle hat, eine so kritische Rolle bei den Ereignissen gespielt zu haben.

Er könnte natürlich auch hier sein, um seinem biologischen Vater, Kyle, die letzte Ehre zu erweisen. Das ist die Möglichkeit, die mir Sorgen macht. Könnte er wütend auf mich sein, weil ich ihm Kyle weggenommen habe, bevor er die Möglichkeit hatte, diesen Bastard kennenzulernen?

Nein, wahrscheinlich interpretiere ich gerade zu viel in seine Anwesenheit hinein. Da Thomas alles über Kyle, Mutter und das, was zwischen ihnen passiert ist, weiß, könnte er aus dem gleichen Grund auf der Beerdigung sein wie Mira – als moralische Unterstützung für mich oder vielleicht Lucy.

Ich weiß nicht, was Thomas gerade denkt, da sein Gesicht genauso unleserlich ist wie immer. Sollte er unbewusst doch wütend auf mich sein? Steht er deshalb ein wenig abseits, so als würde er nicht wirklich Teil unserer Gruppe sein? Ich hoffe, das ist nicht der Fall. Für mich ist er eine Art neuentdeckter Adoptivbruder und ein guter Freund. Ich will nicht, dass Kyle das nach seinem Tod noch zerstört.

Ich schaue mir die Pflanzen auf dem Cypress Hills Cemetery an, um etwas Positives zu sehen. Durch das Gras und die vielen Eichenbäume wirkt dieser Ort sehr beschaulich, vorausgesetzt, man ignoriert die Grabsteine. Obwohl es ein Friedhof ist, ist die Atmosphäre fast beruhigend.

Angestrengt konzentriere ich mich auf etwas weniger Bedrückendes. Kyles Eltern haben ihn erst in einem recht hohen Alter bekommen, weshalb ich zum Glück nicht dabei zusehen muss, wie eine Mutter und ein Vater über den Verlust ihres Sohnes trauern. Auch wenn Kyle ein Hurensohn war, wäre das wirklich übel gewesen – es ist schlimm genug, dass meine Mutter, Lucy, seinetwegen weint. Sie weint fast nie. Natürlich weiß sie nicht, dass diese Beerdigung eigentlich ein großer Segen für sie ist. Wenn sie wüsste, was er ihr alles angetan hat, würde sie wahrscheinlich auf sein Grab spucken und feiern gehen. Leider ist Kyle erst seit zehn Tagen tot, und Liz hatte noch nicht die Möglichkeit, meine Mutter zu einem Punkt zu führen, an dem sie sich gefahrlos an alles erinnern darf, was passiert ist.

Okay, mein Versuch, positiv zu denken, ist fehlgeschlagen. Aber ich ziehe diese Gedanken jederzeit der langen Rede des Priesters vor, zumal sie mich außerdem vom Bestatter ablenken, der gerade den Sarg in den Boden gleiten lässt.

Als ich bemerke, dass die Zeremonie fast vorbei ist, kommt dieses komische unterschwellige Gefühl mit aller Macht zurück. Vielleicht deshalb, weil meine andere Mutter, Sara, jetzt auch weint. Nachdem Kyle einmal versucht hatte, mich mit seinem Gürtel zu verprügeln, mochte Sara ihn genauso gerne wie ich meine Ballettstunden – die ich, falls das nicht klar sein sollte, gehasst habe.

Und was ist das? Zieht sich bei dieser Erinnerung gerade mein Brustkorb zusammen? Denke ich liebevoll an die Zeit zurück, als Kyle versucht hat, mich zu schlagen? Das kann nicht sein. Aber meine Augen fühlen sich ganz feucht an. Ich muss Staub hineinbekommen haben, oder aber ich reagiere allergisch auf die verdammten Ambrosien, die im Herbst blühen.

Ich bekomme keine Gelegenheit, mich über das zu ärgern, was ich fühle, weil die Welt um mich herum plötzlich einfriert.

Das Schluchzen meiner Mütter verstummt, genauso wie das Rascheln der Blätter in der warmen Herbstbrise.

Diese Abwesenheit von Geräuschen ist das vertraute, verräterische Zeichen der Stille, nur dass ich nichts getan habe.

Ich schaue mich um.

Alle sind an ihrem Platz eingefroren, nur Mira nicht. Eine Version von ihr bewegt sich und sieht besorgt aus, was sehr ungewöhnlich für sie ist. Genervt, mit Sicherheit. Wütend, zu oft für meinen Geschmack. Sarkastisch, immer. Aber besorgt ist keine Beschreibung, die häufig auf sie zutrifft. Sie steht neben einer ruhiger aussehenden eingefrorenen Version von sich selbst.

»Verlasse die Stille, splitte sofort wieder und hole mich zu dir«, sagt sie mit eindringlicher, angespannter Stimme. »Meine Tiefe könnte nicht ausreichend sein.«

»Aber was …«

»Versprich mir, dass du es tun wirst«, verlangt sie.

»Okay, ich mache es«, erwidere ich. Jetzt fange ich an, mir wirklich Sorgen zu machen.

Ohne ein Wort zu sagen, berührt sie ihr eingefrorenes Ich, und ich bin in der realen Welt zurück.

Sofort begebe ich mich in die Stille und hole Mira zu mir, genau so, wie sie es wollte.

»Was ist los?«, frage ich, als sie auftaucht. »Warum hast du mich eben hineingezogen? Ich kann jetzt nicht wirklich in Ruhe mit dir …«

»Sei doch mal eine Sekunde lang ruhig«, unterbricht sie mich, »und schau dir diese Polizisten an.«

Sie zeigt auf finster blickende Männer und Frauen in Uniform. Sie stehen links von uns, in etwa drei Metern Entfernung genau neben Thomas.

»Was ist mit ihnen?«, frage ich und gehe zu ihnen.

»Schau dir ihre Hände an.«

Als ich bei ihnen ankomme, sehe ich genauer hin.

Das ist schräg. Jeder Beamte und jede Beamtin greift nach seiner oder ihrer Waffe, und sie alle blicken auf mein eingefrorenes Ich.

»Das sieht nicht gut aus«, sage ich.

»Ach?«

»Vielleicht gibt es dafür eine gute Erklärung? Vielleicht wollen sie einen Salut abgeben, wie bei den militärischen Beerdigungen? Machen sie das nicht auch bei Polizisten?«

»Sollte das der Fall sein, warum sind dann diese Idioten hier?« Sie zeigt auf einige Typen mit Gewehren, die seit einer ganzen Weile am Rand stehen. Sie geht zu dem nächsten Polizisten und nimmt seine Waffe. »Außerdem werden Salutschüsse mit Platzpatronen abgegeben.«

Sie schießt dem Beamten in den Fuß. Das Loch im Schuh des Opfers beweist, dass die Waffe mit Sicherheit nicht mit Platzpatronen geladen ist.

»Scheiße«, sage ich.

»Das kannst du laut sagen.«

»Und warum schauen sie mich so an? Hast du sie gelesen?«

»Nur oberflächlich, aber sie werden gleich auf dich schießen.« Sie hält inne. »Ihre Strippen werden gezogen.«

Ein Strippenzieher. Damit hatte ich nicht gerechnet, aber es ist die einzige Erklärung dafür, warum Polizisten, die ich niemals zuvor getroffen habe, mich erschießen wollen würden. Allerdings wird der Mann, der hinter ähnlichen Inszenierungen steckte, der Mann, der in der Vergangenheit Menschen dazu gebracht hat, mich umbringen zu wollen, gerade beerdigt. Außer natürlich …

»Bist du noch bei mir?«, fragt Mira und reißt mich damit aus meinen Überlegungen.

»Ja. Ich versuche gerade diese Entwicklung zu verdauen.«

»Verdaue sie später. Du musst etwas unternehmen.«

»Wenn sie geführt werden, kann ich die Anweisungen überschreiben«, sage ich.

»Vorausgesetzt, du bist mächtiger als derjenige, der ihre Strippen gezogen hat«, wirft sie ruhig ein. Mira hat in der letzten Zeit aufgehört, meine Führungsfähigkeiten zu kritisieren. Ich würde sogar so weit gehen, zu behaupten, dass sich generell ihre Gefühle Gedankenführern gegenüber erwärmt haben. Ich mag den Gedanken, dass ich der Auslöser für diese Veränderung sein könnte.

»Ja, allerdings habe ich bis jetzt noch niemanden getroffen, der stärker ist als ich«, erwidere ich ohne falsche Bescheidenheit. »Aber sollten wir nicht Thomas zu uns holen und ihm die Lage erklären?«

»Ein Strippenzieher kontrolliert diese Polizisten«, erinnert sie mich. »Möchtest du nicht sicherstellen, dass es nicht er ist, bevor du ihn hineinziehst?«

Okay, vielleicht sehe ich auch nur das, was ich sehen möchte, was Miras bessere Meinung über die Gedankenführer betrifft – ein Wort, dass sie immer noch nicht besonders mag. In diesem Fall spielt auch ihr generelles Misstrauen Fremden gegenüber eine Rolle. Sie hatte mit Thomas noch nicht so viel zu tun wie mit meiner Tante Hillary, mit der sie am Flughafen in Miami festhing. Miras Einstellung meiner Lieblingsminiaturverwandten gegenüber macht mir Hoffnung. Auch wenn ich nicht so weit gehen würde, zu behaupten, dass Mira und Hillary durch diese Feuertaufe allerbeste Freundinnen geworden sind, behandelt Mira meine Tante mit zurückhaltendem Vertrauen und, noch wichtiger, mit ungewolltem Respekt.

»Du kannst doch nicht ernsthaft denken, dass Thomas so etwas tun würde?«, frage ich Mira und blicke zu ihr. Trotz meiner Worte füllt sich mein Magen bei dem Gedanken daran, dass Thomas mich umbringen wollen könnte, mit flüssigem Stickstoff. Plötzlich spielt sich vor meinem inneren Auge wieder der Moment ab, an dem Kyle vor seinen Augen erschossen wird. Gleichzeitig erinnere ich mich an das, was ich gefühlt habe, als ich erfuhr, dass Kyle meine biologische Familie getötet hat. Ich wollte – nein, ich musste – Kyle daraufhin umbringen. Fühlt Thomas das Gleiche bei mir?

Nein. Diese Möglichkeit möchte ich nicht akzeptieren. Das ist die Angst, die spricht. Kyle war nicht nur schuld am Mord meiner biologischen Eltern. Wäre das seine einzige Schuld gewesen, hätte ich ihn vielleicht gar nicht umgebracht.

Oder vielleicht doch.

»Du bist auf der Beerdigung seines Vaters.« Miras

Worte hallen in meinem Kopf wider. »Du weißt, wie sein Vater gestorben ist. Muss ich noch deutlicher werden?«

Anstatt ihr zu antworten, gehe ich zu Thomas und denke die ganze Zeit: *Das kann nicht stimmen. Könnte Thomas so etwas tun?*

Thomas war gerade dabei, zu meinem eingefrorenen Ich zu kommen, als die Zeit angehalten hat. Das ist eigenartig. Die Beerdigung ist noch nicht vorüber, und die Zeremonie ist kein guter Zeitpunkt für einen kleinen Spaziergang.

Dann sehe ich sein Gesicht. Seine glasigen Augen starren auf etwas, was sich vor ihm befindet.

Ich folge seinem Blick. Er starrt auf mein unbewegliches Ich.

»Ja«, sagt Mira. »Ich habe das nicht grundlos gesagt. Er wirft dir einen bösen Blick zu.«

»Es muss eine andere Erklärung dafür geben.« Ich frage mich, ob sie die Hoffnung aus meiner Stimme heraushört.

»Na ja, du kannst doch beim Lesen den ›Ton der Stimme‹ herausbekommen, mit der die Anweisungen gegeben wurden. Warum überprüfst du nicht, ob du deinen Kumpel Thomas wiedererkennst?« Sie klopft auf den Kopf des Polizisten, den sie angeschossen hat.

»Er ist außerdem mein Adoptivbruder«, erwidere ich. »Und warum kannst du das nicht tun?«

»Das habe ich versucht, aber ich konnte nicht sagen, ob er es war. Ich muss es eigentlich auch gar nicht überprüfen. Nach dem, was wir wissen, ist er die logischste Wahl.«

»Er ist die unlogischste Wahl«, sage ich stur und wünsche mir, dass ich mich so zuversichtlich fühlen würde, wie ich mich anhöre. »Ich werde es dir beweisen.«

Ich gehe zu einem großen Polizisten und berühre die Hand, mit der er gerade nach seiner Waffe greift.

WIR SEHEN DER BEERDIGUNG KYLE GRANTS ZU. ES IST mehr als nur ein wenig egoistisch, gerade an das bevorstehende Spiel zu denken, aber als der Priester die Predigt hält, erinnern wir uns daran, wie unsere Gedanken schon beim Kindergottesdienst immer abgeschweift sind, genau wie jetzt. Wir denken über die Mannschaft nach, die wir zusammengestellt haben. Als Quarterback des Reviers kennen wir die Stärken und Schwächen aller Spieler. Wir wissen, dass Kyle einer unserer besten Männer war. Ohne ihn werden die Typen des dreiunddreißigsten Reviers den Boden mit uns wischen …

Ich, Darren, trenne mich. Ich muss mich einige Sekunden vor dem Zeitpunkt des Führens befinden.

Ich lasse die Erinnerung ablaufen. Sie besteht aus weiteren Plänen und Sorgen über das Footballteam des Bezirks. Einige Menschen bleiben ewig in der Ich-bin-der-Quarterback-der-Mannschaft-Phase ihres Lebens, eine Phase, die ich in der Schule verpasst habe, da ich jünger als alle anderen war. Ich wollte es zwar ausprobieren, da ich wusste, dass die Stille mir bei den Ablenkungsmanövern geholfen hätte, aber der Trainer hatte mich ausgelacht, als ich es angesprochen hatte.

Jemand dringt in den Kopf des Polizisten ein, und ich vergesse das ganze Footballthema.

Du wirst in Gedanken bis einhundert zählen, und dann nimmst du deine Waffe zur Hand. Du wirst zielen und auf den jungen Mann schießen, der zwischen Kommissarin Wang und ihrer lesbischen Lebenspartnerin steht. Du schießt, um zu töten. Er ist einer der meistgesuchten gefährlichen Verdächtigen auf der Fahndungsliste des FBIs.

Ich versuche, diese »Stimme« wiederzuerkennen. Abgesehen von Kyle kann ich nur zwei weitere Menschen auf diese Weise heraushören. Hillary und Liz. Hillarys Stimme habe ich kennengelernt, als ich in Berts Kopf eingedrungen bin. Liz' Stimme, weil ich wissen wollte, was sie während ihrer Therapiestunden mit Lucys Kopf macht. Diese Stimme hört sich nach keiner von beiden an und auch nicht nach Kyle – was ja sowieso nicht möglich wäre. Abgesehen von der Stimme ist die Umschreibung »lesbische Lebenspartnerin« statt »Ehefrau« allerdings etwas, was auch Kyle gesagt haben könnte.

Obwohl ich anhand der Stimme nicht sagen kann, wer der Strippenzieher ist, weiß ich eine Sache mit Sicherheit: Diese Person hat sich mich gerade zum Feind gemacht, und nicht nur, weil sie mich umbringen möchte. Dieser mysteriöse Strippenzieher hat die

Polizisten dahin geführt, auf mich zu schießen, während ich neben meinen Müttern und Mira stehe.

Dieses schwachsinnige Arschloch hat damit alle in Gefahr gebracht, die mir etwas bedeuten.

Ich bin außer mir vor Wut. Ich bin mir nicht sicher, ob mein Ärger so riesig ist, weil ich Angst habe, aber ich bin so wütend, dass ich kaum nachdenken kann. Trotzdem kommt mir etwas am Ton des Strippenziehers bekannt vor, auch wenn ich nicht genau sagen kann, was. Könnte es doch Thomas sein?

Wenn ja, müssen wir miteinander reden.

Ich verlasse den Kopf des Polizisten.

»Ich weiß nicht, wer es ist«, erkläre ich ihr und schaue dabei auf Thomas. »Irgendetwas stimmt hier nicht. Ich denke aber nicht, dass er es ist.«

»Warum bist du dir da so sicher?«, will Mira wissen.

»Erstens, weil ich neben Lucy, seiner biologischen Mutter, stehe.« Als ich das ausspreche, wird mir klar, dass das ein hervorragendes Argument ist, also füge ich hinzu: »Muss ich das noch weiter ausführen?«

Mira sieht nachdenklich aus. »Daran hatte ich nicht gedacht. Kannst du das mit ihm machen, von dem wir beschlossen haben, dass du es nie mit mir machen wirst?«

»Du meinst, in die 2. Ebene hinübergleiten und ihn lesen?«

Wenn Mädchen sagen »wie wir beschlossen haben«, und besonders, wenn Mira es sagt, bedeutet es eigentlich »wie ich dir befohlen habe«. Ich habe nie eingewilligt, sie nicht zu lesen, sollte ich die Gelegenheit dazu bekommen. Die letzten zehn Tage lang habe ich allerdings erfolglos versucht, erneut in die 2. Ebene hinüberzugleiten, also ist es sinnlos, sich darüber zu streiten, ob ich sie oder ihn lese.

Ich versuche trotzdem zum millionsten Mal, in die 2. Ebene zu gelangen. Ich mache das, was ich normalerweise tue, um von der realen Welt in die Stille zu gelangen. Ich versuche zu vergessen, dass ich mich bereits in der Stille befinde, und will es mit meinem ganzen Willen erzwingen, aber wieder einmal passiert nichts – ich treffe nicht einmal auf die mentale Mauer, wie es die anderen Male der Fall war.

»Ich kann nicht«, erkläre ich ihr. »Ich habe immer noch nicht herausbekommen, wie es funktioniert. Aber du hast recht, das wäre die beste Art, damit umzugehen.«

»Alles klar. Dann ist das Einzige, was wir jetzt noch tun können, eine kleine Unterhaltung zu führen …«

»Das ist eine hervorragende Idee«, erwidere ich und gehe zu Thomas. Er wird uns sagen, was los ist.

Ich höre noch, wie Mira »Warte« sagt, aber in diesem Moment berühre ich bereits Thomas' Nacken.

Sofort erscheint eine zweite Version von ihm in der Stille.

Er schaut sich ohne die normale Orientierungslosigkeit um, die Menschen verspüren, die plötzlich in die Gedankendimension gezogen werden, und als sein Blick auf Mira fällt, reagiert er überhaupt nicht. Das ist schräg.

Danach erblickt er mich.

Seine Augen sehen aus, als seien sie auf ihr Ziel ausgerichtet, ganz wie bei Terminator.

Ohne zu blinzeln, kommt er schweigend auf mich zu.

»Thomas, du wirst nicht glauben was gerade passiert …«

Meine Worte werden grob von Thomas' Faust unterbrochen, die auf meinem Mund aufschlägt. Ich bemerke den metallischen Geschmack von Blut, und alles, an was ich denken kann, ist, was Mira in ihrem vorwurfsvollsten Ton sagen wird: »Ich habe es dir verdammt nochmal gesagt.«

2

———

»Thomas!« Ich wehre seinen Versuch ab, mir mit der Faust auf meinen Adamsapfel zu schlagen. »Was soll das?«

Als Antwort tritt mir Thomas gegen das Schienbein. Durch mein Reden und meine Irritation hatte ich den Tritt nicht kommen sehen, und er tut verdammt weh. Die Mischung aus Verrat, Ungläubigkeit und aufsteigendem Ärger verstärkt den Schmerz.

Als Thomas mich erneut angreifen möchte, weiche ich dem Schlag zwar aus, aber irgendetwas anderes lenkt mich ab, etwas, was mit diesem Kampf zu tun hat. Ein Teil von mir – der Teil, der in Kampfsituationen erwacht, seit ich mich mit Caleb in dem Kopf des israelischen Kampfsportgurus vereinigt habe – bemerkt, dass Thomas' »interessanter« Kampfstil Hapkido-inspiriert ist.

Als würde er meine Vermutung bestätigen wollen,

ergreift Thomas meinen Arm, als ich ihn in den Magen schlagen will, und biegt meinen Ellenbogen nach hinten. Sofort überkommen mich unglaubliche Schmerzen. Danach wirft er mich über seine Schulter. *Zwei Hapkido-Klassiker*, denke ich, während ich durch die Luft fliege.

Als ich dabei bin, auf dem Boden aufzuschlagen, verlangsamt sich die Welt ein wenig, weshalb ich die Hoffnung bekomme, vielleicht doch wieder in die 2. Ebene hinübergleiten zu können. Mein Kampf gegen Thomas gleicht haargenau der Situation, in der ich das letzte Mal in der Stille gesplittet habe: Sollte ich mit meinem Kopf aufkommen, werde ich mir das Genick brechen und sterben.

Ich komme auf. Die Luft verlässt meine Lungen, als ich eher auf meinem Rücken als auf meinem Kopf lande. Es ist offensichtlich nichts passiert, was das Hinübergleiten in die 2. Ebene betrifft. Das einzige Ergebnis meines Falls ist ein quälender Schmerz in meinem Steißbein.

»Du wirst damit aufhören, Strippenzieher.« Miras Stimme ist kalt und hat einen Befehlston. »Jetzt.«

Würde sie sich damit an mich wenden, würde ich es mir gut überlegen, nicht auf sie zu hören.

Während ich versuche, mich auf den Bauch zu rollen, will ich ihm sagen: »Hör auf sie«, aber ich kann nur aufstöhnen, da Thomas mir im gleichen Moment in meine ungeschützte Seite tritt.

Ich höre einen Schuss.

Thomas' Körper fällt auf mich.

Ist er tot? Ich bin hin- und hergerissen zwischen der Hoffnung, dass sie ihn erschossen hat, was diesen Kampf beenden würde, und meinem Wunsch, dass er nicht verletzt ist, weil es sich um Thomas handelt. Ich habe immer noch nicht akzeptiert, dass er wirklich versucht, mich umzubringen; ich könnte eine andere Erklärung suchen, wenn ich nicht andauernd in den Arsch getreten werden würde.

Als er mich in den Schwitzkasten nimmt, wird mir klar, dass ich Unrecht hatte – Unrecht, was seinen Tod betrifft, und Unrecht mit seinem Kampfstil. Das hier ist eher ein Schwitzkasten aus dem Aikido. Was ich außerdem über diesen Griff weiß, ist, dass man ihm in der Regel nicht entweichen kann.

»Darren, lieg still«, sagt Mira.

Alles, was ich tun kann, ist, zustimmend zu grunzen. Danach tue ich so, als würde ich mich nur deshalb nicht bewegen, um ihrer Aufforderung Folge zu leisten.

Sie gibt einen weiteren Schuss ab.

Warme Flüssigkeit verteilt sich auf meinem Körper, und Thomas Griff erschlafft.

Ich versuche, mich zu bewegen, aber das kann ich noch nicht.

Mira sichert die Waffe, bevor sie Thomas' Körper bewegt, um ihn von mir herunterzurollen. Sofort fühle ich mich leichter.

»Bist du in Ordnung?« Sie berührt sanft mein Gesicht.

»Wie sehe ich aus?«, frage ich und spucke Blut. Ich

bringe mit meiner Zunge einem Zahn zum Wackeln. Das ist nicht gut. Zähne sind normalerweise stabile, unbewegliche Objekte.

»Du siehst … entsetzlich aus. Wir müssen von hier verschwinden.«

Unter Schmerzen bewege ich mich mit einer Mischung aus Kriechen und Drehen zu Thomas und fühle seinen Puls.

Sein Herzschlag ist noch zu spüren, wenn auch nur schwach. Er atmet abgehackt, und ich bin mir nicht sicher, wie viel Zeit er noch hat.

»Das hättest du nicht tun sollen.« Ich durchsuche Thomas, um Waffen oder einen Hinweis darauf zu finden, warum er mich angegriffen hat. Nichts. »Wenn ich die Stille nicht verlasse, wird Thomas inert werden.«

»Du machst Witze«, erwidert Mira. »Wäre es dir lieber, wenn er dich inert machen würde?«

»Nein, aber …« Ich krieche von ihm weg, auf meinen eingefrorenen Körper zu.

»Er hat versucht, dich umzubringen, wahrscheinlich, um dich davon abzuhalten, die Gedanken deiner Mörder in spe zu überschreiben.« Sie macht eine Kopfbewegung in Richtung der Polizisten. »Etwas, was du nebenbei gesagt auch so schnell wie möglich tun solltest.«

Sie hat recht. Hätte Thomas mich inert gemacht, hätten mich diese Polizisten in der echten Welt erschossen, was mich daran erinnert, dass sie in diesem zweiten Punkt auch recht hatte.

Ich muss die Kriminalbeamten davon abbringen, mich zu erschießen. Mir bleiben nur wenige Augenblicke, um die Stille zu verlassen und sofort wieder in sie hinüberzugleiten. Wenige Augenblicke, die meine Verletzungen genauso verschwinden lassen würden wie die von Thomas. Die Hände der Polizisten sind noch weit genug von ihren Waffen entfernt, um mir diesen Luxus zu ermöglichen.

Ich komme zu dem Entschluss, dass das Kriechen zu langsam ist, und stehe auf, auch wenn ich mich augenblicklich so fühle, als sei ich um dreihundert Jahre gealtert.

Mira dreht sich zu Thomas um, hockt sich hin und fühlt seinen Puls. Mit dem Ergebnis scheint sie nicht glücklich zu sein.

Mein Mut sinkt. Ich habe es nicht geschafft. Er ist bereits tot und somit inert.

Ein Teil von mir sagt: Na ja, vielleicht ist es besser so.

Dann steht Mira auf und zielt mit ihrer Waffe auf ihn.

Ich habe mich geirrt. Sie muss seinen Puls gefühlt und entschieden haben, dass er verschwinden soll. Sie möchte, dass er inert ist.

Ich weiß nicht genau, warum ich das tue, was ich als Nächstes tue.

Mit meinem Körper, der vor Schmerzen schreit, werfe ich mich auf mein eingefrorenes Ich.

Ich komme etwa dreißig Zentimeter neben mir beziehungsweise ihm auf und bin mir sicher, mir gerade noch etwas gebrochen zu haben – der Schmerz ist kaum auszuhalten. Das Gute daran ist, dass ich kurz davor bin zu splitten, dann allerdings wieder auf die Mauer pralle. Wenn ich sie überwinden könnte, wäre ich in der 2. Ebene. Allerdings bin ich schon einige Male ergebnislos dagegen gestoßen.

Mira hört, dass ich mich bewege, und reißt ihre großen Augen zu einem Bist-du-verrückt-Blick auf. Als sie versteht, was ich vorhabe, verengen sie sich zu Schlitzen.

»Idiot«, sagt sie und entsichert die Waffe.

Keine 2. Ebene dieses Mal, denke ich und strecke meine zitternde rechte Hand aus, um sie unter das Hosenbein meines eingefrorenen Ichs zu schieben. Ich fühle das haarige Bein unter meinen Fingern, und alle meine Schmerzen verschwinden.

Als die Geräusche der richtigen Welt zurückkehren, gleite ich erneut in die Gedankendimension, und alles ist wieder still.

Die Verletzungen, die Thomas mir zugefügt hatte, sind verschwunden, genauso wie Thomas' angeschossener Körper und Mira.

Ich denke darüber nach, dass ich keinen Schuss gehört habe, was bedeutet, dass Thomas nicht inert ist. Ich weiß nicht, ob ich mich darüber freuen kann.

Ich wäge ab, ob ich Mira zu mir holen sollte, aber entscheide mich dagegen. Wahrscheinlich ist sie wütend auf mich, weil ich ihren Plan durchkreuzt habe. Bis ich das Gebiet nicht gesichert habe, möchte ich mich allerdings nicht damit auseinandersetzen.

Ich gehe zu meinen Müttern. Auch wenn ich die Polizisten, die gerade eine Gefahr darstellen, gleich neutralisieren werde, führe ich meine Mütter trotzdem dahin, sich auf den Boden zu legen. Falls mein anderes Führen nicht nach Plan verläuft, oder falls Thomas eine versteckte Waffe hat, die ich nicht gefunden habe, ist es besser so. Ich bin mir sicher, dass das nicht der Fall ist, da er sie benutzt hätte, als er mich angegriffen hat. Aber wenn es um meine Familie geht, will ich auf Nummer sicher gehen. Außerdem sorge ich dafür, dass sie nichts bemerken werden, falls eine Schießerei losgeht. Sie werden jegliche Gewalt ignorieren, die in den nächsten Minuten stattfinden wird. Mir ist es egal, ob meine Mütter dadurch einen leichten Gedächtnisverlust erleiden könnten; ihre Sicherheit steht an erster Stelle. Wenn ich Glück habe, werden sie denken, dass sie wegen der monotonen Stimme des Priesters ihre Gedanken schweifen lassen haben.

Als ich mir sicher bin, dass meine Mütter sich auf den Boden legen werden, gehe ich zu den uniformierten Polizeibeamten.

Ich finde zwei Polizistinnen und führe sie dahin, zu uns zu kommen und sich ebenfalls auf den Boden zu legen, um mit ihren Körpern meine Mütter zu bedecken. Das mag ein wenig übertrieben sein, aber Vorsicht ist besser als Nachsicht.

Danach gehe ich zu den Beamten und erteile jedem die folgenden Anweisungen: *Du wirst nicht nach deiner Waffe greifen. Du wirst dich nicht von diesem Fleck bewegen. Du bist mit dem Gefühl des Verlustes beschäftigt und wirst auf nichts anderes als die Zeremonie achten. Du betrachtest feierlich die Schweigeminuten für den gefallenen Helden.*

Ich gebe den restlichen Polizisten in Zivil, dem Priester und den Typen mit den Gewehren ähnliche Ignoriere-die-Welt-und-bewege-dich-nicht-Anweisungen.

Dem Quarterback und einigen anderen größeren Kerlen gebe ich zusätzliche Befehle.

Als ich mit meinem Fortschritt zufrieden bin, gehe zu meinem Körper zurück, um die Stille zu verlassen.

Sobald die Welt um mich herum wieder lebendig ist, springe ich zwischen ihr und der Gedankendimension im Sekundentakt hin und her, weil ich sicherstellen möchte, dass die Polizisten nicht mehr nach ihren Waffen greifen.

Zu meiner großen Erleichterung stelle ich bei meiner fünften Überprüfung fest, dass sie das nicht tun.

Ich verlasse die Stille wieder.

»Bereich abgesichert«, flüstere ich Mira zu, sobald die Geräusche der Welt zurück sind. »Aber du solltest trotzdem auf alles gefasst sein.«

Sie antwortet nicht. Ich nehme an, dass ich durch mein Verhalten in der Stille mit Schweigen bestraft werde. Anstatt mir Gedanken über Miras Laune zu machen, konzentriere ich mich auf meine Umgebung. Nachdem ich zweimal in Gedanken Mississippi gesagt habe, bemerke ich eine Bewegung aus der Richtung der Polizisten.

Ich sehe außerdem, dass Thomas auf mich zukommt und zu rennen beginnt.

Ich kehre in die Gedankendimension zurück und versichere mich, dass mein Führen erfolgreich war. Das war es. Die Bewegung, die ich aus dem Augenwinkel wahrgenommen hatte, ist auf mein Eingreifen zurückzuführen. Ich verlasse die Stille und konzentriere mich auf Thomas.

Er läuft entschlossen.

Blitzschnell nähert sich die Gruppe der Polizisten.

Thomas ist schon fast bei uns, als der Quarterback sich mit der ganzen Anmut eines geilen Rhinozerosses auf ihn wirft. Ich weiß nicht viel über Football, aber das wirkt auf mich wie eine brillante Ausführung. Thomas fliegt durch die Luft – weit durch die Luft – und landet in der Erde, die eigentlich für Kyles Sargdeckel bestimmt ist. Ich hoffe, dass sie seine Landung abdämpft, und versuche, mich nicht allzu schuldig für das zu fühlen, was der Quarterback ihm meinetwegen angetan hat.

Meine Schuldgefühle verstärken sich allerdings, als der Quarterback auf Thomas landet. Er hält meinen Freund unten, und es dauert einen Moment bis ich verstehe, was zum Teufel hier gerade vor sich geht. Die anderen großen Beamten formen eine improvisierte menschliche Pyramide auf ihnen. Wie ich aus eigener Erfahrung weiß, tut das der Person auf dem Boden nicht allzu weh.

Zugegeben, meine Erfahrungen damit stammen aus Kindergartenzeiten.

Plötzlich verspüre ich einen so starken Schmerz, dass meine Augen tränen. Die Luft verlässt hörbar meine Lunge.

Als ich versuche, zu verstehen, was mit mir geschieht, bemerke ich zu meinem Entsetzen, dass der Schmerz von meiner wertvollsten und intimsten Stelle ausgeht.

Ich konzentriere mich darauf, einzuatmen und nicht hinzufallen, während ich gleichzeitig in die Stille hinübergleite.

Was für eine Erleichterung. Der Schmerz ist sofort verschwunden. Seine Abwesenheit macht nur deutlicher, wie schlimm er wirklich war, und ich fühle mich wie nach einer Morphiumspritze.

Aus meiner neuen Perspektive sehe ich, was passiert ist, und schrecke ungläubig zurück.

Mira ist dabei eingefroren worden, wie sie mir gerade in die Eier tritt.

3

———

Ist sie so wütend, weil ich verhindert habe, dass sie Thomas inert macht? Wir müssen reden, beschließe ich und hole sie zu mir.

»Was zum Teufel soll das, Mira?«, sage ich, sobald sie in der Stille erscheint. »Wenn du wütend auf mich bist, kannst du mir das auch einfach sagen. Hast du eine Ahnung, wie weh das tut?«

Ihre Augen erblicken mich und machen das Gleiche wie Thomas'.

Bevor sie einen Schritt geht, erinnere ich mich an die Theorie, die mir vorhin schon auf der Zunge lag, bevor sie meine Zweifel an Thomas geweckt hat. Diese Theorie würde diese ganzen eigenartigen Dinge erklären, die gerade passieren.

Nur um sicherzugehen, frage ich trotzdem: »Hat das hier etwas damit zu tun, dass Thomas nicht inert ist?«

Anstatt mir zu antworten, schließt Mira den

Abstand zu mir und versucht das Gleiche mit mir zu machen, was ihr derzeit eingefrorener Körper mit meinem Ich in der realen Welt macht.

Sich einmal in die Eier treten zu lassen ist schmerzhaft. Sich zweimal in die Eier treten zu lassen ist dumm. Ich überkreuze meine Arme, um den Tritt abzuwehren. Meine Handrücken brennen an den Stellen, auf denen ihr Fuß aufkommt, aber das ist nichts im Vergleich zu dem, was passiert wäre, hätte ich ihren Tritt nicht abgewehrt.

Sie schwingt ihre Faust in meine Richtung, und ich weiche ihrem Schlag aus, während ich mir immer sicherer bin zu wissen, was gerade vor sich geht. Alle Teile passen zusammen. Die Polizisten. Die Art und Weise, wie Thomas mich angeschaut hat, bevor er zum Angriff überging. Die Art und Weise, wie er Mira ignoriert hat, als wir gekämpft haben – ein schlechter und irrationaler Zug. Und der Grund dafür, dass Mira sich jetzt so intensiv darauf konzentriert, mich anzugreifen.

»Deine Strippen werden gezogen«, sage ich und trete zur Seite, um ihrem erneuten Angriff auszuweichen.

Sie schwankt, bevor sie erneut zuschlägt.

»Komm da raus!«

Sie antwortet nicht, sondern fährt mit ihrem schonungslosen Angriff fort.

Ich weiß, dass ich nicht beleidigt sein sollte, dass sie nicht aufhört – niemand hat jemals behauptet, dass man geführten Personen befehlen könnte, sich aus diesem Zustand zu befreien – aber ich habe Schwierigkeiten damit, mir vorzustellen, dass ich sie angreifen könnte, wenn jemand meine Strippen zieht. Ich habe das Gefühl, als würde sich mein freier Wille irgendwie durchsetzen. Andererseits hat sie mich wahrscheinlich gar nicht bewusst gehört, als ich ihr gesagt habe, dass ihre Strippen gerade gezogen werden. In ihrem Kopf kämpft sie vielleicht gar nicht gegen mich, sondern eher gegen einen imaginären Feind.

Wenn ich sie nicht durch Reden dazu bringen kann, aufzuhören, muss ich es auf eine andere Weise tun. Ich entscheide mich für einen nicht sehr netten Zug, mit dem ich aber wenigstens umgehe, ein Mädchen zu schlagen. Bevor ich damit beginne, erinnere ich mich daran, dass wir uns in der Stille befinden und Mira nur einen kurzen Moment lang leiden wird – falls man überhaupt leiden kann, während man geführt wird.

Ich weiche weiteren Schlägen aus, während ich auf einen günstigen Moment warte. Als sie sich bewegt, um mich zu treten, bekomme ich meine Gelegenheit. Ich erfasse Miras Bein, bevor sie damit Schaden anrichten kann. Meine Handflächen schmerzen, aber wie der Amerikaner sagt: »No pain – no gain«. Ich halte Miras Fuß weiterhin fest in meinen Händen und hebe ihn ohne weitere Umschweife in die Luft.

Das Ergebnis ist genau so, wie ich gehofft hatte. Mira fällt nach hinten. Zu meiner großen Überraschung gelingt es ihr, weich zu landen, da sie viel anmutiger fällt, als ich das jemals gekonnt hätte.

Allerdings ist nicht ihre Landung das Wichtigste,

sondern die Tatsache, dass ich ohne ihre Schläge zurück zu meinem Körper rennen kann, was ich auch tue.

Als ich den schmerzverzerrten Ausdruck auf meinem statuengleichen Gesicht erblicke, erinnert mich das daran, dass ich gleich zu etwas sehr Unangenehmem zurückkehren werde, aber ich berühre meinen Arm trotzdem, ohne zu zögern.

Die Welt ist zurück, genau wie der Schmerz, der sich verschlimmert zu haben scheint.

Ich zwinge mich dazu, ein weiteres Mal einzuatmen, umklammere meine Kronjuwelen und benutze meine ganze Kraft, um nicht zu Boden zu gehen. Sollte ich das tun, würde es kein gutes Ende für mich geben.

Mira wartet nicht, bis ich mich erholt habe. Sie nutzt meine Bewegungslosigkeit, um mir ins Gesicht zu schlagen.

Mein Jochbein brennt, aber ich ignoriere es. Der Schmerz ist nichts im Vergleich zu der Erschütterung, die mein Selbstbewusstsein hinnehmen müsste, sollte ein Mädchen mich zu Tode prügeln.

Sie zielt mit ihrem nächsten Schlag auf meinen Magen, und es gelingt mir, mit meiner linken Hand ihr Handgelenk zu umfassen. Ohne zu erkennen, was mein Körper tut, bewege ich mich näher an Mira heran, genau so, wie ich Millionen Male unsere intimeren Momente begonnen habe. Nur, dass ich sie dieses Mal umrunde, als ich mich dicht an ihr befinde. Ihren Arm nehme ich mit mir mit, bis er in einem eigenartigen Winkel auf ihrer Wirbelsäule liegt, damit ich sicher sein kann, dass jede Bewegung extrem unangenehm für sie sein wird. Wenn ihr Tritt in mein bestes Stück solche Gedanken nicht ausschließen würde, könnte ich diese Position recht erotisch finden.

Sie wehrt sich immer noch.

Scheiße. Ich kann mich nicht darauf verlassen, sie durch Schmerzen zu kontrollieren, nicht in diesem Fall. Sie wird sich eher selbst verletzen.

Ich wäge meine Möglichkeiten ab, bevor ich etwas mache, was nicht von irgendwelchen Kampfsportarten inspiriert ist. Ich umarme sie fest von hinten und fixiere dadurch ihre Arme an ihren Seiten. Als sie versucht, sich aus meinen Armen zu winden, lege ich meine Finger über ihren Rippenbogen und halte sie weiterhin fest. So dazustehen, mit meinem Schritt an ihrem Po und meinen Fingern, die ihre Brüste berühren, macht aus der leicht erotischen Situation eine vollkommen heiße. Offensichtlich hat Miras Tritt keine bleibenden Schäden hinterlassen – das ist eine gute Nachricht.

Die ganze Erotik verschwindet allerdings, als Miras Hinterkopf auf meinem Gesicht aufschlägt. Zum Glück habe ich mich dank meiner Instinkte durch den Kampfsport rechtzeitig zurückgelehnt. Mein Kinn schmerzt, aber wenigstens ist meine Nase nicht gebrochen. Als Mira ihren Kopf erneut nach hinten wirft, ducke ich mich weg. Das Umarmungsmanöver ist nicht besonders nachhaltig.

Aus meinem Augenwinkel nehme ich eine Bewegung wahr.

Genau das brauche ich, denke ich und begebe mich in die Stille.

Die Polizistinnen, die meine Mütter beschützen sollen, kommen auf uns zu. Ich begebe mich in ihre Köpfe und ändere ihre Anweisungen, bevor ich wieder in die reale Welt zurückkehre.

Ich muss Miras Kopfnüssen noch einige Male ausweichen, bevor die Hilfe eintrifft.

Eine Frau, die aussieht wie ein Fleischer, ergreift Miras Schulter von vorne, und die andere drückt mich weg. In einer fließenden Bewegung legt die Beamtin Mira Handschellen um ihr rechtes Handgelenk. Und ohne dass ich es mitbekomme, sind auf einmal beide Handgelenke sicher in Handschellen gelegt.

»Das war saubere Arbeit«, sage ich zur Polizistin, auch wenn sie sich wahrscheinlich später nicht daran erinnern wird.

Die beiden Frauen legen Mira sanft auf den Boden, ohne ihre strampelnden Beine und Schreie zu beachten.

Mit Handschellen und zerzausten Haaren sieht Mira, die immer noch erfolglos versucht, mich zu erwischen, wie ein heißer Zombie aus. Das ist mir unheimlich.

Ich gleite in die Stille hinüber.

In der Ruhe meines sicheren Ortes kann ich endlich über das nachdenken, was gerade passiert.

Jemand macht das Gleiche mit meinen Freunden,

was ich mit Kyle getan habe. Jemand anderes kann ebenfalls die 2. Ebene erreichen, diese psychedelische Unterwelt, die sich so sehr von unserer alltäglichen Realität unterscheidet.

Dieser Jemand hat die Strippen meiner Freunde gezogen.

Hat diese Person auch versucht, das bei mir zu tun? Ich nehme an, dass das nicht der Fall war. Wenn er oder sie das getan hätte, wäre ich wahrscheinlich zu ihm oder ihr in die 2. Ebene gezogen worden. Wenn dieser jemand in meinen Kopf eindringen könnte, hätte er mich mit Sicherheit gezwungen, Selbstmord zu begehen, und das ganze Theater mit meinen Freunden und den Polizisten wäre überflüssig gewesen.

Also, wer tut so etwas?

Ich erinnere mich an die verräterischen Zeichen des Strippenziehens in Kyles Kopf, die ich auf der wissenschaftlichen Konferenz entdeckt habe. Diese Zeichen, die ich näher untersuchen wollte, aber nicht mehr konnte, da Kyles Kopf schon im Begriff war, durch Viktors Schuss zu explodieren. Könnte die »Stimme« in den Köpfen demselben Strippenzieher gehören? Verdammt, ich wünschte, ich hätte Kyle weit genug gelesen, um die genauen Anweisungen zu erfahren. Dann hätte ich einen Ausgangspunkt für einen Stimmenvergleich.

In einem Anflug von politischer Unkorrektheit beschließe ich, diesen neuen mysteriösen Strippenzieher als weibliche »Sie« zu bezeichnen, bis ich weitere Einzelheiten weiß. Um sie von allen anderen

Strippenziehern zu unterscheiden, und wegen ihrer herausragenden Fähigkeiten, beschließe ich außerdem, sie »die Marionettenspielerin« zu nennen. Soweit ich weiß, könnte ich durchaus recht haben, und es könnte sich um eine mächtige Freundin von Kyle handeln, mit der er ohne mein Wissen ausgegangen ist. Sollte die Marionettenspielerin in Wirklichkeit ein Mann sein, wäre das »Sie« gleichbedeutend mit Ratte – und das wäre passend, da dieses Individuum genau das ist.

Ich wandere auf dem Friedhof umher und beobachte meine Umgebung. Wo auch immer sich die Marionettenspielerin aufhält, ich nehme an, dass sie keine Lust gehabt hat, zu weit in der Stille zu laufen, um meine Freunde zu führen – und das bedeutet, dass sie sich hier auf dem Friedhof verstecken könnte. Mein Tipp ist, dass es sich um eine der Gedankenführerinnen der Totenwache handelt. Wahrscheinlich ist sie uns zum Friedhof gefolgt und versteckt sich nun, weil sie ein Feigling ist.

Ich suche alle möglichen Verstecke in einem Umkreis von fünfzehn Metern ab, bevor mir klar wird, wie sinnlos dieses Unterfangen ist. Auf einem Friedhof gibt es zu viele Plätze, an denen man sich verbergen kann. Es gibt diese ganzen Grüfte mit Türen, hohe Bäume, große Grabsteine und andere Schlupfwinkel. Zum Teufel, sie könnte auch einfach auf dem Parkplatz in ihrem Auto sitzen.

Moment. Das ist eigentlich wirklich ein guter Ort.

Ich renne zum Parkplatz und denke, dass ich mich

genau dort aufhalten würde, wäre ich die Marionettenspielerin.

Der Parkplatz ist für seine Größe ziemlich leer. Auf einer Seite steht eine lange Reihe von Polizeifahrzeugen, die ich zuerst untersuche.

Zwei Honda-Odyssey-Minivans stechen mir ins Auge, wahrscheinlich, weil sie genau neben Lucys Crown Victoria stehen – so dicht daneben, dass wir den Parkplatz nicht verlassen können, wenn sie uns keinen Platz machen.

Ich gehe zu dem mir am nächsten stehenden Van und erlebe meinen dritten Schock an diesem Tag.

In ihm erblicke ich die vertrauten, glatzköpfigen Personen mit den orangefarbenen Kutten.

Die Mönche aus dem Tempel der Erleuchteten.

Ich erkenne sogar den Meister, den Mönch, gegen den ich am Flughafen in Miami gekämpft habe.

Scheiße. Ich schaue in den zweiten Van. Neben den Mönchen entdecke ich etwas viel Schlimmeres.

Caleb.

Ich weiß nicht, warum ich so schockiert darüber bin, dass er hier ist. Ich nehme an, ich hatte insgeheim gehofft, dass er immer noch in den Schwierigkeiten stecken würde, in die ihn meine Tante am Flughafen gebracht hatte.

Aber nein, er ist hier und hält mit grimmiger Entschlossenheit ein Gewehr in seinen Händen. Was auch immer mit ihm passiert sein mag, er wird seine Frustration an mir auslassen, sobald er eine

Gelegenheit dazu bekommt. Wie Eugene gerne sagt: Ein Ärger kommt selten allein.

Ich versuche, ruhig zu bleiben. Wahrscheinlich sind sie hier, um mich zurück in den Tempel zu schleifen, damit meine Großeltern und der Rest der Erleuchteten mich von einer Paarung überzeugen können – oder alle anderen, die würdig wären, mein Baby auszutragen.

Außer natürlich, sie haben etwas über meine neue Fähigkeit herausgefunden. Dann würden sie mich für das benutzen wollen, wofür sie meinen zukünftigen Nachwuchs benötigen.

Nein, diese letzte Möglichkeit ist eher unwahrscheinlich.

Egal, warum sie hier sind; diese Tatsache verändert alles.

Ich habe es in Florida kaum geschafft, den Mönchen und Caleb zu entkommen, und das in einem vollen Flughafen, ohne dass gleichzeitig eine Marionettenspielerin hinter mir her war.

Ich überlege, Caleb zu mir zu holen, und ihm von dieser Strippenzieherin zu berichten. Sollte er mir glauben, wird er höchstwahrscheinlich von hier verschwinden. Immerhin könnte diese Strippenzieherin ihn genauso leicht kontrollieren wie Thomas.

Dieser Gedanke macht mir Angst. Ich hasse es generell, mit Caleb zu tun zu haben, aber es wäre noch schlimmer, wenn ihn ein unsichtbarer Feind kontrollieren würde. Natürlich wird er mir nicht glauben, und ihn hineinzuziehen würde wahrscheinlich darauf hinauslaufen, dass er mich inert macht. Allerdings bestünde eine winzige Chance, in die 2. Ebene hinüberzugleiten, während er mich umbringt. Nein, danke. Diese Möglichkeit kommt für mich nicht in Frage. Ich brauche meine Kräfte, wenn ich lebend aus dieser ganzen Sache herauskommen möchte.

Als ich zu meinem Körper zurückeile, wäge ich meine Optionen ab. Und ich muss nicht lange nachdenken, um zu erkennen, dass ich nur eine habe: Ich muss weglaufen, um die Aufmerksamkeit dieser Strippenzieherin und der Mönche von meinen Freunden und meiner Familie abzulenken. Wenn ich Glück habe, werden sich die Strippenzieherin und die Mönche um mich streiten.

Andererseits kann ich nicht einfach meine Mütter, Thomas und Mira ungeschützt zurücklassen. Was, wenn die Marionettenspielerin die Kontrolle über Caleb übernimmt und er ihnen etwas antut?

Ich kehre zur Beerdigung zurück und entwickle schnell einen Plan.

Die Männer, die Thomas festhalten, werden von ihm heruntergehen, ihm Handschellen anlegen und ihn zur Cypress Hills Street schleifen.

Die Damen, die Mira festhalten, werden sie zum Forest Park Drive bringen.

Ich führe meine Mütter dahin, in Richtung Jackie Robinson Parkway zu rennen.

Ich weise sie alle – die Polizistinnen, die Mira festhalten, meine Mütter, den Quarterback etc. – an, sich ein Taxi zu nehmen und mich an dem Ort zu treffen, den ich als Eugenes neuen Unterschlupf ansehe, das Labor, das ich ihm in Bensonhurst/Brooklyn eingerichtet habe.

Danach führe ich jede einzelne verbleibende Person, einschließlich des Priesters, dahin, die Mönche und jeden anderen aufzuhalten, der nicht an dieser Zeremonie teilnimmt. Da die Mehrheit der Anwesenden Polizisten sind, muss ich die wichtige Entscheidung treffen, ob sie Waffengewalt anwenden dürfen oder nicht. So sehr mich diese in orange gekleideten Idioten auch nerven, ich weiß, dass sie nur die Werkzeuge der Erleuchteten sind, und ich will nicht, dass sie getötet werden. Also führe ich die bewaffneten Beamten dahin, ihre Pistolen zu entleeren, bevor der Einsatz beginnt, aber trotzdem so zu tun, als seien sie bewaffnet und gefährlich. Für mich ist das ein guter Kompromiss.

Als ich meine Vorbereitungen abgeschlossen habe, verlasse ich die Stille.

Ich renne zu meinem Körper und pralle gegen mein eingefrorenes Ich. Sobald die Welt wieder laut wird, beginne ich zu rennen.

In meiner peripheren Wahrnehmung beginnen sich alle in Bewegung zu setzen, um meine Anweisungen auszuführen. Dieses Führen von Massen hätte meine Tante Hillary – die Person, die das normalerweise tut – stolz gemacht.

Ich renne, so schnell ich kann, und nach einer Minute in dieser Geschwindigkeit fühle ich mich, als würden meine Lungen gleich zerspringen. Ich ignoriere den Schmerz und laufe sogar noch schneller, während ich schwöre, den Kardioanteil meines normalen Workouts zu erhöhen. Als ich kurz davor bin, einen Herzinfarkt zu bekommen, sehe ich endlich die Straße am Ende des Friedhofsrasens. Auch wenn ich weiß, dass es sich hinter dem Zaun um die berüchtigte East-New-York-Nachbarschaft handelt, tut das meiner Erleichterung keinen Abbruch. Der zwei Meter hohe Zaun ist das Einzige, was mir jetzt noch im Wege steht. Ich klettere an ihm hoch, versuche, nicht von den blattförmigen Spitzen aufgespießt zu werden, und springe vorsichtig auf den Boden.

Als ich sicher auf dem Pflaster aufgekommen bin, schaue ich durch den Zaun zurück. Ich werde augenscheinlich nicht verfolgt, aber das ist kein Grund dafür, mich zu entspannen oder etwas so Dummes zu tun, wie darauf zu warten, dass sie mich einholen.

Ich gleite in die Stille hinüber und untersuche die Jamaica Avenue, die Straße, die vor mir liegt. Rechts von mir sehe ich eine recht weit entfernte U-Bahn-Haltestelle – und eine Straße weiter eine Bushaltestelle. Ausgeschlossen. In diesem Teil der Stadt werde ich keine öffentlichen Verkehrsmittel benutzen. Außerdem käme ich langsamer voran als mit einem Auto. Ich schaue auf die andere Straßenseite und erblicke einen staubgrauen Honda Civic.

Viel besser.

Ich überquere die Straße und gehe zu dem Honda, um seine Fahrertür zu öffnen. Die rundliche Frau, die sich in ihm befindet, muss, ihren Einkaufstüten nach zu urteilen, gerade von einem Feinkostladen kommen. Ich berühre ihre Stirn und konzentriere mich. Sobald ich in ihrem Kopf bin, führe ich sie:

Schaue auf die andere Straßenseite. Dieser ansehnliche junge Mann ist dein Neffe. Du hast beschlossen, ihm dein Auto zu leihen. Du wirst das Fahrzeug mit laufendem Motor verlassen und dir ein Taxi suchen. Dein Neffe wird das Auto vielleicht für einige Tage behalten. Du wirst dir weder Sorgen um dein Auto machen noch wirst du es als gestohlen melden. In einigen Tagen wirst du dich daran erinnern, dass du es in einer Hertz-Autovermietung in Bensonhurst stehen gelassen hast. Wenn du das Auto abholst, vergiss nicht, in das Handschuhfach zu schauen, da dein Neffe dir dort tausend Dollar hinterlassen hat.

Ich bin zufrieden mit meiner Arbeit und hoffe, dieses Auto dazu benutzen zu können, den Rest meiner Leute einzusammeln, da es viel besser wäre, als wenn sie Taxen nehmen.

Ich verlasse die Stille, und sofort überkommt mich wieder meine Erschöpfung. Ich ignoriere sie. Mir bleibt genug Kraft für einen letzten Sprint über die Straße. Ich renne entschlossen zu »meinem« Fahrzeug.

Dabei fällt mir etwas auf.

Die Frau, die ich gerade geführt habe, schaut mich mit weit aufgerissenen Augen an. Sie gestikuliert, und ihr Mund bewegt sich, als würde sie mir etwas zurufen, was ich wegen der geschlossenen Autofenster allerdings nicht hören kann. Ich nehme an, dass sie glücklich ist, ihren »Neffen« zu sehen. Aus einem

Impuls heraus winke ich zurück – und im gleichen Moment höre ich das Quietschen von Reifen und spüre einen markerschütternden Aufprall.

Scheiße, denke ich, als ich durch die Luft fliege.

Mein Kopf schlägt auf etwas Hartem auf, und mir wird schwarz vor Augen.

4

ALS ICH AUFWACHE, IST MIR SCHLECHT.

Habe ich einen Kater?

Ich öffne meine Augen.

Die Helligkeit schmerzt, also schließe ich sie wieder. Ich überprüfe den Rest meines Körpers und stelle fest, dass nicht nur meine Augen wehtun. Mein Körper fühlt sich wie ein riesiger blauer Fleck an.

Meine Übelkeit verstärkt sich, und das nicht, weil ich betrunken bin. Sie fühlt sich an wie ein besonders schlimmer Fall von Reiseübelkeit. Und dann verstehe ich es: Ich befinde mich in einem Auto und werde irgendwohin gefahren.

Ich öffne meine Augen und zwinge sie, sich trotz der Schmerzen an das Licht zu gewöhnen. Schäbige Straßen in Brooklyn fliegen an mir vorbei. Das Auto bewegt sich ziemlich schnell, und die Fahrt ist recht unruhig, was eine Menge zu meinem Unwohlsein beiträgt. Ich bin froh, mich auf dem Beifahrersitz zu befinden, da mir normalerweise hinten noch schlechter wird.

Langsam kommen meine Erinnerungen bruchstückhaft zurück.

Ich war gerade dabei, die Straße zu überqueren, als etwas passiert ist.

Ich beschließe, in die Stille hinüberzugleiten, und da ich voller Adrenalin bin, ist das überhaupt kein Problem. Sobald die Motorengeräusche verschwunden sind, fällt mir auf, dass mir auch nicht mehr schlecht ist.

Ohne die Übelkeit verstehe ich meine Lage besser. Ich erkenne zum Beispiel die Frau hinter dem Steuer. Ich erinnere mich daran, sie geführt zu haben, mir ihr Auto zu überlassen – genau das, in dem wir uns gerade befinden. Warum zum Teufel sitzt sie hinter dem Steuer? Sie sollte mir doch das Auto geben. Und wohin fahren wir überhaupt?

Es gibt nur einen Weg, diese Fragen mit Sicherheit beantworten zu können. Ich strecke mich aus und berühre ihre Stirn.

***

WIR BLICKEN ÜBER DIE STRAẞE. UNSER NEFFE IST DABEI, sie zu überqueren. Er schaut nach rechts, aber nicht nach links.

Er war noch nie besonders vorsichtig, unser Neffe, denken wir, als wir die Limousine erblicken, die auf ihn zufährt.

»Das Auto«, schreien wir und gestikulieren. »Pass auf!«

Was denkt der Fahrer nur? Ist er bekifft? Wir bemerken, dass unser Blutdruck ansteigt.

Unser Neffe winkt zurück, allerdings ohne das Auto zu bemerken, das ihn gleich anfahren wird. Die Limousine versucht anzuhalten. Wir hören das angsteinflößende Geräusch quietschender Reifen, aber die Vollbremsung reicht nicht aus. Das Auto erwischt unseren Neffen.

Er fliegt auf die Windschutzscheibe, die durch den Aufprall zerbricht.

Wir verlassen schreiend unser Auto.

Ein dünner Mann mit schütterem Haar steigt aus der Limousine.

»Du Irrer«, schreien wir ihn an. »Bist du betrunken?«

»Er i-ist einfach aus dem N-Nichts aufgetaucht«, stottert der Mann. »Ich schwöre es.«

»Halt den Mund und hilf mir dabei, ihn in mein Auto zu schaffen«, sagen wir, nachdem wir den Jungen untersucht haben. Zum Glück scheint er unverletzt zu sein – zumindest sehe ich keine gebrochenen Knochen. »Ich werde ihn ins Krankenhaus bringen. Er könnte eine Gehirnerschütterung haben ...«

Ich, Darren, trenne mich. Es ist interessant, wie sie mich gesehen hat und wie sie sich eine ganze Geschichte über mich ausgedacht hat, um sich die Ereignisse, die sie erlebt hat, erklären zu können. Ironischerweise hat sie mit ihrer fiktiven Einschätzung recht. Ich war ein Idiot. Ich habe nicht auf die Straße geachtet, bevor ich sie überquert habe, auch wenn ich das normalerweise tue. Könnte ich jemandem die Schuld dafür geben, dann meinem vorangegangenen Ausflug in die Stille. Ich hatte diese Straße erst vor einem Moment überquert, also habe ich die gleiche Handlung in der echten Welt einfach automatisch wiederholt. Ich habe mich auf den Honda konzentriert und darauf, dass ich meine Freunde einsammeln muss. So gesehen haben die Mönche und die Marionettenspielerin Schuld daran.

Da wir gerade von ihnen sprechen, wie viel Zeit ist seit meinem Unfall überhaupt vergangen? Konnten alle anderen den Friedhof problemlos verlassen?

Ich muss es herausfinden, also verlasse ich den Kopf meiner »Tante«.

SOBALD ICH MICH WIEDER IN DER STILLE BEFINDE, KEHRE ich in die normale Welt zurück.

Als die Übelkeit erregende Fahrt fortgesetzt wird, sage ich: »Halte das Auto an, Tantchen.«

»Gott sei Dank bist du bei Bewusstsein«, sagt die Frau. »Ich habe schon das Schlimmste befürchtet.«

»Ja, es geht mir gut«, lüge ich. Ich habe zwar keine gebrochenen Knochen, aber ich fühle mich trotzdem völlig ramponiert. »Halte jetzt an.«

»Bist du verrückt? Wir sind gleich am Krankenhaus.«

»Ich habe keine Zeit für Diskussionen. Halt an.«

Doch anstatt anzuhalten, tritt sie aufs Gaspedal. Meine angebliche Tante ist eine sture Dame.

Ich gleite in die Stille hinüber und führe sie dahin, die Dinge so zu sehen wie ich.

Danach verlasse ich das Auto und sehe mich um. Ich habe keine Ahnung, wo ich mich gerade befinde, aber in einiger Entfernung entdecke ich ein Schild, auf dem »Jamaica Hospital« steht. Ich unterdrücke meinen Wunsch, meine Pläne dahingehend zu ändern, doch kurz im Krankenhaus vorbeizugehen, um mir eine Morphiumspritze geben zu lassen; ich muss es auch ohne aushalten können.

Ich verlasse die Stille und bin stolz auf meine Willensstärke.

Die Welt erwacht zum Leben, und meine Tante vollführt eine so plötzliche Kehrtwendung mit dem Auto, dass mein Drang, mich zu übergeben, hundertmal stärker wird.

Ich finde es erstaunlich, dass wir keinen Unfall verursachen. Ich hätte mit etwas mehr Fingerspitzengefühl führen sollen. Ich muss mich wirklich besser konzentrieren. Mit gebrochenen Knochen werde ich niemandem eine große Hilfe sein.

»Hast du irgendwelche Schmerzmittel hier?«, frage ich, als wir an einer roten Ampel halten.

»Im Handschuhfach liegt eine Packung Ibuprofen.« Wie an jeder Ampel tritt sie plötzlich so stark aufs Gas, dass sich mir erneut der Magen umdreht.

Ich fische die Pillen heraus, schlucke trocken eine

dreifache Dosis und hoffe, dass mein Magen damit zurechtkommt.

Danach schließe ich die Augen und verlangsame meine Atmung. Nach einigen Straßen fühle ich mich fast wieder wie ich selbst, was wahrscheinlich durch die Atemübung kommt oder aber eine Art Placeboeffekt ist. Ich bezweifle, dass Ibuprofen so schnell wirkt. Und dann bremst das Auto mit quietschenden Reifen, und mein kurzes Gefühl von Normalität ist verschwunden.

»Hier ist es passiert«, sagt die Frau, als ich meine Augen öffne. »Hier hat das Monster dich angefahren.«

»Danke, Tantchen«, erwidere ich. »Von hier aus komme ich allein klar.«

Sie sieht unbehaglich aus. Meine Anweisung, das zu tun, was ich sage, prallt offensichtlich auf die ebenfalls überzeugende Anweisung, dass wir eine Familie sind. Zu Recht zögert sie, ihren verletzten Neffen ans Steuer zu lassen. Als ich sie gerade ein weiteres Mal führen will, bemerke ich, dass die Tu-was-ich-sage-Anweisung gewonnen hat. Sie löst langsam ihren Gurt.

»Bitte, nimm das«, sage ich und gebe ihr mein ganzes Bargeld – etwa vierhundert Dollar.

Als sie sich weigert, es zu nehmen, führe ich sie erneut. Ich weiß, dass ich meine Macht ausnutze, aber in diesem Fall ist es für einen guten Zweck.

Danach lasse ich sie ihre Nummer in meinem Telefon abspeichern. »Ich werde dich anrufen, um dir Bescheid zu geben, wann du dein Auto von Hertz abholen kannst.«

»Hab einen schönen Tag«, meint sie.

»Bis später, Tantchen.« Ich schließe die Tür.

Okay. Und was jetzt?

Ich schaue auf die Uhr des Armaturenbretts und lasse meinen Plan fallen, meine Freunde und Familie einzusammeln. Meine Tante hat für die Fahrt vom Krankenhaus hierher etwa fünfzehn Minuten gebraucht, was bedeutet, dass mein Unfall mit der Limousine mindestens eine halbe Stunde her ist. Wahrscheinlich sind schon alle gegangen und auf dem Weg zu Eugenes Labor.

Ich beschließe, direkt dorthin zu fahren, aber zuvor will ich noch einen letzten Blick auf den Friedhof werfen.

Ich begebe mich in die Stille und schlendere zurück zu Kyles Grab. In der Sicherheit der Gedankendimension habe ich die Zeit, mir meine Umgebung genauer anzuschauen, ein Luxus, den ich mir nicht leisten konnte, als ich weglief. Soweit ich das beurteilen kann, scheint es ein netter Friedhof zu sein. Andererseits war das meine erste Beerdigung, also könnte es genauso gut sein, dass alle Friedhöfe so aussehen.

Ich befinde mich etwa dreißig Meter von meinem Ziel entfernt, als mir auffällt, dass irgendetwas schiefgelaufen sein muss.

Ich stoße auf die Leiche eines Polizisten.

Ich beginne zu rennen und sehe einen weiteren Polizisten auf dem Boden liegen.

Und noch einen.

Und noch zwei mehr.

Je weiter ich mich dem Grab nähere, desto mehr Polizisten liegen in alle Richtungen verteilt auf dem Rasen.

Ich nähere mich wahllos einem von ihnen. Das Handgelenk des Mannes steht in einem unnatürlichen Winkel ab. Seine Augen sind geschlossen. Ist er tot?

Ich knie mich neben den Körper und berühre seine Hand.

»Hände hoch«, befehlen wir dem glatzköpfigen Mann in der orangefarbenen Kutte. »Legen Sie sich auf den Boden und verschränken Sie Ihre Hände hinter dem Kopf. Langsam.«

Anstatt zu gehorchen, schließt der Mann den Abstand zwischen uns mit einigen wenigen ruckartigen Bewegungen und ergreift unser Handgelenk.

»Lass die Waffe los«, sagt unser Angreifer ruhig, fast besänftigend.

»Auf keinen Fall«, erwidern wir und versuchen, den Mann mit unserer linken Hand zu schlagen.

Wir treffen nicht, aber unser rechter Arm brennt wie Feuer. Wir erkennen, dass dieser Dreckskerl unser Handgelenk gebrochen hat, als er etwas getan hat, was wir nicht sehen konnten, weil seine Bewegung zu schnell war.

Wir ignorieren den Schmerz und greifen nach den

Handschellen, um sie ihm durch ein verzweifeltes Manöver umzulegen. Bevor unsere Hand die Handschellen überhaupt berührt, nehmen wir eine orangefarbene Bewegung in Richtung unserer rechten Schläfe wahr, und uns wird schwarz vor Augen.

ICH VERLASSE DEN KOPF DES POLIZISTEN UND SCHAUE mich um.

Weitere Beamte sind ebenfalls bewusstlos. Eine schnelle Lesung von allen ist ausreichend, um den gleichen Handlungsablauf zu erkennen. Die ganzen Männer, die ich überprüfe, sind zwar noch am Leben, aber jeder von ihnen ist von den Mönchen überwältigt worden. In den meisten Erinnerungen sehe ich eine ähnliche Entwaffnung wie bei dem ersten Polizisten. In einigen seltenen Fällen, wenn die Polizisten überdurchschnittlich gute Selbstverteidigungstaktiken hatten, kann ich den Ablauf etwas genauer betrachten. Er wirkt auf mich wie eine Mischung aus dem Kampftraining, das Caleb und ich in dem Kopf des israelischen Meisters erlebt haben, und einem Hong-Kong-Kung-Fu-Film über Shaolin-Mönche.

Die Polizisten, die es mit Caleb zu tun hatten, haben einige gebrochene Rippen und befinden sich generell in einem schlechteren Zustand. Ich glaube, dass die Mönche so wenig Schaden wie möglich anrichten wollten, ohne jedoch ihr Ziel aus den Augen zu verlieren. Caleb hat die Gewalt dagegen fast genossen.

Er war es, der den Priester bewusstlos geschlagen hat – meiner Meinung nach eine widerliche und überflüssige Aktion.

Während ich lese, verfluche ich mich dafür, so ein kurzsichtiger Menschenfreund zu sein. Die Polizisten mussten meinetwegen ihre Waffen entleeren. Da die Mönche offensichtlich weder Respekt vor der Autorität der Polizei noch vor Waffen haben, ist die Situation außer Kontrolle geraten. Selbst wenn die Beamten geladene Waffen gehabt hätten, und viele Mönche gestorben wären, wäre es schwierig für die Polizisten gewesen, sich durchzusetzen. Mein Eingreifen hat aus einem harten Kampf ein leichtes Abschlachten der Frauen und Männer in Uniform gemacht. Bei dem Gedanken an Frauen in Uniformen schlägt mein Herz schneller.

Ich renne in die Richtung, in die ich Mira und ihre Wachen geschickt habe.

Es dauert nicht lange, bevor ich die erste Polizistin auf dem Boden liegend finde. Danach die zweite. Beide weisen verschiedene Verletzungen auf.

Ich laufe in die andere Richtung, in die ich Thomas geschickt habe. Nach sechs Metern sehe ich jemanden, den ich kenne: den Quarterback. Er ist die erste Person, die versucht aufzustehen. Das muss seine Widerstandsfähigkeit als Footballspieler sein, die sich auch auf der Arbeit zeigt. Ich lese ihn und erfahre, dass er und sein noch größerer Freund sich besser gegen die Mönche gewehrt haben, die wahrscheinlich einige ihrer Brüder vom Feld tragen mussten. Letztendlich waren die Polizisten allerdings in der Unterzahl, und die Mönche waren schneller, weshalb das Endergebnis das gleiche war wie bei allen anderen Kämpfen.

Ich schaue in die Richtung, in die meine Mütter verschwunden sind, und sehe gar nichts. Ich frage mich, ob das bedeutet, dass sie flüchten konnten. Sie hatten keine Polizeibegleitung bei sich, was sie gerettet haben könnte. Das hoffe ich zumindest.

Ich renne zum Parkplatz, weil ich mehr herausfinden möchte, und folge schließlich einer makabren Spur aus »Brotkrümeln«, bei denen es sich in diesem Fall um zusammengeschlagene Polizisten handelt.

Ich unterdrücke meine ansteigende Panik.

Es ist immer noch möglich, dass Thomas und Mira irgendwie ihren Bewachern entkommen konnten. Vielleicht ist Thomas rechtzeitig zu sich gekommen und hat die Polizisten dahin geführt, ihn gehen zu lassen?

Und was ist aus meinen Müttern geworden? Ich sehe keine Hinweise darauf, dass sie in Schwierigkeiten stecken könnten.

Ich werde schneller, während ich zum Parkplatz laufe.

Die Minivans sind verschwunden, und ich sehe Reifenspuren auf dem Asphalt, was auf eine hastige Abfahrt hindeutet.

Hektisch verlasse ich den Parkplatz und gehe auf die Straße.

Ich lese die Friseurin eines nahegelegenen Salons.

Von ihrem Arbeitsplatz aus hat sie einen fantastischen Blick auf den Friedhof. Ich benutze ihr Gehirn, als sei es eine Überwachungskamera, und suche nach dem, was ich brauche. Ja, sie hat die Vans bemerkt. Das Quietschen der Reifen hatte ihre Aufmerksamkeit auf die Fahrzeuge gelenkt. Sie hat gesehen, dass sie direkt auf die Liberty Avenue eingebogen sind.

Ich verlasse den Friseursalon, um zur Liberty Avenue zu gehen, allerdings nicht, ohne auf meinem Weg dorthin weitere Passanten zu lesen. Ich muss ein Dutzend weiterer Köpfe lesen, bis ich Hinweise auf diese verdammten Vans erhalte. In den Erinnerungen eines McDonald's-Kassierers sehe ich zwei Hondas auf den Conduit Boulevard einbiegen.

Spontan folge ich den Zeichen, die zum Belt Parkway führen – dem großen Highway in Brooklyn. Nachdem ich weitere gefühlte hundert Menschen auf dem Weg dorthin gelesen habe, scheint es, als habe sich meine Vermutung bestätigt: Die zwei Odysseys sind auf dem Weg zum Highway.

Ich stoße einen eingefrorenen Fahrradkurier von seinem Rad, um schneller voranzukommen. Fahrräder sind sehr nützlich, wenn man längere Strecken in der Stille zurücklegen möchte. Ich kremple die Hosenbeine meines Anzugs nach oben und beginne, Richtung Highway zu radeln.

Normalerweise würde ich meine Umgebung bestaunen. Auch wenn ich schon mehrere Male in der Stille Fahrrad gefahren bin, habe ich es noch nie auf einem so verstopften Highway getan. Es hat einen gewissen Charme, Dinge zu tun, die man sich in der echten Welt niemals trauen würde. Allerdings kann ich diese Fahrt nicht genießen, nicht, wenn das Einzige, auf was ich mich konzentrieren kann, das Mantra in meinem Kopf ist: *Bitte, seid nicht in den Vans.*

Ich fahre immer weiter, so als würde ich an der Tour de France teilnehmen.

Endlich erblicke ich in einiger Entfernung zwei Vans mit dem glänzenden »H« in einem Viereck.

Ich rase zu ihnen und springe von meinem Fahrrad, das daraufhin mit einem Ketten-auf-Asphalt-Geräusch umfällt.

Voller Angst schaue ich in den ersten Van und erhalte meine erste Dosis Enttäuschung.

Die Mönche haben Mira und Thomas.

Meine Freunde scheinen zu schlafen. Ich traue mich nicht, sie zu berühren, da ich sie dadurch zu mir in die Stille holen würde, ohne zu wissen, ob die Anweisungen der Marionettenspielerin noch gültig sind. Ich will auf gar keinen Fall gegen sie kämpfen. Andererseits ist die Wahrscheinlichkeit, dass sie immer noch unter dem Einfluss der Marionettenspielerin stehen, sehr gering, wenn Eugenes Theorie zu diesem Thema richtig ist. Er denkt, dass das Lesen oder Führen aus der 2. Ebene die Tiefe dieser Person sehr viel schneller aufbraucht, als das normalerweise der Fall ist. Mimir – das eigenartige Lebewesen, das bei meiner Vereinigung mit den Erleuchteten entstand – hat das Gleiche vermutet, als wir uns in der 2. Ebene unterhalten haben.

Ich lese erfolglos die Mönche, da ich nur auf das gleiche nutzlose meditative weiße Rauschen stoße wie im Tempel und am Flughafen.

Ich bin so fassungslos, dass ich mir nicht eingestehen kann, wie schlimm die Dinge stehen, zumindest nicht, bis ich nicht alles gesehen habe.

Ich gehe vorsichtig zum zweiten Honda und öffne die Tür, um hineinzuschauen.

Auf dem Beifahrersitz haben sie Lucy mit dem Gurt festgeschnallt, und Sara sitzt in der gleichen Position auf der Rückbank. Genau wie Mira und Thomas, sehen meine Mütter so aus, als würden sie schlafen.

Ich lese sie schnell. Tatsächlich ist das Letzte, an was sie sich erinnern, ein Nadelstich. Caleb muss sie genauso betäubt haben wie mich, als er mich von meinem Hotel in Miami entführt hat.

Frustriert zerre ich einen eingefrorenen Mönch aus dem Auto und trete ihm einige Male ins Gesicht.

Diese Übung macht mich nur noch wütender.

Ich atme tief durch und versuche, rational zu denken, um einen Silberstreifen am Horizont zu finden. Das Positivste, das ich finden kann, ist, dass sie wenigstens nicht die schwarzen Säcke über ihren Köpfen haben.

Nein, das hilft auch überhaupt nicht. Ich trete dem unbeweglichen Mönch noch einige weitere Male in die Rippen, bevor ich erneut tief durchatme und meine Optionen abwäge.

Da Caleb sich bei Mira und Thomas befindet, bin ich versucht, ihn in die Stille zu ziehen, und meine

Frustrationen aktiver auszuleben als an meinem Sandsack in Mönchsform.

Aber nein. So therapeutisch das auch sein könnte, ich schlage mir diese Idee aus dem Kopf. Selbst wenn ich es wie durch ein Wunder schaffen sollte, Caleb in der Stille umzubringen, was würde das nützen? Er wäre immer noch hier auf dem Highway und ich kilometerweit entfernt auf dem Friedhof. Ich könnte die Fahrer in den Nachbarautos dahin führen, die Vans aufzuhalten, aber das würde auch nicht helfen, da der daraus resultierende stockende Verkehrsfluss meine Verfolgung verlangsamen würde.

Dann habe ich eine Eingebung. Ich muss ihnen gar nicht folgen, weil ich sowieso schon weiß, wohin sie fahren; das ist genauso offensichtlich wie der Grund dafür, dass sie das alles überhaupt tun. Caleb und seine Mönche haben meine Freunde und Familie mitgenommen, um sicherzugehen, dass ich zu ihnen komme, in den Tempel.

Sie wollen mich dazu zwingen, den verrückten Forderungen meiner Großeltern Folge zu leisten.

Allein der Gedanke daran macht mich so wütend, dass ich geradezu Lust bekomme, sie selbst zu verfolgen und etwas Extremes zu tun. Dann atme ich tief ein und zwinge mich dazu, mich zu beruhigen. Ich muss mit meinem Gehirn denken, und nicht mit meinem Testosteron.

Ich springe auf mein geliehenes Fahrrad und radele zurück zu meinem Körper.

Auf meinem Rückweg denke ich über all die

verschiedenen Wege nach, wie ich meine Großeltern dazu bringen könnte, diese Entführung zu bereuen. Und falls Mira, Thomas oder meinen Müttern etwas zustoßen sollte ... dann wäre diese erste Beerdigung, an der ich gerade teilgenommen habe, nicht die letzte.

ALS ICH ENDLICH WIEDER BEI MEINEM EINGEFRORENEN Körper ankomme, ist mir ganz schlecht vom Radfahren. Ich werde auch einen Radfahrkurs in mein zusätzliches Workout integrieren, das ich in Zukunft durchführen möchte. Ich bin mir sicher, dass ich mit mehr Übung solche Dinge über einen längeren Zeitraum durchhalten werde.

Mein eingefrorenes Ich sieht furchtbar aus. Ich bin schmutzig, und mein schwarzer Anzug ist stellenweise zerrissen. Ich bin mir ziemlich sicher, dass die Haut darunter zerschrammt und blau ist.

Ich bereite mich mental auf die Realität vor, berühre mich und verlasse die Stille.

Sobald die Welt zum Leben erweckt wird, ist die körperliche Erschöpfung, die ich in der Stille gefühlt habe, ein Kinderspiel im Vergleich zu der, die ich in der realen Welt spüre. Durch das ganze Radfahren hatte ich völlig vergessen, dass ich von einem Auto angefahren wurde.

Ja, ich habe definitiv Kratzer und blaue Flecken.

Auch wenn es sinnlos ist, verspüre ich den Drang, den Vans hinterherzujagen, aber mein rationaler Teil sagt mir, dass ich nicht so impulsiv sein sollte. Ich muss mit meinen nicht-entführten Freunden sprechen. Sie sind ein cleverer Haufen, und sie werden wissen, was zu tun ist. Außerdem hat Eugene ein Recht darauf, zu erfahren, was mit seiner Schwester geschehen ist.

Zurück im Auto meiner Tante gebe ich die Adresse von Eugenes Labor in das GPS meines Telefons ein.

Spontan suche ich während der Fahrt Calebs Nummer heraus, die ich jetzt unter »die Persönlichkeit« abgespeichert habe. Ich bin allerdings in keiner so spaßigen Laune, um mich für die Sprachwahl zu entscheiden, sondern drücke einfach auf den Touchscreen, um den Anruf einzuleiten.

Ich bin schockiert, als er tatsächlich abnimmt.

»Hallo«, sagt er und ich kann sein nervtötendes Grinsen, das ich ihm so gerne aus dem Gesicht schlagen würde, in Gedanken geradezu vor mir sehen.

»Caleb, du Arschloch, du wirst sie gehen lassen, jetzt sofort ...«

»Darren«, erwidert er. »Wie praktisch, dass du anrufst.«

»Ich meine das ernst. Ich werde ...«

»Was auch immer du zu tun gedenkst«, sagt er selbstzufrieden, »behalte es für dich, bis du am Tempel ankommst. Ich hätte lieber eine Überraschung.«

Und damit legt der Wichser auf.

Ich bin so wütend, dass ich während der ganzen Fahrt in meinem Kopf Rachefantasien durchspiele.

5

____

»DIESE DRECKSÄCKE«, MEINT EUGENE, NACHDEM ICH ihm alles über meinen Morgen erzählt habe. Sein Akzent ist stärker als jemals zuvor, und seine normalerweise ruhige Stimme ist so laut, dass die Anspannung in ihr durch das ganze Labor vibriert. »Wenn sie ihnen auch nur ein Haar krümmen …«

»Mann, beruhige dich«, unterbricht ihn Bert. Er ist seit zehn Tagen Eugenes Computerfreak und Laborassistent.

»Es ist doch ganz klar, dass sie Mira nichts antun werden«, bestätigt auch Hillary.

Ich bezweifle zwar, dass sie sich so oft wie ihr Freund im Labor aufhält, aber als ich ihr die Nachricht geschickt habe, hierherzukommen, war sie gerade in der Nähe, weil sie und Bert eigentlich brunchen gehen wollten.

»Okay, Jungs. Nachdem ich euch jetzt alles berichtet habe, muss ich euch fragen: Was zum Teufel macht dieser Affe hier?« Ich zeige auf das Tier, das mit einem iPad in den Händen mitten im Raum steht.

Ich habe den Affen sofort bemerkt, als ich das Labor betreten habe, aber ich war so angespannt, dass ich die ganze Geschichte in einem Atemzug loswerden musste. Jetzt bin ich ein wenig ruhiger und kann mich meiner Ungläubigkeit darüber hingeben, dass ein freilaufender Affe zwischen den Monitoren zur Gehirnüberwachung und den ganzen anderen Apparaten abhängt, die Eugenes verrückte wissenschaftliche Überlegungen bestätigen sollen.

»Sie ist kein Affe«, entgegnet Eugene und wechselt zu seinem pedantischen Ton. »Sie ist ein Menschenaffe.«

»Okay«, erwidere ich. »Dann werde ich meine Frage umformulieren. Was macht dieser dreckige Menschenaffe hier?«

»Hey, das reicht«, sagt Hillary. »Eigentlich ist Kiki besessen von Hygiene.«

Ich betrachte Kiki. Sie erwidert meinen Blick neugierig. Natürlich weiß ich, dass sie ein Menschenaffe ist. Ich habe sie Affe genannt, weil ich es lustiger fand. Kiki ist einer der höher entwickelten Menschenaffen, entweder ein Schimpanse oder ein Bonobo. Ich habe nicht den Eindruck, dass sie überreinlich ist, da sie eine Windel trägt – aber wer weiß. Sie hat im Moment einen dieser Apparate auf dem Kopf, der dem ähnelt, den ich auch schon für Eugene aufsetzen musste. Was wirklich beeindruckend ist, ist ihr vorbildliches Benehmen. Nachdem sie mich betrachtet hat, wendet sie sich wieder ihrem iPad zu, ganz ohne Affentheater.

»Es tut mir leid, Kiki«, sage ich und rolle mit den Augen. »Ich wollte damit nicht ausdrücken …«

»Jetzt hört endlich auf damit«, wirft Bert ein. »Sie ist ganz offensichtlich unsere Laborratte, äh, -schimpansin.«

»Genau«, sage ich und schaue meine Tante an. »Und du bist damit einverstanden?«

»Nein«, antwortet sie. »Aber Eugene hat diesen ›supersicheren‹ Apparat entwickelt, der die TMS-Maschine beinhaltet, die du ihm gekauft hast, und wollte ihn an Bert testen. Also habe ich mir gedacht …«

»… dass du ihn lieber an einem Schimpansen als an deinem Freund ausprobierst.« Trotz meiner Besorgnis muss ich lachen.

»TMS ist FDA-geprüft«, sagt Hillary zu ihrer Verteidigung. »Also sollte es wirklich eine sichere Sache sein. Ich bin einfach extravorsichtig.«

Sie hört sich so an, als fühle sie sich wirklich schuldig, Berts Wohlbefinden über das von Kiki gestellt zu haben.

TMS steht für Transkranielle Magnetstimulation. Es handelt sich dabei um eine Maschine, die ich für Eugenes Labor von der FBTI bekommen habe, einem Unternehmen, über das ich für meine Arbeit Nachforschungen angestellt hatte, bevor ich Eugene traf. Laut dem, was ich gelesen habe, ist es wirklich sicher, da es Magnetkraft benutzt. Andererseits muss es irgendetwas mit dem Gehirn anstellen, da es zur

Behandlung von Depressionen benutzt wird – außerdem verwendet Eugene es außerhalb seines eigentlichen Einsatzgebietes.

»Und weil du dir Sorgen um Bert gemacht hast, bist du in den nächstbesten Zoo gegangen und hast dir einen Laboraffen geschnappt?«, frage ich sie, da diese Entwicklung meine Laune leicht bessert.

»Nein«, erwidert Hillary. Ihr kleines Gesicht wird düster. »Ich habe Kiki als Teil meines Programms zur Rettung von Tieren bekommen. Sie hat einem Idioten in New Jersey gehört.«

»Hillary, ich kann deinen Greenpeace-Scheiß nicht ertragen, während meine Schwester als Geisel gehalten wird«, meint Eugene gereizt.

Bert starrt ihn böse an. »Du möchtest das nie hören.« Danach dreht er sich zu mir um. »Als er die arme Kiki zum ersten Mal sah, wollte er ihr gleich Elektroden ins Gehirn einpflanzen.«

Zu Eugenes Verteidigung muss ich anmerken, dass er sich wahrscheinlich selbst schon Elektroden ins Gehirn gepflanzt hätte, wenn Mira nicht immer in seiner Nähe wäre und ihn von solchen Dingen abhalten würde. Viel interessanter finde ich, dass Bert seine Freundin verteidigt. Ich fühle mich wie ein Vater, der erkennt, dass sein Kind erwachsen geworden ist. Allerdings wünschte ich mir, dass er sich ab und an gegen meine Tante durchsetzen würde, damit ich mir sicher sein kann, dass er nicht ihr gedankengesteuertes Spielzeug ist. Ich finde es verdächtig, wie sehr er von

Anfang an im Einklang mit den Wünschen meiner Tante war. Es gibt »unter der Fuchtel stehen«, und dann gibt es das, was Bert bei einer Vielleicht-zu-heiß-für-ihn-Freundin geworden ist, die auch noch seine Gedanken manipulieren kann. Wenn Bert nicht so unglaublich glücklich mit dieser ganzen Situation wäre, würde ich mich jetzt schlecht fühlen, an ihr schuld zu sein.

»Wenn überhaupt jemand in Gefahr ist, dann Thomas«, entgegnet Hillary. »Für euch Schnüffler ist er ein Strippenzieher. Ich kann mir nicht einmal vorstellen, was sie …«

»Ich hoffe, sie haben verstanden, dass sie vergessen können, jemals etwas von mir zu bekommen, wenn sie Thomas auch nur ein Haar krümmen«, sage ich, und meine Wut ist wieder da.

»Sie hätten mit deinen Eltern und Mira immer noch genügend Druckmittel gegen dich«, erinnert mich Hillary.

Ich runzele die Stirn, während ich darüber nachdenke. »Sie sind nicht ausgerastet, weil ich ein Hybrid bin, und ich hatte auch nicht den Eindruck, dass sie eine schlechte Meinung von Führern haben. Außerdem, was auch immer sie gegen mich in der Hand haben, ich denke, sie wissen, dass ich sie töten würde, wenn …«

»Das würdest du wirklich tun?« Hillary schaut mich ungläubig an. »Du sprichst von deinen Großeltern.«

»Was willst du damit sagen?«, faucht Eugene sie an.

»Sollen wir aufgeben? Oder soll Darren mit Julia schlafen, um sie zu besänftigen?«

»Da wir gerade von Julia reden, sie werden wir auch gleich dort herausholen«, verspreche ich, als mir endlich klar wird, warum Eugene so ungewöhnlich blutrünstig ist.

Weil er immer noch Gefühle für Julia hat.

»Ja«, erwidert Hillary. »Mein Punkt ist, dass wir rational denken müssen. Um die Überlebenschancen aller Beteiligten zu maximieren, müssen wir erst planen und dann handeln. Ich habe den Eindruck, dass du zu hitzköpfig an die Sache herangehst, was mehr Schaden als …«

»Das ist nicht fair«, unterbreche ich. »Warum, denkst du, bin ich hier, anstatt ihnen mit meinem Auto zu folgen?«

»Ich habe mit Eugene gesprochen, nicht mit dir«, meint sie. »Es war gut, dass du hierhergekommen bist.«

»Gut«, sagt Eugene angespannt. »Lass uns deinen Masterplan hören.«

»Ich habe nur eine sehr grobe Vorstellung«, erwidert Hillary. »Darren muss es schaffen, das Splitten in die 2. Ebene zu beherrschen. Könnte er das tun, hätte er die Möglichkeit, seine Großeltern dorthin zu führen, wo wir sie haben wollen. Das ist die einzige todsichere Sache, die ich weiß.«

»Würde es bei ihnen funktionieren?«, fragt Bert. »Sie sind sehr mächtig, und wenn man die Mönche nicht führen kann, würde das Gleiche nicht auch auf ihre Anführer zutreffen?«

»Wenn du mit Macht die Tiefe meinst, würde sie ihnen nichts nutzen, da sie allen Anzeichen nach, im Gegensatz zu Darren, die 2. Ebene nicht erreichen können«, antwortet Hillary. »Deshalb versuchen sie ja, Nachwuchs zu züchten, der dazu in der Lage sein könnte. Das bedeutet theoretisch, dass sie geführt werden können, allerdings habe ich nicht daran gedacht, dass die Mönche dagegen resistent sind. Falls die Erleuchteten die gleiche Fähigkeit besitzen, ist das ein Problem für meinen Plan. Andererseits, warum sollten sie es überhaupt gelernt haben? Außer natürlich, sie wissen, was die Ältesten tun können …«

»Wenn ich wie durch Zauberhand diese Fähigkeit auf einmal kontrollieren könnte, wäre das eine große Hilfe, selbst wenn es bei meinen Großeltern nicht funktionieren sollte«, sage ich, während ich über ihren Vorschlag nachdenke. »Ich könnte immerhin Caleb, Julia und ihre Mutter kontrollieren.«

»Genau«, erwidert Hillary. »Außerdem gibt es noch dieses kleine Problem, dass unsere Freunde von dieser Person kontrolliert werden, die Darren ›die Marionettenspielerin‹ genannt hat.«

»Okay, ich habe es verstanden«, sage ich. »Die 2. Ebene zu kontrollieren wäre großartig. Aber bitte vergiss nicht, dass ich es heute nicht konnte, nicht einmal, als mein Leben in wirklicher Gefahr war.«

»Ich wollte dir gerade einige Vorschläge machen,

wie du deine Probleme überwinden könntest«, meint Hillary.

Eugene starrt sie an. »Ich glaube, ich weiß, worauf du hinauswillst. Wenn ich mehr Zeit hätte, …«

»Ich habe nicht über deine Forschungen geredet«, erwidert Hillary. »Ich habe an etwas viel Schlimmeres gedacht. Aber wenn du meinst, dass du helfen könntest …«

»Kann mich bitte jemand aufklären?«, frage ich. »Was haben seine Forschungen damit zu tun?«

»Mann, hat er dir nicht erzählt, was er versucht?«, mischt sich Bert ein.

»Er hat es versucht, aber …«

»Warte«, meint Bert. »Du hast für diese ganze Ausstattung hunderttausende Dollar ausgegeben, und du hast niemals gefragt, wofür sie ist?«

»Würdest du gerne mit Kiki knutschen?«, frage ich ihn bedrohlich. Als Bert erblasst, sage ich: »Ich weiß es. Eugene versucht, unsere Kräfte besser zu verstehen, indem er erforscht, wie genau das Gehirn funktioniert.«

»Das ist die Vereinfachung des Jahrhunderts«, erwidert Bert und wirft Hillary einen Blick zu, den ich als »Hey, Schatz, du hättest doch verhindert, dass ich einen Affen küsse?« deute.

»Dann erleuchte mich«, erwidere ich. »Aber bitte mit einer Erklärung für Laien, die auch ein Idiot, der nur einen Harvard-Abschluss hat, verstehen kann.«

»Natürlich«, sagt Bert und tut so, als würde er meinen Sarkasmus ernst nehmen. »Die kürzeste

Version ist, dass Eugenes Forschung es unter anderem einer normalen Person, jemandem wie mir, ermöglicht, in die Gedankendimension zu splitten.«

»Was?« Ich starre ihn an und drehe mich danach zu Miras Bruder um. »Eugene, das hast du mir nie erzählt.«

»Ich dachte, das sei klar«, erwidert mein Freund mürrisch. »Außerdem glaube ich, dass ich es dir erzählt habe. Du hast dir einfach die gleiche nervige Angewohnheit wie meine Schwester angeeignet und schaltest ab, sobald ich von meinen Forschungen berichte.«

Er hat recht, aber zu meiner Verteidigung kann ich sagen, dass er stundenlang redet, wenn er einmal angefangen hat. Ich dagegen kann nach einer bestimmten Anzahl von Worten wie »Konnektom«, »Mikrotubuli« und »Oligodendrozyten« einfach nicht mehr richtig zuhören.

»Okay«, sage ich. »So cool das auch ist, inwiefern würde es in diesem Fall helfen, wenn Bert diese Fähigkeit auch besäße?«

»Ohne einige Veränderungen und Basteleien gar nicht«, antwortet Bert. »Aber der Mechanismus, an dem Eugene arbeitet, kombiniert quasi zwei Dinge: Er erzeugt eine kleine Tiefe und bringt dann das Gehirn dazu, in die Gedankendimension zu splitten. Der zweite Teil könnte ...«

Eugene schüttelt den Kopf. »Wir sind noch in der Phase der Tierversuche, und ich habe über eine solche Anwendung noch nicht wirklich nachgedacht. Wir können es nicht einfach auf Darrens Situation übertragen …«

»Der Affe gleitet in die Stille hinüber?« Trotz allem kann ich ein Lachen kaum unterdrücken. »Wird er ein Leser oder ein Führer sein?« Ich erschaudere bei dem Gedanken daran, was mit den Bananenvorräten der Welt geschehen wird, sollte er Letzteres werden.«

»Weder noch«, sagt Eugene. »Die Kontrolle dieser Fähigkeiten ist über weitere Teile des Gehirns verteilt …«

»Das ist faszinierend«, unterbreche ich ihn. »Ich kann nicht glauben, dass du vorhattest, einen Affen dazu zu bringen, zu splitten, ohne mir davon zu erzählen. Zukünftig hätte ich als Investor dieses Unternehmens gerne tägliche Berichte von Bert. Ich kann doch solche coolen Dinge nicht verpassen.«

»Stark vereinfachte Berichte«, meint Bert. »Okay.«

Ich blicke ihn an. »Ernsthaft, Mann. Meine Reichweite ist wahrscheinlich größer als Hillarys, was bedeutet, dass sie dich nicht vor einem erotischen Treffen mit deinem reizenden ›Äffchen‹ retten kann.«

Bert schaut zu Hillary und fragt sie wortlos: *Kann er dich wirklich überschreiben?*

Sie zuckt mit den Schultern und blickt mich böse an.

Ich werfe ihr meinen eigenen Blick zu, der hoffentlich ausdrückt: *Würde ich es vorziehen, geliebt oder gefürchtet zu werden? In diesem Fall gefürchtet.*

»Ich denke immer noch nicht, dass wir hier

herumsitzen und forschen können, während Mira betäubt in einem Van weggebracht wird«, sagt Eugene.

»Das habe ich nicht gesagt, obwohl ich die Idee, je länger ich darüber nachdenke, immer besser finde«, sagt Hillary.

»Es ist einfach inakzeptabel …«

»Lass sie ausreden«, unterbricht Bert ihn. Das ist das zweite Mal, dass er sie verteidigt, oder aber meine Tante hilft nach, indem sie Bert Dinge sagen lässt.

»Es tut mir leid, Hillary.« Eugene blickt sie entschuldigend an. »Wie lautet dein Plan?«

»Darren kann von denjenigen lernen, die 2. Ebene zu erreichen, die das beherrschen – den Ältesten«, sagt sie.

»Das ist alles?« Ich ziehe die Augenbrauen in die Höhe. »Anstatt Mira zu retten, muss ich einfach die Erleuchteten der Gedankenführer finden und bei ihnen Unterricht nehmen?«

»Ja, genau das, nur ohne Sarkasmus«, erwidert meine Tante. »Und du müsstest auch nicht ziellos nach ihnen Ausschau halten. Du könntest deine Großeltern um Hilfe bitten.«

»Jetzt bin ich verwirrt.« Bert schaut seine Freundin an. »Ich dachte, seine Großeltern seien schuld an diesem ganzen Chaos.«

»Nicht die Schnüffler.« Sie hört sich leicht verzweifelt an. »Seine anderen Großeltern. Diejenigen, die zufällig ebenfalls in Florida leben.«

»Du meinst …«, sagt Bert und hört mitten im Satz auf. »Ich dachte, du hasst sie.«

»Wir haben uns auseinandergelebt«, korrigiert ihn Hillary. »Und ich hoffe, das zeigt euch, wie wichtig mir diese Sache ist.«

»Ich weiß das wirklich zu schätzen«, sagt Eugene. »Allerdings bin ich mir nicht sicher, dass dieser Umweg …«

»Mann«, sagt Bert. »Sie haben Kampfmönche, die nicht geführt werden können, und nach dem, was ihr über Caleb erzählt habt, ist er ein tödlicher Gegner. Oder hast du eine geheime Armee in der Hinterhand?«

»Nein«, antwortet Eugene. »Aber Darren und Hillary könnten vielleicht …«

»Du willst doch nicht gerade ernsthaft vorschlagen, dass ich eine komplette Armee nach meinen Wünschen führe?«, fragt Hillary und zieht die Augenbrauen zusammen. »Die Koordination eines solchen Unternehmens wäre extrem schwierig, und es würde schnell sehr blutig werden. Seit wann können Geiselnahmen mit einer Armee gelöst werden?«

»Ihr könntet eine kleine Gruppe von Navy Seals führen«, schlägt Bert vor, der ganz offensichtlich Blut geleckt hat. »Die Kerle, die Bin Laden hochgenommen haben, würden kurzen Prozess …«

»Genau«, sagt Hillary. »Gehen wir einfach zu Navy Seals „R“ Us und holen welche.«

»Das reicht«, sage ich schon fast im Kommandoton. Alle blicken mich schockiert an. »Hier ist der Ablauf. Die Vans werden zwanzig Stunden benötigen, um Florida zu erreichen. Keine Pausen oder Staus eingerechnet. Dadurch gewinnen wir etwas Zeit. Da meine Großeltern mütterlicherseits ebenfalls in Florida leben, schlage ich vor, dass Hillary und ich sie besuchen, da es ja quasi auf dem Weg liegt. Wenn ich zu den Ältesten gelangen kann, und sie mir schnell beibringen können, wie ich meine Macht besser kontrollieren kann, hervorragend. Wenn nicht, dann werden wir uns spontan etwas anderes überlegen. In der Zwischenzeit könnt ihr untersuchen, ob diese Forschungen uns weiterhelfen könnten.«

»Selbst wenn wir das Problem eine Stunde nach deiner Abreise knacken würden, was würde das bringen?«, fragt Eugene. »Meine Ausstattung ist hier im Labor.«

»Kannst du einen LKW oder ein anderes Fahrzeug in ein mobiles Labor umwandeln?«, möchte ich von ihm wissen.

»Es wäre nicht einfach, aber ...«

»Geld ist kein Problem«, erinnere ich ihn. »Ich werde dir meine Kreditkarte geben.«

»Das würde helfen«, erwidert Bert. »Ich denke, das ist machbar. Ich werde uns Adderall besorgen ...«

»Ihr werdet nichts dergleichen nehmen«, unterbricht ihn Hillary. »Ich kann dafür sorgen, dass du dich konzentrierst, wenn du das möchtest.«

»Das kannst du tun?«, Bert sieht ganz fasziniert aus. »Warum hast du nichts ...«

»Weil ich dich ungeführt mag«, sagt sie. »Wäre die momentane Situation nicht so angespannt ...«

»In Ordnung«, meine ich. »Unser Ziel wird Apalachicola sein. Das ist eine Stadt in der Nähe des

Tempels. Hillary und ich werden dorthin fliegen, was uns etwas Zeit verschafft.«

Eugene dreht sich zu meinem Freund um. »Bert, kannst du ihnen Tickets besorgen?«

»Ich bin schon dabei«, antwortet Bert und geht zum Computer. Der Affe schaut ihn misstrauisch an, als er die Geräusche der Tastatur hört.

»Ihr fliegt nach Tallahassee, richtig? Das ist der nächstgelegene Flughafen«, vergewissert sich Bert.

»Nein«, entgegnet Hillary. »Meine Eltern wohnen zu weit von diesem Flughafen entfernt. Jacksonville oder Orlando sind näher.«

»Okay, ich schau mal, was ich machen kann«, meint er und beginnt zu tippen. Er ist gerade wieder einmal dabei, Passagiere aus dem Flieger zu schmeißen. Wenigstens wird die Fluggesellschaft ihnen eine Entschädigung zahlen, was besser ist, als wenn Hillary oder ich die Menschen dahin führen würden, ihre Tickets zurückzugeben – mein Plan B.

»Wisst ihr«, sage ich, als ich meine Bordkarte auf meinem Handy habe, »dieser Plan erledigt auch gleich noch etwas anderes. Sollte ich lernen, in die 2. Ebene hinüberzugleiten, werde ich in der Lage sein, euch vor der Marionettenspielerin zu schützen, sollte sie erneut auftauchen.«

»Ja, was diesen Punkt anbelangt.« Hillary sieht unbehaglich aus. »Ich war mir nicht sicher, wie ich es ansprechen sollte, aber woher wissen wir, dass diese ganze Entführung nicht in Wirklichkeit von der Marionettenspielerin gelenkt wird?«

»Und wenn das so ist, könnte diese Person schon am Tempel auf uns warten«, fügt Eugene hinzu, und seine Stirn ist voller Sorgenfalten. »Sie wird darauf vorbereitet sein, mich und auch dich, Hillary, gegen euch zu benutzen.«

»Richtig.« Hillary schaut mich fest an. »Verstehst du jetzt, warum wir dieses Thema nicht ignorieren können?«

»Wartet«, sage ich, als ich mich an ein Schlüsselelement erinnere. »Dieser Plan hat eine tödliche Schwachstelle.«

»Was meinst du damit?«, fragt Hillary.

»Erinnerst du dich an das erste Mal, als du mir von der 2. Ebene und den Gerüchten erzählt hast, dass einige der Ältesten diese Fähigkeit besitzen?«

»Ja«, antwortet Hillary. »In dieser Pizzeria in Miami.«

»Genau. Damals hast du nichts weiter dazu gesagt, aber kann außer den Ältesten noch jemand die 2. Ebene benutzen?«

Sie beißt sich auf die Lippe. »Nicht, dass ich wüsste. Ich hatte gehofft, unterwegs mit dir darüber reden zu können.«

»Warte mal«, mischt sich Eugene ein. »Du führst Darren in ein mögliches Versteck unserer Feinde?«

»Nein«, erwidert Hillary kurz. »Zumindest nicht wirklich.«

»Es beginnt aber, sich genau danach anzuhören«, sage ich. »Wenn diese Marionettenspielerin eine der Ältesten ist, ist es dann so eine gute Idee, ihre Freunde besuchen zu gehen?«

»Ja, das ist es«, erwidert Hillary. »Nach allem, was ich über die Ältesten weiß, würden sie das, was diese Person getan hat, nicht unterstützen. Das bedeutet, dass selbst wenn es sich um eine Älteste handeln sollte, sie allein arbeiten müsste. Außerdem könntest du, wenn du dort bist, vielleicht herausfinden, wer es ist, und einen Plan entwickeln, sie zu neutralisieren.«

»Also muss Darren sie nicht nur davon überzeugen, ihm einige geheime Techniken beizubringen, sondern auch noch Detektiv spielen?«, fragt Eugene ungläubig.

»Der Detektivteil könnte leichter sein, als er scheint«, sage ich langsam. »Wir wissen, dass diese Person bei Kyles Beerdigung anwesend war oder sich zumindest in der Nähe aufgehalten hat.«

»Genau«, bestätigt Hillary. »Und die Ältesten leben sehr zurückgezogen, was die Liste der Verdächtigen überschaubar macht. Dieser Plan ist immerhin besser, als unvorbereitet zum Tempel der Erleuchteten zu gehen und das Risiko in Kauf zu nehmen, dass alle eine Gehirnwäsche erhalten.«

»Also«, fällt Bert ein, der offensichtlich die Spannung zwischen Eugene und seiner Freundin abbauen möchte, »selbst wenn Darren die Identität seines Feindes nicht herausfindet, könnte er immerhin das rückgängig machen, was Mira und Thomas angetan wurde, sollte er dieses 2.-Ebene-Ding beherrschen? Kann er euch beide auch davor schützen, geführt zu werden?«

»Ich denke, Darren lag richtig mit seiner Vermutung, dass die Wirkung bei Mira und Thomas nicht anhalten würde«, meint Hillary. »Aber du hast recht, prinzipiell könnte er Dinge rückgängig machen, die mit uns angestellt werden, auch wenn er sie nicht wirklich vorbeugend verhindern könnte.«

»Ich weiß nicht, was ich sagen soll«, meldet sich Eugene nachdenklich zu Wort. »Es gibt zu viele Variablen in dieser Gleichung. Irgendetwas wird schieflaufen.«

»Darrens Leben wäre nicht in Gefahr«, sagt Hillary. »Die Ältesten, als Gruppe, wollen nicht, dass ihm etwas zustößt.«

»Wieso bist du dir da so sicher?«, frage ich. Meine Neugier macht Überstunden, wenn es um Menschen geht, die mich umbringen wollen.

»Wenn die Ältesten dich lieber tot sehen würden, wärst du es bereits«, antwortet Hillary. »Vertrau mir.«

»Bei Darrens Glück wollen sie ihn töten, sobald sie ihn treffen«, sagt Eugene. »Ist nicht böse gemeint, Darren.«

»Ich bin meines Glückes Schmied«, sage ich und winke mit meiner Hand ab, um ihm zu zeigen, dass ich ihm nicht böse bin. »Nach dem, was Hillary gerade gesagt hat, werde ich zu den Ältesten einfach supercharmant sein. Du wirst schon sehen.«

»Ja, sie werden ihn lieben«, meint Hillary. »Ich bin dafür, bei diesem Plan zu bleiben und deine Forschungen als möglichen Notfallplan zu haben.«

»Da Darren derjenige ist, der sich in die potentielle

Höhle des Löwen wagen muss, sollte er die Entscheidung treffen«, sagt Bert. »Das wäre nur fair.«

Alle schweigen und schauen mich erwartungsvoll an.

Ich betrachte jeden Einzelnen von ihnen.

Hillary sieht besorgt aus, Eugene angespannt und Bert sehr ernst.

Ich kann den Gedanken nicht ertragen, dass meine Freunde sich noch einmal gegen mich wenden könnten. Das ist der einzige Grund dafür, dass ich mich für den Plan entscheide.

»Na komm, Tantchen«, meine ich. »Ein Flieger wartet auf uns.«

Die Spannung verfliegt, aber Berts Gesichtsausdruck wechselt von ernst zu traurig.

»Dann ist das jetzt wohl die Verabschiedung«, sagt er und schaut Hillary wie ein Hundewelpe an, der sein Lieblingsspielzeug verloren hat. »Wir sehen uns bald wieder?«

Anstatt ihm zu antworten, geht Hillary zu ihm und küsst ihn.

Ich schaue zu Eugene und erkenne den Hauch eines Lachens in seinen Augen, bevor er sofort wieder ernst wird. Ich gleite in die Stille hinüber, um kurz mit ihm unter vier Augen zu reden.

Die Welt um mich herum hält inne. So als hätten sie einen eigenen Willen, tragen mich meine Beine zu Kiki, anstatt zu Eugene. Trotz der wichtigen Aufgabe, die vor mir liegt, kann ich dieser Versuchung nicht widerstehen.

Ich möchte die Schimpansin lesen.

Ich gehe zu ihr und lege meine Hand auf ihr Gesicht (oder ist es eine Schnauze?). Ihr Fell (oder ist es Haar?) fühlt sich weicher an, als es aussieht. Ich konzentriere mich und frage mich gerade, ob das überhaupt funktioniert, als ich schon in ihrem Kopf bin.

Wir warm. Wir glücklich. Wir nicht gelangweilt. Wir voll.

Ich, Darren, trenne mich von ihren Gedanken. Das ist unglaublich. Sie hat sinngemäß die gleichen Gedanken wie Menschen. Aber es steckt noch mehr dahinter. Die Art und Weise, wie sie die Welt sieht, ist unheimlich menschlich und doch anders. Sie ist wie die eines Kindes, das seine Umgebung bestaunt. Eine eigenartige Zufriedenheit scheint eine große Anzahl ihrer grundlegendsten Bedürfnisse zu unterdrücken, und ich brauche einen Moment, um zu verstehen, dass Kiki geführt wird. Das muss Hillary gewesen sein, und es erklärt das gute Benehmen der Schimpansin.

Ich bin enttäuscht darüber, nicht zu erfahren, wie ein Menschenaffe in Wirklichkeit denkt, und verlasse Kikis Kopf, nachdem ich meine To-do-Liste um »einen normalen Menschenaffen lesen« erweitert habe. Das liegt irgendwo zwischen »einen Delfin lesen« und »den Papst lesen«.

NACH KIKI GEHE ICH ZU EUGENE UND HOLE IHN ZU MIR.

»Darren«, sagt mein Freund. »Ich wollte dich auch gerade hineinziehen.«

Ich halte inne, um nach den besten Worten zu suchen, aber es platzt mir dann einfach heraus: »Ich wollte dir sagen, dass ich alles tun werde, was nötig ist, um Mira dort herauszuholen. Ich werde mich nicht von Hillarys Pazifismus aufhalten lassen.«

»Danke.« Eugenes Augen glänzen. »Ich meine es ernst. Danke.«

»Keine Ursache. Was wolltest du mir sagen?«

»Du hast meine Gedanken gelesen.« Er lacht. »Ich wollte wissen, ob ich auf dich zählen kann, sollte ...«

»Das kannst du.«

»Gut. Ich wollte dir noch etwas anderes sagen. Du bist sehr gut für Mira.«

»Ich bin gut für sie?« Er hat mich gerade völlig überrascht.

»Du hast einen guten Einfluss auf ihr Leben«, erklärt Eugene. »Fast transformativ.«

»Ich?« Ich starre ihn an. »Okay, wenn du das sagst.«

»Das denke ich wirklich«, entgegnet Eugene ernst. »Hat sie dir erzählt, dass sie für ihr Abitur lernt?«

»Nein.« Ich blinzele erstaunt. »Sie hat es mit keinem Wort erwähnt.«

»Aber sie tut es, und das ist nicht das Einzige. Sie ist glücklicher in der letzten Zeit. Wärmer. Langsam wird sie wieder so, wie sie vorher war ...« Er schluckt und denkt offensichtlich an den Tod ihrer Eltern.

»Oh, ich verstehe«, sage ich betreten.

Wenn er mit »wärmer« »weniger selbstmörderisch« meint, dann ist es mir auch aufgefallen. Wenn er mit »glücklicher« meint, dass sie nicht länger diese Vorträge darüber hält, wie sinnlos das Leben ist, dann hat er auch recht damit, dass sie sich in diesem Punkt gebessert hat. Ich dachte, diese kleinen Dinge hätten sich geändert, weil Mira endlich ihre Rache nehmen konnte, aber ich habe sie nicht mit mir in Verbindung gebracht. Na ja, dass ich Jacob angeschossen habe, hat ihr dabei geholfen, sich endlich zu rächen und Kyle zu töten – auch mein Verdienst. Das hat dieses rachsüchtige Kapitel in ihrem Leben endgültig abgeschlossen. Aber ich bin mir sicher, dass Eugene nicht diese Dinge meint, wenn er mir Miras Verbesserungen zuschreibt.

Ich äußere meine Zweifel aber nicht, sondern sage so unbesorgt wie möglich: »Ich muss los.«

»Ja«, erwidert er und schüttelt meine Hand.

Ich verlasse die Stille, und sobald Bert und Hillary sich wieder bewegen, meine ich: »Also kontrollierst du den Affen.«

»Nur so lange, bis er ins Reservat kommt«, erwidert sie.

»Aha.« Ich weiß, dass es unangemessen ist, aber ich kann nicht widerstehen. »Und wenn du ihn nicht geführt hättest, denkst du, Bert hätte ihn ausgepeitscht, wenn er sich nicht benommen hätte?«

6

DIE FAHRT ZUM FLUGHAFEN, DER FLUG UND DIE
Weiterreise von Jacksonville verlaufen ohne
Zwischenfälle. Meine Verletzungen stören mich,
wahrscheinlich wegen der Schmerzmittel, nicht allzu
sehr, aber ich bin trotzdem nicht besonders gesprächig,
weshalb mich Hillary mit ihrer ungefilterten
Propaganda überschüttet. Ich weiß jetzt, wie Bert zu
einem Fischesser geworden ist, oder Ovo-Lacto-
Vegetarier oder was mein ehemaliger Fleisch-und-
Kartoffeln-Freund jetzt auch immer ist. Hillary zählt
mir eine lange Liste von Problemen auf – von
Herzkrankheiten bis Krebs –, die angeblich durch den
Verzehr von Fleisch hervorgerufen werden. Sollte ich
es in der nächsten Zeit aufgeben, rotes Fleisch zu
essen, weiß ich, wer schuld daran ist.

Sie nutzt die Gelegenheit außerdem, um mir von
exotischen Haustieren zu berichten – ein Thema, über

das sie schon im Labor sprechen wollte, als Eugene sie unterbrochen hat.

Offensichtlich gibt es Menschen, die weder etwas über wild lebende Tiere wissen noch einen Selbsterhaltungstrieb besitzen, weshalb sie gerne Schimpansen als Haustiere wählen. Schlimmer ist, dass einige sogar versuchen, Löwen zu halten oder andere Kreaturen, von denen sie eigentlich als Nahrung betrachtet werden. Die Hälfte dieser Personen schadet ihren Tieren nachhaltig. Zum Beispiel entfernen einige Halter die Klauen ihrer Löwen, was eine nette Umschreibung dafür ist, dass die »Fingerspitzen« dieser Tiere amputiert werden. Sollte das der Fall sein, haben diese, laut Hillary, Probleme damit, sich fortzubewegen. Diese Verstümmelungen sind aber nichts im Vergleich zu dem Schaden, den die Tiere durch nicht artgerechte Haltung in einer räumlich eingeschränkten Umgebung davontragen. Meine Tante hat offensichtlich gerade daran gearbeitet, diese Praktiken zu beenden, und besitzt jetzt eine Rettungsstation im Bundesstaat New York.

Das muss ich ihr lassen: Sie besitzt Stil. Diese ganzen Rettungen werden von Geldspenden der ehemaligen Halter finanziert – unter Hillarys Führung –, die sich außerdem verpflichten, praktische Hilfe zu leisten. Ich bewundere die Ironie, dass diese Menschen die Scheiße der Tiere wegräumen, die sie selbst misshandelt haben. Auch wenn mich das ganze Thema nicht so mitnimmt wie meine Tante, ist der Gedanke, dass diese Tiere endlich in einem großzügigen Gehege umherwandern können, beruhigend. Aber ich würde ja auch niemals die Klauen einer Raubkatze ziehen lassen – nicht, dass ich jemals vorgehabt hätte, mir eine zuzulegen –, wenn es mit dem Entfernen der Fingerspitze eines Menschen vergleichbar ist.

Als ich bemerke, dass Hillary es geschafft hat, mich für dieses Thema zu interessieren, denke ich darüber nach, wie gut meine Tante Menschen beeinflussen kann, ohne auf das Führen zurückzugreifen.

Hillary wird immer stiller, je näher wir unserem Ziel kommen. Als wir darauf warten, in die private Gemeinschaft des Palm Haven eingelassen zu werden, schweigt sie. Ich verstehe, warum. Sie hat ihren Eltern niemals vergeben, Margret, ihre ältere Schwester und meine biologische Mutter, verstoßen zu haben. Ich denke, ein Teil von ihr gibt ihnen sogar die Schuld an Margrets Tod, auch wenn wir wissen, dass er auf Kyles Konto geht. Wenn ich schon gemischte Gefühle habe, was das Treffen mit meinen Großeltern betrifft, wie schlimm muss es dann erst für sie sein?

»Du musst nicht mitkommen«, sage ich zu ihr, als uns der Wachmann, den Hillary geführt haben muss, durchlässt. »Du kannst im Auto warten.«

»Das ist verrückt«, antwortet sie und biegt an der ersten Kreuzung rechts ab. »Du kannst nicht einfach hineingehen und sagen: ›Hallo, ich bin euer Enkel.‹«

»Warum nicht?« Ich schaue sie an. »Genau das hatte ich vor.«

»Ich weiß.« Sie parkt den Mietwagen neben einem

Haus in ausgewaschenem Rosa, neben dem eine vertrocknete Palme steht. »Deshalb werde ich reden.«

»Okay.« Ich schlage die Autotür ein wenig zu heftig zu.

Sie geht zu dem Haus und klingelt.

Eine ganze Zeit lang antwortet niemand, also klopft Hillary mit ihrer kleinen Faust an die Tür.

Sie öffnet sich.

Ein Mann steht im Türrahmen. Er sieht völlig entsetzt aus, aber hat sich schnell wieder unter Kontrolle. Hillary scheint die letzte Person zu sein, die er erwartet hatte.

Wer ist er? Er sieht zu jung aus, um Hillarys Vater sein zu können, und schon gar nicht Margrets, die jetzt älter wäre als dieser Typ. Er scheint höchstens Mitte dreißig zu sein. Der einzige Grund, weshalb ich denke, er könne älter sein, sind seine Augen. Sie sehen müde aus, wie die Augen älterer Menschen.

»George«, sagt Hillary mit eisiger Stimme. »Was tust du hier?«

»Das Gleiche wie du, nehme ich an«, sagt der Mann, George.

»Ich bezweifle, dass wir aus dem gleichen Grund hier sind«, erwidert meine Tante.

»Warte.« George zieht seine Stirn in Falten. »Hast du es etwa nicht mitbekommen?«

»Dass du jetzt einer der Botschafter bist? Doch. Glückwunsch.«

Er seufzt. »Nein, das mit Ronald.«

»Was ist mit ihm?«

»Komm lieber herein«, antwortet George und öffnet die Tür weiter.

Als wir eintreten, habe ich eine Art Déjà-vu. Es ist so, als betrete ich das Haus von Gamma und PopPop. Die Eltern meiner Mutter Sara leben auch in Florida, sie haben Möbel aus der gleichen Zeit, ihr Haus ist genauso staubig und ungepflegt und riecht ebenso muffig. Ich bemerke außerdem einen Hauch von Knoblauch in der Luft, genau wie in Nanas und Granpops Haus – Lucys Eltern. Ich bin froh, dass diese beiden in Queens leben, da es mehr als komisch wäre, vier Großelternpaare in Florida zu haben.

Drei ist schon eigenartig genug.

George führt uns in die Küche, in der eine alte Frau steht, die eine Tasse Tee in der Hand hält. Als sie Hillary erblickt, weiten sich ihre Augen, und sie stellt ihre Tasse auf dem Tresen ab.

Ihre Stimme hört sich bitter an, als sie sagt: »So weit muss es also kommen, damit du uns besuchst? Einer von uns muss leiden?«

»Ich freue mich auch, dich zu sehen, Anne«, erwidert Hillary kühl. »Kannst du mir erklären, wovon du und George sprecht? Was ist mit Ronald?«

»Nicht einmal jetzt nennst du ihn Vater?« Anne nimmt ihre Teetasse wieder in die Hand und umfasst sie so, als würde sie sie beruhigen.

»Mama, was stimmt nicht mit Papa?«, fragt Hillary und schafft es, diese normalerweise warmen Worte leer klingen zu lassen.

»Komm, ich zeige es dir«, sagt Anne. »Aber lass

deinen unbelasteten Toyboy in der Küche. Dein Vater wird sich zu sehr aufregen, wenn er ihn sieht.«

Redet sie gerade über mich? »Ich bin nicht ...«

»Er ist nicht unbelastet«, sagt Hillary. »Er ist sogar ein sehr mächtiger Führer, den Vater befürworten würde.«

Meine neue Großmutter schüttelt ungläubig den Kopf und verlässt die Küche.

Als wir weiter in das Haus hineingehen, liegt ein neuer Geruch in der Luft, einer nach Medizin. Wir betreten das große Hauptschlafzimmer. In seiner Mitte befindet sich etwas, was wie ein Krankenhausbett aussieht, und in ihm liegt ein alter Mann mit einem missmutigen Gesichtsausdruck.

»Du kommst zu früh«, sagt er mit kratziger Stimme zu Hillary. »Ich bin noch nicht tot.«

»Dir auch hallo, Vater«, erwidert Hillary. »Möchtest du mir erzählen, was passiert ist?«

»Du weißt es wirklich nicht?« Anne betrachtet mit zusammengezogenen Brauen ihre Tochter. »Du bist nicht hierhergekommen, um dich an den Schmerzen deines Vaters zu erfreuen?«

Hillary sieht aus, als habe ihre Mutter ihr eine Ohrfeige verpasst.

»Wir sind hier, weil ich die Ältesten treffen muss«, entgegne ich leicht gereizt.

Hillary legt ihre Hand auf meinen Arm und sagt: »Wir denken, seine Reichweite ist groß genug, um ...«

»Er ist ein Anwärter?« Der Gesichtsausdruck ihres Vaters wird sichtbar zugänglicher. »Willst du mir damit sagen, dass du jemanden geheiratet hast, der unserem Niveau angemessen ist?«

»Wir …«

»… werden dir keine Einzelheiten erzählen, bis ich nicht weiß, was mit dir geschehen ist«, erwidert Hillary und drückt meinen Arm.

»Da gibt es nicht viel zu sagen«, meint Ronald bitter. »Ich bin gefallen.«

»Und dabei hat er sich die Hüfte gebrochen«, fügt Anne hinzu. »Vergiss diesen Teil nicht.«

»Ich verstehe«, sagt Hillary, und ihr kleines Gesicht ist unleserlich. »Wie schlimm ist es?«

»Er ist operiert worden«, meint George und tritt näher an das Bett heran. »Nach der Physiotherapie wird er vielleicht wieder gehen können.«

»Wolltest du uns noch etwas anderes mitteilen?«, fragt ihr Vater. »Abgesehen davon, dass dieser junge Mann« – er schaut mich kurz an – »ein Anwärter ist?«

Hillarys Kiefer spannt sich an. »Was möchtest du hören, Vater? Dass ich jemand Besseren als George gefunden habe?« Sie wirft einen abwertenden Blick auf den besagten Mann. »Ja, das habe ich. Ich habe einen Mann, und ich bin glücklich.«

Sie drückt meinen Arm erneut, aber jetzt habe ich bereits verstanden, dass ich meinen Mund halten soll.

»Das ist gut«, sagt Ronald mit wässrigen Augen. »Wir wollten doch nur …«

»… sichergehen, dass ich euch nicht beschäme«, fällt ihm Hillary ins Wort. »Dass ich meine Pflicht erfülle.«

»Du sagst das, als sei es eine schlechte Sache«, bemerkt meine Großmutter.

»Ich denke, Ronald sollte sich ausruhen«, meint George. »Wir sollten wieder in die Küche zurückgehen.«

»Ich werde bei meinem Ehemann bleiben«, sagt Anne und geht zum Bett. »Ich bin mir sicher, dass George, was die Ältesten betrifft, besser helfen kann als ich, da ich ihn sowieso hätte rufen müssen.«

»Es war schön, dich zu sehen«, meint Ronald zu Hillary. »Ich hatte gehofft, diese Gelegenheit zu bekommen bevor …« Er schluckt.

»Es tut mir leid, dass du verletzt bist«, erwidert Hillary, und ihr normalerweise ausdrucksvolles Gesicht zeigt fast keine Gefühle. Bevor ihre Eltern noch etwas sagen können, folgt sie George in den anderen Raum.

Als wir wieder in der Küche ankommen, gleite ich in die Stille hinüber. Dann gehe ich zurück zum Schlafzimmer und schaue mir mein neues biologisches Großelternpaar genauer an. Ich erkenne die Familienähnlichkeit. Ich habe Ronalds blaue Augen und seine Nase. Annes Wangenknochen sind fast genauso wie die meiner Tante.

Ich weiß nicht, was ich beim Anblick dieser Menschen fühle. Sie haben meine Mutter enterbt, und da sie Traditionalisten sind, würden sie mich, den Hybriden, wahrscheinlich abscheulich finden. Ich sollte wütend auf sie sein, aber ich bin es aus irgendeinem Grund nicht. Ich fühle Bedauern und

Trauer. Diese Menschen haben es geschafft, sich wegen ihrer dummen Vorurteile von ihrer einzigen verbleibenden Tochter zu entfremden. Aber auf eine gewisse Weise verdanke ich ihnen meine Existenz. Hätten sie sich meiner biologischen Mutter gegenüber nicht wie Arschlöcher verhalten, hätte sie nicht rebelliert und einen Leser geheiratet, letzteres vielleicht sogar extra, um sie zu ärgern.

Sollte ich meine Psychologin Liz jemals wiedersehen, wird sie darüber reden wollen.

Als ich meine Großeltern lange genug angestarrt habe, beschließe ich, mich ein wenig umzusehen, und finde ein Familienalbum in der zweiten Schublade einer antiken Eichenkommode.

Jackpot.

Als ich es durchblättere, sehe ich Bilder von Margret. Sie war eine wunderschöne junge Frau, auch wenn sie auf vielen dieser Fotos traurig aussieht. Fotos eines jüngeren Georges, dem Kerl, der uns die Tür geöffnet hat, tauchen auch immer wieder im Album auf. Ist er ein Verwandter? Aber hatte Hillary nicht angedeutet, dass er ihr Verehrer oder was auch immer gewesen war? Komisch.

Ich denke, dass es an der Zeit ist, mehr darüber zu erfahren, und beschließe, in die Küche zurückzukehren.

Ich gehe zu meiner eingefrorenen Tante, die genauso emotionslos aussieht wie vorher. Wir müssen uns unter vier Augen unterhalten, also berühre ich ihre Stirn.

»Darren«, meint Hillarys lebendige Doppelgängerin. »Ich habe mich schon gefragt, wie lange du brauchen würdest, um mich hineinzuziehen.«

»Und, habe ich deinen Erwartungen entsprochen?«

»Du hast sie alle mit deiner Geduld übertroffen.«

»Okay. Kannst du mir sagen, wer zur Hölle er ist?« Ich zeige auf George, aber gehe dabei sicher, ihn nicht zu berühren.

»Er ist der Enkel der Cousine deiner Großmutter.« Während sie redet, geht Hillary zu der Treppe in der Mitte des Hauses.

»Warte mal kurz.« Ich folge ihr die Stufen hinauf. »Wenn er mit dir verwandt ist, warum wollten deine Eltern, dass du ihn heiratest?«

»Er ist ein sehr entfernter Verwandter, aber ich hatte kein Problem mit seinem Blut. Ich habe mich einfach nicht für ihn interessiert.« Sie hält in der zweiten Etage an und schaut sich um.

Ich denke über George nach. Die Größe ist unsere einzige Gemeinsamkeit. Er ist ein wenig größer als ich, vielleicht ein Meter fünfundachtzig. Mit seinen braunen Augen und seiner Hakennase hätte er genauso gut Berts Verwandter sein können. Das erinnert mich an das, was Hillary vorhin gesagt hat – dass sie einen Mann gefunden hat –, und ich lächele. Ihre Eltern haben wahrscheinlich gedacht, dass sie über mich redet.

»Würdest du gerne mein altes Zimmer sehen?«, möchte Hillary wissen und deutet mit einer

Kopfbewegung auf die Tür, die sich rechts von ihr befindet.

»Na klar«, antworte ich. »Sehr gerne sogar.«

Sie öffnet vorsichtig die Tür, tritt ein und wartet auf mich, bis ich bei ihr bin.

»Ich hätte nicht gedacht, dass du auf Heavy Metal stehst«, sage ich und betrachte die Metallica-Poster, die die ganzen Wände bedecken.

»Das war eine Phase«, meint sie und schaut sich um. Plötzlich bekommt sie feuchte Augen. »Es tut mir leid. Das war ein Fehler. Ich denke, wir sollten zurückgehen«, sagt sie, aber bewegt sich nicht. Ich nehme an, das schmuddelige Bett, die Plüschtiere und diese Poster bringen einige unangenehme Erinnerungen zurück.

Ich fühle mich wie ein Eindringling. Um die unangenehme Situation ein wenig zu entspannen, frage ich: »Was ist ein Botschafter? Und da wir gerade bei Begriffen sind, was ist ein Unbelasteter? Und warum hast du über mich gelogen?«

Hillary geht zu ihrem alten Schreibtisch und setzt sich auf den Drehstuhl. Dann nimmt sie eine Haarbürste und sagt abwesend: »›Unbelastete‹ ist eine abwertende Bezeichnung der Gedankenführer für normale Menschen. In meinem Freundeskreis wird er nicht benutzt. Er soll ausdrücken, dass Menschen ohne die Macht nicht damit belastet werden, solche Entscheidungen treffen zu müssen wie wir, die Mächtigen und Auserwählten. Alles Quatsch, wenn du mich fragst. Das einzig Gute an dieser Bezeichnung ist, dass sie besser ist als zum Beispiel ›die Machtlosen‹.«

»Okay, aber was bedeutet es für George, ein Botschafter zu sein?« Ich beobachte sie dabei, wie sie die Bürste durch ihr Haar gleiten lässt.

»Ein Botschafter ist eine schicke Bezeichnung für Menschen, die Geschäfte für die Ältesten erledigen. Es gibt nicht viele von ihnen, deshalb hast du wahrscheinlich noch nie von ihnen gehört.« Sie öffnet eine Schublade und nimmt ein Fotoalbum heraus.

»Wie viele von ihnen gibt es?«, frage ich, während ich sie weiterhin anblicke.

»Ich bin mir nicht sicher. Ich bezweifle, dass es viele sind, auch wenn ich kaum etwas über sie weiß. Ich habe erst kürzlich herausgefunden, dass George einer von ihnen geworden ist. Ich dachte, er sollte einer der Ältesten werden, nicht einer ihrer Lakaien, aber wenn ich seinen Charakter bedenke, passt es wieder.« Sie blättert fast vorsichtig durch ihr Fotoalbum.

»Seinen Charakter?« Ich gehe weiter in den Raum hinein und stolpere fast über einen staubigen Teddybären.

»Die Ältesten sind ein sehr solipsistischer Haufen, während George die Außenwelt und die Menschen sehr wichtig sind. Die Tatsache, dass er hier einen kranken älteren Verwandten besucht, ist typisch für ihn, aber kein Ältester würde sich jemals dazu herablassen, sein geheimes Versteck für jemanden außerhalb der Gemeinschaft zu verlassen.« Auf einer

Seite des Albums hält sie inne, und ihr Gesichtsausdruck wird hart.

»Würden sie sich die Mühe machen, mir zu helfen, wenn sie so sehr auf sich selbst konzentriert sind?« Ich gehe langsam zu ihr, um zu sehen, welches Bild sie sich gerade anschaut.

»Falls sie denken, dass dabei etwas für sie herausspringen könnte, mit Sicherheit, aber es gibt nur einen Weg, um herauszufinden, was sie tun werden.« Sie blättert die Seite um, so dass ich nicht sehen kann, was sie verärgert hat. »Wir sollten mit George reden, damit er ein Treffen arrangiert.«

»Tun wir immer noch so, als seien wir ein Paar? Ich bin mir nicht sicher, wie wohl …«

»Nein, diese Lüge war für meine Eltern. Sollten sie die Wahrheit über dich herausfinden, würden sie ein Aneurysma bekommen.« Sie lässt ihren Finger im Fotoalbum stecken, um die Seite nicht zu verlieren, hebt ihren Blick und zwinkert mir zu.

»Und George ist offener?«

»Keine Ahnung, aber das ist egal. Es hat keinen Sinn, ihn anzulügen, und schon gar nicht die Ältesten. Es könnte geradezu gefährlich sein, das zu tun. Eine Lüge ist nie ein guter Beginn für eine Beziehung.« Sie öffnet das Album wieder und schlägt die Seite um.

»Aber wenn die Wahrheit schlimmer ist als die Lüge?«

Sie hört auf umzublättern. »Sie haben sowieso Möglichkeiten, die Wahrheit herauszufinden. Es würde mich nicht überraschen, wenn sie oder einer ihrer

Botschafter bereits über dich Bescheid wüssten. Und außerdem wird es ihre Neugier wecken, wenn du ihnen sagst ›Ich bin ein Gedankenführer, der seine Traditionen nicht kennt‹.«

»Also erzähle ich ihnen alles?«

»Du kannst einige Dinge weglassen – das ist nicht direkt lügen –, aber du solltest ihnen erzählen, wer deine Mutter ist und dass die Erleuchteten deine Freunde und Familie entführt haben, weil sie das wahrscheinlich motivieren wird, dir zu helfen. Aber sprich nicht darüber, dass dein Vater ein Leser ist, wenn du es nicht unbedingt musst, und erwähne ihn auch George gegenüber nicht. Wenn sie darüber nichts wissen, hervorragend, aber selbst wenn sie es bereits erfahren haben, warum solltest du ein unschönes Thema freiwillig ansprechen?«

»Was ist mit der Marionettenspielerin? Erzähle ich ihnen von ihr?«

»Ich weiß es nicht«, erwidert Hillary. »Tu das, was dir deine Nachforschungen über diese Person vereinfacht. Du könntest diese Sache zuerst für dich behalten, um ein Ass im Ärmel zu haben, das du hervorholen kannst, wenn sich ein günstiger Zeitpunkt ergibt …«

Sie schlägt eine neue Seite auf und bekommt einen schmerzlichen Gesichtsausdruck.

»Was ist los?«, muss ich sie einfach fragen.

»Hier ist ein Bild von ihr«, antwortet Hillary. »Komm her. Es wäre nicht fair, es dir vorzuenthalten.«

Aha. Sie sieht sich Bilder ihrer toten Schwester an – meiner Mutter.

Ich gehe zu ihr und schaue ihr über die Schulter. Genau wie zuvor fühle ich einfach nur Neugier, als ich mir Margret anschaue, die auf den meisten Bildern noch sehr jung aussieht. Ich kann mir überhaupt nicht vorstellen, was in Hillary vor sich geht, während sie diese lachenden Gesichter betrachtet.

»Sie war sehr hübsch«, sage ich unsicher.

»Ich war eifersüchtig auf sie«, meint Hillary. »Sie war so wunderschön.«

Ich lege meine Hand auf ihre Schulter und bleibe so stehen, während sie langsam die restlichen Seiten durchgeht.

Mit einem hörbaren Schniefen springt Hillary auf ihre Füße. »Lass uns zum geschäftlichen Teil zurückkommen.« Ihre Stimme ist aufgesetzt fröhlich.

Sie geht in die Küche zurück, und ich folge ihr vorsichtig, um nicht über den Teppich auf den Stufen zu stolpern.

»Warum holen wir George nicht zu uns, damit uns deine Eltern nicht hören können?«, schlage ich vor, als wir beide uns wieder in der Küche befinden.

»Gute Idee.« Sie geht zu ihm.

»Warte. Bist du immer noch diejenige, die redet?«

»Nein, das kannst du übernehmen«, sagt sie. »Wenn es eine Familieneigenschaft gibt, die wir definitiv teilen, dann ist das unsere Fähigkeit, die Offenlegung der vollständigen Wahrheit zu umgehen.«

»Vergiss nicht unser umwerfendes Aussehen.« Ich

bin froh, dass sie wieder ganz die Alte ist, zumindest äußerlich.

»Stimmt, und unsere unglaubliche Bescheidenheit.«

Ich lache und sehe ihr dabei zu, wie sie George zu uns holt. Als er auftaucht, verschränkt er seine Arme und schaut uns erwartungsvoll an.

»Darren braucht deine Hilfe«, sagt Hillary. »Darren, bitte erkläre ihm, in welcher Lage du dich befindest.«

Ich erzähle ihm die Geschichte so, wie Hillary und ich es besprochen hatten. Ich erwähne keine unwesentlichen Dinge, wie die Tatsache, dass meine Freundin eine Gedankenleserin ist, oder andere Dinge, die mich in Schwierigkeiten bringen könnten, wie, dass ich Kyle umgebracht habe. Ich betone die Aspekte, die die Gedankenführer interessieren könnten und konzentriere mich hauptsächlich darauf, dass Thomas, ein anderer Führer, von den Erleuchteten entführt worden ist.

Als ich die Erleuchteten erwähne, bin ich mir sicher, Georges ungeteilte Aufmerksamkeit zu haben.

»Das werden die Ältesten hören wollen«, sagt er mit leuchtenden Augen. »Die Erleuchteten faszinieren sie, und wenn Thomas ausgerechnet von ihnen entführt wurde …«

»Warte mal«, fällt Hillary ihm ins Wort. »Warum sollten die Ältesten überhaupt wissen, wer Thomas ist? Er ist nicht wirklich mächtig.«

»Wir mögen es, die Führer im Auge zu behalten, die

Zugang zu mächtigen unbelasteten Individuen haben oder ihn in Zukunft haben könnten.«

Hillary sieht verständnislos aus, aber ich weiß, worauf George hinausmöchte. »Es geht um Thomas' Job beim Geheimdienst, nicht wahr?«, frage ich.

»Dein Neffe ist genauso clever wie du«, meint George anerkennend. »Ja, das stimmt. Die Unbelasteten werden nie mächtiger werden als der sogenannte Führer der Freien Welt.«

»Also stimmen die Gerüchte«, meint Hillary. »Die Botschafter kontrollieren die menschlichen Angelegenheiten unter der Führung der Ältesten. Deshalb behältst du mögliche Konkurrenten im Auge.«

»Ich werde mich nicht dazu herablassen, auf Gerüchte einzugehen.«

»Da ich dich kenne, fasse ich deine Antwort als ein Ja auf«, entgegnet Hillary stirnrunzelnd.

»Alles, was ich sagen kann, ist, dass die Welt ein besserer Ort wäre, wenn wir die Unbelasteten führen würden.« George lächelt meine Tante an. Ich frage mich, ob er immer noch Gefühle für sie hegt – natürlich vorausgesetzt, dass er sie überhaupt hatte. Er könnte auch von seiner Familie zu dieser Verbindung gedrängt worden sein.

Hillary schnaubt. »In diesem Fall nehme ich an, dass ihr sie nicht führt, schließlich wird die Welt immer beschissener.«

»Wir sprechen ja nur hypothetisch. Aber du irrst dich. Die Welt wird in letzter Zeit immer friedlicher, ein Zustand, der darauf hinweisen könnte, dass sich jemand um die Interessen aller kümmert.«

»Wirklich?« Hillary schaut ihn ungläubig an. »Mit der ganzen Gewalt überall?«

Georges Lächeln verschwindet. »Die menschliche Gesellschaft ist ein extrem komplexes Gefüge, das, wenn überhaupt, nur mit großen Schwierigkeiten von einer so kleinen Gruppe wie der unseren perfekt geführt werden könnte. Trotzdem, wieder rein hypothetisch gesprochen, bist du ungerecht. Die Gewalt ist im Vergleich zu anderen Epochen in der Geschichte weniger geworden.«

»Die Gewalt ist weniger geworden?« Hillary zieht ihre Augenbrauen in die Höhe. »Vielleicht im geheimen Versteck der Ältesten, aber nicht in der Welt, in der ich lebe.«

»Das ist eine weit verbreitete falsche Wahrnehmung«, widerspricht George ihr. »Die Medien stellen die Dinge viel schlimmer dar, als sie in Wirklichkeit sind. Vertrau mir, im Vergleich zu der turbulenten Vergangenheit der Menschen – einer Vergangenheit in der niemand, hypothetisch gesprochen, die Richtung des Weltgeschehens vorgegeben hat, sind die Dinge immer besser geworden.«

Meine Tante sieht ihn spöttisch an. »Ach bitte. Du betrachtest den Holocaust als eine Verminderung der Gewalt?«

»Nein.« Georges Gesicht spannt sich an. »Dieses schreckliche Ereignis und die nukleare Aufrüstung, die kurz danach folgte, sind Zeitpunkte, an denen sich jemand, hypothetisch gesprochen, dazu entschlossen hat, Schritte zu unternehmen, um eine Wiederholung ähnlicher Ereignisse zu verhindern.«

»Aber was ist mit den Gräueltaten in Uganda?«, argumentiert Hillary, während ich einfach nur fasziniert ihrer Diskussion folge. »Und den ganzen anderen Terroranschlägen und Kriegen im Nahen Osten?«

»Extrem komplexes Gefüge, schon vergessen?« George lehnt sich gegen eine Wand und verschränkt seine Arme. »Wenn du dir die Statistiken anschaust, finden immer seltener Kriege statt, und sie werden weniger blutig beendet. Wir hatten keinen Atomkrieg. Diktatoren verlieren ihre Macht viel schneller als jemals zuvor, und Menschen werden von ihren Staaten weniger gefoltert. Selbst die Mordrate ist gesunken.«

»Wie kannst du das Argument der Folter anbringen, wenn doch gerade wie Wahrheit über verschärfte Vernehmungen ans Tageslicht gelangt ist?« Hillary starrt ihn wütend an.

»Auch in diesem Fall solltest du in die Vergangenheit schauen«, erwidert George. »Rektale Fütterung ist nichts im Vergleich zu, sagen wir mal, einer Streckbank, die im Mittelalter sehr weit verbreitet war. Und ich muss wohl auch nicht erwähnen, dass bis vor Kurzem Folter legal war und öffentlich durchgeführt wurde, während sie jetzt verurteilt wird und nur in Rand...«

»Entschuldigt bitte, dass ich euch unterbreche«,

sage ich, weil ich diese Diskussion langsam satthabe, »aber ich denke wirklich, dass wir bald losgehen sollten.«

»Richtig«, meint George und stößt sich von der Wand ab. »Ich verliere mich, wenn es um Geschichte geht. Hillary, vielleicht könnten wir unsere Unterhaltung weiterführen, wenn wir an unserem Ziel eintreffen?«

»Ich werde nicht mit euch kommen«, antwortet Hillary.

»Nicht?«, fragen George und ich gleichzeitig.

»Ich bleibe hier, zumindest bis Darren fertig ist.«

George sieht etwas enttäuscht aus, aber meint: »Ich verstehe und respektiere deine Entscheidung, auch wenn ich mich gerne noch ein wenig mehr mit dir unterhalten hätte. Mary würde sich auch freuen, dich zu sehen.«

»Mary lebt noch?«, fragt Hillary. »Ich habe es zwar immer angenommen, aber sie ist schon so alt …« Als sie meinen fragenden Blick sieht, fügt sie hinzu: »Mary ist meine Großmutter – deine Urgroßmutter.«

»Leider hat sie Alzheimer«, sagt George. »Aber die Ältesten geben sich Mühe, sie immer dann in die Gedankendimension zu bringen, wenn sie einen klaren Moment hat. Auf diese Weise kann sie noch viele weitere Jahre leben.«

»Das ist unglaublich«, meine ich.

»Familie ist mir extrem wichtig«, erklärt George. »Hillary weiß das.«

»Ihr solltet jetzt besser gehen.«

In dem unangenehmen Schweigen, das folgt, verlasse ich die Stille.

Hillary geht ins Hauptschlafzimmer und kommt mit Anne zurück.

»Du gehst schon wieder?« Anne schaut George an. »Ich hatte nicht einmal die Gelegenheit, dir etwas zu essen anzubieten.«

»Es tut mir leid«, erwidert George. »Aber wenigstens bleibt Hillary hier.«

Anne bekommt große Augen.

»Es hat mich gefreut, Sie kennenzulernen«, sage ich zu Anne.

»Er wird wirklich zu den Ältesten gehen«, flüstert Anne Hillary zu. »Ich dachte, du …«

»Auf Wiedersehen«, sage ich freundlich und verlasse das Haus. Ich beneide Hillary nicht um dieses Familientreffen.

George kommt nach mir aus dem Haus und überquert die Straße. Ich folge ihm. Er steigt in einen BMW, der in der Einfahrt der Nachbarn steht, und lässt den Motor an, bevor er mir die Beifahrertür öffnet.

»Wohin fahren wir jetzt?«, frage ich ihn, während ich einsteige.

»Zum Flughafen«, antwortet er.

»Oh, zurück nach Jacksonville?«

»Nein, mein Flugzeug steht auf dem örtlichen Flughafen.«

Während der Fahrt schaue ich auf meinem Handy nach, ob es Neuigkeiten von Bert gibt. Laut Berts E-

Mail ist es ihm und Eugene in den Stunden, die Hillary und ich benötigt haben, um nach Florida zu reisen, gelungen, ein mobiles Labor aufzubauen.

»Das ist die Pandora«, sagt George, als unser Auto neben einem Flugfeld anhält.

Die Pandora ist eine Challenger 600. Wenn ein Ferrari ein Flugzeug als Schwester hätte, dann wäre es die Pandora. Im Vergleich zu einem kommerziellen Flugzeug ist sie zwar klein, aber für einen Privatjet ist sie riesig.

Neben dem Flugzeug steht eine Frau. Sie trägt Militärstiefel und ein enges Lederoutfit, das sie aussehen lässt wie Catwoman oder eine Domina. Etwas Eigenartiges ragt hinter ihrer Schulter hervor, eine Art schwarzer Griff. Ich bekomme das alles nur am Rande mit, weil das Hervorstechendste an ihr das fast zu symmetrische Gesicht mit stechenden grauen Augen ist, die genauso alt aussehen wie Georges.

»Kate, das ist Darren«, stellt er mich ihr vor. »Er wird die Insel besuchen.«

»Hast du irgendwelche Waffen bei dir, Darren?«, fragt Kate, und sieht amüsiert aus.

»Bitte arbeite mit Kate zusammen«, meint George zu mir. »Sie ist Teil unserer Sicherheitskräfte.«

Und damit spaziert er ins Flugzeug.

»Nein, ich trage keine Waffen bei mir«, antworte ich.

Plötzlich ist alles um mich herum still, und eine zweite Kate steht vor mir. Sie hat mich aus irgendeinem Grund in die Gedankendimension geholt.

»Warum hast …«

Bevor ich meine Frage zu Ende stellen kann, greift sie nach dem schwarzen Griff hinter sich und zieht ein echtes Schwert hervor. Sie schmeißt es auf den Boden, und ich kann es mir genauer ansehen. Es scheint eines dieser Katana-Schwerter zu sein, auch wenn ich kein Experte auf diesem Gebiet bin.

Wie in Trance beobachte ich, wie Kate sich vor mir verbeugt.

Als sie auf mich zuspringt, reagiert mein Körper, bevor mein Gehirn die Situation erfassen kann. Ich bewege mich, um ihren Angriff abzuwehren, allerdings erfolglos.

Kates schlanke Faust trifft mich genau in den Magen.

7

———

Ich muss mich zusammenreißen, um nicht aufzuschreien. In der letzten Zeit bin ich häufig geschlagen worden, und das von verschiedenen Personen, aber dieser Schlag ist einer der verheerendsten. Der Treffer scheint unangemessen schmerzvoll zu sein, wenn man Kates schlanken Körperbau bedenkt. Wenn es ein Schlag von Mike Tyson gewesen wäre, könnte ich diesen Effekt eher verstehen. Abgesehen vom Schmerz spüre ich, wie sich von der Stelle, an der sie mich berührt hat, nicht nur ein äußerst schmerzhaftes, sondern auch betäubendes Gefühl ausbreitet. Hat sie ein inneres Organ verletzt?

Ich wehre ihren nächsten Schlag ab, oder zumindest versuche ich es. Als sie sieht, dass ich meinen Ellenbogen zum Abblocken anhebe, klopft sie mit dem Knöchel ihres rechten Zeigefingers auf ihn, und ich sehe ein listiges Lächeln in ihren Augen aufblitzen.

Das Ergebnis ist genauso vertraut wie unerträglich. Sie hat auf meinen Musikantenknochen geschlagen. Nebenbei gesagt, wird man weder zum Musikanten, wenn dieser Punkt getroffen wird, noch handelt es sich dabei um einen Knochen. Ich glaube, es handelt sich dabei in Wirklichkeit um einen oberflächlichen Nerv am Ellenbogen.

Der Schmerz erinnert mich an das, was sie mit meinem Bauch angestellt hat. Wollte sie diesen Effekt erzielen?

Ich ziehe mich zurück, und sie folgt mir. Die Art und Weise, wie sie sich bewegt, ist wirklich eigenartig. Jede größere Bewegung besteht aus kleineren Unterbewegungen, die unnatürlich miteinander verbunden sind. Jedes Zucken ihres Körpers ist wie ein Stein eines eigenartigen Mosaiks, alles ist ungleichmäßig und schwer zu beantworten. Zum ersten Mal seit geraumer Zeit habe ich keine Ahnung, um was für einen Kampfstil es sich handelt oder ob es eine Art Kampfsport oder eher ein avantgardistischer Tanz ist. Ihre Bewegungen sind fraktal – was ein mathematisches Konzept ist, das Bert zufolge verantwortlich für die Visualisierung der meisten Musik-Player ist – und für die Formen von Wolken und Baumblättern. Wie kann eine Person lernen, sich auf diese Weise zu bewegen?

Ich weiche dem Schlag ihrer rechten Hand, der auf meinen Nacken abzielt, aus, also erwischt sie mich stattdessen mit der linken.

Ich falle zu Boden, und mein Körper ist komplett betäubt.

Ich frage mich, ob ich das Glück hatte, schon auf die Marionettenspielerin getroffen zu sein. Könnte sie Kate sein? Könnte sie Kyle geführt haben? Das würde bedeuten, dass sie mich gleich inert machen wird und mich danach wahrscheinlich umbringt. So gut, wie sie ist, verstehe ich allerdings nicht, weshalb sie sich damit aufhalten sollte, mich zuerst inert zu machen.

Aus dem Augenwinkel sehe ich, wie sie zu ihrem Körper geht.

Im nächsten Moment ist die eigenartige Lähmung verschwunden, und ich stehe mit den Geräuschen der Welt um uns herum wieder auf meinen Beinen

Sie hat uns aus der Stille geholt.

»Was sollte das?«, frage ich Kate vorsichtig. Ich habe das Schwert nicht vergessen, das sie in der echten Welt immer noch auf dem Rücken trägt.

»Es gibt verschiedene Arten von Waffen«, antwortet sie.

»Ich habe dir doch gesagt, dass ich nicht bewaffnet bin.«

»Der eigene Körper kann als Waffe benutzt werden, also musste ich dich testen.«

Auch wenn das nicht gerade clever ist, sage ich: »Eigentlich kann ich mich ganz gut in einem Kampf verteidigen, also bin ich mir nicht sicher, ob du mich so einfach als ungefährlich ...«

»Das Einzige, was mich interessiert, ist, ob du eine

potenzielle Gefahr für die Ältesten bist. Wegen ihrer Fähigkeiten stellst du keine Gefahr dar. Und jetzt folge mir«, erwidert sie und beginnt, zum Flugzeug zu gehen.

Während ich ihr folge, diskutiere ich nicht über meine Kampffähigkeiten, weil eine überzeugende Argumentation meinerseits womöglich dazu führen könnte, dass ich die Ältesten doch nicht treffen darf. Stattdessen frage ich: »Musste der Test so schmerzhaft sein?«

»Dir Schmerzen zuzufügen war notwendig, um sicherzugehen, dass du nicht nur angetäuscht hast, unkoordiniert zu sein. Dein Leiden war ein unschöner Nebeneffekt.« Sie rennt die schmale Treppe hinauf und duckt sich, um durch die kleine, runde Tür die Pandora zu betreten.

Ich folge ihr hinein und stelle sicher, nicht ungewollt meinen Kopf an der Tür zu stoßen, und damit das zu bestätigen, was sie gesagt hat. Selbst Caleb, die unfreundlichste Person, die ich kenne, hat mich niemals *unkoordiniert* genannt.

Sobald ich mich im Innenraum befinde, murmele ich: »Eine ziemlich spürbare Nebenwirkung.«

»Falls du dich dann besser fühlst, für einen Laien warst du gar nicht so schlecht«, meint sie, und ihre Augen sehen einen kurzen Augenblick lang jünger aus. »Es gibt einige Botschafter, die du locker in die Tasche stecken könntest, auch wenn das nicht viel zu sagen hat.«

»Ja, okay. Wo soll ich mich hinsetzen?« Ich sehe mich im spartanischen, militärisch anmutenden Rumpf des Flugzeugs um, in dem sich auf den ersten Blick etwa ein Dutzend Sitze befinden.

»Zuerst musst du das hier nehmen.« Sie zieht etwas aus ihrer Tasche.

Ich nähere mich vorsichtig und schaue auf ihre nach oben gedrehte Handfläche. Dort befindet sich ein Fläschchen mit Tabletten.

»Was ist das? Warum sollte ich die Tabletten nehmen?«

Sie öffnet die Flasche und nimmt eine Tablette heraus. »Es ist Zolpidem.«

»Oh«, sage ich. »Das gute alte Zolpidem. Warum hast du das nicht gleich gesagt?«

»Es ist auch unter dem Namen Ambien bekannt.« Sie geht zum Eingang und nimmt eine Flasche Wasser von einem der sich dort befindenden Sitze, bevor sie zu mir zurückkommt. »Es ist ein Schlafmittel«, erklärt sie mir, »und es ist harmlos.«

»Ihr wollt nicht, dass ich weiß, wo die Ältesten leben«, rate ich und erinnere mich an die Spritze, die ich von Caleb erhalten hatte, als er mich entführt hat, um mich zu den Erleuchteten zu bringen. »Danke, dass du es auf freiwilliger Basis anbietest.«

»Runter damit«, sagt Kate. »Bitte.«

Ich nehme die Tablette und die Wasserflasche und schlucke meine Medizin herunter.

»Sag ›Aaah‹«, fordert sie mich auf.

Ich fühle mich, als sei ich wieder fünf Jahre alt, und öffne meinen Mund. Sie untersucht ihn gründlich, um sicherzugehen, dass ich die Tablette geschluckt habe.

»Jetzt schlage ich vor, dass du dich dort hinsetzt.« Sie zeigt auf einen Sitz auf der rechten Seite in der Nähe des Cockpits.

»Alles erledigt?« George schaut aus dem Cockpit. Er hat ein professionelles Headset auf, also nehme ich an, dass er der Pilot ist.

»Ich bin bereit.« Ich lasse mich auf meinen Sitz fallen, der sich als sehr bequem herausstellt.

George nickt und verschwindet wieder im Cockpit.

Ich bin entschlossen, gegen die Wirkung der Tablette anzukämpfen. Die Tatsache, dass ich diese Tablette genommen habe, bedeutet nicht, dass ich damit einverstanden bin, nicht zu erfahren, wo sich dieser supergeheime Ort befindet. Ich habe gehört, dass man high werden kann, wenn man gegen Ambien ankämpft, was ein Bonus wäre.

Nach etwa zehn Minuten befinden wir uns in der Luft. Mit jeder weiteren Minute, die vergeht, wird es schwieriger für mich, die Augen offen zu halten. Ich gähne und beschließe, dass ich die Wirkung des Medikaments auch mit geschlossenen Augen bekämpfen kann; das wird meine Halluzinationen noch besser machen.

Ich schließe die Augen und konzentriere mich darauf, so wachsam wie möglich zu sein.

Mein Bewusstsein schwindet wie eine erstickende Flamme.

ALS ICH ERWACHE, BEFINDEN WIR UNS NICHT MEHR IN der Luft.

Großartig. Damit ist mein Plan gescheitert, herauszufinden, wo ich bin.

Ich greife nach meinem Telefon, aber es ist weg.

Und damit ist auch meine Idee zerplatzt, das GPS meines Handys dafür zu nutzen, meine derzeitige Position festzuhalten.

Ich schnalle mich ab und schaue mich im Flugzeug um. Es ist leer, aber die Tür steht offen.

Ich steige aus, und vor mir befindet sich eine riesige Wiese inmitten eines Waldes, die offensichtlich zu einem Flugplatz umfunktioniert worden ist. Georges Flugzeug ist nicht das einzige hier. Ich sehe eine einkolbige Malibu Mirage, die einige Meter von mir geparkt ist, und einen zweimotorigen Super 700 Aerostar weiter entfernt. Ich habe vor einiger Zeit beschlossen, mir eines Tages meinen eigenen Jet zu kaufen, und mich deshalb bereits über alle möglichen Flugzeuge informiert – falls das nicht klar gewesen sein sollte. Trotzdem kann ich einige der anderen Maschinen nicht zuordnen, außer einer, einer Northrop Grumman B-2 Spirit, auch bekannt als Tarnkappenbomber. Sie passt zu den anderen Privatjets hier wie ein Löwe zu einer Kaninchenfarm.

George steht barfuß im Gras und macht gerade Dehnübungen. Er hat sich umgezogen und trägt jetzt einen grauen Poncho, der aussieht wie selbstgemacht. Er ist langweilig, aber macht den Eindruck einer traditionellen Bekleidung, falls es Tradition ist, einen

Kartoffelsack zu nehmen, Löcher hineinzuschneiden und ihn dann anzuziehen. Jetzt sieht George aus, als sei er ein Hippie.

Als er mich erblickt, sagt er: »Ich freue mich, dass du wach bist. Dieses Ambien hat dich wirklich umgehauen. Kate und ich haben es nicht geschafft, dich nach der Landung aufzuwecken. Es ist aber gut, dass du geschlafen hast. Nachts passiert auf dieser Insel sowieso nichts. Bald sollten wir in die Dimension der Ältesten gezogen werden.«

»Wie spät ist es?«, frage ich mit trockener Kehle.

»Frühmorgens«, antwortet George. »Als ich das letzte Mal nachgesehen habe, war es sechs Uhr dreißig.«

»Na dann, guten Morgen«, erwidere ich. »Sie ziehen uns einfach hinein? Ohne Begrüßung?«

»Jemand könnte uns begrüßen, aber es werden nicht die Ältesten sein. Du wirst sie niemals außerhalb der Gedankendimension zu Gesicht bekommen. Alles, was sie als stressig – und deshalb als gesundheitsschädlich – empfinden, erledigen sie ausnahmslos dort«, erklärt er mir in einem leicht missbilligenden Ton.

»Wann wird diese Unterhaltung in der Gedankendimension stattfinden?«, möchte ich wissen.

»Bald. Das kann in einer Minute oder in einer Stunde sein. Es hängt davon ab, wann sie alle aufwachen, und sie benutzen keine Wecker.«

»Wo ist Kate?«

»Sie ist sich die Beine vertreten gegangen.«

Ich lecke über meine trockenen Lippen. »Hast du etwas zu trinken oder zu essen für mich?«

George zeigt auf eine Kiste, die auf einem Stück Stoff steht. »Dort ist Frühstück.«

Ich betrachte den Stoff. Es handelt sich dabei um das gleiche Kartoffelsackmaterial, aus dem auch seine Bekleidung hergestellt wurde. Würde er sich darauflegen, wäre er so unsichtbar wie ein Ninja. »Du hattest ein Picknick eingeplant?«

In der Plastikkiste befinden sich Käse, Brot, Aufschnitt und einzeln verpackte Gewürze wie in Fast-Food-Restaurants. Zu trinken gibt es Wasser mit Kohlensäure und einige Flaschen Bier. Bier am Morgen?

»Ich wusste, dass wir eventuell warten müssen, also habe ich mich vorbereitet«, erklärt mir George, als er meinen Blick sieht.

Ich setze mich auf den Stoff und mache mir ein Sandwich. George nimmt ebenfalls mit gespreizten Beinen neben mir auf dem Boden Platz.

»Ich wollte mich für den Angriff von Kate und die Geheimniskrämerei entschuldigen.«

Ich zucke mit den Schultern. »Sie wollte sichergehen, dass ich meinen Körper nicht als Waffe gegen die Ältesten benutzen kann, und es überrascht mich nicht, dass dieser Ort geheim ist.«

»Ich bin froh, dass du das verstehst. Ich denke, dass es grundsätzlich schlecht ist, eine Beziehung mit Misstrauen aufzubauen.«

»Na ja, also wenn es dir hilft: Ich traue dir nicht,

und den Ältesten, die ich niemals getroffen habe, noch weniger.«

»Genau aus diesem Grund wollte ich die Gelegenheit nutzen, um mit dir zu reden«, erwidert er. »Falls ich irgendetwas tun kann, um den entstandenen Schaden wiedergut...«

»Immer der Botschafter, stimmt's?« Ich werfe ihm einen spöttischen Blick zu.

»Eigentlich ist diese Bezeichnung eher irreführend, weil meine eigentliche Aufgabe nicht die gleiche Art der Diplomatie von mir verlangt, wie das bei den unbelasteten Botschaftern der Fall ist. Ich wollte dir lediglich meinen guten Willen zeigen, weil du mit mir verwandt bist und den Eindruck machst, eine nette Person zu sein.«

Huch. Na ja, auf jeden Fall ist das meine Chance.

»Weißt du«, sage ich vorsichtig, »ich frage mich eine Sache. Hillary hat mir von einem Gerücht erzählt. Sie hat gesagt, dass die Ältesten splitten können, wenn sie sich bereits in der Gedankendimension befinden, und deshalb eine andere Version ...«

»Ich kenne diese Gerüchte«, unterbricht mich George, und seine Augen sehen noch älter aus als zuvor. »Ich wünschte mir wirklich, du hättest nicht gerade dieses Thema dafür gewählt, eine Vertrauensbasis aufzubauen, weil ich dir diese Gerüchte leider nicht bestätigen kann.«

»Ich denke nicht, dass es sich dabei nur um Gerüchte handelt.« Mein Sandwich ist so trocken, dass ich eine dieser kleinen Packungen mit Mayonnaise darauf verteile.

»Das, was du beschrieben hast, ist ein Thema, über das wir, die Botschafter, nicht sprechen. Das ist alles, was ich dir dazu sagen darf.« Er sieht wirklich so aus, als würde er es bedauern.

»Großartig.« In meine Stimme hat sich ein miraartiger Sarkasmus geschlichen. »Ich merke definitiv, dass ich dir wirklich vertrauen kann.«

George öffnet eines der Biere und trinkt einen Schluck. »Ich weiß, wie das jetzt klingen wird, aber stelle mir irgendeine andere Frage, und ich bin mir sicher, dass ich dir helfen kann.«

»Okay. Es gibt da eine andere Eigenschaft, über die ich Gerüchte gehört habe.« Ich füge meinem Sandwich noch etwas Käse hinzu und beiße hungrig hinein.

»Gut.« Er bietet mir sein Guinness an. »Es gibt keine weiteren Fähigkeiten, über die ich nicht mit dir sprechen könnte.«

Ich kämpfe gegen meinen Instinkt an, das Bier abzulehnen, und nehme stattdessen die Flasche, um einen Schluck zu trinken. Auch wenn Guinness mit seiner suppenartigen Konsistenz wahrscheinlich das Bier ist, das ich am wenigsten mag, breitet sich in meinem Körper eine willkommene entspannte Wärme aus. Ich hoffe, diese kleine Freundschaftsgeste wird George dazu verleiten, mir trotz seiner ablehnenden Haltung etwas über die 2. Ebene zu erzählen.

Dieses Bier zu teilen erinnert mich an das eine Mal, an dem Bert und ich uns etwa vierzig Crazy Horses geteilt haben, wobei es sich nicht um Bier, sondern um Malzlikör gehandelt hat, wie ich später erfahren habe. Dieser Tag wird mir für ewig als der Tag in Erinnerung bleiben, an dem Bert und ich im Kappa-Alpha-Theta-Studentinnenverbindungshaus aufgewacht sind, ohne zu wissen, wie oder warum wir dort gelandet sind. Falls einer von uns in jener Nacht ein ganz besonderes Vergnügen genossen haben sollte, haben wir von den Mädchen nichts darüber erfahren. Aber damals waren wir noch Teenager, also haben wir angenommen, dass die Mädchen nichts gesagt haben, weil sie nicht zugeben wollten, gesetzwidrig mit minderjährigen Jungen geschlafen zu haben. Und ja, offensichtlich war die Uni für Bert und mich eine ganz besondere Erfahrung.

»Ich habe gehört, dass es möglich ist, zu kontrollieren, wo man erscheint, wenn man in die Gedankendimension splittet«, sage ich und gebe ihm die Flasche zurück. »Darfst du darüber reden?«

George nimmt die Flasche, trinkt sie aus und schaut mich prüfend an. »Normalerweise würde ich dir nichts darüber erzählen, aber dieses eine Mal werde ich die Regeln brechen.«

Ich nicke ihm ermutigend zu und versuche, dabei möglichst dankbar auszusehen, bevor ich erneut von meinem Sandwich abbeiße.

»Diese Fähigkeit existiert wirklich«, erklärt er. »Allerdings handelt es sich dabei um etwas, über was nur die Ältesten, die Botschafter und diejenigen in unserem engsten Umfeld Bescheid wissen.«

»Ist diese Fähigkeit bei einigen wenigen Menschen angeboren oder kann man sie erlernen?«

»Ich verstehe, worauf du hinauswillst«, erwidert er. »Ja, ich kann es dir beibringen – ich hätte dir nicht erzählt, dass es möglich ist, wenn ich nicht vorgehabt hätte, genau das zu tun –, aber ich muss dich warnen: Diese Fähigkeit ist nur mit viel Übung zu erlernen.«

»Meine Herren«, unterbricht uns Kates Stimme. Sie hört sich an, als habe sie sich ein »Und ich benutze diesen Ausdruck eher im übertragenen Sinne« verkniffen.

»Ich freue mich, dass du hier bist«, meint George und schaut zu ihr hoch. »Ich wollte Darren gerade beibringen, zu teleportieren.«

Kates Augen werden einen Augenblick lang groß, aber falls sie ein Problem mit dieser Entwicklung haben sollte, sagt sie es nicht.

»Möchtest du an der ersten Übungseinheit teilnehmen?«, fragt George sie. »Oder hast du Hunger?«

»Ich habe schon gegessen.« Sie verschränkt ihre Arme vor der Brust. »Ich werde dir helfen.«

Ich schlucke den letzten Rest meines Sandwiches herunter und schaue George an. Er sieht entweder nachdenklich oder verkniffen aus; das ist schwer zu sagen.

Auf einmal ist alles still. Anstatt auf dem Boden zu sitzen, stehe ich jetzt ein Stück weiter weg. Die warme tropische Brise ist verschwunden, und ich verstehe, dass ich mich in der Gedankendimension befinde. Das hat also hinter seinem Gesichtsausdruck gesteckt; er ist gesplittet.

George schaut nachdenklich auf meine Füße. »Okay. Ich würde sagen, etwa einen Meter. Denkst du das Gleiche?«

»Einen Meter von wo nach wo?«, frage ich nach.

»Entschuldige bitte«, sagt er. »Mir wurde schon häufiger gesagt, ich sei ein furchtbarer Lehrer. Von deinem Körper ausgehend natürlich.«

Ich schaue zu meinem eingefrorenen Ich. Es sitzt immer noch auf der Decke. Wir befinden uns etwa einen Meter von ihm entfernt

»Warum ist das wichtig?«, möchte ich wissen.

»Das wirst du gleich sehen«, sagt er und geht zu seinem eingefrorenen Ich. Bevor ich ihm weitere Fragen stellen kann, verlässt er die Stille.

»Kate, würdest du so freundlich sein, einige Kisten aus dem Flugzeug zu holen?«, fragt George.

Ich höre eine Grille im Gras zirpen. Als Kate zum Flugzeug geht, tritt sie absichtlich auf die Stelle, von der das Geräusch kommt. Der kleine Kerl schweigt jetzt. Ist das ihre Art, ihr Missfallen zum Ausdruck zu bringen? Ich hoffe, sie hat nicht gerade symbolisch George und mich zerquetscht.

»Beweg dich nicht«, meint George, als ich versuche aufzustehen.

Ich folge seiner Anweisung, aber frage: »Warum nicht?«

»Das wirst du gleich erfahren.«

Kate kommt mit einigen Plastikboxen zurück, die

genauso aussehen wie die, in der sich unser Frühstück befand.

»Hier, stimmt's?«, will George wissen und zeigt auf eine Stelle, die sich etwa einen Meter von mir entfernt befindet.

»Du meinst, wo ich in der Stille aufgetaucht bin? Also in der Gedankendimension?«, frage ich zurück.

»Nein, er meint den Ort, an dem du eine gynäkologische Untersuchung hattest«, antwortet Kate und bekommt dafür von George einen strengen Blick zugeworfen, der ihr Lachen beendet.

»Ich glaube, ein kleines bisschen nach rechts«, sage ich.

George stellt die Kiste an die besagte Stelle und sieht danach wieder sehr konzentriert aus. Im nächsten Augenblick bin ich wieder in der Stille, aber dieses Mal ist es anders.

Ich stehe nicht an der Stelle, an der sich die Kiste befindet, sondern etwas dreißig Zentimeter von ihr entfernt.

»Wir müssen die Stelle markieren«, meint George, und wir verlassen die Gedankendimension.

Die nächste Kiste wandert auf den neuen Platz, den sich mein Körper zum Materialisieren »ausgewählt« hat.

Nachdem er mich hineingezogen hat, erscheine ich etwa einen Meter von meinem letzten Standpunkt entfernt.

»Also materialisiere ich mich jedes Mal an einem anderen Ort«, sage ich bei der vierten Kiste. »Was lerne ich dabei über Teleportation? Cooles Wort übrigens.«

»Auf einer unbewussten Ebene teleportierst du schon«, erklärt mir George. »Was würde sonst verhindern, dass du mit deinen Beinen in diesen Kisten landest? Lass uns damit fortfahren und sehen, was passiert.«

Mir ist bereits vorher aufgefallen, dass ich in der Stille immer an geeigneten Orten erschienen bin. In einem vollen Raum bin ich immer an einem freien Platz aufgetaucht, anstatt in einem der unbeweglichen Körper. Ich habe allerdings noch nie wirklich darüber nachgedacht. Vielleicht hätte ich das tun sollen.

Ich lasse George mit seiner Lehrstunde, falls es das ist, fortfahren. Bei jeder neuen Kiste materialisiere ich mich an einer anderen Stelle. Zehn Kisten später befinde ich mich fast fünf Meter von meinem eingefrorenen Körper entfernt. Das ist zwar ein neuer Rekord, aber es hilft mir nicht dabei, diese Fähigkeit besser zu kontrollieren.

»Wir sollten mit der nächsten Phase beginnen«, sagt George. »Kate, würdest du so freundlich sein, mir zu helfen?«

Kate betrachtet mich eingehend, bevor sie zu ihrem Schwert greift. Mit gezogener Waffe wandert sie ziellos zwischen den Kisten umher. Sie bleibt in einem engen Radius von etwa einem Meter.

»Ich werde sie jetzt hineinziehen«, erklärt mir George. »Sie wird in der Gedankendimension weiterhin mit ihrem Schwert umhergehen. Solltest du innerhalb ihrer Reichweite auftauchen, wirst du inert sein. Viel Glück.«

»Warte«, sage ich, aber da wird die Welt auch schon still.

Ich schaue mich um. Kate befindet sich nicht in meiner unmittelbaren Nähe. Sie hört auf, ihr Schwert zu schwingen, als sie mich sieht. Mein eingefrorenes Ich und die bewegungslosen Versionen von George und Kate stehen in etwa sechs Meter Entfernung. Der animierte George lächelt mich an, als ich zu ihm gehe.

»Deine Entfernung vergrößert sich«, meint er, als ich bei ihm ankomme.

»Aber ich bin zufällig dort aufgetaucht. Ich habe es nicht kontrolliert.«

»So ist es am Anfang immer«, sagt er. »Wenn du das eine Zeit lang übst, wirst du lernen, es zu kontrollieren.«

»Wie lange wird es denn dauern, bis ich etwas Sinnvolles damit anfangen kann?«, möchte ich wissen.

»Die Entfernung, die du zurücklegen kannst, und die Schnelligkeit, mit der du diese Fähigkeit zu meistern lernst, hängen von deiner Reichweite ab.« Als er die Reichweite erwähnt, sieht George so unangenehm berührt aus wie ich, wenn ich auf der Arbeit jemanden grüße und diese Person einfach schweigend an mir vorbeigeht. Ich nehme an, dass das Thema der Reichweite unter den Botschaftern nichts in einer höflichen Unterhaltung zu suchen hat.

»Schaut mal dorthin«, sagt Kate auf einmal und zeigt auf etwas in einiger Entfernung.

Eine Gruppe von etwa einem Dutzend Menschen kommt auf uns zu, auch wenn sie in diesem Moment in der Stille eingefroren sind.

»Eine Art Begrüßungsgesellschaft?«, fragt George.

»Das ist eigenartig.« Kate runzelt die Stirn. »Warum holen sie uns nicht einfach zu sich?«

»Das werden wir gleich herausfinden«, erwidert George und geht zu seinem eingefrorenen Ich.

Die Geräusche kommen zurück, und wir drei warten darauf, dass die Menschen, die sich auf dem Weg zu uns befinden, bei uns ankommen. Sie tragen die gleichen gräulichen Kartoffelsäcke wie George. Mit Ausnahme eines älteren Mannes, der etwa fünfzig Jahre alt ist, scheinen sie größtenteils Mitte dreißig zu sein. Trotz dieses älteren Mannes sind sie alle zu jung, um die Bezeichnung Älteste zu verdienen. Sie gehen recht schnell, obwohl sie barfuß sind.

»Martin«, sagt George, als diese Menschen sich in Hörweite befinden, »womit haben wir uns denn diese herzliche Begrüßung verdient?«

Der große, weißhaarige Mann mit schütterem Haar zieht eine Waffe hervor und richtet sie umgehend auf mich. Die Frau an seiner rechten Seite nimmt ebenfalls eine Waffe zur Hand, um damit auf mich zu zielen, und die restlichen Mitglieder dieser Gruppe folgen ihrem Beispiel.

»Es tut mir leid, dass wir euer Frühstück unterbrechen«, sagt der Typ – Martin. »Die Ältesten haben uns geschickt.«

8

―――――

»BEVOR DU AUF DUMME GEDANKEN KOMMST«, SAGT Martin ruhig und schaut mich dabei an, »in den Bäumen haben sich Scharfschützen versteckt. Du wirst beim kleinsten Anzeichen von Aggressivität uns gegenüber erschossen werden. Solltest du versuchen zu splitten, um hier jemanden inert zu machen, wird das auch als Aggressivität interpretiert werden.«

Ich ignoriere das Hämmern meines Herzens und bewege mich nicht, während Kate einfach nur dasteht und mit ihrem Fuß auf das Gras klopft, so als sei sie gelangweilt.

»Martin«, meint George, »das ist völlig übertrieben. Mit Kate in seiner Nähe stellt unser unbewaffneter Gast überhaupt keine Gefahr dar.«

»Denkst du, ich habe nichts Besseres zu tun als hier zu sein?«, entgegnet Martin. »Ich habe meine Anweisungen.«

Was zur Hölle geht hier vor sich? George scheint zu

verstehen, was diese Menschen wollen, und ihre Gegenwart scheint ihn nicht zu stören, was ich beruhigend finde. Also, warum behandeln sie mich, als sei ich gefährlich?

Bevor ich das näher analysieren kann, finde ich mich etwa drei Meter neben unseren angriffslustigen Gastgebern wieder, die jetzt eingefroren sind. Jemand hat mich in die Stille gezogen, und ich nehme an, dass ich wegen meines Trainings an einem zufälligen Ort aufgetaucht bin, der weiter von meinem eingefrorenen Ich entfernt ist, als das normalerweise der Fall ist.

Ich schaue zu besagtem Ich. Kate und George stehen neben ihren unbeweglichen Versionen. Ich muss als letzter hineingezogen worden sein.

Ich schaue auf die neue Person, die sich bei uns befindet.

Dieser Mann ist kaum älter als ich. Statt eines Hippie-Outfits trägt er Badeshorts und diese »Barfuß«-Laufschuhe, anstatt wie alle anderen wirklich barfuß zu sein. Ich habe diese spezielle Schuhmarke, Vibram's Five Fingers, an Berts Füßen gesehen, als wir während der Mittagspause das erste und einzige Mal zusammen ins Fitnessstudio gegangen sind.

Es sind aber weder die Kleidung des Kerls noch sein schlanker muskulöser Körperbau, die meine Aufmerksamkeit auf sich ziehen. Es sind seine Augen. Ich trete näher an ihn heran, und unsere Blicke treffen sich einen Moment lang. Im Gegensatz zu seinen

Augen, sehen die von George aus, als gehörten sie zu einem Kind.

»Du musst Darren sein«, sagt der eigenartige Typ mit einer melodiösen Stimme, die irgendwie nicht zu seinem muskulösen Körper passt.

»Hallo«, erwidere ich einfallslos.

»Mir ist aufgefallen, dass du teleportiert bist, als ich dich hineingezogen habe. Das hatte ich nicht erwartet.«

»Ich bin mir sicher, das war nur ein Reflex«, sagt George und wirft mir einen Blick zu, der sagt: *Mach dir keine Sorgen, ich decke dir den Rücken.*

»Ich hoffe, dass das, was George sagt, stimmt«, erwidert der Kerl, »und dass du nichts Gewalttätiges vorhast. Sie werden dich erschießen, wenn mir etwas zustößt, und das ist keine leere Drohung.«

»Darren«, mischt sich Kate ein, »das hier ist Frederick, und ich versichere dir, dass er es ernst meint.«

»Großartig«, sage ich. »Ich freue mich, dich kennenzulernen, Fred. Ich habe bis jetzt noch nicht daran gedacht, gewalttätig zu werden. Aber wenn ihr mich weiterhin so behandelt, kann ich für nichts garantieren.«

Kate zuckt bei meinen Worten zusammen. Vielleicht hätte ich ein wenig diplomatischer sein können. Ich denke, Mira hat auf mich abgefärbt. Und schon ist es um mein Versprechen geschehen, diplomatisch vorzugehen.

Zu meiner Überraschung sieht Frederick nicht

wütend aus. Wenn überhaupt, meine ich ein kleines Lächeln in seinen eigenartigen Augen zu erkennen. Nach einer Pause meint er: »Wenn ich jetzt darauf bestehe, dass du mich Frederick nennst, wirst du mich nur noch lieber Fred nennen wollen. Also bitte, nenn mich Fred.«

»Was, bist du ein Psychiater?«, frage ich.

Meine Therapeutin Liz hat noch nie etwas Derartiges versucht, um meiner Vorliebe, andere Menschen auf die Palme zu bringen, entgegenzuwirken. Widerwillig muss ich zugeben, dass mein Wunsch, ihn Fred zu nennen, jetzt um einiges weniger stark ist. Ich entschließe mich aber trotzdem dazu, ihn weiterhin so zu nennen; ich wette, er will mich nur austricksen.

»Ich frage mich, ob ich auch einmal so war wie du«, sagt Frederick. »So sorgenfrei, fast ein unbeschriebenes Blatt.«

»Bist du stoned?« Ich schaue ihn mir genauer an. »Ist Gras zu rauchen Teil dieser Nummer? Zumindest würde es zur Kleidung passen.«

»Frederick ist einer der Ältesten«, erklärt mir George. »Er meint es ernst, wenn er sagt, dass er sich nicht an die Zeit erinnern kann, als er in deinem Alter war.«

»Ich weiß, dass ich so aussehe, als wäre ich in deinem Alter, aber Eindrücke können täuschen«, sagt Frederick. »Für jeden Tag unbelasteter Existenz erlebe ich ein ganzes Jahrhundert voller Erfahrungen in der Gedankendimension.«

Ich weiß nicht, warum, aber ich glaube ihm. Mein Kopf dreht sich, als ich versuche, mir das vorzustellen. Einhundert Jahre an einem einzigen Tag? Ich weiß, dass das theoretisch möglich ist. Ich könnte jederzeit in die Stille hinübergleiten und theoretisch eine sehr lange Zeit dort verbringen; meiner letzten Schätzung nach mindestens das Doppelte meines Alters, also zweiundvierzig Jahre. Natürlich habe ich niemals das wirkliche Limit meiner Reichweite ausgetestet, also könnte diese geschätzte Dauer auch zwei- bis zehnmal größer sein. Aber nehmen wir einmal die vierzig Jahre. Ich bin seit einundzwanzig Jahren am Leben, und das fühlt sich wie eine lange Existenz an. Wie werde ich in vierzig Jahren sein? Ich habe keine Ahnung. Wie ist jemand nach hundert Jahren? Wieder habe ich keine Ahnung. Aber hier kommt der Knaller: Für diesen Typ ist ein Jahrhundert ein einziger Tag.

»Das ist bestimmt viel zu verarbeiten«, sagt Frederick. »Ich hoffe wirklich, dass du verstehen kannst, warum wir so vorsichtig sein müssen, was unsere Sicherheit betrifft.«

»Nein«, erwidere ich. »Nicht wirklich.«

»Weil wir Tausende von Jahren an Lebenserfahrungen verlieren könnten«, erklärt er. »Zufrieden mit dieser Antwort?«

»Ich denke schon.« Ich lege die Stirn in Falten.

»Gut«, meint er. »Wir sollten jetzt besser gehen. Lasst eure Waffen hier.«

Kate zieht ihr Schwert und lässt es fallen. George holt ein Messer und eine Pistole hervor und legt beides neben das Schwert. Ich habe nichts, also schaue ich sie einfach nur an und zucke mit den Schultern.

Zufrieden sagt Frederick »Folgt mir« – und geht auf die Bäume zu, die sich in einiger Entfernung befinden.

Wir gehen etwa fünf Minuten lang schweigend durch den Wald, bis ich weiße Marmorstatuen durch die Bäume hindurchschimmern sehe und einfach fragen muss: »Was ist das?«

»Ach, die Statuen«, antwortet Frederick. »Die hat mein Bruder Louis vor langer Zeit erschaffen.«

Sie sind so gut verarbeitet und detailliert, dass sie mich an die in der Zeit eingefrorenen Menschen erinnern. Sie erwecken den Eindruck, als könnten sie zum Leben erwachen. Vielleicht sollen sie auch genau diese Wirkung haben.

»Warte mal, das bist doch du«, sage ich und deute auf eine Statue rechts von mir.

»Eigentlich ist das mein Bruder. Ich bin dort drüben.« Frederick zeigt auf eine Statue, die am Rand steht.

»Seid ihr Zwillinge?«, frage ich, als ich keinen Unterschied zwischen den beiden Figuren erkennen kann.

»Ja«, antwortet Frederick. »Wir sind die einzigen eineiigen Zwillinge unter den Ältesten.«

»Und das sind die anderen Ältesten?«, möchte ich von ihm wissen, während ich meinen Blick über die anderen Statuen schweifen lasse. Sie sind verschiedenen Alters, aber sehen alle interessant aus. Was wirklich hervorsticht, ist die Tatsache, dass nur wenige von ihnen als alt bezeichnet werden können. Fredericks jugendliches Aussehen ist keine Ausnahme, sondern die Regel.

»Ja, das sind sie«, antwortet Frederick. »Mein Bruder wollte uns in Marmor verewigen. Ich denke, er hat unterschwellig versucht, mich zu ärgern.«

»Sind die Statuen echt?«, frage ich. »Ich meine, existieren sie nur hier in der Gedankendimension? Hat er sie geschaffen ...«

»Nein«, sagt Frederick. »Louis hatte einen der Botschafter beauftragt, ein Dutzend Bildhauer auf die Insel zu holen. Danach arbeitete er jahrzehntelang in der Gedankendimension an ihnen, was natürlich für die Bildhauer und den Rest der Welt weniger als eine Sekunde war. Als er mit seinen Kreationen in der Gedankendimension zufrieden war, hat er jeden Bildhauer dahin geführt, jeweils eine von ihnen zu reproduzieren. Als unsere Sitzung in der Gedankendimension vorüber war, mussten die Bildhauer in der richtigen Welt arbeiten. Ich bin Teil einer Minderheit, die denkt, dass die Originale in der Gedankendimension viel besser waren.«

Während unseres weiteren Weges lasse ich meiner Vorstellungskraft freien Lauf.

Nach etwa zehn Minuten hört die Baumlinie abrupt auf. Wir stehen auf der Kuppe eines Hügels, und ich schaue hinab, um die Aussicht aufzunehmen.

»Atemberaubend, nicht wahr?«, meint Frederick.

Wahrscheinlich ist ihm aufgefallen, dass ich bei diesem Anblick große Augen bekommen habe.

Ich nicke. »Atemberaubend« wird dem nicht gerecht.

Auf unserer rechten Seite erstreckt sich ein kilometerlanger Strand, aber er ist es nicht, der meine Aufmerksamkeit auf sich gezogen hat. Der weiße Sand, das klare blaue Wasser – das alles ist fantastisch, wie eine perfekte Postkarte, besonders, weil alles in der Gedankendimension eingefroren ist. Aber ich habe die Brandung und weiße, gefrorene Wolken wie diese schon gesehen, als ich auf den Cayman Islands war.

Es ist auch nicht die große Stadt auf meiner rechten Seite, auch wenn die fremdartigen farbigen Häuser unter anderen Umständen faszinierend gewesen wären. Aber das kann man auch in Europa sehen, so wie ich es getan habe.

Es ist nicht einmal die Vielfalt an Pflanzen – weder die Palmen am Strand noch die riesigen Pinien, aus denen der Wald östlich der Stadt besteht, noch die tropische Vegetation im Westen. Auch wenn ich diese Dinge niemals an einem Ort vereint gesehen habe, kenne ich sie für sich allein genommen.

Nein, Frederick spricht über die Burg. Aber es ist keine richtige Burg.

»Burg« ist lediglich das erstbeste Wort, das mir dafür in den Sinn kam.

Dieses Gebäude sieht aus, als hätte man einen zeitgenössischen Architekten gebeten, eine mittelalterliche Burg zu bauen. Denkt an die coolen Bauwerke in New York, wie dieses, in das ich einziehen möchte, Spruce Street Nummer 8. Und jetzt stellt euch eine Disney-Burg in diesem Stil vor. Die Türme weisen eine Art verdrehte Geometrie auf. Einige der Wände bestehen aus Glas, andere aus futuristisch aussehenden Steinen. Außerdem gibt es Teile, die aus verschieden großen Metallplatten bestehen, die wie ein exzentrisches Puzzle zusammenpassen. Je länger ich das Bauwerk anschaue, desto faszinierender finde ich es.

Als ich bemerke, dass Frederick auf einen Kommentar meinerseits wartet, sage ich: »Ich bin selten sprachlos.«

»Dieser Ort ist heilig. Das ist alles«, sagt Kate auf einmal ehrfürchtig.

»Dieser Bau soll beeindrucken«, meint George, »und das tut er auch.«

»Und du solltest sicherstellen, auch Gustav zu sagen, wie beeindruckt du bist«, sagt Frederick, und erneut schleicht sich ein Lächeln in seine Augen. »Er wird sich darüber freuen.«

»Einer der Ältesten hat es gebaut?«, frage ich.

»Ja. Aus dem gleichen Grund, aus dem die Pharaonen die Pyramiden gebaut haben.« Und ohne mir weitere Erklärungen zu geben, eilt er den Feldweg hinunter, der zur Burg führt.

»Hat das Ding einen Namen?«, will ich wissen und versuche, meine Bewunderung zu zügeln.

»Außerhalb der Insel nennen wir es ›den Turm der

Ältesten‹«, antwortet George. »Aber hier ist es nur ›die Burg‹.«

Kate folgt Frederick, und George gibt mir ein Zeichen, das Gleiche zu tun.

Ich speichere den Anblick wie ein Foto in meinem Kopf ab und gehe schnell in das Tal hinunter.

Als ich mich dem Gebäude nähere, wird mir klar, wie riesig es ist. Die Burg lässt einige der Wolkenkratzer, die wir in Tribeca haben, aussehen wie Zwerge.

»George«, frage ich über meine Schulter, »wie kann dieser Ort geheim sein?«

»Die Ältesten haben ihre Mittel und Wege«, sagt er in einem fast verschmitzten Ton.

Ich bin mir nicht sicher, was mich stärker beeindruckt, die architektonische Leistung oder die Fähigkeit der Ältesten, ein solches Bauwerk geheim zu halten.

Als ich direkt vor der Burg stehe, fühle ich mich klein und unwichtig und frage mich, ob genau das der gewünschte Effekt ist. Die Tore sind weit geöffnet, also folge ich den anderen hinein.

Der Springbrunnen in der Mitte des Innenhofes ist mitsamt seiner majestätischen Wasserfontäne eingefroren. Es sieht immer sehr cool aus, wenn spritzendes Wasser in der Luft angehalten wird. Dieser Springbrunnen verstärkt den Effekt allerdings dadurch, dass die Tropfen aussehen wie facettenreiche Diamanten.

Um den Brunnen herum haben sich über ein

Dutzend bekannt aussehende Menschen versammelt. Einige sitzen auf der Kante des marmornen Brunnenrandes, andere stehen einfach in seiner Nähe. Ich erkenne die Gesichter der Statuen wieder, die ich gesehen habe.

Das müssen die Ältesten sein.

Jedes einzelne ihrer uralten Augen ist auf mich gerichtet. Sie betrachten mich so eingehend, dass ich mich kurz frage, ob sie Kräfte besitzen, von denen noch nicht einmal ich geträumt habe – wie einen Röntgenblick. Nach allem, was ich in der letzten Zeit gesehen habe, würde mich das nicht besonders überraschen.

»George, Kate, wenn ihr möchtet, könnt ihr gerne Freunde hineinziehen, die ihr seit eurem letzten Besuch vermisst habt«, sagt Frederick und entlässt sie damit.

Schweigend gehen meine Begleiter weg.

Ich werde weiterhin angestarrt, selbst als George und Kate schon lange außer Hörweite sind. Sie scheinen sich gegenseitig die Ehre des ersten Wortes zu überlassen, was ein Zustand ist, den ich normalerweise als eine »Höflichkeitssackgasse« bezeichne.

»Also, geehrte älteste Damen und Herren«, sage ich, um das Schweigen zu brechen. »Warum haben außerhalb der Gedankendimension so viele Ihrer Leute Waffen auf mich gerichtet?«

9

———

»DAS IST MIT SICHERHEIT EINE ETWAS UNSCHÖNE Situation, aber es ist notwendig, um unsere Sicherheit zu gewährleisten«, antwortet einer der älter aussehenden Ältesten. Er scheint Mitte fünfzig zu sein, aber es könnte auch sein buschiger, Salz-und-Pfefferfarbiger Bart sein, der ihn einige Jahre älter wirken lässt.

»Gustav ist im Gegensatz zu mir immer sehr diplomatisch«, meint eine Frau mit einem Gesicht, das weißer ist als Marmor. Sie sieht umwerfend aus, obwohl sie in biologischen Jahren mindestens zehn Jahre älter als ich zu sein scheint. Genau wie bei den anderen verraten ihre Augen eine viel längere Lebensdauer. »Wir wissen, was du bist.«

Mein Mut sinkt. Ich nehme an, dass ich weiß, worüber sie spricht, aber ich frage trotzdem: »Was meinst du damit?«

»Victoria, Liebe, bitte keine xenophobischen

Bemerkungen«, sagt Gustav. »Was er ist, hat nichts mit unseren Vorsichtsmaßnahmen zu tun.«

»Falls ich etwas einwerfen darf«, mischt sich Louis ein, Fredericks identischer Zwillingsbruder. »Victoria hat nicht völlig Unrecht. Es gibt einen Zusammenhang zwischen seiner Natur und unserer Besorgnis.«

»Ich sehe einen Zusammenhang zwischen Lebenserfahrung und Wortfülle«, werfe ich ein.

Fredericks leichtes Lächeln kehrt zurück, und sein Bruder muss lachen.

»Du hast recht, Junge«, sagt Gustav. »Lass mich zum Punkt kommen. Wir wissen, dass dein Vater ein Schnüffler war. Allerdings ist das nicht der Grund für unsere Vorkehrungen. Wenn überhaupt, ist es der Grund dafür, dass wir das Risiko eingegangen sind, dich zu sehen. Wir haben Vorsichtsmaßnahmen getroffen, weil wir wissen, dass du das Schnüffleranwesen in Brooklyn, New York, einige Male besucht hast.«

»Zweimal«, korrigiert Frederick. »Das ist nicht wirklich ›einige Male‹.«

»Das stimmt, aber bis vor Kurzem wurde das Anwesen von einem Mann namens Jacob geführt – einem Mann, der die Gedankenführer leidenschaftlich gehasst hat«, fügt Victoria hinzu und lächelt mich sinnlich an.

Alle schweigen einen Moment lang. Außerdem vermeiden sie es, Blickkontakt zu mir aufzunehmen, was die Situation ziemlich unangenehm macht.

Ich kann gar nicht glauben, dass sie so gut

informiert sind, besonders für Personen, die auf einer Insel leben, die wer weiß wie weit von New York entfernt ist. Ich bin versucht, ihnen zu erzählen, dass ich weit von einem Bündnis mit Jacob entfernt bin und dass ich an seinem Niedergang beteiligt war, aber ich halte meinen Mund. Diese Information ist untrennbar mit Kyles Tod verbunden, und die Person, die Kyle als ihre Marionette benutzt hat, könnte sich gerade vor mir befinden.

»Die anderen mögen höflich sein, aber ich werde es einfach mal aussprechen: Wir brauchen diese Waffen für den wahrscheinlichen Fall, dass du für die Schnüffler arbeitest«, sagt einer der Ältesten, der seiner Statue nicht sehr ähnlich sieht. Als Figur sah er aus, als sei er Ende zwanzig, aber in Natura sieht er etwa zehn Jahre älter aus. Außerdem ist er viel dünner als seine Statue, und ohne den Hut auf seinem Kopf sieht man deutlich seinen kahlen Kopf mit kleinen Büscheln langen, mausgrauen Haars, die er hinter die Ohren gelegt hat.

»Du musst Alfred verzeihen«, sagt Frederick. »Er ist neurotisch direkt.«

»Ich kenne meine Geschichte, also bin ich am geeignetsten dafür, über diese Dinge zu sprechen«, erwidert Alfred pedantisch. »Die Schnüffler wollen uns umbringen und jemand, der auf ihrem Anwesen war, wurde automatisch ihrer Propaganda ausgesetzt.«

Ich frage mich, ob ich ihren Hass auf die Gedankenleser ausnutzen kann. Sie könnten mir helfen wollen, wenn sie herausfinden, dass die

»Schnüffler« Menschen entführt haben, die mir wichtig sind, unter ihnen auch Thomas, einen Führer, der für den Geheimdienst arbeitet.

»Er macht den Eindruck, als sei er ein junger Mann mit einem Gehirn«, meint Frederick. »Ich bin mir sicher, dass ein wenig Propaganda nicht allzu viel Schaden angerichtet haben kann.«

»Propaganda setzt Respekt für Autoritäten voraus«, werfe ich ein. »Ich bevorzuge Argumente, die auf Vernunft basieren.«

Einige Gesichter erwärmen sich, aber Alfred sieht nicht amüsiert aus.

»Wir sind nicht alle so paranoid wie Alfred«, sagt Louis. »Würden wir alle denken, dass du für *die Schnüffler* arbeitest, hättest du das Flugzeug nicht verlassen.«

»Mein Bruder hat recht«, meint Frederick. »Wie ich schon erwähnt habe, wissen wir über deine gemischte Blutlinie Bescheid. Wir wissen außerdem, dass deine Tante, Hillary Taylor, dir vertraut.«

»Ich bin nicht hierhergekommen, um euch Schaden zuzufügen«, erwidere ich. »Und das ist die Wahrheit.«

»Ich gebe zu, dass deine Abstammung dieses Risiko vermindert«, sagt Alfred, »Aber es ist immer noch zu groß.«

»Lieber Alfred, erlaube mir den Anwalt des Teufels zu spielen«, meldet sich Louis zu Wort. »Sagen wir, er ist ein Agent der Schnüffler.«

»Was ich nicht bin«, werfe ich ein.

»Aber angenommen, du seist einer«, wiederholt

Louis ruhig, »könnten wir dich trotzdem dafür gebrauchen, unsere Pläne die Schnüffler betreffend in die Tat umzusetzen.«

»Was für Pläne?«, frage ich und versuche, mir meine Aufregung nicht anmerken zu lassen. Sollten sie mich bitten, mich gegen die Leser zu wenden, wäre das eine gute Gelegenheit, sie um Hilfe bei meinem Problem mit den Erleuchteten zu bitten.

»Wir wollen Frieden mit ihnen schließen«, meint Frederick. »Also selbst wenn du für sie arbeitest, könntest du ihnen immer noch unser Friedensangebot überbringen.«

Ich blinzele. »Ihr wollt Freundschaft mit ihnen schließen?« Ich hoffe, dass ich mich nicht so enttäuscht anhöre, wie ich mich fühle.

»Vielleicht ist Freundschaft eine übertriebene Hoffnung, aber wir müssen ein freundschaftliches Verhältnis zu ihnen aufbauen. Wir möchten nichts unserer jüngsten Vergangenheit wiederholen, über das Alfred sich so große Sorgen macht«, sagt ein anderer älter aussehender Ältester.

»Wir möchten nebeneinander leben«, erklärt ein weiterer Mann. »Wir möchten, dass sie wissen, dass die Existenz unserer beiden Gruppen kein Nullsummenspiel ist.«

»Das hört sich nach einem ziemlich alten Problem an«, erwidere ich stirnrunzelnd. »Wieso denkt ihr, dass ich euch helfen kann?«

»Erkennst du denn nicht, dass du gewissermaßen

für eine solche Aufgabe geboren wurdest?«, fragt Gustav.

»Genau, niemand ist besser dafür geeignet, eine Brücke über diesen Graben zu schlagen, als du«, fügt Frederick hinzu.

Ich denke darüber nach. Es ist großartig, dass sie denken, ich könnte behilflich sein – das bedeutet, dass sie mich wohl nicht erschießen werden – aber dieser Frieden mit den Lesern ist nicht kompatibel mit dem, um was ich sie bitten wollte.

»Wenn ihr euch wirklich mit ihnen anfreunden wollt, solltet ihr darüber nachdenken, sie Leser anstatt Schnüffler zu nennen«, erwidere ich. »Das ist nicht so beleidigend.«

»Das stimmt«, sagt Frederick. »Du bist schon auf dem richtigen Weg. Ich werde sie ab jetzt Leser nennen und die anderen dazu animieren, das Gleiche zu tun.«

»Ich schließe mich dir an«, meint Alfred. »Aber wenn du nicht auf Wunsch der Leser hier bist, warum bist du dann gekommen?«

»Ähm«, murmele ich und versuche zu entscheiden, wie viel ich ihnen erzählen kann.

Wie würden sie darauf reagieren, wenn ich mit der ganzen Marionettenspielerin-Geschichte herausplatzen würde? Wenn sich die Marionettenspielerin gerade unter ihnen befindet, wie würde sie reagieren? Ich bin mir auch nicht sicher, wie ich am besten diese Die-Erleuchteten-haben-meine-Freunde-und-Familie-entführt-Situation erkläre. Ich habe den unterschwelligen Eindruck, dass sie mir nicht helfen werden, wenn ich dieses Thema anschneide. Schließlich wollen sie mit den Lesern Frieden schließen, und es wäre nicht gerade ein Freundschaftsbeweis, mir dabei zu helfen, das Allerheiligste der mächtigsten Leser zu stürmen. Aber welchen anderen Grund für meine Anwesenheit hier soll ich ihnen geben?

Ich entscheide mich für eine einfache Herangehensweise und sage: »Ich will von euch lernen.«

Ein Teil der Wärme auf ihren Gesichtern verschwindet.

»Darren, Darren«, sagt Gustav und schüttelt seinen Kopf. »Du darfst nicht vergessen, dass wir Jahrtausende Zeit hatten, um das Lesen von Gesichtsausdrücken zu perfektionieren, also bin ich mir sicher, dass alle anderen genauso gut wie ich wissen, dass du etwas verheimlichst.«

»Ich ...«

Bevor ich meinen Satz beenden kann, verschwindet die Welt um mich herum.

DIE LEUCHTENDEN FARBEN SIND VERSCHWUNDEN. ALLES ist weg. Ich fühle mich, als würde ich in einen Abgrund stürzen. Eigentlich ist das nicht korrekt. Ich fühle mich, als hätte ich aufgehört zu existieren.

Ich erkenne diesen Verlust der Sinne wieder.

Das ist die 2. Ebene.

Aber wie konnte ich sie erreichen, nachdem ich so viele Fehlversuche hatte?

Ich kämpfe dagegen an, auszurasten, weil ich meinen Körper nicht mehr spüre, nicht einmal mein linkes Ohrläppchen, und konzentriere mich auf die neuralen Muster, die ich das letzte Mal in dieser Ebene wahrnehmen konnte – die Muster, die die anderen darstellen.

Eines von ihnen befindet sich »nahe« bei mir, auch wenn Entfernung hier nicht wirklich existiert. Ein Dutzend Muster befinden sich »etwas weiter entfernt« von mir. Ich nehme an, dass es sich dabei um die Ältesten handelt. Das Muster bei mir ist lebendig, seine Synapsen sind entzündet – ich finde kein besseres Wort –, während die anderen statisch sind.

Plötzlich erscheint das aktive Muster neben den anderen und beginnt, eines der eingefrorenen zu umhüllen.

Eine vertraute Stimme in meinem Kopf sagt: »Darren, vertraue auf keinen Fall ...«

Bevor ich den Rest des Satzes empfangen kann, ist die Umhüllung vollendet, und meine Sinne kehren zurück.

»JA?«, MÖCHTE GUSTAV WISSEN.

»Nichts«, antworte ich, und mein Kopf dreht sich.

Ich denke, ich verstehe einen Teil dessen, was gerade passiert ist. Ich bin in der 2. Ebene aufgetaucht, weil einer der Ältesten mich ungewollt hineingezogen hat. Vielleicht wollte er oder sie mich führen, damit ich seinen oder ihren Wünschen entspreche, aber hat mich stattdessen zu sich geholt. Ich hatte angenommen, dass genau das passieren würde, wenn jemand versucht, eine Person von der 2. Ebene aus zu führen, die ebenfalls in diese Ebene gelangen kann. Falls ich recht habe, wer hat gerade versucht, mich zu führen? Und was wollte dieser Jemand mich tun lassen?

Ich betrachte alle Ältesten. Ihre Gesichter verraten nichts. Wer auch immer das gerade getan hat, ist sehr gut darin, seinen Gesichtsausdruck zu kontrollieren. Andererseits ist das bei der Erfahrung dieser Menschen auch nicht überraschend.

Ich nehme an, dass die Marionettenspielerin wusste, dass ich die 2. Ebene erreichen kann, oder es zumindest vermutet hat. Warum würde sie sich sonst die Umstände gemacht haben, meine Freunde auf Kyles Beerdigung dafür zu benutzen, mich umzubringen? Sie hätte die 2. Ebene auch direkt gegen mich verwenden und mich dazu bringen können, Selbstmord zu begehen – eine viel sauberere Lösung. Das bedeutet wiederum, dass es nicht die Marionettenspielerin war, die gerade versucht hat, mich in die 2. Ebene zu ziehen.

Es wäre toll, mit dieser Person zu reden, wenn ich nur wüsste, um wen es sich dabei handelt.

Das Einzige, was ich nicht verstehe, ist die Stimme in meinem Kopf. Ich bin mir ziemlich sicher, dass es Mimirs war. Er hat mich erneut gewarnt – dieser Teil ist klar. Aber vor wem wollte er mich warnen? Warum?

Angst breitet sich in meinem Körper aus, als ich mich an das erinnere, was das letzte Mal fast passiert wäre, als Mimir mich gewarnt hat. Wollte er sagen »Vertraue auf keinen Fall den Ältesten« oder »Gustav« oder »den anderen«?

»Bist du in Ordnung?«, fragt Gustav. »Du siehst durcheinander aus.«

»Ich bin überfordert«, sage ich und bin froh, dass er mir eine Ausrede liefert. »Ich fühle mich, als hättet ihr euch gegen mich verschworen.«

»Sag jetzt nichts weiter«, meint Gustav. »Ich hoffe, ich spreche für alle, wenn ich sage, dass wir diese Unterhaltung zu einem anderen Zeitpunkt fortsetzen können.«

»Ich habe nichts dagegen. Es wäre sehr hilfreich, wenn Darren der Feier beiwohnen könnte, bevor wir fortfahren«, sagt Frederick.

»Das stimmt«, meint Gustav. »Er wird mit Sicherheit mehr Vertrauen zu uns haben, wenn er sieht, wie wir leben.«

»Bitte versprich uns einfach, wenigstens darüber nachzudenken«, wirft Alfred ein. »Überlege dir, ob du ein spezieller Botschafter werden könntest – unser Verbindungsglied zu den Lesern.«

Ich nicke und versuche, sehr nachdenklich auszusehen, damit sie mich in Ruhe lassen. Unter diesen Umständen fällt es mir nicht schwer, verwirrt auszusehen.

»Wenn wir den jungen Mann beeindrucken möchten, wieso führe ich ihn dann nicht ein wenig herum?«, schlägt Victoria vor. »Ich kenne alle guten Plätze.«

»Vergiss bitte nicht, dass wir die Vorbereitungen für die Feier treffen müssen«, sagt einer der älteren Ältesten in einem leicht missbilligenden Ton.

»Natürlich«, sagt sie. »Bitte folge mir, Darren.«

»Es hat mich gefreut, euch alle kennenzulernen«, sage ich und folge Victoria, die mich vom Brunnen wegführt.

Ich fühle mich ein wenig erleichtert. Wenn ich davon ausgehe, dass Mimir mir eher sagen wollte, einer bestimmten Person nicht zu trauen, als mich vor dem Verzehr von rohem Fisch zu warnen, dann ist derjenige, vor dem ich mich in Acht nehmen soll, statistisch gesehen einer der Ältesten. Sie zu verlassen, bringt mich in relative Sicherheit, vorausgesetzt, Victoria ist nicht die Marionettenspielerin. Aber natürlich könnte sie es sein. Ich hatte mich spontan dafür entschieden, dass es sich bei der Marionettenspielerin um eine Frau handelt, und Victoria entspricht diesem Kriterium.

Die Menschen behaupten, dass einige Frauen verführerisch gehen können. Ich habe immer gedacht, dass das nur eine Redensart war. Ich meine, es stimmt, dass der Hintern von einigen Mädchen in bestimmter Kleidung gut aussieht, und es heiß ist, wenn sie gehen. Einige Frauen schwingen ihre Hüften, während sie dahinschreiten, und auch das sieht anziehend aus. Aber »verführerisch« impliziert einen gewissen Vorsatz, so als würde sich das Mädchen auf eine bestimmte Art und Weise bewegen, um eine spezielle Reaktion hervorzurufen. Das hatte ich bis jetzt noch nie feststellen können, aber ich denke, genau das tut Victoria gerade. Und ich muss zugeben, dass der Effekt ihres Ganges dem gleicht, den Mira auf mich hat, wenn ich sie dabei beobachte, wie sie sich auszieht – ganz besonders, als Victoria mich eine breite Treppe hinaufführt.

Der Gedanke an Mira bringt mich dazu, genau das Richtige zu tun. Ich löse meinen Blick von Victorias Beinen und konzentriere mich auf die anderen Wunder der Burg.

»Wofür interessierst du dich?«, fragt sie mich über ihre Schulter.

»Wie meinst du das?« Ich zwinge mich dazu, meine Augen oberhalb ihres Ausschnittes zu halten.

»Wir haben eine tolle Bibliothek, die ich dir zeigen kann, falls du gerne liest. Wir haben eine Glasbläserei, einige Räume mit verschiedenen Skulpturen und Gärten, Räume voller Portraits in verschiedenen Stilen, mechanische Erfindungen …«

»Dieser Ort hört sich an wie das Metropolitan Museum of Art.« Meine Besorgnis wird gerade von Bewunderung verdrängt.

»Die guten Menschen im Met würden ihre Seele dafür verkaufen, auch nur einen Bruchteil unserer Meisterstücke zu besitzen, genauso wie jedes wissenschaftliche Museum. Neben den Dingen, die außerhalb der Insel gefertigt wurden, haben wir auch unsere eigenen Errungenschaften ausgestellt, Kreationen, die einen Zeitraum von …«

»Einige der Arbeiten, die du mir zeigen möchtest, sind von den Ältesten geschaffen worden?« Ich schaue auf eine umwerfende Rüstung, die in einer Ecke neben einem majestätischen Fenster steht, das von der Decke bis zum Fußboden reicht.

»Ja, eigentlich das meiste. Außerdem Bücher, Musik und …«

»Wie kann man ein Buch, das in der Gedankendimension geschrieben wurde, in die echte Welt bringen?« Ich frage mich kurz, ob es ihre Strategie ist, mich abzulenken, damit ich meine Vorsicht vergesse. Falls sie es sein sollte, funktioniert sie.

»Das tun wir nicht immer«, antwortet sie. »Manchmal existieren die Bücher lediglich, damit wir sie einmal lesen können. Komm, ich zeige dir, wie das funktioniert.«

Sie führt mich einen Korridor entlang zu einem riesigen Raum mit manuellen Schreibmaschinen.

»Das ist einer der Räume, in denen ich manchmal gerne etwas schreibe.« Sie geht mit mir in einen benachbarten Raum, der sich als ein riesiger Computerraum herausstellt, in dem etwa zweihundert Personen an ihren Arbeitsplätzen sitzen.

»Ihr führt sie, damit sie eure Bücher schreiben?«, rate ich. »Und für euch selbst benutzt ihr die manuellen Schreibmaschinen, da ihr die Computer nicht benutzen könnt?«

»Genau. Wir finden es einfacher, die Personen dahin zu führen, jeweils eine Seite für unser Manuskript zu schreiben. Sobald alle Seiten getippt sind, kombiniert ein spezielles Computerprogramm die Seiten zu einem Buch. Auf diese Art und Weise ist das Buch schon am nächsten Tag fertig und wird in die Bibliothek gestellt.« Während sie redet, geht sie durch die Reihen der Arbeitsplätze, und ihr sexy Gang wird schlimmer, oder besser, je nachdem, wie man es betrachten möchte.

Um mich nicht von ihrem verlockenden Hüftschwung ablenken zu lassen, konzentriere ich mich auf meine Bewunderung für dieses schnelle Schreiben der Bücher. Dann nicht zum ersten Mal überkommen mich starke Schuldgefühle. Mira, Thomas und meine Mütter sind immer noch in diesen Vans und werden gegen ihren Willen zum Tempel gebracht. Ich sollte in meinem Herzen keinen Platz für Bewunderung haben und ich sollte definitiv nicht den Hintern einer anderen Frau betrachten.

Als mir auffällt, dass ich zu lange geschwiegen habe, frage ich: »Entstehen die Gemälde auf die gleiche Art und Weise? Malt ihr sie und führt dann den Maler dahin, sie zu kopieren?«

»Falls es uns interessiert, ja. Allerdings braucht man manchmal einige Maler, und leider sind die Ergebnisse nicht immer so wie das Original.« Sie bedeutet mir, ihr zu folgen, und verlässt schnellen Schrittes den Raum.

»Ich finde die Tatsache, dass Kunst nur für eine begrenzte Zeit in der Gedankendimension existiert, traurig.« Ich beschleunige meine Schritte, um in ihrer Hörweite zu bleiben.

»Solltest du ein Botschafter werden, könntest du gelegentlich an solchen Sitzungen teilnehmen. Das bedeutet, dass du einige dieser Kreationen jahrzehntelang genießen könntest, bevor sie verschwinden.« Ihr Lächeln verspricht Sex. »Manchmal schätzt man Dinge mehr, wenn man weiß, dass sie kurz nach ihrer Erschaffung verschwunden sein werden. Ich habe jahrelang Sandgemälde geschaffen, zu denen mich die tibetanischen Mönche inspiriert hatten. Nicht eines von ihnen ist außerhalb der Gedankendimension aufgetaucht.«

»Eine Schande«, erwidere ich, als wir durch den nächsten Raum praktisch rennen – den mit den manuellen Schreibmaschinen.

»Trotz allem, was Frederick und einige andere hoffen, ist das Leben als solches wie Kunst. Wir existieren, unsere Gedanken entwickeln sich weiter, werden im Laufe der Zeit zu wunderschönen Mustern – auf gewisse Weise zu ultimativen Kunstwerken. Nachdem das Leben vorüber ist, sind sie verschwunden. Das ist wirklich schade.« Sie wartet an der nächsten Tür, die zurück zum Flur führt, auf mich.

»Das ist ziemlich deprimierend.« In einem Anfall von guter Erziehung öffne ich ihr die Tür und halte sie ihr auf. »Was ist die Hoffnung von Frederick, die du erwähnt hast? Das hört sich nach einem interessanten Thema an.«

»Trotz der extremen Langlebigkeit, die wir, die

Ältesten, genießen, hat Frederick Angst davor, eines Tages zu sterben.« Während sie durch die Tür in den Korridor hinausgeht, streicht sie mit ihren Fingern über meine Hand.

Ich weiß nicht, warum, aber durch die leichte Berührung ihrer Nägel auf meiner Haut bekomme ich eine Gänsehaut am ganzen Körper. Da ich ihr nicht zeigen möchte, wie unwohl ich mich gerade fühle, rede ich ruhig weiter. »Das ist nachvollziehbar. Wer möchte schon sterben? Wenn es eine Möglichkeit gäbe, das Sterben zu verhindern, würde ich sie sofort nutzen.«

»Dann wirst du einer von *ihnen* sein.« Sie wartet, bis ich hinausgetreten bin, und geht den Flur ein wenig langsamer hinunter. »Diejenigen, die ich die Träumer nenne.«

»Die Träumer?« Ich versuche, mich nicht von einem Gemälde an der Wand ablenken zu lassen, das aussieht wie ein Rembrandt.

»Ja. Sie glauben, dass sie die Unsterblichkeit noch in unserer Lebenszeit erreichen werden können, oder zumindest eine biologische Langlebigkeit, die die derzeitigen Wenn-du-Glück-hast-hundert-Jahre deutlich übertrifft.« Sie hält neben einer großen Tür an.

»Das ist ein Thema, über das mein Freund Bert gerne redet«, sage ich nickend. »Und soweit ich das verstehe, könnte das auch durchaus möglich sein. Es gibt eine Menge biotechnologischer Forschungen, die …«

»Bitte nicht. Ich hasse diese langweiligen Details.

Du hörst dich fast wie Frederick und die anderen an.« Victoria legt ihre Hand auf die Klinke. »Ich denke, dass die Forschungen für die biologische Unsterblichkeit so albern sind wie die Unsterblichkeit des Geistes, indem man menschliche Gedanken in Computer lädt oder exotischere Dinge. Das Ende des Lebens gibt ihm einen Rahmen und einen Sinn.«

»Ich möchte mich nicht mit dir streiten«, sage ich, »Aber wenn du so denkst, warum bist du dann bei den Ältesten und lebst an einem Tag hundert Jahre?«

»Ach das. Möchtest du mein neuestes Projekt sehen?« Sie drückt die Türklinke herunter. »Das könnte deine Frage beantworten. Es ist das Ergebnis eines Jahrhunderts akribischer Forschung.«

»Natürlich, das würde ich gerne.«

Sie öffnet schwungvoll die Tür und tritt mit einer Bewegung ein, die so verführerisch ist wie ihr Gang.

Ich folge ihr und halte inne, weil mir der Atem stockt. Meine Augen schweifen von einer Ecke des Raumes zur anderen. Die Angst um mein Leben ist völlig vergessen und wird von einem anderen Gefühl abgelöst, einem, das genauso primitiv ist.

Als ich wieder sprechen kann sage ich: »Was zum …«

»Ich nenne es stolz Victoria Sutra.« Sie bewegt ihre Hand bogenförmig.

Ich gebe mein Bestes, nicht zu erröten. Erwachsene Männer erröten nicht, oder doch? Dieser Raum ist nichts, was ich in einem Museum erwarten würde, außer in einem Sexmuseum. Die »Kunstwerke« sind eine bunte Mischung. Es gibt Statuen – einige von den Ältesten, andere von den Menschen, die außerhalb der Gedankendimension eine Waffe auf mich gerichtet halten, und einige von mir fremden Personen. Der Bildhauer hat sie in verschiedenen Posen beim Geschlechtsakt dargestellt. Fast alle von ihnen zeigen Victoria auf eine verlockende Weise. Ich muss meine neugierigen Augen von einem besonders interessanten Werk abwenden, das eine nackte, maskulin aussehende Frau und Victoria zeigt, die gerade etwas tun, was mich an eine Mischung aus Wrestling und Neunundsechzig erinnert.

Es gibt auch Gemälde mit ähnlichen Motiven. Manche sind abstrakt und andere so realistisch, dass sie den Seiten des *Penthouse* entstammen könnten.

»Ich nehme an, dass die Bücherregale mit erotischer Literatur gefüllt sind?«, frage ich mit einem Lachen, das sich nervöser anhört, als ich es beabsichtigt hatte.

»Natürlich«, sagt sie und lächelt mich verschlagen an. »Ich würde dir gerne einige meiner spezielleren Kreationen zeigen.«

Bevor ich antworten kann, geht sie zu einer großen Kommode und nimmt eine Flöte zur Hand. Diese scheint unschuldig genug zu sein, besonders da sie nicht die Form eines Penis hat, was allerdings besser zu der Atmosphäre dieses Raumes gepasst hätte. Es handelt sich um ein einfaches Instrument aus poliertem Rotholz.

»Schließe deine Augen«, sagt sie. »Wenn ich zu

spielen beginne, wird etwas passieren, und wenn das eintritt, möchte ich, dass du ganz klar weißt, dass es durch die Musik kommt. Ich möchte nicht, dass du denkst, es habe etwas damit zu tun, dass sich meine Lippen auf eine bestimmte Art und Weise bewegen oder damit, wie sich mein Körper bewegt, während ich spiele.«

Kryptisch, aber scheiß drauf, ich bin wirklich neugierig. Ich schließe meine Augen, auch wenn es sich anfühlt wie das Mund-auf-und-Augen-zu-Spiel aus meiner Kindheit.

Alles ist still, und meine Erregung verschwindet, als sich meine Besorgnis erneut ausbreitet. Ich schaue durch meine Wimpern. Sollte sie gerade im Begriff sein, mich anzugreifen, möchte ich es wissen, aber das ist sie nicht. In dem Augenblick, in dem ich nichts sehen konnte, hat sie lediglich ihr Instrument an ihren Mund angesetzt. Ich höre auf zu spähen und warte auf das, was als Nächstes geschehen wird.

Als sie mit dem Flötenspiel beginnt, hört es sich zuerst einfach wie eine wunderschöne Melodie an, bis ich spüre, dass ich auf eine extrem eigenartige Weise reagiere. Zuerst denke ich, dass es sich um einen Zufall handelt, aber das tut es nicht.

Ich bekomme durch diese Musik eine Erektion. Nein, so einfach ist es nicht. Dieses Lied macht mich unglaublich scharf. Nein, das ist immer noch zu plump. Ich werde immer erregter, je länger die Musik spielt. Ja, das ist es. Das Ganze erinnert mich an Sex mit Mira.

Als ich an Mira denke, erinnere ich mich daran,

dass ich diese Sache beenden sollte, und sage: »Ich habe verstanden, worauf du hinauswillst.«

Ich öffne die Augen und räuspere mich. Als ich meiner Stimme wieder traue, versuche ich, diese intime Situation in eine Fragestunde umzuwandeln, indem ich wissen möchte: »Wie funktioniert so etwas?«

»Musik kann alle möglichen Gefühle in uns auslösen.« Victoria legt die Flöte zur Seite und kommt zu mir. »Das ist noch nicht das fertige Projekt, sondern nur der Anfang. Meine Inspiration ist der männliche Vogel, der durch seinen Gesang einen Orgasmus im Kopf des weiblichen Vogels auslösen kann.«

Nervös gehe ich einen Schritt zurück. »Das ist wirklich beeindruckend.«

»Ja.« Sie macht einen Schritt nach vorne, um den Abstand zwischen uns nicht geringer werden zu lassen. »Ich sehe, wie beeindruckt du bist.«

Ihre Augen fallen auf meinen Schritt.

»Falls du gerade versuchst, mich zu verführen ...«

Sie blickt mir ins Gesicht. »Ich versuche es nicht«, sagt sie sanft. »Ich tue es.«

»Das ist nur eine ungewollte ...«

»Pssst.« Sie kommt näher zu mir und legt einen Finger auf meine Lippen. »Denk doch einfach darüber nach. Wenn ich das nur mit Musik erreichen kann, kannst du dir vorstellen, was ich mit meiner ...«

»Ernsthaft, das können wir nicht. Ich kann nicht.« Ich gehe panisch fünf Schritte zurück. Mein Rücken ist schon fast im Türrahmen.

»Mit Sicherheit kannst du das.« Sie lächelt mich an, als würde sie mich verschlingen wollen.

»Ich bin mit jemandem zusammen«, sage ich und versuche erneut, ihren Verführungskünsten entgegenzuwirken. »Das wäre nicht richtig.«

»Komm schon. Wir sind in der Gedankendimension. Das passiert alles nur im Kopf. Diese Erfahrung wäre das Gleiche, wie eine Fantasie zu haben. Ich werde sowieso in deiner Fantasie auftauchen.«

Sie hat recht. Ich werde später Fantasien darüber haben, oder Alpträume – das wird sich mit der Zeit zeigen. Obwohl sich nicht mein gesamtes Blut im Kopf befindet, beginne ich langsam zu verstehen, was ihr Plan ist. Sie muss beschlossen haben, der Sache mit den Ältesten dadurch nachzuhelfen, indem sie mich verführt. Sie muss denken, dass der Sex mit ihr so fantastisch ist, mich so süchtig danach machen wird, dass ich zu allem Ja sagen würde, nur um erneut mit ihr schlafen zu können.

Es ist irritierend, aber es scheint sie von der Liste der möglichen Marionettenspielerinnen auszuschließen. Ich denke nicht, dass diese Person mich im wahrsten Sinne des Wortes ficken will.

»Was hältst du davon, wenn ich dir einen Tanz vorführe, den ich entwickelt habe?«, fragt sie und nimmt ihr Tuch ab.

»Victoria«, erwidere ich und versuche, meine Stimme im Griff zu halten. »Ich danke dir für die

Führung, aber ich würde es vorziehen, den Rest der Burg allein zu erkunden.«

»Bist du dir sicher?« Sie bewegt ihren Körper auf eine Art, die ihr Flötenspiel und alle Pornos, die ich jemals gesehen habe, im Vergleich dazu jugendfrei aussehen lassen.

Ich traue mir nicht zu, eine Unterhaltung durchstehen zu können. Ich drehe mich auf den Fersen um und eile aus dem Raum, sobald ich die Tür vor meiner Nase habe, ohne mich darum zu kümmern, ob mein Abgang würdevoll aussieht.

Sobald ich draußen bin, atme ich tief durch und denke angestrengt an kalte Duschen und Baseball.

Während ich damit beschäftigt bin, mich zu beruhigen, laufe ich ziellos durch die Burg.

Als ich mir sicher bin, dass mir niemand folgt, betrete ich eines der Zimmer.

Es sieht aus wie eine Bibliothek – eine riesige Bibliothek. Die Regale scheinen sich kilometerweit zu erstrecken.

»Darren«, sagt eine vertraute Stimme. »Was zum Teufel tust du hier?«

Ich brauche einen Moment, um zu verstehen, wen ich sehe.

Es ist Bill, aber alle nennen ihn William Pierce.

Außerdem ist er mein Chef.

10

ALS ICH ENDLICH WIEDER ÜBER DIE GABE DES SPRECHENS verfüge, sage ich: »Ich denke, die bessere Frage ist, was du hier machst.«

»Sie überprüfen, ob ich als Botschafter in Frage komme.« Bill schließt das Buch, in dem er geblättert hat. »Und du?«

»Ich nehme an, ich auch. Aber das ist kompliziert.«

Er schaut mich genauso an wie immer, wenn wir ein Meeting haben und ich meine Informationen langsam preisgebe, um den dramatischen Effekt zu verstärken. Seine Körpersprache sagt mir: ›Jetzt komm schon.‹«

Ich betrachte ihn und frage mich, ob dieser Mann, den ich seit so langer Zeit kenne und respektiere, die Marionettenspielerin sein könnte. Könnte er die Person sein, vor der mich Mimir warnen wollte? Das kann ich kaum glauben. Erstens, weil wenn ich so schlecht darin wäre, Menschen einzuschätzen, könnte ich gleich jeden mir nahestehenden Gedankenführer verdächtigen. Zweitens, wie hätte Mimir wissen können, dass Bill hier ist, und das hätte er tun müssen, um mich vor ihm warnen zu können. Diese logischen Argumente deuten eher auf die Ältesten – die Einzigen, die angeblich die 2. Ebene erreichen können.

Letztendlich, so sehr ich Bill auch vertraue, entscheide ich mich für eine sehr vorsichtige Herangehensweise und erzähle ihm nur das, was die Marionettenspielerin schon wissen würde, plus die Informationen, die jeder auf der Insel sowieso bald erfahren wird. Das sollte ziemlich ungefährlich sein, zumal, wenn es eine Person gibt, die Geheimnisse für sich behalten kann, dann ist es Bill.

Also berichte ich ihm davon, dass die Ältesten mich als Friedensstifter zwischen den beiden Gruppen benutzen wollen, deren Blut ich in mir trage. Während ich ihm diese ganzen Dinge erkläre, werden seine Augen immer größer, besonders an dem Punkt, als ich ihm meine gemischte Abstammung enthülle.

»Du bist zur Hälfte ein Leser?« Er starrt mich an. »Aber die Gerüchte sagen, dass das unmöglich ist.«

»Offensichtlich stimmen sie nicht.«

»Ich habe niemals viel darüber nachgedacht. Ich meine, wer würde schon versuchen, ein Kind mit gemischter Blutlinie zu bekommen? Ganz abgesehen davon, wie unwahrscheinlich es statistisch gesehen ist, dass ein Leser und ein Führer sich treffen und ineinander verlieben. In meinem ganzen Leben habe ich nicht einen Leser getroffen, also wie wahrscheinlich ist es, dass der einzige, den ich treffe, eine Frau ist und sie auch noch diejenige ist, mit der ich ein Kind haben möchte – selbst wenn das kein Tabu wäre.« Mit seiner freien Hand massiert Bill seine Schläfen, wie er es so oft während unserer Meetings tut.

»Ja.« Ich gehe zum Bücherregal und fahre mit meinem Finger darüber. Es ist frei von Staub und perfekt poliert, weshalb es sich angenehm und glatt anfühlt. »Meine Geschichte ist definitiv schwer zu verdauen. Und ehrlich gesagt fasst du sie erstaunlich gut auf.«

»Ich habe dir gesagt, dass ich dachte, du seist einer der anderen, also wird mein Bauchgefühl gerade bestätigt.« Als er mit seinen Schläfen fertig ist, nimmt er das Buch, das er bis jetzt mit seiner linken Hand gehalten hat, in seine rechte.

»Ich kann immer noch nicht glauben, dass du einen Leser einstellen würdest.« Ich schaue auf das Buch, das er festhält. Ich kann nur erkennen, dass es sich um statistische Analysen handelt – ein klassisches Bill-Thema. »Übrigens schnüffele ich normalerweise nur in der Gedankendimension herum, um nützliche Informationen für die Fonds herauszufinden. Ich habe erst kürzlich erfahren, dass ich lesen kann, und war seitdem nicht mehr auf der Arbeit.«

»Ich hoffe, das wird sich ändern«, erwidert Bill mit einem seiner seltenen Lächeln.

»Wird es das?« Ich versuche, mich nicht zu verschlagen anzuhören.

»Jetzt komm schon, Darren. Das ist eine fantastische Fähigkeit. Du weißt, dass ich, sobald sich die Wogen geglättet haben, möchte, dass du einige Vorstände liest.«

»Selbstverständlich.« Ich zwinkere ihm zu. »Sobald ich wieder ins Büro kommen kann, werden wir darüber reden.«

»Irgendwann werden wir auch über deine Abwesenheit sprechen.« Seine Augen verengen sich. »Und Berts.«

»Ich finde es immer noch erstaunlich, dass du uns noch nicht gefeuert hast.«

»Er macht immer noch ab und an das, was ich brauche. Bei dir denke ich eher an eine langfristige Investition. Wenn ihr beiden im Fond auftaucht, ist meine größte Sorge die Moral des Büros. Menschen fühlen sich benachteiligt, wenn sie sehen, dass ihre Kollegen so viel fehlen wie du und Bert, aber ich habe das Problem gelöst, indem ich bekannt gegeben habe, dass du und Bert in unserer neuen Niederlassung in Brooklyn arbeitet.«

»Wir haben keine Niederlassung in Brooklyn«, werfe ich ein. »Zumindest hatten wir keine.«

»Das stimmt.« Er stellt das Buch ins Regal zurück. »Aber eure Kollegen denken jetzt, dass ihr dort arbeitet. Und was viel wichtiger ist, jetzt denken sie, das sei das Büro, in das die Mitarbeiter geschickt werden, die eine Keinen-Bock-Mentalität aufweisen.«

»Das ist brillant. Und jetzt keine Themenwechsel mehr. Erkläre mir, weshalb dich die Ältesten als

Botschafter möchten.« Ich beobachte seine Reaktion auf diese Frage ganz genau. Sollte er unwahrscheinlicherweise mein Verdächtiger sein, könnte er sich jetzt verraten.

»Es hat mit meinen Verbindungen zu tun. Sie nehmen diese Geld-regiert-die-Welt-Idee einfach zu wörtlich«, sagt er beiläufig.

Seine Antwort ist nicht verdächtig. Im Gegenteil, sie ergibt Sinn. Auch wenn ich diese ganzen Botschafterpflichten noch nicht so ganz durchschaue, liegen die Ältesten keineswegs falsch damit, jemanden von Bills Kaliber auszuwählen. »Wirst du ihr Angebot annehmen?«, frage ich.

»Das würde ich lieber nicht«, meint er. »Du weißt, wie viel ich zu tun habe.«

Bill ist bekannt dafür, früher als alle anderen im Fond zu sein und so lange zu bleiben, bis auch der letzte Mitarbeiter gegangen ist.

»Ich weiß das, aber würden sie ein Nein akzeptieren?«

»Sie werden, sobald ich ihnen erklärt habe, dass es einen viel besseren Kandidaten gibt als mich.«

»Wen?«

»Liz Johnson. Du kennst sie gut.«

»Meine Psychiaterin als Botschafterin?«, frage ich überrascht. »Warum?«

»Viele mächtige Menschen kommen zu ihr«, erklärt mir Bill. »Nicht zu vergessen, dass sie die Personifikation eines sozialen Schmetterlings ist und in einem Radius von achtzig Kilometern um

Manhattan jeden einzelnen Führer kennt.«

»Ich frage mich, was sie zu dieser Entwicklung sagen wird.« Und ich frage mich auch kurz, ob sie die Marionettenspielerin sein könnte. Dieser Gedanke ist mehr als beängstigend. Wenn sie es wäre, würde mein Feind mich besser kennen als meine Freunde und Familie. Sobald dieser Gedanke in mir aufsteigt, verwerfe ich ihn auch schon wieder. Ich kenne ihre »Führungsstimme«, und sie ist nicht die gleiche wie die der Marionettenspielerin, die ich in den Köpfen der Polizisten auf der Beerdigung gehört habe.

»Sie wird mit Sicherheit begeistert sein.« Seine Lippen verziehen sich ironisch.

»Was machen die Botschafter eigentlich?«, frage ich. »Das ist mir immer noch nicht ganz klar.«

»Das wurde mir offiziell noch nicht erklärt, aber da ich weiß, wer der vorherige Botschafter in New York war, kann ich es mir denken. Die Botschafter vertreten die Interessen der Führer. Sie beeinflussen die normalen Menschen, die Unbelasteten, damit sie den generellen Anweisungen der Insel folgen. Politik, Wirtschaft, Wissenschaft – ich vermute, sie haben ihre Hände in allem, was auf der Welt wichtig ist.«

»Und es gibt einen in jeder Stadt?«

Er schüttelt den Kopf. »Normalerweise gibt es ihn an strategisch wichtigen Orten. New York hatte lange Zeit einen. Nachdem er gestorben ist, hat George von New Jersey aus nach den Dingen geschaut, aber da sich der Botschafter in Washington zurückzieht, wird

George dorthin geschickt werden, und jemand wird die Dinge in New York regeln müssen.«

»Du bist sehr gut informiert für jemanden, der noch kein offizielles Jobangebot hat«, sage ich, ohne wirklich überrascht zu sein. Bill hatte immer seine Mittel und Wege, um Dinge zu erfahren, Bert und ich sind nur eine seiner Arten, sich Informationen zu beschaffen.

»Und warum bist du hier?«, fragt Bill. Wie immer geht er nicht darauf ein, zu enthüllen, woher er Dinge weiß, die er nicht wissen sollte. »Du hast mir nur erzählt, was die Ältesten von dir wollen, aber nicht, was du von ihnen willst.«

»Wenn ich es dir erkläre, wirst du verpflichtet sein, es den Ältesten zu sagen?« Ich verlagere mein Gewicht von einem Fuß auf den anderen.

»Mit Sicherheit nicht.«

»Wärst du mir böse, wenn ich dir nicht erzählen würde, weshalb ich hier bin? Es ist nicht so, dass ich dir nicht vertraue …«

Er zuckt mit den Schultern. »Tu, was du möchtest. Ich habe nur versucht, dir zu helfen.«

Ich entscheide mich dafür, ihm wenigstens teilweise zu erklären, was ich brauche. Schließlich weiß die Marionettenspielerin darüber Bescheid, dass ich die 2. Ebene erreichen kann, also kann ich auch mit ihm darüber sprechen. »Ich möchte lernen, wie ich splitten kann, wenn ich mich bereits in der Gedankendimension befinde.«

»Du möchtest was lernen?«, fragt er stirnrunzelnd.

Ich erkläre ihm das Konzept der 2. Ebene, und sein Blick wechselt von Verwirrung zu Verständnis.

»Warum?«, möchte er wissen. »Ich bin mir nicht sicher, dass man es überhaupt lernen kann. Ich frage mich sogar, ob diese ganze Vorstellung nicht nur ein nützliches Gerücht ist, damit alle die Ältesten noch mehr respektieren.«

»Es ist kein Gerücht. Es ist eine Tatsache.« Ich versuche, mir nichts darauf einzubilden, dass ich dieses Mal besser informiert bin als Bill. »Wie würdest du sonst erklären, dass mich jemand in diese berüchtigte Ebene gezogen hat, kurz bevor ich hierherkam?«

Bill sieht sprachlos aus, aber er erholt sich schnell von seinem Schock. »Also willst du mir erzählen, dass dieser ganze Hokuspokus über das Nirwana stimmt?«

Ich muss ihn angeschaut haben, als hätte er zwei Köpfe, denn er erklärt mir: »In den Gerüchten wird dieser Ort Nirwana genannt, wenn er überhaupt als Ort bezeichnet werden kann.«

»Nirwana«, wiederhole ich. »Es hat sich überhaupt nicht himmlisch angefühlt, aber mit Sicherheit hört es sich besser an als zu sagen: ›Der Ort, an den man geht, wenn man in der Gedankendimension splittet‹. Zum Teufel, der Name ist besser als mein eigener: die 2. Ebene.«

Bill starrt mich an. »Wenn die Gerüchte stimmen, können nur herausragend mächtige Gedankenführer dorthin gelangen. Nach dem, was ich verstanden habe, ist die benötigte Reichweite …«

»Ja«, erwidere ich und kämpfe dieses Mal auch gar

nicht gegen meine Selbstgefälligkeit an. »Ich habe sehr gute Gene.«

Bills Augenbrauen ziehen sich wieder zusammen. »Das ist sehr beunruhigend. Stimmt das, was die Gerüchte sagen? Dass du das Nirwana nicht erreichen kannst, während du dich in der Gedankendimension einer anderen Person befindest?«

»Kein Erreichen der 2. Ebene – ich meine des Nirwanas – von der Gedankendimension eines anderen aus?«, wiederhole ich langsam, während ich darüber nachdenke. »Nein, davon habe ich nie etwas gehört. Warum fragst du?«

»Nur so«, antwortet er und sieht erleichtert aus.

»Ich kenne dich, Bill. Ohne guten Grund machst du nie den Mund auf.«

»Ich hatte nur gerade einen beängstigenden Gedanken, das ist alles.« Er lächelt mich nervös an. »Rückblickend war er dumm.«

»Jetzt ziere dich nicht so«, sage ich scherzhafter, als ich mich meinem Chef gegenüber jemals zuvor getraut habe.

»Ich habe mich gefragt, ob der Grund dafür, dass ich dich noch nicht gefeuert habe, gar nichts mit meinen eigenen Wünschen zu tun hat.« Während er das sagt, sieht er untypisch unsicher aus.

Ich versuche, nicht zu lachen, als ich endlich sein ungutes Gefühl von eben verstehe. »Du denkst, ich war im Nirwana und habe dich geführt?«

»Wenn wir uns in deiner Gedankenwelt befinden würden, wäre ich wirklich besorgt«, meint er. »Du musst zugeben, dass du genau die Art von Person bist, die so etwas tun würde, wenn sie könnte.«

Seine Worte beleidigen mich nicht, was zum Teil daran liegt, dass er recht hat. Wenn ich meinen Job behalten wollte, und ich ihn führen müsste, um das zu erreichen, würde ich es tun. Diese Theorie, dass man die 2. Ebene nicht aus der Gedankendimension eines anderen erreichen kann, ergibt irgendwie Sinn. Eugene hat mir einmal erklärt, dass man die Tiefe der Person aufbraucht, die einen in die Stille holt. Sich in die 2. Ebene zu begeben, während man die Reichweite einer anderen Person benutzt, hört sich nach einer Aktivität an, die die Reichweite desjenigen sehr schnell aufbrauchen kann, und vielleicht schützen wir uns automatisch davor.

»Was geht dir gerade durch den Kopf?« Er sieht immer noch so aus, als würde er sich unwohl fühlen, und bestätigt das, als er sagt: »Vielleicht sollte ich dich unter diesen Umständen feuern und dir so gut wie möglich aus dem Weg gehen.«

Ich verstehe, dass er mein Schweigen missverstanden hat und dass er nicht hundertprozentig scherzt.

»Beweist nicht allein die Tatsache, dass du darüber nachdenkst, mich zu feuern, dass ich dich nicht geführt habe?«, frage ich ihn.

»Ich weiß es nicht«, antwortet Bill. »Vielleicht kann ich es in Betracht ziehen, weil du gerade nicht ins Nirwana gelangen kannst. Vielleicht werde ich das Gefühl haben, dass du unersetzlich bist, sobald du dich wieder in deiner Gedankendimension befindest.«

»Du wirst es zweifellos wissen, wenn du beschließt, mein Gehalt um zweihundert Prozent zu erhöhen«, erkläre ich ihm mit übertrieben unheilverkündender Stimme.

Bill lacht und erwidert: »Jetzt im Ernst, ich habe dich die ganzen Jahre gut behandelt. Versprich mir, dass du den Scheiß nicht mit mir machen würdest, selbst wenn du könntest.«

»Versprochen, William«, sage ich und benutze seinen vollen Namen, um ihm meinen Respekt zu zeigen.

Er nickt zufrieden. »Und noch etwas. Wenn dieses Nirwana-Zeug stimmt, bedeutet das, dass die Ältesten mich dazu zwingen könnten, Botschafter zu werden. Sollte das passieren ...«

»Sprich nicht weiter. Falls sich herausstellen sollte, dass du einer wirst, werde ich mich darum kümmern.«

»Danke. Vielleicht wirst du die Gehaltserhöhung dann bekommen.« Er zwinkert mir zu und sagt dann mit gespieltem Entsetzen: »Warte mal kurz.«

Wir lachen beide, aber sein Lachen klingt angespannt. Ich habe Bill seit dem letzten großen Absturz des Ölpreises nicht mehr so gestresst gesehen; dieser Mann hasst es, wenn sich etwas seiner Kontrolle entzieht.

»Ich denke, ich werde einen Spaziergang machen, wenn es dir nichts ausmacht«, meint er. »Ich rate dir, ein persönliches Gespräch mit demjenigen zu suchen, der dich ins Nirwana geholt hat.«

»Weißt du, in wessen Gedankendimension wir uns befinden?«, möchte ich von ihm wissen. »Wenn das Gerücht, von dem du mir erzählt hast, stimmt, wäre es ein und dieselbe Person.«

»Nein, das weiß ich nicht, aber ich lasse es dich wissen, sollte ich es herausfinde.«

»Okay, bis nachher«, sage ich.

Nachdem Bill den Raum verlassen hat, schaue ich mir die Bücher an.

Leider finde ich keines mit dem Titel »Wie man das Nirwana beherrscht«, zumindest nicht auf den ersten Blick. Aber natürlich würde es sich bei dem Nirwana auch nicht um ein Gerücht handeln, sollten sie solches Zeug herumstehen haben. Einige der Themen, über die die Ältesten schreiben, sind durchaus faszinierend. Ich blättere durch ein Buch voller Beweise und anderer reiner Mathematik, das Frederick geschrieben hat. Als Nächstes werfe ich einen Blick in Alfreds *Detaillierte Analyse des zweiten Irakkriegs*. Danach entdecke ich einen Katalog von Gustav mit allen Arten von Kreaturen, die auf dieser Insel rennen, fliegen, schwimmen oder kriechen – komplett mit handgemalten Illustrationen.

Als ich ein genealogisches Buch sehe, nehme ich es in die Hand, um nach »Taylor« zu suchen, dem Stammbaum meiner Mutter. Ich bin gerade völlig vertieft in diese Aufgabe, als ich ein leises Geräusch wahrnehme.

Einen Moment später höre ich das Rascheln von Kleidung, und als Nächstes habe ich Schwierigkeiten, Luft zu holen.

Das Buch fällt aus meiner Hand auf den Boden.

Ich versuche zu sagen »Was zum Teufel …?«, aber das Einzige, das ich hinbekomme, ist ein raues Grunzen.

Jemand hat mich von hinten umklammert, verstehe ich, und er drückt mir den Hals mit seiner Ellenbeuge zu. Die andere Hand befindet sich an meinem Hinterkopf. Ungewollt drängt sich mir ein Gedanke auf: Ich bin in einem Würgegriff gefangen, was eine ziemlich tödliche Art ist, einen Gegner außer Gefecht zu setzen. Mir bleiben ungefähr fünf Sekunden Zeit, um etwas zu unternehmen.

Unter den gegebenen Umständen muss ich mir keine Gedanken machen, zu sterben, aber ich befürchte, ich könnte inert werden.

Ich unterdrücke die Angst und die Schmerzen, auch wenn das nicht einfach ist. Mein Körper versteht nicht, dass der Ausgang dieses Kampfes nicht wirklich tödlich sein wird; er empfindet diese Situation als einen Kampf auf Leben und Tod. Ich versuche, mich zu beruhigen, und konzentriere mich auf das Leben und nicht auf den Tod, auf genau den sich ein Teil meines Körpers schon vorbereitet. Ich muss reagieren, bevor ich das Bewusstsein verliere.

Ich ergreife den Arm, der um meinem Hals liegt.

Mein Kopf könnte sich gerade genauso gut in einem Schraubstock aus Stahl befinden.

Ich beginne, alles verschwommen zu sehen.

Meinen nächsten Schritt plane ich nicht bewusst. Mir wird erst klar, was ich gerade tue, als ich schon dabei bin.

Ich ergreife den Arm erneut, aber diesmal ducke ich mich plötzlich.

Mein Gehirn befindet jetzt wieder auf dem gleichen Stand wie mein Körper, und ich schlage mit meinen Handrücken dorthin, wo ich den Lendenbereich meines Angreifers vermute. Meine Hand trifft auf etwas Weiches, und erfreut höre ich ein Stöhnen hinter mir.

Mein Angreifer ist definitiv männlich.

Sein Griff um meinen Hals lockert sich, so dass ich nach der Hand fassen kann, die mich festhält. Ich bewege mich einige Zentimeter zur Seite und ziehe den Arm mit mir.

Ich schaffe es, die Schulter meines Angreifers zu überdehnen, und nutze diesen Moment, um ihn umzuwerfen.

Als er fällt, erhasche ich einen kurzen Blick auf ihn, was meine Einschätzung seines Geschlechts bestätigt. Diese Person ist viel zu groß für eine Frau, zumindest eine, die durchschnittliche Maße hat. Sie trägt eine eigenartige Maske, die verhindert, dass ich sehen kann, um wen es sich handelt. Neben ihrer Maske trägt sie einen einfarbigen schwarzen Kimono und ist barfuß.

Ich bezahle dafür, meinen Angreifer zu betrachten. Er tut etwas, was wie eine Bewegung aus dem

Breakdance aussieht, und tritt mir meine Beine mit seinen weg.

Als ich mit Caleb im Tempel trainiert habe, war das, was ich am besten gelernt habe, zu fallen – weshalb ich jetzt nicht wie ein Sack Kartoffeln zu Boden gehe. Stattdessen stelle ich sicher, im Wrestling-Stil mit meinen abgewinkelten Ellenbogen auf meinem Angreifer zu landen.

Einer meiner Ellenbogen trifft auf seine Brust, und die Luft entweicht seinen Lungen, als seien sie ein löcheriger Luftballon. Ich nutze meinen Vorteil, um nach seiner Maske zu greifen; ich muss herausfinden, wer es ist, da es sich wahrscheinlich um den Marionettenspieler handelt. Falls er es ist, muss ich zugeben, dass allein der Schlag in seine Genitalien bewiesen hat, dass ich Unrecht hatte, ihn für eine Sie zu halten.

Ich will gerade die komplette Bloßstellung vollziehen, als seine Hand meine ergreift, bevor ich die Maske lösen kann. Er rollt sich zur Seite, und ich muss mich anstrengen, nicht von ihm herunterzufallen.

Wir ringen im Stil der alten Griechen, wobei jeder versucht, den anderen in einen Haltegriff zu nehmen. Allerdings waren bei den Griechen keine schmutzigen Tricks erlaubt. Da wir hier nicht an der Olympiade teilnehmen, beiße ich ihm in den Arm, als er ihn in mein Gesicht schlägt. Er rächt sich, indem er nach meinem besten Stück greift. Ich kann mich im letzten Moment zurückziehen.

Leider nutzt er diesen Moment dazu, sich das

Endstück des nächsten Bücherregals zu schnappen, um es umzustoßen. Auch wenn das Regal nicht fällt, neigt es sich trotzdem bedrohlich. Meine volle Aufmerksamkeit bekommt es, als die Bücher von dem polierten Holz rutschen und auf mich herabregnen. Als ich meinen Kopf vor den schweren Bänden schütze, kriecht mein Angreifer weg.

Ich bewege mich, um ihm zu folgen, und bemerke, dass er versucht, das Regal von der anderen Seite aus umzuwerfen. Wieder neigt es sich nach vorne, und bevor ich ihm ausweichen kann, trifft mich ein Buch an meiner Schläfe. Meine Sicht verschwimmt, und eine Übelkeitswelle überkommt mich.

Der maskierte Angreifer springt auf und rennt weg.

Ich ignoriere meinen Schmerz, stolpere auf meine Füße und folge ihm.

Er knallt die Tür zu, als ich nur noch etwa dreißig Zentimeter von ihr entfernt bin.

Ich höre ein Klicken, und Wut durchfährt mich.

Dieser Bastard muss einen Schlüssel für die Tür der Bibliothek gehabt haben.

In meinem Zorn benötige ich nur wenige Tritte, um das schwache Schloss herauszubrechen, das offensichtlich eher Dekorationszwecken diente. Als sich die Tür öffnet, ist von meinem Angreifer nichts mehr zu sehen.

Verdammt.

Ich wähle spontan eine Richtung aus und renne, so schnell ich kann, während ich in jeden Raum blicke, der sich auf meinem Weg befindet. Er ist nicht in dem, der aussieht wie ein Chemielabor. In dem Raum mit umwerfenden Teppichen und in dem mit den Wandgemälden auch nicht.

Einige Türen weiter befindet sich ein ziemlich kleiner Raum, der wie ein Malatelier aussieht.

In ihm sehe ich einen offensichtlich unbesorgten Mann in einem schwarzen Kimono, der mit dem Rücken zur Tür gewandt steht.

Außerdem erkenne ich die Schnüre der Maske, die um den Kopf des Mannes gebunden sind.

Ich trete leise in den Raum und fühle grimmige Vorfreude. Mein Herz pocht wegen des Kampfes und der Jagd.

Vielleicht sollte ich seinen Kopf in den gleichen Schraubgriff nehmen, in dem er meinen hatte, oder ich könnte zuerst einen Nackenschlag im Karate-Stil ausführen – der Schmerz könnte das Arschloch ablenken.

Als ich den halben Weg zu meinem Opfer hinter mich gebracht habe, bin ich stolz darauf, wie leise ich trotz meiner ziemlich schnellen Atmung bin. Ich hätte niemals gedacht, dass ich mich so gut anschleichen kann.

»Darren«, sagt eine Stimme hinter mir, »was zur Hölle tust du da?«

11

Erstaunlicherweise erschreckt diese Stimme meinen Angreifer nicht. Er steht immer noch mit dem Rücken zu mir gewandt da. Seine völlige Sorglosigkeit ist geradezu beeindruckend. Er muss entweder sehr selbstsicher sein – oder taub.

Ich ignoriere die Stimme und halte weiterhin auf mein Opfer mit dem eigenartigen Benehmen zu.

Es bewegt sich immer noch nicht.

»Ernsthaft, Darren, was um alles in der Welt …«

Ich glaube, ich erkenne die Stimme. Sie hört sich nach Gustav an. Ich denke allerdings nicht weiter darüber nach und drehe mich auch nicht um, um zu sehen, ob ich recht habe.

Gustav, falls er es ist, bekommt keine Gelegenheit, seinen Monolog zu beenden, weil ich den maskierten Mann in einen tödlichen Griff nehme.

Komischerweise reagiert der maskierte Mann überhaupt nicht. Irgendetwas stimmt mit ihm nicht –

es ist diese Bewegungslosigkeit, die mir irgendwie bekannt vorkommt.

Eine weitere maskierte Figur materialisiert sich auf meiner linken Seite.

»Wer bist du?«, will sie wissen. Diese Stimme kenne ich nicht. »Ist es schon Zeit für die Feierlichkeiten?«

»Ja«, erwidert Gustav, als ich mich, ohne mein widerstandsloses Opfer loszulassen, zu ihm herumdrehe und gegen meine Verwirrung ankämpfe. »Jamie, das ist Darren, unser Besucher.«

»Warum hast du mich auf eine so eigenartige Weise zu euch geholt?«, fragt Jamie. »Und warum würgst du meinen eingefrorenen Körper?«

»Die Antwort auf diese Frage würde ich auch gerne hören«, meint Gustav und betrachtet mich genau so, wie man ein tollwütiges Känguru anschauen würde.

Ich lasse Jamies Körper los und trete mehr als nur leicht irritiert zurück. »Er hat mich gerade angegriffen, in der Bücherei.«

»Das habe ich nicht«, sagt Jamie wütend.

»Das ist unmöglich«, meint Gustav. »Du hast ihn gerade erst hineingezogen.«

Ich ignoriere das Leugnen meines Angreifers. »Er muss sich vorher in dieser Gedankendimension befunden haben, ist dann zu seinem Körper zurückgerannt und gesplittet.«

Das ist die einzige Erklärung die einen Sinn ergibt.

»Ich hätte ihn gesehen, wenn er diesen Raum betreten hätte«, sagt Gustav. »Ich bin gleich nach unserem Gespräch hierhergekommen und habe gelesen. Ich wollte ihn in einigen Minuten zu uns holen.«

»Irgendwie muss er es getan haben«, insistiere ich. »Wie kannst du jemanden verteidigen, der offensichtlich etwas Zwielichtiges vorhat? Schau ihn dir doch an.«

Gustav betrachtet den Mann und sieht noch verwirrter aus als zuvor. »Was ist mit ihm?«

»Tragen die Menschen in dieser Burg häufiger Masken?« Meine Hände spannen sich an meinen Seiten an. »Das ist nicht wirklich ein …«

»Warte«, unterbricht mich Gustav. »Jamie, bitte gehe.«

»Er wird nicht gehen, bis …«

»Er wird jetzt sofort gehen«, sagt Gustav. Was mich wirklich schockiert, sind nicht seine Worte, sondern wo er sie sagt.

Vor einem Moment saß Gustav noch in seinem Stuhl, aber jetzt steht er plötzlich neben mir.

Für jemanden seines Alters, oder für jemanden irgendeines Alters, hat er sich sehr schnell bewegt. Er muss einen so schnellen und leisen Sprung vollführt haben, dass es mir nicht aufgefallen ist.

Er stellt sich zwischen Jamie und mich und sagt: »Bitte tu nichts Unüberlegtes, Darren.«

Er spricht mit ruhiger Stimme, aber ich kann den Befehl und die Drohung heraushören, so dass ich meine Fäuste einen Moment lang entspanne.

Ich schaue mir den Mann an, den er beschützt, und bemerke erst jetzt, dass sich seine Maske wirklich ein wenig von der unterscheiden könnte, die mein Angreifer getragen hat. Seine Schultern sind auch ein wenig schmaler. Trotzdem zögere ich, meinen einzigen Verdächtigen so schnell laufen zu lassen.

Jamie nimmt meinen überraschten Gesichtsausdruck als sein Stichwort, den Raum schnell zu verlassen.

»Jetzt«, sagt Gustav, »erzähle mir bitte von dem Angriff.«

»Nicht bevor du mir nicht erklärst, warum du meinen Hauptverdächtigen laufen gelassen hast«, erwidere ich schneidend.

»Ich habe dir doch schon gesagt, warum er nicht dein Angreifer sein kann.«

»Aber die Maske …«

»Die Maske und die schwarze Kleidung sind normal während unserer Feier, genauso wie weiße und graue Mäntel.«

Er geht zu seinem Tisch und hebt einen Gegenstand hoch. Es ist eine blaue Maske im Zorro-Stil, die nur die Augen bedeckt.

Ich bemerke, dass er statt seines einfachen Hippie-Outfits jetzt einen blauen Kimono trägt.

Die Wahrheit beginnt mir zu dämmern. »Ihr habt einen Maskenball? Am Morgen?«

Das würde die beiden maskierten Männer erklären – drei, wenn ich Gustav mit einrechne.

»Wir finden, dass eine Feier ein guter Weg für jeden auf der Insel ist, seinen Tag zu beginnen, und für uns, um unsere Freunde und Familie zu sehen, bevor wir das Jahrhundert ohne sie beginnen.«

»Aber Masken?« Ich zeige auf den Kopf des eingefrorenen Jamie.

»Sie können jedes Fest aufpolieren, findest du nicht?«, meint Gustav und setzt seine eigene auf.

»Also nehme ich an, dass er mich nicht angegriffen hat«, sage ich dumm und schaue auf die bewegungslose Version des Typen. Mein Herz klopft immer noch wegen des Adrenalinrauschs, den ich gerade hatte.

»Nein«, bestätigt Gustav und bedeutet mir, ihm zu folgen. »Und jetzt erzähle mir was passiert ist.«

Eines ist klar: sollte mein Angreifer der Marionettenspieler sein, wird es sich wahrscheinlich nicht um Gustav handeln. So schnell hätte er sich kaum umziehen können. Als wir den Raum verlassen, erzähle ich ihm, was ich seit dem Treffen am Brunnen alles erlebt habe. Gustav blinzelt nicht einmal, als ich ihm erzähle, wie Victoria versucht hat, mich zu verführen, und sieht unleserlich aus, als ich ihm von dem Kampf berichte.

»Das ist höchst bedauerlich«, sagt er nachdenklich, als ich fertig bin. »Aber wie du jetzt verstehst, kann es jede Person sein, die wir bereits für die Feier zu uns geholt haben.«

»Oder, noch wahrscheinlicher, einer der Ältesten.«

»Nein, es war keiner von uns«, widerspricht Gustav und beginnt, die Treppen hinabzusteigen. Über seine Schulter fügt er hinzu: »Wie kommst du auf eine so absurde Idee?«

Ich überlege kurz, ihm von dem Marionettenspieler zu erzählen, entscheide mich aber dagegen. »Ich kenne nur eine Handvoll Menschen hier, und die meisten von ihnen sind die Ältesten.«

»Das stimmt, aber es bleibt eine Tatsache, dass du jetzt bereits inert wärst, würde einer von uns das wünschen.« Er geht die glatten Stufen so erfahren hinunter, wie das nur jemand kann, der es schon eine Million Mal getan hat.

»Du hörst dich sehr überzeugt an.« Ich lege meine Hand aufs Geländer, weil ich im Gegensatz zu ihm leicht auf dem polierten Marmor wegrutschen könnte.

»Das bin ich auch, aber glaube mir, dass diese Überzeugung nicht auf Überheblichkeit beruht. Ich habe eher eine pragmatische Art, die Realität zu betrachten. Wer auch immer dich angegriffen hat, muss einer der Botschafter sein, oder jemand, der bereits auf der Insel lebt, was die Angestellten, unsere Verwandten und viele andere Menschen einschließt.« Er erreicht das Ende der Treppe und wartet auf mich.

»Aber ich denke immer noch …«

»Darren, warum glaubst du mir nicht einen Augenblick lang? Du wirst die Wahrheit gleich während des Herausforderungsspiels auf dem Fest sehen. In der Zwischenzeit sollte dich meine Nähe vor weiteren bedauernswerten Übergriffen schützen.«

»Das hoffe ich«, sage ich und folge ihm den Flur hinunter.

Ich kann nicht mehr sagen, weil ich von maskierten Gestalten, die auf uns zukommen – zwei Männern und einer Frau –, abgelenkt werde. Mein Herz setzt kurz aus, als ich den Mann ganz links erblicke. Er sieht genauso aus wie mein Angreifer. Ich hoffe definitiv, dass Gustav mir den Rücken stärken wird, falls es hart auf hart kommt.

Als ich genauer hinsehe, erkenne ich, dass einige Kleinigkeiten der Maske des Kerls sich ein wenig von der meines Angreifers unterscheiden. Zum Beispiel hat diese Maske im Gegensatz zu der meines Angreifers kleine Nasenlöcher. Diese ganzen maskierten Menschen zu sehen ist irgendwie beruhigend; nicht, dass ich Gustav nicht glaube, aber wie Eugene gerne sagt: »Vertrauen ist gut, Kontrolle ist besser.« Wenn ich länger darüber nachdenke, ist es gleichzeitig ganz schön beängstigend. Diese Maskenveranstaltung ermöglicht es meinem Angreifer, hier umherzugehen, als sei nichts passiert. Er könnte sogar versuchen, mich noch einmal zu erwischen, sollte sich ihm eine gute Gelegenheit bieten, und es gibt nichts, was ich dagegen tun kann.

»Dann wäre das geklärt«, meint Gustav, als wir das Ende des Flurs erreichen. Er öffnet die Tür und lässt mich zuerst eintreten. »In diesem Raum solltest du eine geeignete Maske für dich finden.«

Der Raum, den wir betreten, ist der feuchte Traum eines jeden Halloween-Fanatikers. In ihm befinden sich historische Kostüme, Militäruniformen, OP-Bekleidung und alles dazwischen.

Er zeigt auf ein Regal mit Mänteln. »Diese sind für die Feier.«

Unendliche Reihen von Kimonos in allen möglichen Farben, Stilen und Größen säumen die Wand. Jedes Kleidungsstück besitzt eine zugehörige Maske. Die Masken, so schlicht sie auch sein mögen, unterscheiden sich alle leicht voneinander. Schwarz, weiß und grau sind, genau wie Gustav gesagt hat, die dominierenden Farben, aber das ganze Spektrum des Regenbogens ist vertreten.

Ich entscheide mich für eine grüne Variante, um mich ein wenig von den anderen zu unterscheiden.

»Großartige Wahl«, merkt Gustav an und betrachtet zufrieden meine Aufmachung. »Gehen wir.«

Er verlässt den Raum, und ich folge ihm, während ich versuche, das Scheuern meines übermäßig gestärkten Kimonos zu ignorieren. Wir gehen durch die Burg, und ich bewundere die aufwendigen Wandbehänge, die wie avantgardistische Gemälde aussehen. Gustav scheint meine Reaktion zu freuen, also beschließe ich, ihn unvorbereitet zu überfallen.

»Kannst du mir etwas über das Nirwana erzählen?«, frage ich, als wir um eine Ecke biegen.

Er hält abrupt inne, und seine Augen leuchten bernsteinfarben hinter der Maske. Er erholt sich allerdings schnell wieder und antwortet: »Das ist ein Thema, das wir besprechen sollten, wenn die anderen dabei sind, auch wenn ich gerne wissen würde, woher du diesen Begriff kennst«.

Da er mir keine Erklärung gibt, beschließe ich, mich zu rächen, und erwidere mit einer Imitation seiner Stimme: »Das hört sich nach einem Thema an, das wir besprechen sollten, wenn die anderen dabei sind. Du solltest wissen, dass ich ein großer Freund von Quid pro quo bin.«

Er sagt nichts weiter dazu, aber ich erwische ihn dabei, wie er genervt mit den Augen rollt. Gut. Die nächsten Minuten des Weges verbringen wir in unangenehmem Schweigen.

»Findet das Fest nicht in der Burg statt?«, möchte ich von ihm wissen, als wir auf die aufwendig gestaltete Eingangstür zugehen.

»Es findet überall statt, aber das meiste passiert auf dem Jahrmarkt.«

Während wir weitergehen, erzählt er mir mehr über diese Tradition. Wie er schon vorher erwähnt hatte, dient diese Zusammenkunft dazu, die Bewohner der Insel für den Tag zu motivieren. Gleichzeitig ist es ein schöner Beginn für ein neues Jahrhundert, das die Ältesten zusammen verbringen werden. Ich habe den starken Verdacht, dass eher Letzteres der ausschlaggebende Grund ist. Während der Feierlichkeiten erfahren die Bewohner die Höhepunkte dessen, was die Ältesten während des letzten realen Tages erreicht haben – also in den hundert Jahren, die sie in der Stille verbracht haben. Offensichtlich reden die Ältesten nach ihrem Aufenthalt in der Gedankendimension kaum mit jemandem. Wie George schon angedeutet hat, haben sie ein ganzes Regelwerk darüber, wie sie außerhalb der Stille leben. Eine der wichtigsten Regeln scheint zu sein, ihre physischen Körper nicht mit unangenehmen Konversationen zu stressen. Diese Regel soll sicherstellen, dass ihre Körper so wenig wie möglich altern, versichert er mir.

»Das hört sich asozial an«, kommentiere ich, als Gustav und ich die Stadt betreten.

»Aber erkennst du nicht, was für eine Verschwendung es wäre, unsere mentalen Ressourcen außerhalb der Gedankendimension zu verbrauchen?«, entgegnet Gustav. »Es ist viel logischer, die Energie unserer Körper zu bewahren und unseren Geschäften nachzugehen, wenn die Zeit in der echten Welt stillsteht.«

»Aber habt ihr dann außerhalb der Gedankendimension nicht die langweiligsten Leben, die man sich vorstellen kann?«

»Einfach, ja, aber ich würde nicht so weit gehen, sie langweilig zu nennen. Selbst wenn diese Leben ereignislos verlaufen, holen wir das alles mehr als nach, wenn wir am nächsten Tag splitten.«

Er fährt damit fort, mir zu beschreiben, wie ihr Tagesablauf außerhalb der Stille wirklich ist. Alles dreht sich um Forschungen rund um das Thema Langlebigkeit. Er erklärt mir, dass die Ältesten ihre Lebenszeit nicht einfach dadurch verlängern, hier einige Jahre oder dort ein paar Tage hinzuzufügen. Es sind Jahrhunderte und Jahrtausende in der Stille, die sie gewinnen. Also versuchen sie, in der realen Welt Zeit mit nahestehenden Freunden und ihrer Familie zu verbringen, um ihre grundlegenden Bedürfnisse nach menschlicher Gesellschaft zu befriedigen – ohne allerdings aufreibende Themen zuzulassen. Ihre

Nahrung auf Pflanzenbasis nehmen sie fast ausschließlich unverarbeitet zu sich und essen hauptsächlich Blätter, Bohnen, Zwiebeln, Pilze und Beeren, denen sie ab und an wilden Fisch beimischen. Sie beschäftigen sich mit einer großen Anzahl von Entspannungstechniken, trinken ein Glas Rotwein, trainieren mit ihren Liebsten in einem speziellen Fitnesscenter – Gustavs Umschreibung für täglichen Sex –, spazieren den Großteil des Tages barfuß durch die Natur und stellen sicher, genügend Schlaf zu bekommen.

»Also, in anderen Worten, ihr lebt außerhalb der Gedankendimension in einem Paradies für Gesundheitsfreaks«, fasse ich zusammen und werfe einen misstrauischen Blick auf einen Doppelgänger meines Angreifers, als wir an ihm vorbeigehen.

Gustav lacht. »Du hörst dich genauso an wie Victoria. Sie lehnt diese Art, zu leben, ab. Wenn wir es nicht für alle Ältesten so festgeschrieben hätten, würde sie wahrscheinlich rauchen, fluchen und ...«

»Wieso ist sie dann eine von euch?«, frage ich. »Sie macht auf mich den Eindruck wie jemand, der seine Freiheit mag.«

»Weil sie ihre Zeit in der Stille genießt. Wie wir alle.«

»Kunst und Handwerk für hundert Jahre? Hört sich brillant an.«

»Das ist nur ein Teil des Ganzen«, erwidert Gustav. »Wir tun die Dinge, die die Menschen einzigartig machen. Alle von ihnen, und wir haben großen Spaß daran. In diesem Aspekt ist Victoria genau wie wir.«

Ich nicke abwesend, während ich mich umschaue.

Die Häuser in der Stadt sind geschmückter als die der Vororte zu Weihnachten, auch wenn das eigentliche Motiv der Feierlichkeiten wegen der herbstlichen Dekoration eher an Thanksgiving erinnert. Am Himmel schwebt ein so großes und buntes Luftschiff, dass es den Festwagen der Macy's Thanksgiving Day Parade den Rang ablaufen würde.

»Ich habe gehört, dass ihr für Verurteilungen zuständig seid, was bestimmte Verbrechen von Gedankenführern an Gedankenführern betrifft«, sage ich, als ich genug über ihren Lebensstil gehört habe. »Geschieht das während der Feierlichkeiten?«

»Nicht wirklich«, antwortet Gustav. »Das ist etwas, was wir nur mit den Botschaftern besprechen. Sie berichten uns von den neuen Fällen, mit denen wir uns während unserer Zeit in der Gedankendimension beschäftigen, und wir teilen unsere Entscheidung mit, sobald wir wieder in der realen Welt sind.«

»Geht es dabei immer um Mord?«, will ich wissen, weil ich mich daran erinnere, dass Thomas und Liz so etwas in der Art erwähnt haben.

»Sie umfassen eine Auswahl komplexer Themen, Dinge, die nur mit Weisheit beurteilt werden können.«

Es ist offensichtlich, dass er sich nicht wohl dabei fühlt, dieses Thema mit mir zu besprechen, und ich dränge ihn nicht, da es nicht wirklich wichtig für mich ist.

Während unserer Unterhaltung fallen mir immer mehr maskierte, fröhliche Menschen auf, die ihre Freunde in die Stille ziehen. Meine geistige Strichliste von Quasi-Doppelgängern meines Angreifers ist schon im zweistelligen Bereich.

»Können wir stehen bleiben und zuhören?«, frage ich, als wir uns in der Nähe einer Gruppe maskierter Musiker befinden, von denen einer ebenfalls aussieht wie mein Angreifer. Die Musik, die sie spielen, ist unglaublich.

»Natürlich«, antwortet Gustav mit gedämpfter Stimme.

»Was ist das für ein Lied?«, möchte ich nach einigen Minuten in einem ehrfürchtigen Flüsterton von ihm wissen. »Ich glaube, das ist die bewegendste und schönste Melodie, die ich jemals gehört habe.«

»Danke«, flüstert er zurück. »Ich habe es selbst geschrieben.«

Als das Stück vorbei ist, gehen wir weiter, und ich frage mich, ob ich mich an die ganze atemberaubende Kunst auf dieser Insel jemals gewöhnen werde. Ich hatte vorgehabt, mit Mira etwas »Normales« zu unternehmen, aber nach dem hier wird es wohl kein Ausflug ins Museum werden, zumindest nicht in nächster Zeit.

Wir nähern uns einem sehr geschmückten Platz, und ich vermute, dass die Anzahl der Doppelgänger meines Angreifers bald im dreistelligen Bereich liegen wird. Ich bewege mich verstohlen näher an Gustav heran.

Dieser Platz scheint das Epizentrum der Feierlichkeiten zu sein. Menschengruppen haben sich rund um Stände verteilt, an denen Spiele und Vorführungen stattfinden.

Gustav hält in der Mitte des Platzes an. »Ich sehe, dass der Rest meiner Gruppe schon hier ist. Das bedeutet, dass das Treffen pünktlich beginnen wird.«

Ich schaue mich um. Er hat recht. Trotz der Masken sind die Ältesten leicht zu erkennen, und auch wenn Gustav das nicht explizit gesagt hat, scheinen die Ältesten die langweiligen schwarzen, grauen und weißen Farben nicht zu mögen. Stattdessen sehe ich das ganze Farbspektrum von Victoria, die Pink trägt, bis hin zu Alfred in Orang-Utan-Orange.

Auf der linken Seite des Platzes steht ein schwarz-weißer Tisch. Gustav geht zu ihm, und als wir uns ihm nähern, sehe ich, dass sich an ihm die Ältesten-Zwillinge, Frederick und Louis, gegenübersitzen. Trotz ihrer Masken sind sie leicht wiederzuerkennen. Sie sind beide lilafarben gekleidet, mit Masken, die wie Gustavs nur ihre Augen bedecken. Ihr Tisch hat eines dieser Schachmuster wie in den Stadtparks in New York. Passenderweise spielen sie Blitzschach. Der Anzahl der Zuschauer nach zu urteilen, muss es sich um ein interessantes Spiel handeln. Es ist unmöglich, zu sagen, welcher der Brüder Fred und welcher Lou ist – ich habe beschlossen, ihnen Spitznamen zu geben.

»Transformative Technologien sind ein doppelseitiges Schwert«, sagt einer von ihnen nach seinem Zug. »Nanotechnologie könnte zu dem tödlichen Graue-Schmiere-Szenario führen, in dem selbstreplizierende Assembler die ganze Welt verschlingen. Roboter und künstliche Intelligenzen könnten auf einem anderen Weg zu unserem Aussterben führen, sollten unsere eigenen Kreationen uns loswerden wollen.«

»Jede Technologie hat ihre Risiken und Nutzen«, erwidert der andere, macht einen Gegenzug und schlägt auf die Uhr. »Bis jetzt ist der Nutzen höher. Nanotechnologie kann Krebs heilen und die Welt ernähren. Künstliche Intelligenz kann ...«

»Schach«, sagt der erste Bruder, anstatt zu argumentieren, und bewegt seinen Läufer gleichzeitig zu B6.

Die Brüder spielen weiter. Ihr Geplänkel scheint eher zur Unterhaltung der Massen als zu ihrer eigenen gedacht zu sein.

»Sie haben einmal zwei Tage lang Schach gespielt«, flüstert Gustav fast stolz in mein Ohr. »Also zweihundert Jahre in der Gedankendimension, meine ich damit.«

»Unmöglich«, flüstere ich zurück. »Zwei Jahrhunderte Schach?«

»Ja, genau«, flüstert er zurück. »Sie haben es nicht nur gespielt, sondern auch Tausende von Büchern gelesen, die die Unbelasteten über dieses Thema geschrieben haben. Am Ende der zweiten hundert Jahre hatten sie eigene Bücher verfasst, die voller neuer, revolutionärer Spiele und unschlagbarer Strategien waren. Wie du dir vorstellen kannst, ist es unmöglich, gegen sie zu gewinnen. Solange keiner der Ältesten beschließt, sich auch eine Zeit lang diesem Spiel zu widmen, können sie nur gegeneinander spielen. Die besten Schachmeister und Computer sind keine Gegner für sie.«

»Schachmatt«, murmelt die Menge um uns herum.

»Es sieht aus, als wird Frederick heute unser Opferlamm sein«, sagt der grinsende Bruder, und endlich weiß ich, dass es sich bei ihm um Lou handelt. »Gustav, was sagst du?«

Der alte Mann nickt ernsthaft und geht zur Mitte des Platzes.

»Meine Damen und Herren«, sagt Gustav mit der Stimme eines Sportmoderators. »Der heutige Herausforderer wird gegen Frederick antreten.«

Die Menschen machen die Mitte des Platzes frei, und alles wird still. Obwohl die Augen aller Anwesenden fasziniert glänzen, scheint sich niemand freiwillig für das, wovon Gustav spricht, melden zu wollen.

»Gibt es keinen, der mutig genug ist?«, drängt Gustav und zwinkert mich bedeutungsvoll an.

Die Menge rückt enger zusammen, aber es gibt immer noch keinen Freiwilligen.

»Jetzt kommt schon«, sagt Frederick, das »Opferlamm«. »Ich werde den normalen Preis auf zwanzig Jahre erhöhen.«

Die Menge murmelt, aber es tritt immer noch niemand nach vorne.

»Denkt einfach darüber nach: zwanzig Jahre in der

Gedankendimension an einem Tag eurer Wahl«, lockt Fred.

An diesem Punkt höre ich, wie sich die Menschen bewegen. Die Menge teilt sich, als eine schlanke Gestalt durch sie hindurchgeht.

Auch wenn sie maskiert ist, kann ich sehen, dass es sich um eine Frau handelt. Kein Mann hat solche Kurven.

Sie schreitet über den Platz und stellt sich selbstsicher Frederick gegenüber hin. Irgendetwas an ihrem Verhalten kommt mir bekannt vor.

Als sie eine Kampfstellung einnimmt, erkenne ich, dass es sich um Kate handelt. Ich zucke zusammen, als ich mich daran erinnere, was mit mir geschehen ist, nachdem sie mir genauso gegenübergestanden hatte.

Im Gegensatz zu mir sieht Frederick überhaupt nicht besorgt aus.

»Ihr könnt beginnen«, sagt Gustav.

Frederick betrachtet demonstrativ seine Nägel, eine Geste, mit der er offensichtlich Kate reizen möchte.

Ohne ein Wort zu sagen, nähert Kate sich ihm in diesem eigenartigen Bewegungsmuster, das mir schon das letzte Mal aufgefallen war, und versucht, ihn zu schlagen.

Aber Frederick steht schon nicht mehr an derselben Stelle.

12

ICH WEISS NICHT, WIE FREDERICK KATES SCHLAG ausweichen konnte, aber er hat es getan – so schnell, dass meine Augen ihm nicht wirklich folgen konnten.

Die Menge jubelt; sie scheint genauso beeindruckt zu sein wie ich.

Was wirklich komisch ist, ist, dass Frederick nicht zum Gegenschlag ausholt. Kate stört das offensichtlich nicht, und sie beginnt eine weitere Runde.

Jetzt bewegt sie sich schneller. Was sie tut, erinnert mich daran, wie ein Kampfsportler in einem leicht verpixelten Video aussehen würde, das in einer schnelleren Geschwindigkeit abgespielt wird. Das Einzige, was ich sehen kann, sind Arme und Beine, die es auf Frederick abgesehen haben, aber Kate hat trotz ihrer Anstrengungen keinen Erfolg.

Sie zielt auf seinen Kopf, und er weicht mit der gleichen Lichtgeschwindigkeit aus.

Sie versucht, nach seinem Bein zu treten, und er tut

etwas, was wieder zu schnell für meine Augen ist. Alles, was ich erkenne, ist das Ergebnis: Frederick ist nicht mehr da, als Kate zutritt.

Wie macht er das?

Während des ganzen Kampfes kann ich seiner Strategie oder Technik nicht wirklich folgen. Mein Verdacht, dass er mit ihr spielt, verstärkt sich. Er scheint der Menge eine gute Show bieten zu wollen.

Kate führt eine Reihe von Angriffen aus, bei denen ihre Gliedmaßen mich an einen Presslufthammer erinnern, der gründlich darauf programmiert wurde, einem eigenartigen mathematischen Muster zu folgen.

Frederick weicht einem Großteil ihrer Manöver aus, aber Kate kann einige Treffer verbuchen.

Sein Gesicht verzieht sich zu einer Maske.

Ermutigt geht Kate einige Schritte zurück, bevor sie erneut schnell wie ein Blitz zuschlägt. Dieses Mal ist auch sie, genau wie Frederick, fast nicht zu sehen.

Bevor sie einen Schlag landen kann, geschieht etwas, was mein Gehirn zuerst nicht akzeptieren möchte.

Dieses Mal macht Frederick nicht sein superschnelles Ausweichmanöver. Stattdessen verschwindet er. Sofort, und ohne die dazwischenliegende Entfernung hinter sich zu bringen, steht Frederick hinter Kate. Und ich meine damit, dass er sich in einer Sekunde an einem Ort aufgehalten hat und dann plötzlich an einem anderen stand. Das war nicht zu übersehen.

Ist er teleportiert? Ich hatte den Eindruck, dass das

nur möglich sei, wenn man in die Stille geholt wird, aber vielleicht ist das nicht der Fall. Oder aber die Zwillinge arbeiten wie bei einem Bühnentrick zusammen. Einer der Brüder könnte sich in ein verstecktes Loch unter dem Platz zurückgezogen haben, und der andere könnte aus einem ähnlichen Loch schnell herausgesprungen sein, um diesen Effekt des Verschwindens und Auftauchens zu erzielen.

Ich schaue mich um und entdecke Louis in der Menge, was meine Theorie mit dem »Bühnentrick« hinfällig macht. Ich kann auch keine versteckten Türen auf dem Boden des Platzes erkennen.

Die Menge jubelt lauter. Ich nehme an, dass es für sie mehr Sinn ergibt als für mich, da ich in fassungsloser Stille dastehe, anstatt mit ihr zu jubeln.

Kate ist wieder bei Frederick, und er bewegt sich genauso schnell, wie er es vorher gemacht hat, als er ihren Angriffen ausgewichen ist. Er zieht an den Bändern von Kates Maske. Bevor sie versteht, was passiert ist, fällt ihre Maske bereits auf den Boden des Platzes. Ihr momentan maskenloses Gesicht sieht entsetzt aus.

Das muss ich Kate lassen; sie ist eine Kämpfernatur.

Sie greift nach Fredericks Handgelenk und versucht, es als Hebelpunkt zu benutzen, um ihn auf den Boden zu werfen.

In diesem Moment führt Frederick erneut seinen »Zaubertrick« vor. Er verschwindet von der Stelle, auf der er stand, und taucht hinter ihr wieder auf.

Kates Hand ist leer. Wenn das ein Trick wäre,

müsste sie ihm dabei helfen, und noch dazu eine gute Schauspielerin sein.

Dieses Mal holt Frederick mit seinem Bein aus, und Kate fällt mit dem Rücken zuerst auf den Boden. Da ich selbst schon so gelandet bin, weiß ich, dass es verdammt wehtut, aber sie lässt sich nichts anmerken.

Wie ein wahrer Gentleman reicht er ihr seine Hand, um ihr hochzuhelfen, und sagt: »Das war ein wirklich mutiger Versuch, Lady Kate.«

Sie murmelt etwas, und alle klatschen.

Frederick zwinkert Gustav zu, schnappt sich seinen Bruder und geht in Richtung des großen Zeltes auf der Ostseite des Platzes.

»Wir sollten ihnen folgen«, meint Gustav. »Da das Fest fast beendet ist, sollten wir ein wenig Privatsphäre bekommen, um mit den anderen reden zu können.«

Während wir den Brüdern folgen, bemerke ich, dass einige der anderen Ältesten ebenfalls in die gleiche Richtung gehen wie wir. Ich bin allerdings wegen des Kampfes, den ich eben gesehen habe, zu verblüfft für Smalltalk.

»Wie hat er das gemacht?«, frage ich Gustav nach einigen Momenten. »Ich meine, ich weiß aus eigener Erfahrung, wie schnell und tödlich Kate ist.«

Gustav lächelt. »Hat dich das überzeugt? Glaubst du mir jetzt, dass du bereits inert wärst, wenn einer von uns das wollen würde?«

Ich nicke. »Wenn ihr alle einfach so verschwinden könnt wie er, dann ja.«

»Teleportieren«, korrigiert Gustav. »Wir können

das und noch mehr.«

Also war mein erster Gedanke richtig gewesen. »Man kann teleportieren, wenn man sich schon in der Gedankendimension befindet?«

»Nur einige wenige können das.«

»Du meinst, nur die Ältesten, richtig?«

Er lächelt erneut. »Wir sollten uns dieses Thema für die Unterhaltung aufheben, die wir gleich führen werden. Wir sind sowieso fast da.«

»Auf diese Weise hast du also den Raum in der Burg so schnell durchqueren können«, erwidere ich, als ich mich daran erinnere, wie verwirrt ich über die Geschwindigkeit des alten Mannes gewesen war. »Du bist teleportiert?«

Gustav nimmt seine Maske ab. »Das bin ich. Und jetzt lass uns schauen, was die anderen machen.«

Mit diesen Worten betritt er das Zelt – unser Ziel.

Mein Puls steigt. Trotz Gustavs Beteuerungen könnte sich der Marionettenspieler hier befinden. Außerdem weiß ich jetzt, dass ich keine Chance im Kampf gegen einen der Ältesten hätte. Das ist transitive Logik. Frederick hat das mit Kate gemacht, was sie mit mir gemacht hat. Das ist keine beruhigende Vorstellung. Das Einzige, was mich ein wenig beruhigt, ist die Hoffnung, dass der Marionettenspieler nicht vor allen anderen zuschlagen würde.

Außer natürlich, Mimirs Nachricht an mich war: »Traue keinem einzigen Ältesten. Sie werden sich gegen dich verschwören und dich zusammen inert machen.« Aber das ist nicht sehr wahrscheinlich. So wie die Machtverteilung ist, ergibt es keinen Sinn, dass sie sich gegen mich verbünden, da ein einziger von ihnen ausreichend wäre, um diese Aufgabe zu erfüllen.

Mit dieser nicht besonders ermutigenden Logik folge ich Gustav vorsichtig.

»Wo sind die Zwillinge?«, fragt Alfred, der mit uns eintritt. »Ich habe gesehen, dass sie in diese Richtung gegangen sind.«

Da er und die anderen ihre Masken abgenommen haben, mache ich das Gleiche.

»Wir sind hier«, antwortet Louis – oder Frederick –, und einige der Ältesten treten beiseite, damit Alfred sie sehen kann.

»Victoria ist diejenige, die fehlt«, meint der andere Zwilling.

Sie scheinen alle über die Feierlichkeiten zu reden. Die Hälfte der Ältesten sitzt auf bequemen Bänken am Rande des Zeltes, während die andere Hälfte sich unter die Leute mischt. Als ich meinen Blick über sie gleiten lasse, beruhigt mich die Tatsache, dass nicht eine einzige Person Schwarz trägt – eine weitere Bestätigung für das, was Gustav gesagt hat: Mein Angreifer war keiner der Ältesten. Natürlich könnte es auch sein, dass sich mein Angreifer umgezogen hat und während des Kampfes einfach nicht teleportiert ist – falls es sich dabei um einen der Ältesten gehandelt haben sollte. Je länger ich darüber nachdenke, desto mehr frage ich mich, ob er nicht genau das getan hat. Er ist hinter mir aufgetaucht, ohne dass ich ihn bemerkt habe. Vielleicht hat er sich nicht herangeschlichen, sondern ist teleportiert? Aber wieso sollte er dann vor mir wegrennen, anstatt es zu Ende zu führen?

Als Victoria das Zelt betritt, unterbrechen Erinnerungen an unser letztes Treffen meine Überlegungen. Sie zwinkert mir zu, als wisse sie, wie ich mich fühle. Ich versuche, zu verhindern, nach unten zu blicken, um die Aufmerksamkeit nicht auf das zu lenken, was dort passiert ist.

»Ja, ich weiß. Ich komme wie immer mit höflicher Verspätung«, sagt Victoria in einer Parodie von Gustavs Stimme. »Es tut mir leid.«

»Das ist kein Problem.« Gustav ignoriert ihren Spott. »Aber da wir jetzt alle hier sind, sollten wir reden.«

Alle schweigen und schauen mich erwartungsvoll an.

»Was?«, frage ich in den Raum.

»Du hattest Zeit zum Nachdenken«, erklärt Alfred. »Was sagst du?«

»Ich habe nicht wirklich …«

»Wenn ich darf«, unterbricht Gustav. »Du scheinst ein sehr neugieriger junger Mann zu sein. Du hast mich zum Nirwana befragt und warst sehr beeindruckt von Fredericks Fähigkeit, zu teleportieren.«

»Ja«, sage ich vorsichtig.

»Und ich bin mir sicher, dass du Näheres über diese Dinge und andere erfahren möchtest, von denen du nicht einmal geträumt hast.«

Ich nicke. »Selbstverständlich.«

»Na dann.« Er verschränkt seine Arme vor der Brust. »Es gibt nur einen Weg, dir von all diesen Geheimnissen zu erzählen.«

»Ich glaube, ich sehe, worauf das Ganze hinausläuft, und ich muss zugeben, dass ich Zeit hatte, um über diese ganze Friedensnummer zwischen Lesern und Führern nachzudenken.« Ich unterdrücke ein nervöses Blinzeln.

»Und?«, will Gustav wissen.

»Ich denke, es ist eine großartige Idee, und ich würde sehr gerne dabei helfen.«

»Das ist hervorragend«, antwortet Gustav.

Mein Gesichtsausdruck hat mich dieses Mal bestimmt nicht verraten, zu einem großen Teil deshalb, weil ich das, was ich gesagt habe, auch so gemeint habe. Es wäre großartig, diesen ganzen Strippenzieher-gegen-Schnüffler-Quatsch zu beenden, und ich würde mich freuen, zu helfen ... nachdem ich meine Freunde und meine Familie gerettet habe. Das ist der Teil, den ich nicht ausgesprochen habe.

»Ich hoffe, du denkst nicht, dass wir dumm sind.« Alfred reibt sich über seinen kahlen Kopf. »Du wirst keine Geheimnisse erfahren, bis du dich nicht bewiesen hast.«

»Das müssen wir wohl nicht extra dazusagen«, meint Gustav und schaut mich erwartungsvoll an.

»Natürlich«, sage ich und bin wirklich bereit dazu. »Wie kann ich mich euch gegenüber beweisen?«

»Als Erstes würden wir dich gerne besser kennenlernen, so wie alle Botschafter«, erklärt Alfred.

»Okay«, erwidere ich, »das hört sich einfach an. Was möchtet ihr wissen?«

»Was er meint, ist, dass du einige Zeit mit uns leben müsstest«, sagt Victoria, und ihre perlweißen Eckzähne blitzen auf. »Dadurch, dass vier reale Tage die reguläre Zeit für normale Botschafter ist, schlage ich in deinem Fall fünf vor.«

»Ich wollte eigentlich sechs vorschlagen«, wirft Gustav ein.

Ich schaue sie verständnislos an. Dann geht mir ein Licht auf. »Ihr wollt, dass ich sechs Tage – also sechshundert Jahre in der Gedankendimension – mit euch verbringe?«

»Wir kennen viele Menschen, die für eine solche Gelegenheit ihren rechten Arm geben würden«, sagt einer der Ältesten, dessen Namen ich noch nicht kenne.

»Natürlich.« Ich versuche, meine Stimme ruhig zu halten. »Und ich fühle mich sehr geehrt, aber ich habe etwas außerhalb der Insel zu erledigen, etwas, was nicht einmal einen einzigen Tag warten kann. Besteht die Möglichkeit, dass ihr mir jetzt einige Dinge beibringt, und ich mich euch beweise, sobald ich wieder zurück bin?«

»Unmöglich«, sagt Gustav, und sein Blick verdunkelt sich. »Ein Grund dafür, warum wir diese Zeit mit dir brauchen, ist, dass du verstehen musst, welche Geheimnisse es wert sind, in sie eingeweiht zu werden, und welche nicht. Zum Beispiel wirst du lernen, dass das Nirwana eine bedauernswerte

Verschwendung von Reichweite ist – eine Ressource, die wir viel besser dafür verwenden, unsere Zeit in der Gedankendimension zu verlängern.«

Mist. Ich kann an Gustavs Gesichtsausdruck erkennen, dass er in diesem Punkt nicht nachgeben wird. Trotzdem muss ich es einfach versuchen. »Wie wäre es denn mit einem realen Tag?«, schlage ich vor. »Wären hundert Jahre nicht genug Zeit, um mich kennenzulernen?« Wenn sie sich darauf einlassen, muss ich ein ganzes Menschenalter mit einem Haufen Fremder verbringen, aber das würde ich auf mich nehmen, um zu lernen, wie ich in die 2. Ebene komme.

Gustav schüttelt unerbittlich seinen Kopf. »Sechs reale Tage sind unser bestes Angebot.«

Ich lasse mir meine Enttäuschung nicht anmerken und erwidere: »Es tut mir leid, aber das kann ich nicht. Ich muss wirklich zurückkehren. Ob ihr mich Dinge lehrt oder nicht, ich muss diese Insel so schnell wie möglich verlassen. Ich würde aber gerne zurückkommen und mich zu einem späteren Zeitpunkt beweisen.«

»In dem Fall wirst du einen realen Tag mit uns verbringen, und danach werden wir die Möglichkeit deiner Rückkehr besprechen«, sagt Gustav mit angespanntem Gesicht. »Ein realer Tag wird dich keine Zeit in der echten Welt kosten.«

Das stimmt, aber der Gedanke, ein Jahrhundert subjektive Zeit hier zu verbringen, während Mira und die anderen als Geiseln gehalten werden, fühlt sich falsch an. Geradezu abstoßend. Ganz abgesehen davon, dass der Marionettenspieler alle Zeit der Welt hätte, um mich inert zu machen.

Ich atme beruhigend durch, als ich mich daran erinnere, wie gut sie darin sind, Zögern von Gesichtern abzulesen. Ich erinnere mich daran, dass Kate für die Aussicht auf zwanzig Jahre in der Gedankendimension gerade eine öffentliche Demütigung in Kauf genommen hat. Menschen würden wirklich einen Körperteil für diese Gelegenheit geben. Wenn der Marionettenspieler mich nicht umbringt, könnte ich die Zeit dafür nutzen, herauszufinden, wer es ist. Ich konzentriere mich auf diesen Punkt und versuche, mich so enthusiastisch wie möglich anzuhören, als ich antworte: »Das hört sich nach einer vernünftigen Forderung an. Das werde ich tun.«

Gustav schaut mich an wie ein Hypnotiseur. Wahrscheinlich hat er mein Zögern bemerkt, aber ich hoffe, er weiß, dass Menschen immer zögern, bevor sie wichtige Entscheidungen treffen.

Schließlich nickt er wie zu sich selbst. »Dann wäre das beschlossen«, sagt er. »Warum amüsierst du dich nicht ein wenig, bevor die Feier zu Ende geht, während wir uns unter uns unterhalten?«

Übersetzung: Sie wollen hinter meinem Rücken über mich reden. Und da ich mir nichts Besseres vorstellen könnte, als sie zu verlassen, erwidere ich einfach: »Danke. Ich freue mich darauf, euch alle kennenzulernen.«

Erst nachdem ich sie verlassen habe, fällt mir auf,

dass ich jetzt keinen Ältesten mehr als Begleitperson zur Verfügung habe. Wenn Gustav recht hat, ist mein Angreifer keiner der Ältesten, und ich bin ihm jetzt ungeschützt ausgesetzt. Aber hey, wenn der Marionettenspieler mich angreift und ich überlebe, werde ich zu einhundert Prozent sicher sein, dass mein Feind keiner der Ältesten ist.

Während ich umhergehe, bemerke ich, dass die Menschen auf den Straßen weniger geworden sind. Einige haben ihre Masken abgenommen, aber die meisten von ihnen tragen immer noch ihren schwarzen Kimono.

Eine dieser Figuren hat ein vertrautes Gesicht, also rufe ich: »George«.

Einige Personen schauen mich irritiert an. George winkt, kommt zu mir herüber, und ich bemerke, dass er angespannt und müde aussieht.

»Darren, was für ein witziger Zufall. Ich habe gerade nach dir gesucht.«

»Du hast etwas sehr Cooles verpasst«, erwidere ich. »Hast du gesehen, wie Kate gegen Frederick gekämpft hat? Das war irre.«

»Ich bin mir sicher, dass es spektakulär war«, sagt er, aber hört sich nicht besonders beeindruckt an. »Alfred hat während der Feier mit mir gesprochen und mich gebeten, dich jemandem vorzustellen.«

Ich fühle, wie sich Besorgnis in mir ausbreitet. Wenn einer der Ältesten der Marionettenspieler wäre, wäre Alfred mit seinem geschichtlichen Interesse ganz oben auf meiner Liste der Verdächtigen. Ich hatte ihn bis jetzt ausgeklammert, weil er ein wenig zu dünn ist, um mein Angreifer gewesen sein zu können, aber was ist, wenn er jemand anderen gebeten hat, seinem Willen zu entsprechen? Könnte George mich jetzt zu dem gleichen Angreifer führen?

»Ist alles in Ordnung, Darren?« George sieht wirklich besorgt aus.

»Ja«, lüge ich. »Ich, äh, habe mich gerade nur gefragt, warum er es mir gegenüber nicht erwähnt hat. Ich habe ihn eben gesehen.«

George winkt ab. »Er würde die anderen Ältesten mit so etwas nicht langweilen wollen. Ich denke sowieso, dass er denkt, ich sei besser dafür geeignet, sie dir vorzustellen, auch wenn ich da anderer Meinung bin.«

Als er von »sie« spricht, nimmt meine Besorgnis ab, und meine Neugier ist geweckt. »Um wen handelt es sich? Und warum zweifelst du an Alfreds Meinung?«

»Sagen wir einfach, es handelt sich um jemanden, der ein riesiges Problem damit haben könnte, dass du zum Teil Schnüffler bist. Also, wenn wir das durchziehen wollen, sollten wir es vielleicht einfach verschweigen.«

»Das nehme ich an …« Meine Besorgnis kehrt zurück; die Marionettenspielerin würde das gleiche Problem haben.

»Das bedeutet gleichzeitig, dass wir ihr nicht sagen werden, wer du bist, da wir ihr deine wahre Identität sonst aufzeigen würden«, sagt George, dem offensichtlich aufgefallen ist, dass ich mich gerade unwohl fühle.

»In Ordnung, aber kannst du mir sagen, wen wir treffen werden?« Ich bin nicht mehr allzu scharf darauf, dieses geheimnisvolle, leserphobe Mädchen kennenzulernen.

»Das wirst du gleich herausfinden«, erwidert er in einem scherzhaft verschwörerischen Ton. »Ihr Zimmer befindet sich neben dem Eingang zur Burg.«

Er geht auf das alles überragende Gebäude zu, und ich folge ihm, wenn auch zögerlich. Neben der Tatsache, dass sich diese Person ein wenig verdächtig anhört, kehren wir zu dem Ort zurück, an dem ich als Letztes angegriffen wurde.

»George, dieses Teleportieren, das du mir beigebracht hast«, sage ich, als wir scharf rechts abbiegen. »Was Frederick damit gemacht hat …«

»Apropos«, erwidert George. »Ich würde es sehr zu schätzen wissen, wenn du den Ältesten nicht erzählen würdest, dass ich dir beigebracht habe, wie man teleportiert.«

»Hast du damit gegen die Regeln verstoßen?«, frage ich und schaue ihn dabei an. »Kate hat gesehen, dass du es getan hast, und hat nichts dazu gesagt.«

»Kate weiß sich um ihren eigenen Kram zu kümmern. Die Ältesten würden außerdem nur in deinem Fall ein Problem damit haben. Ich denke, sie möchten ihre Geheimnisse als Druckmittel verwenden.«

»Also weißt du, was sie von mir wollen?«, frage ich ihn.

»Nein.« Er reibt über die Stoppeln an seinem Kinn. »Ich weiß nur, dass sie von jedem etwas wollen, und ich weiß, was du dir von diesem Ausflug versprochen hast. Man muss also kein erfahrener Wissenschaftler sein, um sich denken zu können, mit was sie dich erpressen wollen.«

»Es wird unter uns bleiben«, verspreche ich ihm. »Und ich bin dir wirklich dankbar dafür, dass du es mir beigebracht hast. Die Ältesten sollten deinem Beispiel folgen.«

Er zuckt mit den Schultern. »Wie viele zu mächtige Menschen haben sie ihre Diplomatie verloren. Das kann ich mir nicht leisten. Außerdem gehörst du zur Familie.«

»Also kannst du genauso teleportieren wie sie?«, will ich wissen. »Wie einer der Helden aus den Comics?«

»Nein«, antwortet George, während er durch die großen Türen der Burg geht. »Und sie würden es mir auch nicht beibringen, solange ich keiner von ihnen bin.«

»Oh …« Meine Schultern beginnen ein wenig zu hängen. »Das wäre cool gewesen.«

»Es ist sowieso nicht wie in den Comics«, sagt George, wahrscheinlich, um mich aufzuheitern. »Es ist auf die Gedankendimension beschränkt, und selbst die Ältesten haben ihre Beschränkungen, wie weit sie teleportieren können.«

Ich seufze sehnsüchtig. »Ich würde es trotzdem gerne tun können.«

»Wenigstens kannst du es, wenn du hereingezogen wirst«, meint George und hält vor einer großen Tür an. »Wir sind da«, erklärt er mir. »Mal sehen, ob wir heute Glück haben.«

Ich warte und frage mich, was Glück bei diesem Treffen mit der mysteriösen Unbekannten zu tun hat.

Die Tür öffnet sich einen Spalt, und Rauch strömt heraus. Bevor ich »Feuer« denken kann, fragt eine raue Stimme: »Wer ist da?«

»Ich bin es, George.«

Die Tür öffnet sich vollständig. Hinter ihr steht eine winzige alte Dame. Nein, nicht alt – uralt. Sie hält eine Zigarettenspitze mit einer brennenden Zigarette, was den übelkeitserregenden Rauch erklärt.

»Wie geht es dir, Mary? Erkennst du mich?«, fragt George.

»Georgie«, sagt sie mit zitternder Stimme. »Wenn ich dich nicht mehr erkennen kann, werde ich sie bitten, mich wie einen alten Hund einzuschläfern.«

»Bitte nicht. Das könnte ich nicht ertragen.«

»Du warst schon immer ein Schmeichler, wie dein Onkel.« Sie atmet eine weitere Wolke weißen Rauchs aus. »Es ist schön, dass du mich wieder einmal besuchst. Das ist dein wievielter Besuch dieses Jahr, der zwanzigste?«

George geht zu ihr, gibt ihr einen flüchtigen Kuss auf die Wange und sagt: »Ich freue mich, dass du heute bei klarem Verstand bist«

Sie betrachtet mich mit ihren trüben, aber intelligenten Augen. »Ich bin nicht klar genug, um mich daran zu erinnern, wer dieser junge Mann ist, auch wenn er mir eigenartig bekannt vorkommt.«

Sie geht in den Raum zurück.

»Die Krankheit ist nicht der Grund dafür, dass du ihn nicht erkennst. Du hast ihn noch niemals zuvor getroffen.« George gibt mir ein Zeichen, ihm in den Raum zu folgen.

»Warum hast du ihn dann mitgebracht?«, fragt sie und wirft mir einen verstohlenen Blick zu. »Er sieht zu jung aus, um ein Arzt zu sein.«

»Sein Name ist Darren, und er wird gerade geprüft, um ein spezieller Botschafter zu werden. Alfred meinte, es sei angemessen, dass du ihn kennenlernst.«

»Immer noch ein so höflicher junger Mann, dieser Alfred«, sagt sie und nimmt einen tiefen Zug ihrer Zigarette. »Ich freue mich, dich kennenzulernen, Darren.«

»Darren, ich möchte dir Mary vorstellen«, meint George. »Sie ist meine Tante und Hillarys Großmutter.«

Ich starre auf die Dame, als würde ihr gerade ein zweiter Kopf wachsen – ein feuerspeiender Kopf, von der Rauchentwicklung des ersten ausgehend –, und schließlich verstehe ich es.

George hat mir gerade meine Urgroßmutter vorgestellt.

13

»WARTE KURZ. DU BIST NICHT ZUFÄLLIG DER JUNGE Mann, von dem mir Frederick erzählt hat?« Mary setzt sich in einen Schaukelstuhl, der genauso alt aussieht wie sie. »Derjenige, den sie auf die verrückte Mission schicken wollen, Frieden mit den verdammten Schnüfflern zu schließen?«

George zieht seine Augenbrauen in die Höhe, und ich erinnere mich daran, dass er mir gesagt hatte, er wisse nicht, was die Ältesten von mir wollen. Ich nehme an, dass er es jetzt weiß.

Dieser Ort sieht aus wie ein Zimmer in einem noblen Pflegeheim, nur mit einer gemütlicheren Einrichtung. Ich schaue mich nach einer Sitzgelegenheit um. Als George das bemerkt, deutet er auf das kleine Bett neben dem Stuhl.

Ich setze mich dorthin, und George kommt ebenfalls.

In einem Moment des Schweigens betrachte ich die

alte Dame eingehend. Ihre Augen weisen eine Linsentrübung oder etwas anderes auf, was sie glasig aussehen lässt. Wenn Georges Augen sehr alt aussehen, sehen ihre aus, als würde ich in die Unendlichkeit blicken. Gleichzeitig bemerke ich eine gewisse Verwirrung, vielleicht ein Zeichen der Alzheimer-Erkrankung, die George in Florida erwähnt hat.

»Ich habe nicht zugestimmt«, sage ich, als mir auffällt, dass ich sie anstarre, ohne ihr geantwortet zu haben. »Aber deinem Ton nach zu urteilen hast du etwas dagegen?«

Ihr Gesicht verzieht sich. »Natürlich bin ich dagegen. Selbst wenn die Schnüffler mir nicht alles weggenommen hätten, selbst wenn ich diesen feigen Wahnsinn unterstützen würde, mit ihnen zu reden, wäre es trotzdem sinnlos. Diese Menschen sind unfähig, uns nicht zu hassen. Sie sind Barbaren, alle von ihnen.«

»Alle von ihnen?«, frage ich vorsichtig. Dieser ganze Austausch erinnert mich an meine und Saras Versuche, Gamma und PopPop davon zu überzeugen, dem Wohlfahrtssystem weniger kritisch gegenüberzustehen. Man braucht eine große Feinfühligkeit, um in solchen Situationen den Anwalt des Teufels zu spielen.

»Offensichtlich hast du noch nie eines dieser Monster getroffen«, erwidert sie unbeeindruckt. »Du sprichst mit der Naivität einer Person, die immer vor ihnen geschützt worden ist, wie Frederick und die anderen Kinder. Deshalb müssen die anderen denken, dass du eine solche Aufgabe annehmen würdest. Sie wollen dich herzlos benutzen. Höre auf meinen Ratschlag und lehne diesen Irrsinn ab.«

»Okay, danke.« Ich schaue George nach Unterstützung suchend an, aber er sieht todernst aus. Ich wende meine Aufmerksamkeit wieder ihr zu. »Du hast mich definitiv zum Nachdenken gebracht.«

Sie lächelt mich an. Sie hat ein Grübchen in einer Wange, das sie wie ein unschuldiges Kind aussehen lässt – ein Eindruck, der durch ihr lockiges, weißes Haar und ihre kleine Statur verstärkt wird.

Sie schaukelt leicht in ihrem Stuhl und sieht auf einmal verwirrt aus. »Über was habe ich gerade gesprochen?«

»Ich habe gesagt ›Das ist Hillarys Großmutter und das ist Darren‹«, antwortet George.

»Oh, ich erinnere mich an die Vorstellung, du hinterhältiger Gauner.« Sie kichert und schaut zu George. »Ich bin von etwas anderem abgekommen. Aber da du gerade das wilde Kind erwähnst, wie geht es ihm?«

Ich muss bei dem Gedanken an Hillary als »wildes Kind« lachen. Meine Urgroßmutter zieht ihre Augen zusammen und schaut mich an, als habe sie eine Eingebung. »Du bist in sie verliebt, nicht wahr?«, will sie von mir wissen. Bevor ich ihr antworten kann sagt sie: »Ich kann dir gar nicht sagen, wie froh ich darüber bin. Es ist an der Zeit, dass sie sesshaft wird.«

»Das ist er«, meint George.

»Das bin ich nicht«, sage ich im gleichen Moment.

»Ihr beiden müsst eure Geschichten besser abstimmen«, erwidert Mary und ascht ihre Zigarette in einen aufwendig gearbeiteten Aschenbecher ab – der einzigen Dekoration auf dem Beistelltisch neben ihrem Stuhl. Der Tisch ist der einzige Gegenstand in diesem Raum, der so aussieht, als sei er in diesem Jahrhundert gefertigt worden.

»Hillary geht mit einem Freund von mir aus«, sage ich spitz. Ich hatte versprochen, nichts über meine Lesernatur zu verraten, aber ich habe nicht zugestimmt, so zu tun, als sei ich mit meiner Tante zusammen.

»Ist dein Freund ein Gedankenführer?«, fragt Mary besorgt. Ich denke, sie spürt, wie angespannt George ist.

Ich ignoriere Georges bösen Blick. »Nein.«

»Mein Gott.« Sie schüttelt den Kopf. »Ich wette, Ronnie wird einen Herzschlag erleiden.« Sie verzieht angewidert das Gesicht, als sie diesen Namen ausspricht.

»Ronald weiß nichts von der Wahl seiner Tochter«, sagt George. »Zumindest noch nicht.«

»Unerträglich langweilig, dieser junge Mann«, meint Mary. »Ich habe Anne davor gewarnt, ihn zu heiraten.«

Ich unterdrücke ein Lächeln. Trotz ihrer Abneigung gegen Leser scheint Mary offener zu sein als Hillarys Eltern.

»Ich bin mir sicher, es ist nur eine Phase«, sagt sie nach einem erneuten Zug von ihrer Zigarette. »Ich bin mir sicher, sie wird sich früher oder später mit ihrem unbelasteten Spielzeug langweilen.«

Und dahin ist die Offenheit. Ich wechsele das Thema. »Warum hat Frederick über mich gesprochen?«

»Er hat mich einfach auf den neuesten Stand gebracht«, erklärt sie mir, »da er derjenige war, der mich heute hineingezogen hat. So reizende junge Männer, diese Brüder, findest du nicht auch, George? Einer von beiden wäre eine viel bessere Partie für Hillary, da Darren hier nicht interessiert ist und es zwischen euch beiden nicht funktioniert hat.«

Ich blinzele. Einen Moment mal, wenn das, was sie sagt, stimmt …

»Es wäre nicht richtig, wenn ich versuchen würde, einen der Zwillinge mit Mitgliedern meiner Familie zu verkuppeln«, erwidert George diplomatisch. »Aber als eine ebenbürtige Älteste könntest du bestimmt …«

»Das ist lustig. Ich, eine Älteste?« Sie lacht. »Du bist genauso ein Schmeichler, wie es mein lieber Henry war.«

»Ich sage einfach nur die Wahrheit.« Georges Gesicht weist keine Zweifel auf. »Einmal ein Ältester, immer ein Ältester.«

»Nicht, wenn dein Verstand dich verlässt.« Sie nimmt einen tiefen Zug ihrer Zigarette und atmet den Rauch hörbar aus. »Danach bist du hier nichts weiter als ein Kuriosum.«

Ich höre George und Mary kaum zu. Stattdessen gewinnt das mir sprichwörtlich aufgehende Licht an

Helligkeit. Ich drücke mir die Daumen und hoffe, dass ich mit meiner Vermutung recht habe, als ich so nebenbei wie möglich frage: »Wie funktioniert das mit deinem momentanen klaren Verstand, Mary?«

»Ich dachte, Georgie hätte es dir erklärt.« Sie drückt ihren Zigarettenstummel aus. »Wenn sie ihr Jahrhundert in der Gedankendimension beginnen, fangen sie mit mir an.«

Mein Herz schlägt schneller. »Was meinst du damit, dass sie mit dir anfangen?«

»Ich meine, dass derjenige, um dessen Gedankendimension es sich handelt, einige Male versucht, mich hineinzuziehen, bis er mich in einem klaren Moment erwischt. Es scheint mir zu helfen, bei Verstand zu bleiben, solange ich mich in der Gedankendimension aufhalte. Aber trotz dieses Tricks habe ich manchmal Schwierigkeiten. Außerdem gibt derjenige, der das neue Jahrhundert beginnt, manchmal nach einem Dutzend Versuchen auf. Ich befürchte, im Laufe der Zeit wird es sich verschlimmern.«

Jackpot. Mein erster und einziger Erfolg als Detektiv.

Bevor ich die Gelegenheit habe, über meine Erleuchtung nachzudenken, sagt George: »Wenigstens hast du jedes Mal ein Jahrhundert, das du genießen kannst. Das ist mehr als die Lebenszeit eines Unbelasteten.«

Mary nickt. »Du hast recht, mich dafür zu kritisieren, dass ich ein undankbares Wesen bin. Jetzt lass uns zu den wichtigeren Dingen zurückkommen. Darren, erzähl mir, was meine Enkeltochter sonst noch so treibt.«

Sie macht sich eine neue Zigarette an, und ich berichte ihr so viel ich kann über Hillary, ohne auf ihre Rolle in meinen neuesten Abenteuern einzugehen. Ich versuche außerdem, so wenig wie möglich über Bert zu sagen. Das Ergebnis ist, dass ich mich sehr auf ihre veganen Pläne konzentriere.

»Das ist eine Schande«, sagt Mary, als sie ihre dritte Zigarette ausdrückt. »Ich kann dir sagen, dass das alles Rebellion ist. Ronnies Familie war in der Viehzucht tätig …«

»Sie tut das, was sie für richtig hält«, sage ich, da ich das Bedürfnis habe, meine Tante zu verteidigen. »Ich denke, dass sie einen Scheiß auf die Einnahmequelle der Familie ihres Vaters gibt.«

Sie seufzt. »Wenn Ronald nicht so streng mit meinen Enkeltöchtern gewesen wäre, hätte ich die Möglichkeit gehabt, sie ab und an zu sehen. Wie es aussieht, folgt die jüngere den Fußstapfen der älteren …«

»Warum lassen wir Darren nicht gehen, Mary?«, schlägt George vor. »Es ist schließlich sein erstes Mal auf der Insel.«

»Warum nennst du mich so?«, will Mary wissen und spitzt ihre Lippen fast verärgert. »Mary hier, Mary da?«

»Es tut mir leid, Mutter«, erwidert George. »Ich wollte unseren jungen Freund hier nicht verwirren.«

»Was sollte ihn daran verwirren?« Sie wühlt in ihren Taschen, bis sie ein Päckchen Zigaretten hervorzieht. »Als ich noch bei Verstand war, habe ich auf George aufgepasst«, erklärt sie mir.

»Es war mehr als das«, erwidert George. »Das weißt du auch.«

»Ich hatte keine andere Wahl.« Sie schaut mich an, während sie eine weitere Zigarette in ihre Zigarettenspitze schiebt. Sie zieht eine Packung Streichhölzer hervor und erklärt: »Seine Eltern wurden umgebracht, genauso wie mein lieber …«

»Wenn Darren eine Geschichtsstunde hören wollte, würde er sich bei Alfred aufhalten«, sagt George. »Und außerdem, Mama, musst du wirklich so viel rauchen?«

»Ich bin in der Gedankendimension, Dummerchen.« Sie lächelt ihn mit ihrem Grübchen an. »Ich könnte hier auf dem Kopf stehen, was meine arme Gesundheit betrifft.«

»Aber wenn du so viel rauchst, wirst du auch in der realen Welt rauchen wollen. Und wenn Alzheimer zuschlägt, wirst du nicht mehr damit aufhören können.«

Sie schnauft. »Wenn ich meinen Verstand verliere, wird meine letzte Sorge sein, eine Zigarette zu rauchen.«

Obwohl sie das sagt, zündet sie das Streichholz nicht an, sondern steckt die Streichhölzer wieder in ihre Tasche. Danach wendet sie ihren Blick mir zu. »Darren, Georgie hat recht. Da es dein erstes Mal auf der Insel ist, solltest du von hier verschwinden und noch ein wenig spielen gehen. Wenn es dir nichts ausmacht, würde ich Georgie gerne noch ein wenig länger hierbehalten.«

Sehe ich für diese Menschen aus wie ein Fünfjähriger? Auf jeden Fall wirkt es so, bei all diesen Platzverweisen, ganz zu schweigen von dem »Geh spielen«-Kommentar.

Ich versuche, mir meinen Ärger nicht anmerken zu lassen, und antworte: »Natürlich nicht. Ich habe mich gefreut, dich kennenzulernen.«

Fast füge ich am Ende ein „Urgroßmutter" hinzu, aber kann mich noch rechtzeitig bremsen. Im Moment kann ich sie nur in Gedanken so nennen.

Als wir uns verabschiedet haben, verlasse ich schnell den Raum und atme dankbar die frische Luft ein. Als ich durch die Hallen der Burg wandere, nehme ich mir die Zeit, mich auf meine Erkenntnis von eben zu konzentrieren.

Mary ist herausgerutscht, dass Frederick sie heute hineingezogen hat, und danach habe ich sie dazu gebracht, zuzugeben, dass sie immer als Erste hereingeholt wird. Diese beiden Dinge zusammengenommen bedeuten, dass ich mich gerade in Fredericks Gedankendimension befinde. Wenn man dann das Du-kannst-nur-von-deiner-eigenen-Gedankendimension-aus-ins-Nirwana-gelangen-Gerücht bedenkt, komme ich zu folgendem Ergebnis:

Es war Frederick, der mich während meines ersten Treffens mit den Ältesten in die 2. Ebene beziehungsweise das Nirwana geholt hat.

Ich habe fast den Eingang der Burg erreicht, als ich sehe, dass die Ältesten sie gerade betreten. Die Zwillinge befinden sich auch unter ihnen, allerdings bin ich mir nicht sicher, wer wer ist. Ich entscheide mich für die sehr direkte Herangehensweise und sage laut: »Frederick, kann ich bitte kurz mit dir reden?«

Einer der Zwillinge trennt sich von der Gruppe und kommt auf mich zu. Die anderen folgen ihm mit neugierigen Blicken.

»Darren«, sagt Frederick. »Ich bin überrascht, dass du mich ausgewählt hast. Falls du weitere Fragen hast, bin ich mir sicher, dass Gustav …«

»Ich weiß Bescheid«, flüstere ich so leise, dass niemand anderes mich hören kann. »Und ich möchte darüber reden.«

Fredericks Gesichtsausdruck ist eher amüsiert als schockiert. »Ich bin neugierig darauf, zu erfahren, was du zu wissen glaubst.«

»Du weißt genau, was ich damit meine, wenn ich sage, dass ich Bescheid weiß. Aber ich werde dir einen Tipp geben.« Ich wechsele zu einer noch leiseren Stimme. »Nirwana.«

Er wirft dem Rest seiner Gruppe einen paranoiden Blick zu. »Lass uns von den neugierigen Augen verschwinden. Hier entlang.« Er beginnt, wegzugehen.

Ich folge ihm. Während der wenigen Minuten, die er benötigt, um mich zu einem Raum auf der gegenüberliegenden Seite der ersten Etage zu bringen, schweigen wir. Das Zimmer sieht sehr spartanisch aus, abgesehen von zwei superbequemen Sesseln in der

Mitte, zwischen denen ein kleiner Glastisch steht. Auf dem Tisch befinden sich Brettspiele, Puzzle und verschiedene Kartenspiele. Frederick zeigt auf einen der Sessel, während er sich in den anderen fallen lässt.

»Hier werden wir ungestört sein«, sagt er und schaut mich erwartungsvoll an.

Ich atme tief ein. Also los. »Ich weiß, dass du mich ins Nirwana geholt hast. Und es sieht so aus, als würdest du nicht wollen, dass die anderen das wissen.«

Frederick schaut mich spöttisch an. »Denke nicht, dass du mich damit erpressen kannst.« Er streckt sich aus und ergreift einen Zauberwürfel. »Ich hatte den anderen eigentlich versprochen, das nicht zu tun.«

»Aber trotzdem hast du es getan.« Ich lasse meinen Blick über seine Hände gleiten. Will er sie mit dem Würfel beschäftigen, weil er lügt? »Mich hineinzuziehen, meine ich.«

»Ich wollte dir nur einen kleinen Anstoß geben.« Er dreht den Würfel langsam in der Hand. Diese Geste ist zwanglos; er vermischt eher die Farben, als verbergen zu wollen, dass er nervös ist. »Ich wusste, dass du uns etwas verschweigst, und ich wusste, ich müsste nicht viel führen, damit du uns erzählst, warum du hierhergekommen bist. Was ich überhaupt nicht erwartet habe, war, herauszufinden, dass du ausreichend Reichweite für das Nirwana hast, ganz zu schweigen davon, dass du schon vorher einmal dort gewesen bist.«

Sie hatten mich wirklich gerade gefragt, warum ich auf die Insel gekommen war, als er mich hineingezogen hat, aber ich zeige nicht, dass ich mich daran erinnere. Stattdessen antworte ich ihm skeptisch: »Das ist deine Version.«

Er zieht seine Augenbrauen zusammen. »Darren. Du hast genauso wenig einen Grund, mir zu vertrauen, wie ich ihn habe, dir zu trauen, aber ich wette, du hast mehr durch mein Vertrauen zu gewinnen als andersherum.«

Ich denke darüber nach. Es ist möglich, dass er mir einen Anstoß geben wollte, damit ich ihnen erzählen würde, weshalb ich hierherkam. Ich hatte schon entschieden, dass die Person, die mich in die 2. Ebene gezogen hat, wahrscheinlich nicht der Marionettenspieler ist, da mein Feind bereits wusste, dass ich dorthin gelangen kann. Das bedeutet allerdings nicht, dass ich Frederick blind vertrauen kann. Es wäre das Beste für uns, einen Weg zu finden, wie wir kooperieren können, aber wenn es generell genauso einfach wäre, eine gemeinsame Basis zu erschaffen, wie eine einfache rationale Entscheidung zu treffen, wäre die menschliche Geschichte um einiges friedlicher verlaufen.

»Wie kann ich mir dein Vertrauen verdienen?«, frage ich. »Abgesehen von diesem Sechs-Tage-Ding?«

»Du kannst damit beginnen, mir zu erzählen, was du vorhast.« Frederick beugt sich nach vorn. »Erkläre mir, warum du keine sechs Tage warten kannst. Erkläre mir, wo du wirklich stehst, was den Frieden mit den Lesern betrifft. Erkläre mir alles.«

Also erzähle ich ihm eine sorgfältig zensierte

Version der Wahrheit, die die Tatsache beinhaltet, dass ich der Enkel zweier Erleuchteter bin. Ich erkläre ihm, dass sie etwas von mir wollen, und umreiße den Aufwand, den sie betrieben haben, um es zu bekommen. Ich spreche nicht über den Marionettenspieler, weil immer noch eine klitzekleine Möglichkeit besteht, dass es sich dabei um Frederick handelt. Und selbst wenn er es nicht sein sollte, könnte es jemand sein, der ihm nahesteht.

»Also, ich hoffe, dass du verstehen kannst, dass ich das den anderen nicht sagen konnte«, meine ich abschließend. »Durch den Status, den die Erleuchteten im Vergleich zum Rest der Leser haben, ist das, was ich will, nicht wirklich kompatibel mit der Aufgabe, die ihr mir auftragen wollt.«

»Was dachtest du denn, könnten wir für dich tun?«, fragt er, bevor er auf den Zauberwürfel in seiner Hand blickt. Er ist vermischt, die Farben sind überall verstreut. Offensichtlich zufrieden, bietet er ihn mir auf seiner flachen Handfläche liegend an.

Ich strecke mich vorsichtig nach dem Puzzle aus. »Wie du weißt, habe ich herausgefunden, dass ich das Nirwana, wie du es nennst, erreichen kann. Allerdings ist es mir nur ein einziges Mal in einer ernsthaften Notsituation gelungen, und danach nicht mehr. Wenn ich es tun könnte, wann immer ich möchte, könnte ich meine Großeltern dazu bringen, alle zu entlassen, ohne Gewalt anwenden zu müssen. Also, falls du es mir beibringen würdest ...«

»Nein«, antwortet Frederick, als ich den Würfel

ergreife. »Ich werde dich nicht mit einem solchen Wissen ausstatten. Diese Macht ist zu groß für jemanden, der so jung und unerfahren ist wie du. Das wäre kriminell fahrlässig von mir.«

»Also war es nicht wirklich hilfreich, dein Vertrauen zu gewinnen.« Ich gebe mir dieses Mal keine Mühe, meine Enttäuschung zu verstecken. Ich hatte wirklich gehofft, dass ein Gespräch mit Frederick mich meinem Ziel näher bringen würde. Als ich darüber nachdenke, was ich als Nächstes tun sollte, schaue ich auf den Würfel und frage mich, was ich damit machen soll.

»Du hast dir mein Vertrauen nicht verdient.« Er vollführt eine Drehbewegung in der Luft, die universell für »dreh es« steht, was dieses spezielle Spielzeug betrifft. »Du hast mir eine Geschichte erzählt, bei der offensichtlich eine Menge Informationen fehlen. Aber selbst wenn ich dir glauben würde, würde ich dir nicht dadurch helfen, dass ich dir beibringe, wie du das Nirwana erreichen kannst.«

»Na ja, da ich mir nicht sicher bin, wie ich dich davon überzeugen kann, mir zu trauen …«, ich drehe den Würfel einige Male, »… ist das alles sowieso irrelevant.«

»Das ist es nicht wirklich«, erwidert Frederick, ohne auf meine Hände zu blicken. »Wenn du es wirklich ernst meinst, gibt es einen Weg, der mir beweist, dass du mir die Wahrheit sagst. Einen Weg, der dir allerdings möglicherweise nicht gefallen wird.«

»Worum handelt es sich bei diesem

geheimnisvollen Weg? Werden wir vertrauensbildende Spiele spielen, wie auf diesen Vorstandsseminaren?« Ich drehe den Würfel einige Male verärgert.

»Vertrauensspiele funktionieren nicht«, sagt er lächelnd. »Aber das hier würde. Es handelt sich dabei um eine Situation, in der wir beide die Wahrheit sagen müssten.«

»Wir beide?« Ich reiche ihm den jetzt noch vermischteren Würfel. »Oder nur ich?«

»Es würde gegenseitiges Vertrauen aufbauen.« Vorsichtig ergreift er das Spielzeug. »Wir würden beide erfahren, wie ehrlich der andere ist.«

»Okay, nehmen wir einmal an, ich würde mehr über das erfahren wollen, was du andeutest. Kannst du mir sagen, welche Hilfe ich von dir zu erwarten hätte?«

»Dieser Teil ist einfach.« Nach einem schnellen Blick auf den Würfel beginnen seine Hände, ihn zu bearbeiten, ohne dass er hinschaut. »Sollte ich dir trauen, würde ich einige sehr gut trainierte Personen damit beauftragen, mit dir zu gehen, um deine Freunde und Familie aus dem Einfluss der Erleuchteten unbemerkt zu befreien. So unbemerkt, dass diese nicht einmal wüssten, was passiert ist. Auf diese Weise würden auch die Friedensbestrebungen nicht aufs Spiel gesetzt werden.«

»Das ist alles? Ich könnte genauso gut eine Gruppe Navy Seals geführt haben, um das gleiche Ergebnis zu erhalten.« Bert hatte diese Idee in New York ernsthaft vorgeschlagen.

»Ich würde den Navy Seals eine solch delikate

Angelegenheit nicht anvertrauen, aber ich vertraue unserem Team.« Frederick blickt mich entschlossen an. »Wenn ihnen gesagt wird ›Keine Zwischenfälle‹, wird es auch keine geben. Wenn ihnen gesagt wird ›Niemand wird euch sehen‹, dann werden sie unsichtbar sein. So einfach ist das.«

»Wirst du dabei sein?«, frage ich hoffnungsvoll, als ich an seine kämpferischen Fähigkeiten gegen Kate denke.

»Nein«, erwidert er mit offensichtlichem Bedauern. »Ich, oder besser gesagt wir – die Ältesten – verlassen diese Insel nie. Das würde für unseren echten Körper zu viel Stress bedeuten.«

Ich vermisse es wirklich, bei Unterhaltungen wie dieser in die Stille hinüberzugleiten. Etwas an seiner letzten Äußerung hat eine weiterreichende Bedeutung, aber ich habe keine Zeit, darüber nachzudenken, da er auf meine Antwort wartet. »Wenn du es nicht bist, wer wird mich begleiten?«

»Wir haben viele Mannschaften.« Seine Hände hören auf, den Würfel zu drehen. »In deinem Fall denke ich, dass die logischste Wahl Kates Gruppe sein würde, da du sie schon kennst. George kann als Botschafter mitgehen und die Mission überwachen.«

»Und sie sind Führer?« Ich schaue ungläubig auf seine Hände. Er hat den Würfel innerhalb weniger Sekunden ohne hinzuschauen gelöst, und es sah auch nicht so aus, als würde er angeben wollen.

»Ja. Gedankenführer sind effektiver, als es die Unbelasteten jemals sein können.«

Ich schaue ihn abschätzend an. »Und der Rest des Teams ist genauso knallhart wie Kate?«

»Das kommt auf die Aufgabe an, die sie zu erfüllen haben.« Er stellt den gelösten Würfel zurück auf den Tisch. »Sie ist eine überragende Kämpferin, und wenn eine Situation einen Schwertkampf erfordert, kann es niemand mit ihr aufnehmen.«

»Gibt es viele Situationen, die einen Schwertkampf erfordern?«

Er lacht. »Ich frage mich das Gleiche, aber wir schweifen vom Thema ab. Was denkst du über eine solche Hilfe?«

Ich zucke mit den Schultern. »Ich habe keine wirklich große Wahl.«

»Also, willst du damit fortfahren, mir zu beweisen, dass du vertrauenswürdig bist?«

Ich bin mir nicht sicher ob ich es mir nur einbilde, aber er sieht ein wenig zu begierig aus. »Du müsstest mir erst einmal erklären, um was genau es sich handelt, und dann werde ich es mir überlegen.«

»Ich werde es, so gut ich kann, versuchen.« Ich sehe den Hauch eines ironischen Lächelns; er weiß genau, dass er mich am Haken hat. »Das ist allerdings keine einfache Aufgabe.«

»Das ist kein guter Anfang.« Ich bemerke, dass ich meinen Kopf schüttele.

Er hält eine Millisekunde inne, bevor er sagt: »In Ordnung, es geht um Folgendes: Das Ganze heißt Assimilation. Es ist ein Prozess – es gibt kein besseres Wort dafür –, der nur im Nirwana passieren kann.«

»Das hört sich ziemlich düster an«, sage ich und ziehe meine Augen zusammen.

»Ich werde nicht versuchen, dich zu täuschen. Für die Assimilation wird von vornherein ein gewisses Vertrauensniveau benötigt, von beiden Seiten.«

»Aber warum habe ich das Gefühl, dass dein Risiko geringer ist?«, frage ich sarkastisch.

»Weil du clever bist.« Er grinst mich an. »Das Hauptrisiko trägst in diesem Fall du.«

»Warum?«

»Weil außerhalb der Gedankendimension immer noch Menschen mit Pistolen auf dich zielen.« Er tut so, als halte er eine Waffe in jeder Hand. »Solltest du mir etwas antun, und das schließt auch die Zeit während der Assimilation ein, bist du so gut wie tot.«

»Nett.« Ich verschränke meine Arme. »Was ist mit dem kleinen Problem, dass ich dir nicht vertraue?«

Er zuckt mit den Schultern. »Es ist deine Entscheidung, ob du zocken willst. Denke daran, dass ich dir damit auf gewisse Weise etwas über das Nirwana beibringen würde. Und außerdem müsste ich dir die Wahrheit sagen.«

»Das hört sich nach einer Zwickmühle an«, sage ich frustriert. »Erzähle mir mehr von der Assimilation.«

»Das ist schwer zu beschreiben.«

»Natürlich ist es das«, sage ich und versuche, nicht mit den Augen zu rollen.

»Also gut, ich versuche es.« Er seufzt. »Es ist ein Zustand des Seins, in dem es körperlich unmöglich ist, sich gegenseitig anzulügen. Während dieses Prozesses würdest du keine Zweifel über meine Intentionen haben.«

Ich denke darüber nach. Bis jetzt war dieser Besuch eine riesige Zeitverschwendung, was neues Wissen über die 2. Ebene oder den Marionettenspieler betrifft, aber das hier wäre meine Chance.

»Du hast mich gegen Kate kämpfen sehen«, erinnert mich Frederick. »Wenn ich dir schaden wollte, hätte ich es schon getan.«

»Großartig.« Ich blicke ihn wütend an. »Das gute alte Da-ich-dich-umbringen-könnte-solltest-du-mir-vertrauen-Argument. Das haben wir nicht im Debattierkurs gelernt.«

»Ich versuche einfach nur, dir klarzumachen, dass ich keine Hintergedanken habe.« Diesen Worten folgt mehrmaliges langsames Blinzeln.

»Doch, die hast du.« Ich versuche, mich daran zu erinnern, ob Blinzeln bedeutet, dass jemand lügt. »Aber wahrscheinlich nicht, mich inert zu machen.«

Seine Mundwinkel zucken so, als amüsiere ihn das. »Und ist das gut genug für dich, um meinen Vorschlag anzunehmen?«

»Ich habe kaum eine Wahl«, sage ich und atme hörbar aus. »Aber ich habe eine Bedingung.«

Er zieht eine Augenbraue in die Höhe. »Wie du gerade gesagt hast, ist deine Wahl begrenzt. Du befindest dich in keiner guten Verhandlungsposition, aber um dir meinen guten Willen zu zeigen, werde ich mir deine Bedingung anhören.«

»Ich möchte nicht bis zum Ende dieses realen Tages

warten, um mit meiner Rettungsaktion zu beginnen«, sage ich. »Ich mache mir zu große Sorgen um meine Freunde und Familie und würde gerne sofort nach der Assimilation die Insel verlassen. Wäre es ein Problem, wenn ich einfach zu meinem eingefrorenen Ich gehe und die Gedankendimension verlasse? Ich möchte allerdings nicht, dass auf mich geschossen wird.«

»Sie werden nicht schießen, aber Gustav wird verärgert sein«, sagt Frederick. »Du hast versprochen, bis zum Ende der Gedankendimension zu bleiben. Und er ist pedantisch, was Versprechen anbelangt.«

Ich atme frustriert aus, aber dann habe ich eine Idee. »Du hast diese Dimension begonnen«, sage ich, »Also könntest du sie auch beenden. Dann würde ich so gesehen mein Versprechen einhalten.«

»Du möchtest, dass ich diese Gedankendimension beende?« Zum ersten Mal sieht er wirklich bestürzt aus. »Das ist extrem ungünstig für die anderen Ältesten. Was ist, wenn sie schon etwas geschaffen haben? Sie würden es verlieren.«

»Jetzt komm schon.« Ich lehne mich nach vorne. »Sie sind gerade erst von der Feier zurückgekehrt. Was könnten sie bis jetzt schon getan haben?«

»Ich nehme an, das stimmt.« Frederick betrachtet mich einige Augenblicke, bevor er sagt: »In Ordnung. Als Zeichen meiner Kooperation werde ich es tun.«

Ich lächele ihn zufrieden an. Treffer für mich. »Also, wie machen wir diese Assimilation?«

»Das ist einfacher zu zeigen als zu erklären«, erwidert Frederick. »Ich werde dich erneut ins

Nirwana holen, und dort werde ich meine Gedanken mit deinen assimilieren, und umgekehrt. Das ist die beste Bezeichnung, die ich für diesen Vorgang finden kann, deshalb der Name.«

Mein Lächeln verschwindet. »Das klingt nicht gut.«

»Mach dir keine Sorgen.« Jetzt lächelt Frederick. »Im Nirwana existieren die Gedanken in einer reineren Form. Die Kommunikation dort ist anders als hier. Die Gedanken müssen sich dafür verbinden, aber das ist alles, worüber wir reden: Kommunikation.«

»Also willst du einfach nur eine Unterhaltung im Nirwana führen? Von Angesicht zu Angesicht, also quasi von Geist zu Geist?«

»Das ist eine gute Art, es zu beschreiben. Ich hätte es nicht besser ausdrücken können.«

»Und wenn man sich auf diesem Weg unterhält, kann man nicht lügen?«

»Genau.«

»Warum habe ich das Gefühl, dass der Teufel im Detail steckt?« Ich denke darüber nach, mich aus dieser ganzen Sache zurückzuziehen.

Er muss mein Zögern bemerkt haben, denn er sagt: »Wie wäre es damit?« Er steht auf, geht zur Wand und öffnet einen Safe. Er nimmt eine kleine Pistole heraus und dreht sich wieder zu mir um. »Du kannst mich erschießen, wenn etwas schiefläuft. Du weißt, ich würde es nicht auf die leichte Schulter nehmen, inert zu sein, da es für mich bedeutet, für Jahrtausende von den anderen Ältesten ausgeschlossen zu sein.«

»Okay, aber wenn du mich im Nirwana inert

machst, werde ich mich wieder in meinem wirklichen Körper neben Georges Flugzeug befinden. Ganz abgesehen davon, dass mich in der echten Welt immer noch diese Menschen erwarten, die mich erschießen würden, sollte ich dich inert machen.«

»Wir haben bereits darüber gesprochen, dass ich dich eine Million Mal inert hätte machen können, wenn das mein Ziel wäre. Was die Menschen draußen betrifft, na ja, ich möchte nicht, dass du leichtfertig beschließt, diese Waffe zu benutzen. Aber trotzdem habe ich so viel zu verlieren, dass es keine leere Geste ist, dir diese Waffe zu geben.«

»Alles klar«, sage ich und gehe zu ihm, um die Waffe zu nehmen. »Lass uns beginnen.«

Sobald ich die Waffe auf Frederick richte, schwinden meine Sinne.

14

BEVOR ICH ÜBERHAUPT RICHTIG BEI MIR BIN, DRINGT EIN Gedanke in mich ein – ein Gedanke, den ich als Mimirs erkenne.

»Darren, vertraue auf keinen Fall den Ältesten das Geheimnis meiner Existenz an.« Sobald mich diese Worte erreicht haben, spüre ich, dass Mimirs Gegenwart verschwindet.

»Warte«, denke ich schnell zurück. »Ist es das, was du mir das letzte Mal sagen wolltest? Dir ist klar, dass du an einer wichtigen Stelle unterbrochen wurdest? Du hast es geschafft, mich glauben zu lassen, dass ich niemandem trauen sollte, und ich bin fast verrückt geworden. Wie dem auch sei, wieso möchtest du nicht, dass sie etwas über dich wissen?«

Ich bekomme keine Antwort, also wende ich meine Aufmerksamkeit nach einigen gefühlten verärgerten Minuten wieder der 2. Ebene zu.

Man denkt, der Verlust der Sinne würde beim

dritten Mal einfacher zu verarbeiten sein, aber es ist genauso beängstigend, wie es bei den vorherigen zwei Besuchen war.

Der Unterschied ist, dass ich jetzt schneller diesen speziellen Sinn spüre, der mich neurale Netzwerke »sehen« lässt. Dieses Mal ist er fast augenblicklich da. Ich sehe drei Netzwerke: Zwei eingefrorene, die Frederick und ich außerhalb des Nirwanas darstellen, und ein dynamisches, das Fredericks Version in der 2. Ebene ist.

Auch wenn ich nicht viel Erfahrung mit diesen Mustern habe, besonders solchen aktivierten, denke ich, dass Fredericks Form einzigartig ist. Seine »Neuronen«, falls sie das sind, erinnern mich nicht an Sterne – der Fehler, der mir bei meinem ersten Besuch dieser Ebene unterlaufen ist. Nein, seine »farbigen« Punkte sind eher orange, und nicht weiß wie Sternenlicht. Die Synapsen erinnern mich an Sonnenstrahlen, die in einem Kristall gefangen sind.

Und plötzlich umgibt mich dieses farbige Zeug.

Eine Angstwelle durchfährt mich, zumindest ist das die beste Art, dieses Gefühl zu beschreiben. Es ist keine Angst, sondern der Eindruck, dass jemand in mich eindringt und meine Privatsphäre verletzt. Und ein Hauch von Scham. Genauso habe ich mich gefühlt, als ich geträumt habe, ich stünde nackt mitten auf dem Times Square, nur dass es jetzt schlimmer ist.

Eine eigenartige Sensation überkommt mich. Einerseits bin ich definitiv körperlos, aber andererseits fühle ich mich, als würde meine Existenz ausgelöscht werden. Wie kann etwas ausgelöscht werden, was nicht körperlich ist? Ich weiß es nicht, aber ich bekämpfe die Macht, die mich auslöschen möchte, mit meinem ganzen Willen.

Das eigenartige Gefühl wird schwächer, und ein neues steigt auf, das genauso unangenehm ist. Ich fühle mich, als würde ich etwas zerstören. Während ich über diesen Eindruck nachdenke, wird mir klar, dass mein Muster Fredericks zum Stillstand gebracht hat.

Es ist so ähnlich wie damals, als ich bei meinem ersten Aufenthalt in der 2. Ebene Thomas, Kyle und mein eigenes Muster umgeben habe; mein Muster hat die anderen umhüllt, um zu lesen, zu führen oder um diese Ebene zu verlassen. Dieses Mal ist es anders, da ich Frederick nur zur Hälfte umgebe. Es ist ein dynamischerer Prozess. Ich denke, es gibt eine Verbindung zwischen diesen beiden Dingen. Frederick »lebt« und kämpft offensichtlich gegen mein Muster an, das versucht, ihn zu absorbieren, und andersherum. Es ist ein eigenartiges, mentales Tauziehen, das mich an den Tag erinnert, als ich versucht habe, zu meditieren, bevor mir ein Zahn gezogen wurde, und mein Adrenalinspiegel es mir unmöglich gemacht hat, mich zu beruhigen.

Dann spüre ich Angst, und was diese Angst so eigenartig macht, ist, dass ich ohne jeden Zweifel weiß, dass es nicht meine ist. Na ja, jetzt ist es meine, aber sie hat ihren Ursprung nicht in mir. Weitere fremde Empfindungen überschwemmen mich wie eine Welle.

Auf dieser Welle surft ein einziger Gedanke: »Darren, ich bin es, Frederick.«

Der Gedanke unterscheidet sich von Mimirs telepathischer Stimme. Ich kann ihn fast »hören«.

»Versuche zu sprechen«, sagt ein weiterer Gedanke. »Du solltest deine Gedanken zu mir projizieren können.«

Eine Menge Gefühle begleiten diesen Rat, und irgendwie weiß ich, dass er die Wahrheit sagt.

Also versuche ich zu sprechen und ignoriere die Tatsache, dass ich weder einen Mund habe noch dass es an diesem Ort Luft gibt, die die Schallwellen tragen könnte. Die Nachricht, die ich übertragen will, ist: »Das ist also die Assimilation?«

»Das ist sie«, antwortet Fredericks Projektion. »Du hast es geschafft. Genauso funktioniert es.«

Und wieder weiß ich, dass seine Worte wahr sind, und dieses Mal versuche ich herauszufinden, warum ich mir dessen so sicher bin. Dann verstehe ich es: Es sind die Gefühle. Unsere Gefühle werden mit jedem Wort übertragen. In diesem eigenartigen Zustand sind wir zu Empathen geworden. Wir können die wahren Gefühle des anderen fühlen, können leicht feststellen, ob der andere die Wahrheit sagt. Es folgt den gleichen Prinzipien wie ein Lügendetektor. Wenn Frederick lügt, werden ihn seine Empfindungen verraten. Im Gegensatz zu den Maschinen, die überlistet werden können, gibt es hier keine Schlupflöcher, die mir einfallen.

»Jetzt wirst du mir also Fragen stellen?«, projiziere

ich. »Und auf Grundlage meiner Gefühle wissen, ob ich die Wahrheit sage?«

»Du verstehst schnell«, projiziert er, und seine Empfindungen bestätigen, dass er es ernst meint. »Genau das ist der Plan.«

»Alles klar, aber dann möchte ich dich auch einige Dinge fragen.«

»Ich habe nichts anderes erwartet«, antwortet er.

»Hast du meine Freunde dazu gebracht, mich anzugreifen?«

»Was?« Seine Antwort wird von echtem Unverständnis begleitet.

»Mira, meine Freundin, und Thomas, meinen Adoptivbruder«, erkläre ich. »Hast du sie dahin geführt, mich auf Kyle Grants Beerdigung anzugreifen?«

»Das habe ich nicht«, projiziert er, und ich weiß, dass er die Wahrheit sagt. Die große Verwirrung in seiner Antwort ist genau so, wie ich sie von jemandem erwarten würde, der nichts über den Angriff weiß. »Kann ich jetzt meine Frage stellen?«

»Schieß los.«

»Hast du jemals vorgehabt, uns Ältesten etwas anzutun?« Diese Frage wird von Hoffnung begleitet.

»Nein.«

»Du lügst.« Angst und Wut durchdringen diesen Gedanken. Dieses eigenartige Gefühl, verschlungen zu werden, ist auf einmal wieder da, und mir wird mulmig.

»Lass es mich erklären«, projiziere ich schnell. »Ich

hatte nie vor, den Ältesten als solchen etwas anzutun. Ich meine, euch als Gruppe – ich mag euch. Ich bin einfach davon ausgegangen, dass einer von euch versucht, diejenigen, die mir nahestehen, dazu zu benutzen, mir Schaden zuzufügen. Und dieser Person würde ich etwas antun, wenn ich könnte.«

»Das ist die Wahrheit«, erwidert er, und der Druck der mentalen Gewalt verschwindet. »Das akzeptiere ich.«

Was zur Hölle hat er gerade mit mir gemacht? Ich könnte ihn fragen, aber damit würde ich eine Frage verschwenden, und ich muss noch etwas Wichtigeres von ihm wissen, etwas, was eine große Anzahl von Verdächtigen von meiner Liste streichen würde, falls er meine Vermutung bestätigt. Außerdem weiß ich instinktiv, was er getan hat. Er hat versucht, mich zu ummanteln – das, was ich tun würde, wenn ich jemanden lesen wollte.

»Verlasst ihr Ältesten wirklich niemals die Insel?«, frage ich.

»Niemals.«

»Aber …«

»Ich bin dran«, unterbricht mich seine Projektion.

»Du hast recht. Mach.«

»Wirst du unsere beiden Gruppen vereinigen, wenn du mit deinem kleinen Problemchen fertig bist? Möchtest du, dass die Führer und Leser Frieden schließen?«

Ich ignoriere die Beleidigung, dass er die Entführung meiner Familie und Freunde ein »kleines

Problemchen« genannt hat, und denke über seine Frage nach. Es ist das erste Mal, dass ich es in Erwägung ziehe. Hillary hat einmal gesagt, dass ich als Hybrid eine Veränderung in der jahrhundertelangen Feindschaft verkörpere und einen Unterschied machen könnte. Sie glaubt, jemand wie ich könnte das normale Stammesdenken verändern, das in dem Strippenzieher-gegen-Schnüffler-Streit so vorherrschend ist, da in mir beide Stämme vereint sind. Ich habe ihren Worten nicht viel Beachtung geschenkt, aber jetzt, da ich über dieses Thema nachdenken muss, kann ich nichts Schlechtes an einem derartigen Frieden finden.

»Theoretisch würde ich mich freuen, wenn die Probleme zwischen den Gedankenführern und -lesern verschwinden würden«, projiziere ich. »Ich möchte Frieden, aber ich möchte nicht mein Leben dafür geben.«

»Danke, dass du mir die Wahrheit gesagt hast«, sagt er. »Jetzt können wir …«

»Wie komme ich ins Nirwana zurück?«, projiziere ich. »Das ist meine nächste Frage.«

»Nur weil ich dir die Wahrheit sagen muss, heißt das nicht, dass ich dir jede deiner Fragen beantworte.« Sein projizierter Gedanke ist mit Belustigung und leichtem Ärger gemischt.

»Dann werde ich mir also auch aussuchen, welche Fragen von dir ich beantworten werde«, antworte ich.

»Das ist nicht nötig. Ich wollte dir gerade sagen, dass wir mit dieser Assimilation nicht weiter fortfahren müssen. Wir können uns langsam trennen.«

Mit seinen Worten bemerke ich eine Verschiebung in der Anordnung unserer Muster. Diese eigenartige Anspannung der Assimilation lässt langsam nach, aber geht nicht ganz weg.

Er scheint darauf zu warten, dass ich etwas tue. Ich versuche, sein Muster gehen zu lassen, mich von ihm zu entfernen.

Die Anspannung wird schwächer.

Nachdem ich den gleichen Prozess einige Male wiederholt habe, ist die Trennung vollzogen, und ich kann seine Neuronen wieder »in der Entfernung« sehen. Er absorbiert sein statisches Muster, und kurz darauf bin ich zurück in der Stille, in meinem physischen Körper.

***

EINIGE AUGENBLICKE LANG BIN ICH WEGEN DER Reizüberflutung desorientiert.

»Das war mal etwas anderes«, sage ich zu Frederick, und es fühlt sich gut an, Dinge laut aussprechen zu können, meine Stimme von den Wänden des Raumes widerhallen zu hören.

Er nickt. »Etwas, was nur wenige Menschen jemals erleben.«

»Wie hast du es geschafft, uns wieder hierher zurückzubringen?«, frage ich und verstehe, dass es das zweite Mal ist, dass er anders aus dem Nirwana zurückkommt, als es bei mir der Fall ist. »Wieso sind wir nicht in der richtigen Welt gelandet?«

»Das ist Teil der Nirwana-Künste, die du lernen wirst, wenn du zurückkommst und das Angebot annimmst, das wir dir gemacht haben.« Er zwinkert mir selbstgefällig zu.

Ich blicke ihn böse an. »Warum hast du die Assimilation nicht schon das erste Mal versucht, als du mich hineingezogen hast? Wäre das nicht genauso hilfreich gewesen wie mich zu führen, was die Aufdeckung meiner Pläne betrifft?«

Er schüttelt den Kopf. »Nein, das wäre eine dumme Idee gewesen, und es hätte uns beide einem Risiko ausgesetzt.«

»Warum?«

»Weil, wenn ich dich überfallen hätte, hättest du vielleicht versucht, mich zu bekämpfen oder, besser gesagt, mich zu absorbieren.« Jetzt ist sein Gesichtsausdruck ernst. »Wenn du damit Erfolg gehabt hättest, hättest du mich inert gemacht, und du weißt, was ich darüber denke. Wie dem auch sei, das wahrscheinlichere Ergebnis wäre gewesen, dass ich dich inert gemacht hätte, um mich selbst zu verteidigen – etwas, was ich auch nicht wollte.«

»Es ist interessant, dass du mir verschwiegen hast, dass die Möglichkeit besteht, bei der Assimilation inert zu werden«, sage ich und kneife meine Augen zusammen.

»Weil sie nicht bestand, da ich nicht vorhatte, dir so etwas anzutun. Wenn überhaupt, bin ich ein Risiko eingegangen, da es für mich größere Konsequenzen hat, inert zu werden.«

»Du weißt, was ich meine.« Ich gebe ihm seine Hand zurück. »Aber diese Haarspaltereien sind jetzt sowieso sinnlos. Ich habe meinen Teil der Abmachung erfüllt.«

»Ich bin bereit, das zu tun, was ich versprochen habe«, sagt er und nimmt mir die Pistole ab. »Ich werde dich zur Bibliothek bringen, damit du dort warten kannst, während ich mit George, Kate und dem Rest des Teams rede. Danach werde ich diese Gedankendimension wie versprochen früher beenden.«

***

ICH GEHE IN DER BIBLIOTHEK HIN UND HER, WÄHREND ich darauf warte, dass Frederick diese Dimension abbricht.

Um Zeit totzuschlagen, schaue ich durch die Regale, um etwas zum Lesen zu finden, und entscheide mich für *Wie kann es über alles eine Theorie geben*, ein Buch, das Victoria geschrieben hat. Ich blättere es einige Minuten durch und überfliege den Inhalt. Zu meiner großen Überraschung wird Sex in diesem Buch nicht erwähnt. Es ist eher eine wissenschaftliche philosophische Abhandlung über die Sinnlosigkeit, ein komplexes Phänomen wie das Leben auf eine einfache, allwissende Formel reduzieren zu wollen. Nach einer gefühlten Stunde, aber bevor ich mir wirklich eine

Meinung zu diesem Thema bilden kann, langweile ich mich und beschließe, mir ein anderes Buch zu nehmen.

Ein älter aussehender Band weckt mein Interesse, und ich nehme ihn in die Hand. *Die Gräueltaten* lautet der Titel, und der Autor ist niemand Geringeres als Mary, mein neues leserhassendes Urgroßmütterchen. Als ich durch das Buch blättere, verstehe ich, wieso sie Gedankenlesern gegenüber solche negativen Gefühle hat. Dieses Buch katalogisiert das, was ich schon wusste – wie Leser versucht haben, die Führer auszulöschen. Laut Mary war ihre Lieblingstaktik, auf einen bestehenden Konflikt aufzuspringen. Während des Ersten und Zweiten Weltkriegs konnten sie Tausende Führer in Westeuropa loswerden. Und danach, während Stalins Säuberungen, ist es den Lesern gelungen, alle Führer auszulöschen, die in Russland noch übrig waren. Also ja, es ist kein Wunder, dass Mary sie hasst, da alle diese Dinge zu ihren Lebzeiten passiert sind.

Ich stelle das Buch wieder ins Regal und schaue mich nach etwas Fröhlicherem um, ein Kriterium, das wahrscheinlich auf jedes Buch zutrifft.

Faszinierende Objekte füllen reihenweise die Regale, aber eines fällt mir besonders ins Auge. Es schreit geradezu: »Eugene!«. Wenn ich nicht hineinsehe, wird er mir das niemals vergeben. Das Buch heißt *Wie Maschinen in der Gedankendimension funktionieren,* und geschrieben hat es Alfred. Ich nehme es aus dem Regal und öffne es auf einer zufälligen

Seite. »Dampfkraft ist eine andere, zuverlässige Lösung ...«

Ich kann den Satz nicht beenden, weil ich nicht länger mit dem Buch in der Hand in der Bibliothek stehe.

Ich befinde mich wieder in meinem richtigen Körper neben dem Flugzeug, und Waffen sind auf mich gerichtet.

Allerdings werden die Waffen jetzt gesenkt, und nach einigen unaufrichtig klingenden Entschuldigungen drehen sich die Halter weg, um zur Burg zurückzugehen.

»Frederick hat mir von seiner Abmachung mit dir erzählt«, sagt George. »Ich denke, dass seine Idee, Kates Team zu benutzen, genial ist.«

»Und es wird gut für seine Moral sein«, meint Kate mit für sie ungewohnter Fröhlichkeit. »Auch wenn es sich nur um eine einfache Befreiung handelt, wird die Mannschaft froh sein, die Insel zu verlassen. Sie haben monatelang hier festgehangen.«

»So, Darren«, sagt George. »Wohin geht die Reise?«

»Dorthin zurück, wo wir sie begonnen haben«, sage ich. »Wir holen Hillary ab und ...«

»Wir brauchen sie nicht«, widerspricht George. »Ich denke, wir sollten direkt dort hinfahren, wo deine Familie ist, und helfen ...«

Ich halte meine Hand nach oben und unterbreche ihn. »Erstens werde ich keine Pläne ohne Hillary machen«, sage ich bestimmt. »Und zweitens würde es uns auch nicht helfen, jetzt bereits irgendwohin zu gehen. Die Vans sind wahrscheinlich noch unterwegs. Selbst ohne Pausen dauert die Fahrt von Florida zwanzig Stunden.«

»In Ordnung«, erwidert George. »Aber ich verstehe immer noch nicht, warum wir deine Tante einbeziehen sollten.«

»Ich werde sie nicht in Gefahr bringen, falls das deine Sorge sein sollte. Du bist nicht der Einzige, dem seine Familie etwas bedeutet.«

»Stören wir?«, dröhnt eine Stimme aus einiger Entfernung.

»Nein, wir haben nur unser Ziel festgelegt«, antwortet George. Dann dreht er sich um, um den muskelbepackten Typen anzuschauen, der gesprochen hat. »Stephen, das ist Darren.«

»Es freut mich, dich kennenzulernen«, sagt der Mann. Sein Händedruck erinnert mich an das eine Mal, an dem ich mir als Kind meinen Finger in einer Hummerschere eingeklemmt habe. Diese Dinge sind keine guten Spielkameraden, und Stephen wohl auch nicht, nehme ich an.

»Wo sind die anderen?«, fragt Kate.

»Eleanor war genau hinter mir«, antwortet Stephen. »John und Richard waren im Trainingsraum der Burg, also weiß ich nicht genau, wann sie kommen.«

»Ich werde das Flugzeug fertig machen«, meint George. »Kate, bitte triff alle Sicherheitsmaßnahmen, während du auf die anderen wartest.« Ohne ihre Antwort abzuwarten, geht er zur Pandora.

Kate räuspert sich und zieht eine Flasche aus ihrer Tasche.

»Machst du Witze?« Ich blicke sie wütend an. »Ich muss wieder Ambien nehmen?«

»Im Moment ist das eine Standardmaßnahme«, antwortet sie. »Sobald die Ältesten sagen, dass du es nicht mehr nehmen musst, werde ich es dir auch nicht mehr geben.«

»Aber Frederick vertraut mir. Er hätte niemals seine Erlaubnis für das alles hier gegeben, wenn er es nicht täte.«

»Er hat mir nichts über Sicherheitsvorkehrungen gesagt, und deshalb muss ich mich an die normalen Anweisungen halten«, erwidert Kate.

»Okay. Aber lass mich bitte noch die anderen Mitglieder der Mannschaft kennenlernen«, sage ich.

Wir warten in angespanntem Schweigen, bis die anderen kommen.

»Sind das alle?«, will ich wissen und schaue mir die vier Neuankömmlinge an – drei Männer und eine Frau. Sie kommen mir irgendwie bekannt vor. Ich denke, ich habe jeden Einzelnen als Statuen in Victorias Sutra Raum gesehen.

»Darren, das sind James, John, Eleanor und Richard«, sagt Kate. »Jetzt nimm deine Tablette.«

»Was?«, frage ich und versuche, mich nicht zu ungläubig anzuhören. »Du willst mir gerade erzählen, dass das mächtige Team nur aus euch sieben besteht?« Während ich das sage, betrachte ich sie eingehender.

James sieht wie ein harter Kerl aus, und sein

grimmiger Gesichtsausdruck wird durch eine kerbenartige Narbe in seiner Lippe verstärkt.

John ist genauso groß wie James und Stephen, nur dass er irgendwie nicht so gesund aussieht, vielleicht wegen der Augenringe.

Richard ist der Angsteinflößendste von allen, auch wenn er weniger muskulös ist. Ich denke, es sind seine Haltung, seine lederartige Haut und sein intensiver Blick, die diesen Eindruck erwecken.

Eleanor hat mehr Ähnlichkeiten mit den Männern als mit Kate. Sie ist muskulöser als ich, und ich bin nicht gerade schmächtig, auch wenn ich mich in diesem Moment so fühle.

Wenn dieses Team eine Zirkusgruppe wäre, wäre John der kranke Löwe, Stephen und James wären ein Polar- und ein Grizzlybär, Eleanor ein Elefant, Kate ein Panther und Richard ein Skorpion.

»Wer ist der Siebte?«, will Richard mit einem Schnaufen wissen. »Du redest doch nicht etwa von George?«

»Na ja, doch. Ich dachte, er sei der Anführer«, sage ich.

»Er ist ein Politiker, nichts weiter als ein Bürokrat«, sagt Richard. »Wir arbeiten nicht für ihn.«

»Es tut mir leid, ich nehme alles zurück«, sage ich. »Ich bin mir sicher, ihr seid fantastisch und so.«

»Wenn du mit ›und so‹ meinst, dass wir sechs niemals einen Auftrag nicht erfüllt haben«, meint Richard, »dann sind wir in der Tat fantastisch.«

»Genug geredet.« Kate nimmt demonstrativ eine

Tablette aus der Flasche. »Kannst du jetzt die verdammte Tablette nehmen – oder muss ich dich dazu zwingen?«

»Ich würde auf sie hören«, meint James grinsend. »Du würdest es nicht mögen, wenn sie dich dazu zwingt.«

Ich ignoriere die allgemeine Belustigung, die James' Kommentar hervorruft, nehme die Tablette und gebe mein Bestes, nicht an ihr zu ersticken. Bevor Kate etwas sagen kann, öffne ich meinen Mund, um ihr zu zeigen, dass ich das getan habe, was von mir erwartet wurde.

»So ein braver Junge.« Eleanors Stimme ist tief und passt haargenau zu ihrem Körperbau. »Du hast ihn gut erzogen, Kate.«

Ich besteige wortlos das Flugzeug und nehme den gleichen Sitz, in dem ich schon das letzte Mal geschlafen habe.

Ich höre, dass die anderen dazukommen, aber ich schenke ihnen keine Aufmerksamkeit.

Dieses Mal bin ich noch fester entschlossen, die Wirkung des Ambien mit meinem Willen zu bekämpfen. Ich habe einen freien Willen, oder etwa nicht? Ich sollte entscheiden können, ob ich schlafe.

»Bist du wirklich zur Hälfte ein Schnüffler, Kleiner?«, fragt einer der Kerle. James, denke ich.

»Zur Hälfte Leser, ja«, antworte ich.

»Wie ist es, die Gedanken einer anderen Person auszuschnüff… – ich meine zu lesen?«, fragt der mögliche James.

Ich gähne und erwidere: »Es ist, als würdest du ihre Erinnerungen leben, solange du liest. Du bist deine Zielperson, wie in einer super realistischen virtuellen Realität, die neben Sicht und Geräuschen auch noch Geschmack, Geruch und Berührungen bietet.«

»Das muss abgefahren sein«, sagt der Typ.

»Das ist ziemlich genial.« Ich gähne erneut.

Die nächste Frage höre ich nicht mehr, weil ich das Bewusstsein verliere – wieder einmal.

15

ICH WACHE ABRUPT AUF UND VERSUCHE, MICH ZU bewegen, was mir nicht gelingt, weil ich offensichtlich aus irgendeinem Grund eingeschnürt bin. Hat mich mal wieder jemand gefesselt?

Als sich meine Augen an das Licht gewöhnen, bemerke ich, dass meine Sicht ebenfalls eingeschränkt wird. Aber wenigstens kann ich etwas sehen, was bedeutet, dass ich keinen Sack über dem Kopf habe. Wie unglaublich wäre es eigentlich, wenn mir auch der zweite Weg zu meinen erleuchteten Großeltern die gleichen Bequemlichkeiten bieten würde, die Terroristen auf dem Weg zu einem geheimen Gefängnis genießen?

Die Welt rauscht so schnell an mir vorbei, dass ich mich einen Moment lang frage, ob das Flugzeug auf die Erde stürzt. In diesem Fall wäre es auch egal, ob ich gefesselt bin oder nicht.

Ein Adrenalinschub lässt auch die letzte Müdigkeit aus meinem Gehirn verschwinden.

Die gute Nachricht ist, dass ich nicht abstürze, während ich mich in einem Metallsarg befinde.

Die schlechte Nachricht ist, dass ich mich in einem Metallsarg – mit zu viel Plastik – befinde, der nach vorne schießt.

Das, was mich festhält, sind in Wirklichkeit Sitzgurte, die sich um meine Brust schlingen. Eine Art Visor mit getöntem Glas schränkt meine Sicht ein. Der Bekleidung der Person nach zu urteilen, die sich neben mir auf dem Fahrersitz befindet, trage ich einen Helm.

Diese ganzen Tatsachen lassen mich darauf schließen, dass ich mich in einem Auto oder einer autoähnlichen Rakete befinde, die sich schneller bewegt, als mein immer noch gerädertes Gehirn das einem Auto zutraut.

»Was zum Teufel passiert hier gerade?«, versuche ich zu fragen, aber stattdessen ist nur eine Mischung aus Grunzen und Nuscheln zu hören. Meine Stimme ist nach dem Ambien rau. Ich denke, mein Mund war das letzte Mal auch so trocken. Und nebenbei gesagt, bedeutet es, dass man zu häufig betäubt wurde, wenn einem derartige Muster auffallen.

»Aufgewacht, Schlafmütze.« Die hohe, freundliche Stimme kann nur zu Hillary gehören – genauso wie die kleine, behandschuhte Hand auf dem Steuer.

»Wirst du vom Marionettenspieler kontrolliert?«, frage ich, »Und falls ja, warum versucht er, uns auf eine so unkonventionelle Art und Weise umzubringen?«

Ich verspüre den Drang, meine Augen zu reiben, aber der Visor und meine eingeschränkte Bewegungsfreiheit lassen diesen Wunsch unerfüllt.

»Niemand kontrolliert mich«, sagt Hillary. »Wir müssen schnell nach Apalachicola gelangen, und da hatte ich diesen Einfall.«

Palmen und geparkte Autos ziehen so schnell an unseren Fenstern vorbei, dass sie aussehen wie zwei solide Wände aus verbundenem Holz und farbigem Metall.

»Was hattest du für einen Einfall, außer uns durch eine spektakuläre Autoexplosion umzubringen?«, frage ich, und mein Sarkasmus ist nicht so schneidend wie er wäre, wenn ich mir nicht gerade vor Angst fast in die Hosen machen würde. Also wahrscheinlich bin ich immer noch unter dem Einfluss des Medikaments, zumindest denke ich, dass das der Grund dafür ist, dass eine intensive Übelkeit in mir aufsteigt. »Und was ist mit den ganzen Autos, die auf der Seite des Highways parken?«

»Ich musste sie an die Seite schaffen, damit wir nicht, um es mit deinen Worten auszudrücken, spektakulär sterben. Ich bin doch nicht verrückt.«

»Bist du nicht?« Der Tacho zeigt 240 km/h an. Auch ohne Autos, die uns im Weg sind, ist das viel zu schnell.

Obwohl ich in der Vergangenheit ähnliche Menschenmassen geführt habe, ist das Ausmaß dessen, was sie geschafft hat – einen kompletten Highway kilometerweit freizuräumen –, wirklich atemberaubend. Jetzt, als ich genauer hinschaue, fällt mir auf, dass die geparkten Autos mit ihrer Vorderseite und nicht mit der Rückseite zu uns gewandt stehen, was bedeutet, dass wir die entgegengesetzte Fahrspur benutzen.

»Mir bleiben zweieinhalb Stunden Zeit, um zu unseren Zielpersonen zu gelangen«, erklärt Hillary. »Da ich in dieser Zeit etwa fünfhundert Kilometer zurücklegen muss – na ja, das kannst du dir auch selber ausrechnen. Dein Schönheitsschlaf hat unseren Zeitplan verzögert, weshalb ich jetzt versuche, Zeit aufzuholen.«

»Warum müssen wir so schnell zu diesem Ort kommen?«, frage ich.

Wir rasen über einen weniger stark befahrenen Abschnitt mit nur einer Hand voll geparkter Autos und ohne Bäume. Jetzt kann ich einen Blick auf die Autos auf der anderen Seite des Highways werfen, der Seite, in deren Richtung wir uns eigentlich bewegen. Ich sehe eine Fahrzeugkolonne, aber wegen unserer verrückten Geschwindigkeit, im Gegensatz zu ihrer gesetzestreuen, lassen wir sie ganz klar schnell hinter uns.

»Damit ich meinen Plan ausführen kann«, antwortet Hillary. »Und dein Gerede hilft mir nicht gerade dabei, mich zu konzentrieren.«

»Ist das eine Verfolgungsjagd?«, frage ich sie, obwohl sie recht damit hat, dass ich dadurch ihre

Konzentration beeinträchtige. Es sieht ganz so aus, als sei meine Neugier stärker als mein Selbsterhaltungstrieb, ähnlich wie das bei einigen der jetzt toten Katzen offensichtlich der Fall war.

»Das ist eigentlich keine Verfolgungsjagd«, meint sie.

»Sind das auf der anderen Seite Polizisten? In diesen Crown Victorias?«

»Ja, das sind die Gesetzeshüter«, antwortet Hillary. »Und da, wo sie herkommen, gibt es noch mehr. In einigen Kilometern werden weitere Autos hinzustoßen. Und, bevor du fragst, George und der Rest deiner neuen Freunde sind in diesem Hummer hinter uns.«

Ich drehe mich um und sehe, dass wirklich gerade ein Hummer hinter uns um die Kurve biegt.

Danach höre ich einen Motor aufheulen, und etwas überholt uns auf der rechten Seite, wobei eine Menge Staub um uns herum aufgewirbelt wird.

Wenn man bedenkt, wie schnell wir fahren, muss ich annehmen, dass gerade ein Raketengeschoss an uns vorbeigeflogen ist. Als ich genauer hinschaue, bemerke ich, dass ich nur knapp danebenlag.

Es handelt sich um ein schwarzes Motorrad.

»Das ist Kate«, erklärt mir Hillary.

Sie muss recht haben. Auch wenn ich das Gesicht unter dem schwarzen Helm nicht erkennen konnte, verraten sie die schwarze BDSM-inspirierte Bekleidung und das Schwert, das auf ihrem Rücken hängt.

»Was tust du?«, frage ich, als ich sehe, dass Hillarys Fuß auf das Gaspedal drückt, und ich die Vibrationen des überdrehenden Automotors höre.

»Ich hole Kate ein«, meint Hillary. »Ich möchte sichergehen, dass es kein Blutvergießen gibt.«

»Wäre es nicht auch ein Blutvergießen, wenn wir alle auf dem Asphalt kleben würden?«, frage ich. »Kannst du mir erklären, was du tust? Warte – bitte antworte mir nur, wenn du uns dabei nicht umbringst.«

»Nachdem ihr, du und George, gegangen seid, und ich Zeit mit meiner Familie verbracht hatte, kam mir diese Idee«, sagt Hillary und tritt das Gaspedal noch weiter durch. »Als mir Mutter und Vater auf die Nerven gingen, habe ich das Haus verlassen und bin zum Polizeirevier gegangen.«

»Ich dachte schon, du würdest mir jetzt erklären, dass du den perfekten Selbstmord geplant hast.«

Sie fährt damit fort, meine Unterbrechungen zu ignorieren. »Ich habe den örtlichen Sheriff dahin geführt, mir bei meinem Plan zu helfen. Er hat sich mit seinem Bruder in Verbindung gesetzt, der ein Polizist in Florida ist, und sie haben einen Rundruf in allen Staaten von New York bis Florida gestartet.«

»Oh«, sage ich und beginne langsam zu verstehen, was hier vor sich geht. »Du wolltest, dass die Polizisten die Minivans stoppen? Das ist eine großartige Idee. Warum habe ich nicht daran gedacht?«

»Die Anstrengungen waren allerdings ziemlich

sinnlos«, erwidert Hillary. »Die Polizisten waren völlig überfordert, als sie auf Caleb und die Mönche trafen.«

»Scheiße«, sage ich. »Ich hatte gehofft …«

»Wenn mein eigentlicher Plan funktioniert hätte, würden wir jetzt nicht wie Verrückte fahren«, meint sie. »Aber eine Abwandlung von ihm könnte vielleicht noch erfolgreich sein. Du hast gesagt, dass sich der Tempel in der Nähe von Apalachicola in einem Wald befindet. Das schränkt die Anzahl der Wege ein, auf denen sie dorthin gelangen können. Also habe ich die Polizisten angewiesen, auf den Straßen Verkehrsengpässe einzurichten, auf denen sie entlangfahren müssen.«

»Und wir versuchen, rechtzeitig dort zu sein, um die Vans zu erwischen?«, frage ich.

»Genau«, bestätigt sie. »Oder Caleb und die Mönche könnten ihr Spiel wiederholen.«

Ein eigenartiges Geräusch zieht meine Aufmerksamkeit auf sich. Es hört sich an wie der Alarm, der bei einem Banküberfall ausgelöst wird. Ich spanne mich an und frage mich, ob das Auto dieses Geräusch von sich gibt, wenn ein Teil von ihm abfällt, aber dann bemerke ich, dass ein Telefon in einer pinkfarbenen Halterung an der Windschutzscheibe dafür verantwortlich ist.

»Kannst du bitte rangehen? Ich möchte nicht das Risiko eingehen, danach zu greifen«, meint Hillary.

Ich beschließe, nicht zu erwähnen, wie nervtötend ich ihren Klingelton finde, strecke meine Hand aus und drücke auf den Knopf zum Entgegennehmen des

Anrufs. Eine Stimme mit einem südlichen Einschlag sagt: »Die beiden Honda Odysseys sind fünfzehn Minuten von uns entfernt.«

»Vielen Dank, Sheriff Jackson«, erwidert Hillary. »Auf welche Blockade halten sie gerade zu?«

»Programmieren Sie einfach Telogia, Florida in ihr GPS«, antwortet die Stimme, »und ich werde Sie dort in Empfang nehmen. Aber Sie haben nicht mehr viel Zeit.«

»Danke«, sagt Hillary. »Wir werden versuchen, es zu schaffen.«

Ich nehme das als mein Stichwort, das Telefonat zu beenden, und gebe diese neuen Koordinaten in das Telefon ein.

»Das GPS denkt, wir werden in einer halben Stunde dort sein«, lasse ich sie wissen.

»Es geht davon aus, dass wir uns an die Geschwindigkeitsbegrenzung halten«, entgegnet Hillary. »Ich hoffe, dass wir in fünfzehn Minuten dort sein können.« Sie beschleunigt.

»Hast du mit Eugene oder Bert gesprochen?«, will ich wissen, um nicht an die Geschwindigkeit zu denken.

»Moment«, sagt sie. »Drücke bitten den Knopf für die Stimmwahl auf meinem Handy.«

Ich lege meinen Finger darauf und halte den Knopf gedrückt. Hätte sie nach dem Telefon gegriffen, hätte ich gestreikt.

»George anrufen«, sagt Hillary mit klarer Stimme.

Das Klingeln des Geräts ertönt einige Male über die Lautsprecher des Autos, bevor jemand abnimmt.

»Hallo«, sagt George.

»Gib Telogia in dein GPS ein«, meint Hillary. »Und sag Kate Bescheid.«

»Kein Problem«, erwidert George, »Aber wir fallen gerade hinter euch zurück.«

»Wer immer es schafft, schafft es«, meint Hillary. »Erinnere sie bitte daran, nur die Betäubungsgewehre zu benutzen, okay?«

»Ja«, erwidert George. »Wir wissen alle, dass Darrens Freunde und Familie sich in diesen Odysseys befinden.«

Er hört sich an, als sei er beleidigt, dass sie denkt, er oder einer von Kates Leuten würde eine solche Erinnerung benötigen.

Das Gespräch wird beendet.

»Entschuldige bitte, Darren«, sagt Hillary. »Ja, ich habe mit Eugene und Bertie gesprochen. Sie befinden sich einige Fahrstunden hinter den Vans. Sie haben mich gebeten, sie in Ruhe zu lassen, damit sie sich auf ihre Forschungen konzentrieren können, also habe ich das getan.«

In einiger Entfernung sehe ich, wie Kate mit ihrem Motorrad auf eine Abfahrt abbiegt.

»Und jetzt halte dich fest«, sagt Hillary und dreht das Lenkrad.

Ich wette, das sind die berühmtesten letzten Worte gleich nach »Ups« und »Das wird jetzt ein wenig schmerzen«, zumindest wenn Letzteres ein Arzt sagt.

Als wir abbiegen, fühle ich mich, als würde ich mich gleich übergeben. Hätte ich heute etwas gegessen, wäre es definitiv wieder hochgekommen. Jetzt allerdings wird die Welt um mich herum still.

Als ich vom Straßenrand in unser Auto schaue, bemerke ich, dass mich ihr Abbiegen spontan in die Stille hinübergleiten lassen hat. Während sich mein Herzschlag beruhigt, fällt mir auf, wie seltsam es ist, dass ich mich wirklich außerhalb des Autos befinde, anstatt auf der Rückbank. Dank Georges Training muss ich spontan teleportiert sein.

Als ich das Auto betrachte, entdecke ich, dass es quasi keine Rückbank gibt. Das Auto ist ein echter Rennwagen, bis hin zu einer Sponsorenwerbung von Dish auf der Motorhaube. Rückblickend hätte mir wegen des engen Innenraums auffallen müssen, dass es sich um einen Rennwagen handelt, ganz zu schweigen von den Helmen und den Sechspunktgurten.

Die Augen meines eingefrorenen Ichs sehen aus, als würden sie jeden Moment herausschießen und den Visor durchbrechen. Da ich mich schon in der Stille befinde, gehe ich auch gleich zu Kate. Sie fährt ein Monstermotorrad, das Batman auch gerne besessen hätte. Ich mache mir nicht die Mühe, sie hineinzuziehen; diese Kurve unbeschadet zu nehmen muss ihre hundertprozentige Konzentration erfordern – zumindest wäre das bei mir so. Was mich daran erinnert … Hillary hat erwähnt, dass sie die Straße für uns in der Stille freiräumt. Das bedeutet, dass sie wie eine Wahnsinnige fährt, während sie andauernd zwischen der Gedankendimension und der Realität hin- und herspringt. Da ich das selbst schon getan habe, weiß ich, dass ich noch dankbarer dafür sein sollte, dass wir noch am Leben sind.

Ich gehe wieder zu dem Rennwagen, kehre schicksalsergeben in die Realität zurück – und wünsche mir augenblicklich, es nicht getan zu haben.

Die Zentrifugalkräfte (oder sind es die Zugkräfte?) beginnen gerade erst, als ich die Stille verlasse. Es fühlt sich an, als würde ich in meinen Sitz gequetscht werden.

Als ich wieder sprechen kann, sage ich: »Tante, solltest du noch ein Stück der Straße freimachen müssen, bitte lass es mich tun. Ich möchte, dass du dich auf das Fahren konzentrierst.«

»Sicher«, erwidert sie. »Aber das ist eher unwahrscheinlich. Ich habe erst vor einigen Kilometern eine ziemlich lange Strecke am Stück freigeräumt. Außerdem arbeite ich mit der Polizei ...«

»Dann lass mich alles das tun, was dir helfen könnte«, erwidere ich aus reinem Selbsterhaltungstrieb.

»Natürlich, wenn mir etwas einfällt, sage ich Bescheid«, antwortet meine Tante und beschleunigt noch ein wenig mehr. »Wir kommen näher.«

Wir befinden uns jetzt auf der anderen Seite des Highways und haben den Hummer und die Polizeikolonne weit hinter uns gelassen.

»Woher hast du dieses Auto?«, frage ich, eher um

mich von meiner Besorgnis abzulenken als aus wirklicher Neugier.

»Daytona«, sagt sie. »Sie haben NASCAR. Falls es dir nichts ausmacht, würde ich mich gerne auf die Straße konzentrieren. Ich bin dabei, das Auto an seine Grenzen zu bringen.«

Die nächsten fünf Minuten sind wahrscheinlich die beängstigendsten meines Lebens, inklusive der letzten Wochen, an denen andauernd jemand versucht hat, mich umzubringen.

Der nervige Klingelton ist zurück. Ich nehme den Anruf an, und eine Stimme sagt: »Wir konnten sie nicht an der Straßensperre aufhalten.«

»Das ist in Ordnung, Sheriff«, erwidert Hillary. »Wir haben auch nicht gedacht, dass Sie das könnten. Wenigstens sind wir ihnen auf den Fersen.«

Ihre behandschuhten Hände umfassen das Lenkrad fester, und der Motor hört sich an, als sei er von einem Poltergeist besessen.

Ich habe zwar gerade gesagt, dass die letzten fünf Minuten meines Lebens die beängstigendsten waren, aber das muss ich zurücknehmen. Die nächsten fünf Minuten stellen sie in den Schatten.

Ein weiterer Alarm wie bei einem Banküberfall unterbricht meine Hyperventilation, und ich lenke mich ab, indem ich den Anruf annehme.

»Scheiße«, sagt eine Stimme laut. Im Hintergrund kann ich Schreie und Schüsse hören. »Ein Honda Minivan hat gerade unsere Blockade umfahren. Der Fahrer ist irre. Auf dem Feldweg habe ich weitere

Polizisten abgestellt, die auf den zweiten Honda warten.«

»Sheriff Wilkin«, sagt Hillary missbilligend. »Warum habe ich Schüsse gehört? Es ist Ihnen nicht erlaubt, tödliche Mittel einzusetzen. In diesen Autos befinden sich Geiseln.«

»Wir haben versucht, auf die Reifen zu schießen«, erwidert der Mann, »haben sie aber nicht getroffen.«

»Bereiten Sie alles vor«, meint Hillary, »Sie haben nur wenige Minuten Abstand zueinander.«

»Das haben wir«, antwortet er.

»Ich hoffe, wir erwischen sie vorher«, sagt sie und blickt auf ihr GPS.

Seinem Tracker nach befinden wir uns schon am Ziel.

Einige Sekunden später flüstert Hillary: »Siehst du das?«

Ich sehe Kate in einiger Entfernung, aber ansonsten nichts. Ich kneife die Augen zusammen und erkenne, dass sie sich einem Van nähert.

Hillary versucht, noch ein wenig mehr Geschwindigkeit aus dem Auto herauszuholen, und der Motor heult wie wahnsinnig auf. Ängstlich werfe ich einen Blick auf den Tacho und wünsche mir, ich hätte es nicht getan. Er zeigt 340 km/h an.

Der Straßenrand verschwimmt, als wir uns Kate nähern. Ich vermute, dass wir jeden Moment »zurück in die Zukunft« gelangen könnten.

Kate fährt neben dem Van. Der Van lenkt in ihre

Richtung, offensichtlich, um sie von der Straße abzudrängen.

Wir verringern unseren Abstand zu Kate und ihren Gegnern weiter.

Kate beschleunigt, macht einen Wheelie und fährt vor den Van. Ich denke, der Stunt war nur zum Angeben, aber ich bin mir nicht sicher.

Wir sind jetzt so nahe an dem Van, dass unsere vordere Stoßstange fast das eingekreiste H auf dem Heck des Hondas küsst. In einiger Entfernung befindet sich eine Polizeiblockade genau an der Stelle, an der die Straße endet und die Baumlinie beginnt.

»Hillary, du hast das gesehen, stimmt's?« Meine Worte sind ein gedrängtes Flüstern. »Bist du sicher, wir werden die Zeit haben, langsamer …«

Ich beende diesen Gedanken nicht, da Hillary versucht, den Van rechts zu überholen.

Gleichzeitig lässt Kate ihr Motorrad mit qualmenden Reifen driften. Das Motorrad befindet sich jetzt so nahe am Boden, dass die rechte Seite des Lenkers den Asphalt berührt.

In diesem Moment springt Kate ab und lässt die arme Maschine unter den Van rutschen.

Der Van schert kurz auf unsere Seite aus, da der Fahrer offensichtlich nicht mit dieser Geschwindigkeit über das Motorrad fahren möchte, bevor er wieder auf Kate zuhält. Wir stoßen fast mit seinem Heck zusammen, und Hillary schlägt scharf ein, um einen Zusammenstoß zu vermeiden.

Unser Auto rutscht auf den Straßenrand zu – und auf eine große Palme. Wenn wir nicht langsamer werden, werden die Notfallhelfer eine harte Zeit haben, uns aus dem zu kratzen, was vom Auto noch übrig sein wird.

Hillary tritt auf die Bremse, und ich rieche verbranntes Gummi.

Auch wenn wir langsamer werden, sind wir immer noch so schnell, dass ein Zusammenstoß uns in verbrannten Toast verwandeln kann.

Hillary lenkt erneut, diesmal vorsichtiger.

Alles wird still.

Scheiße.

Es sieht ganz so aus, als sei ich wieder vor lauter Angst in die Stille geglitten.

Ich stehe neben der Palme, in die wir gleich rutschen werden.

Zum Glück hat Hillarys letzter Zug das Auto leicht seitlich zum Baum gelenkt. Vielleicht treffen wir ihn nicht frontal, auch wenn ich kein Experte bin, was die Physik von Autos betrifft.

Ich gehe dorthin, wohin Kate gesprungen/ gefallen ist.

Ich kann nicht glauben, was ich sehe.

Kate hat den Vorderreifen des Hondas aufgeschlitzt. Sie hält ihr Schwert sicher und ist dabei, das Gleiche auch bei dem Hinterreifen zu tun.

Sie ist verrückt. Wenn das Auto zu ihrer Seite rutscht, wird es sie überfahren.

Unwillig gehe ich zurück.

Ich verlasse die Stille und bemerke sofort, dass ich

mit meiner Einschätzung darüber, wie das Auto rutschen würde, falschlag; Hillarys letztes Gegenlenken hat uns nicht geholfen.

Mit dem Geräusch zusammenstoßender Welten kracht unser Auto in den Baum.

16

Trotz meines Sechspunktgurts und der Nackenstütze meines Helms ist der Aufprall so stark, dass ich mich fühle, als würde sich mein Schleudertrauma ein Schleudertrauma zuziehen.

Immerhin bin ich noch bei Bewusstsein. Hillary hat es geschafft, unseren Aufprallwinkel weniger gefährlich zu machen, und wir haben den Baum nur gestreift, anstatt ihn frontal zu treffen. Wir werden es überleben.

Mein Herz, das sich gerade in meiner Hose befindet, hat das offensichtlich noch nicht mitbekommen.

»Wir müssen los«, krächze ich und schnalle meine vielen Gurte ab.

Hillary ist schneller und öffnet die Verschlüsse über meinem Schoß und meiner linken Schulter. Um den in meinem Schoß kümmere ich mich selbst.

Mir fällt kurz auf, dass es keine Airbags gibt. Rennwagen besitzen offensichtlich keine.

Sobald ich mich befreit habe, nehme ich meinen Helm ab, stolpere aus dem Auto und schaue auf die Straße.

Der Honda Odyssey ist außer Kontrolle geraten, aber bewegt sich von Kate weg, die sich flach auf die Straße gelegt hat. Die Felgen sprühen Funken, während sie über den Boden schaben, und der Geruch verbrannten Gummis vermischt sich mit dem eines seltsam metallischen.

Bitte überschlag dich nicht, denke ich verzweifelt, während ich zum Van renne.

Das Fahrzeug ist schon bis zur Hälfte im Straßengraben, als es stehen bleibt, ohne umzukippen.

Kate befindet sich neben der rechten Seite des Autos. Ich habe nicht einmal gesehen, dass sie überhaupt aufgestanden ist.

Die Tür öffnet sich. Ein Mönch – der versucht haben muss, auszusteigen – liegt nach Kates Schlag zuckend auf dem Boden.

»Kate, die Beifahrertür«, schreie ich, als ich sehe, dass ein weiterer Mönch das Auto verlässt.

Im nächsten Augenblick hat Kate zwei eigenartig aussehende, verlängerte Schusswaffen in den Händen.

Sie schießt auf jemanden im Auto und zielt danach auf den Fahrer, als dieser zum Vorschein kommt.

Keuchend renne ich, dicht gefolgt von Hillary, auf den Van zu.

Der Mönch, der gefahren ist, duckt sich unter Kates

Schuss weg. Erst jetzt wird mir bewusst, dass sie ein Betäubungsgewehr benutzt.

Ich erkenne den Mönch, den sie nicht getroffen hat. Er hatte dem Meistermönch während des Angriffs auf dem Flughafen in Miami assistiert.

Kate wendet ihre Aufmerksamkeit von der Tür zu dem Assistenzmönch, was sich als Fehler herausstellt. Der Tritt eines weiteren Bruders durch die offene Tür trifft sie. Wenn Kate ich wäre, wäre sie über den bewusstlosen Körper des ersten Mönchs gestolpert, den sie außer Gefecht gesetzt hat. Kate ist zum Glück nicht ich, weshalb sie den Schwung ihres Falls dazu nutzt, ihren Körper in den Assistentenmönch zu rammen. Ich beobachte sie neidisch, da meine Kenntnisse über ihren Kampfstil im Dunkeln tappen.

Allerdings habe ich jetzt keine Zeit, über ihre Technik nachzudenken. Ich werde aktiv und trete in das Bein des Mönchs, der gerade Kate getreten hat. Ich treffe auf einen Knochen in der Nähe seines Knies, und mein großer Zeh fühlt sich an, als habe er Feuer gefangen. Ich frage mich, wer schlimmer verletzt ist — mein Gegner oder ich.

»Aus dem Weg«, schreit Hillary.

Ich folge ihrer Anweisung, und ein Pfeil trifft das Schienbein des Mönchs genau dort, wo ich ihn gerade hingetreten habe. Warum hat Hillary eines dieser hübschen Betäubungsgewehre, und ich nicht?

Aus meinem Augenwinkel sehe ich, wie Kate einige Bewegungen ausführt, bevor der Assistenzmönch sich zu seinem Bruder auf dem Boden gesellt.

Dann dreht sich Kate um, zielt mit ihrer Waffe und schießt auf den nächsten Bruder, der aus dem Auto steigt.

Eigenartigerweise fällt dieser nicht um. Er muss resistenter gegen das Medikament sein, das sich in den Pfeilen befindet.

Der Mönch wendet sich mit seinem Pfeil im Nacken mir zu. Seine Augen sind leicht glasig. Ohne auch nur eine Sekunde lang zu zögern, schlage ich ihm in den Magen. Auch wenn der Schlag nicht allzu kräftig war, bricht der Mönch zusammen und fällt zu Boden. Der Sauerstoffmangel muss die Arbeit vollendet haben, die das Beruhigungsmittel begonnen hatte.

Ich schaue mich um und sehe, dass sich Kate, während ich abgelenkt war, um einige weitere Brüder gekümmert hat.

Ich schaue in den Van. Die einzigen beiden Menschen, die übrig sind, sind meine Mütter, die beide nicht bei Bewusstsein sind. Ich überprüfe ihren Puls, und als ich ihn finde, fühle ich mich wie ein Mann, der nach einer langen Fastenzeit an einem Festessen teilnimmt. Gleichzeitig bin ich mehr als nur ein wenig verärgert darüber, dass sie so lange betäubt worden sind. Ich hoffe, die Mönche haben ihnen erst etwas gegeben, als die Verfolgungsjagd begann, und sie nicht schon seit über zwanzig Stunden bewusstlos sind.

Am Rande bekomme ich mit, dass Kate Pfeile in die Mönche schießt, die sie ohne Betäubungsmittel außer Gefecht gesetzt hat.

»Warte, Kate«, sage ich, aber sie drückt trotzdem ab, um den letzten zu betäuben. »Wir hätten vielleicht einen gebrauchen können.«

»Zu spät«, erwidert sie. »Wozu könnten wir ihn gebrauchen?«

»Ich erinnere mich nur vage daran, wo der Tempel ist«, erkläre ich ihr. »Wir hätten ihnen einige gezielte Fragen stellen können.«

»Ich würde mir darüber keine Gedanken machen«, sagt Hillary. »Wir haben so viele Polizeibeamte, die uns helfen, dass wir die Wälder nach dem Tempel durchforsten können. Diese Mönche können nicht gelesen werden, wie du bemerkt hast, und ich würde nicht zulassen, sie zu foltern.«

»Sollten wir nicht dem anderen Van folgen?«, frage ich. »Dem, in dem sich Thomas und Mira befinden?«

»Sie haben einen großen Vorsprung«, erwidert Kate. »Sie werden jetzt schon auf halbem Weg zum Tempel sein.«

»Also nehme ich an, dass wir trotz allem die Hilfe deines Teams benötigen werden«, sage ich frustriert.

»Ja, und jetzt wird unser Job noch komplizierter sein«, meint Kate. »Sobald der Van dort auftaucht, wird der ganze Tempel in höchste Alarmbereitschaft versetzt werden.«

»Also was machen wir jetzt?«, will ich wissen.

»Nichts. Wir bekommen das hin«, antwortet sie. »Ich denke nur laut.«

»Bevor deine Mannschaft hier ankommt und wir nach dem Tempel suchen, möchte ich, dass meine

Mütter an einen sicheren Ort gebracht werden.« Ich werfe einen Blick auf die bewusstlosen Körper in dem Van, bevor ich mich zu meiner Tante umdrehe. »Hillary, denkst du, du kannst mir einen riesigen Gefallen tun? Kannst du sie wegbringen? Du könntest einige Polizisten mit dir nehmen, und mit ihnen irgendwohin fahren, wo euch niemand vermuten würde.«

Hillary zieht ihre Stirn in Falten. »Was ist mit dem Tempel? Ich möchte bei der Rettung der anderen helfen.«

»Das ist die beste Art, auf die du mir helfen kannst«, erwidere ich. Was ich nicht ausspreche, ist, dass sie auf diese Weise auch in Sicherheit ist.

»Willst du mich loswerden, um etwas Gewalttätiges im Tempel zu unternehmen?«, fragt Hillary, und ihre Augen verengen sich.

»Nein.« Ich schüttele den Kopf. »Ich gebe dir mein Indianerehrenwort, dass ich so wenig Schaden wie möglich anrichten werde. Immerhin befinden sich meine Großeltern dort. Für was für ein Monster hältst du mich, Tante?«

Sie seufzt. »Nimm mein Betäubungsgewehr. Und stelle sicher, dass die anderen ihre benutzen.«

Ich nehme die Waffe und stecke sie hinten in meinen Hosenbund, als Kate demonstrativ ihre Gewehre in die Luft hält.

Hillary rollt mit ihren Augen, während sie sich der Polizeibarrikade nähert.

Kate ignoriert sie und geht zu dem, was von

Hillarys Rennwagen übrig ist, um nach etwas im Innenraum zu suchen. Dann gibt sie mir ein Zeichen, zu ihr zu kommen.

Als ich bei ihr ankomme, hat Kate einen Gegenstand auf dem zerstörten Dach des Autos ausgebreitet.

Bei näherer Betrachtung stellt sich heraus, dass es sich um eines dieser primitiven Dinge handelt, die Menschen damals benutzt haben – in den dunklen Zeiten, bevor es GPS-Apps gab. Der Gegenstand ist aus einem langweiligen Material namens Papier gefertigt, das man im Dunkeln nicht lesen kann, und in das man auch nicht zoomen kann.

Eine Karte im Atlas-Stil.

»Wir befinden uns hier«, erklärt Kate und deutet auf einen Punkt auf der Karte. »Kannst du mir zeigen, wo sich der Tempel ungefähr befinden könnte?«

Ich betrachte das Gebiet um unsere derzeitige Position. Nur eine Handvoll Straßen durchqueren den ganzen Wald. Diejenige, auf der wir uns gerade befinden, führt zu dem Highway, den ich meiner Erinnerung nach genommen habe, als ich kurzfristig meinen Großvater Paul entführt hatte.

Ich erinnere mich außerdem daran, dass ich auf die Fahrerseite des Autos geschaut habe, als wir aus dem Wald traten, was bedeutet, dass sich der Tempel auf der linken Seite dieser Straße befindet. Und außerdem weiß ich noch, wie lange wir gebraucht haben, um zu diesem Highway zu gelangen, also vollführe ich rückverfolgend mit meinem Finger eine kreisförmige Bewegung auf der Karte und sage: »Hier ungefähr«.

»Hervorragend«, meint Kate. »Das reduziert unseren Suchradius um mindestens fünfzig Prozent. Mit zusätzlicher Hilfe sollte diese ganze Aktion nicht mehr als einige Stunden in Anspruch nehmen.«

»Eigentlich können wir es ohne Zeitverlust tun«, sage ich, »wenn wir auf die Hilfe der Polizei verzichten und es in der Gedankendimension machen.«

»Das wäre eine mühsame Vorgehensweise«, erwidert sie. »Außerdem müssen wir einige Stunden totschlagen.«

»Warum?«

»Weil wir die Befreiungsaktion durchführen werden, wenn es dunkel ist, damit sie uns nicht so leicht entdecken können«, erklärt sie mir.

Das Hupen eines Autos hält mich davon ab, ihr die nächste Frage zu stellen.

Als ich aufschaue, sehe ich, dass der Hummer und seine Polizeieskorte endlich aufgeschlossen haben und Hillary auch wieder da ist.

»Vorsichtig, Gentlemen«, sagt Hillary zu James und Stephen, die Lucy aus dem Van tragen, ohne dass ihre Muskeln auch nur ein wenig angespannt aussehen. Für sie ist es genauso schwierig, meine Mutter zu tragen, wie für Kate die Karte.

»Passt mit ihrem Kopf auf«, meint Hillary zu Eleanor und John, die Sara transportieren.

Sie setzen meine Mütter auf die Rückbank eines Streifenwagens. Hillary versichert sich, dass sie angeschnallt sind, und einige kompetent wirkende Polizisten nehmen die restlichen Plätze ein. Hillary setzt sich auf den Beifahrersitz und lässt ihr Fenster herunter.

»Ruf mich an, sobald alles vorbei ist«, sagt sie.

»Das werde ich«, verspreche ich ihr.

»Ich habe Bert und Eugene davon erzählt, was gerade passiert«, meint sie. »Sie sollten in weniger als einer Stunde hier sein.«

»Haben sie bei ihren Forschungen einen Durchbruch erzielt?«

»Berts Antworten waren ausweichend«, antwortet sie. »Also eher nicht.«

»Dann bezweifle ich, dass ich sie brauche. Ich nehme an, dass du ›Bertie‹ sehr bald wiedersehen wirst.«

»Was soll ich Lucy und Sara sagen, wenn sie aufwachen?«, fragt Hillary.

Ich zucke mit den Schultern. »Was du für richtig hältst. Lass es nur nicht zu verrückt klingen.«

»Natürlich nicht«, meint sie. »Du gehst jetzt besser. Kate und ihre Mannschaft sehen unruhig aus.«

»Danke«, sage ich. »Ich verliere langsam den Überblick darüber, wie viel ich dir schuldig bin.«

Sie lächelt und – ich nehme es an – führt den Polizisten am Steuer dahin, den Motor anzulassen. Als sie wegfahren, folge ich ihnen mit meinem Blick und bin erleichtert, dass sich meine Mütter in Sicherheit befinden.

Zwei gerettet, zwei liegen vor uns.

Ich gehe zu der kleinen Versammlung beim Auto des Sheriffs, wo Kate den Versuch, den Tempel zu finden, organisiert.

George schlägt vor, dass jeder Führer von fünf oder sechs Polizisten begleitet wird. Er erklärt außerdem, wie wir effektiver zusammenarbeiten können, indem wir uns verteilen, sobald wir im Wald sind.

Ich bin in einer Gruppe mit Sheriff Wilkin und Beamten aus seinem Revier. Wenn diese Leute repräsentativ sind, dann sind die Polizisten in Florida hundertmal freundlicher als ihre Kollegen in New York. Andererseits sind die Zivilisten auf den Straßen in New York mindestens fünfzig Mal unfreundlicher als die durchschnittliche Bevölkerung in Florida, weshalb die Kälte der New Yorker Polizisten durchaus verzeihlich ist.

»Wenn der Plan klar ist, dann verteilt euch bitte alle«, sagt George, und nacheinander betreten die Gruppen den Wald.

WIR GEHEN JETZT SCHON SEIT EINER STUNDE DURCH DEN blöden Wald. Das ist eine Stunde zu viel.

Ich bin durch und durch ein Stadtmensch, eine Tatsache, die mir jedes Mal besonders deutlich wird, wenn ich durch die Natur wandere.

Das letzte Mal, als ich mich in diesen Wäldern befunden habe, waren die Mücken, Ameisen und Riesenspinnen in der Stille eingefroren und haben den

Weg zum und vom Tempel erträglich gemacht, aber jetzt sind diese Viecher nicht eingefroren. Außerdem sind mir nicht so häufig Zweige ins Gesicht geschlagen, was allerdings an meinem kompetenten Führer gelegen haben könnte – meinem Großvater.

Wenn ich mich nur daran erinnern könnte, wo wir herkamen …

Als ich eine kleine Lichtung erreiche, höre ich Schritte. Es muss an der Zeit sein, dass sich unser Suchtrupp versammelt, um Aufzeichnungen zu vergleichen.

»Wie kann das Anwesen eines Drogenbosses nicht auf einem Satellitenbild auftauchen?«, fragt einer der Polizisten, als wir unsere Statusberichte abgegeben haben.

Ich muss über die Erklärung lachen, die George ihnen über unsere Zielperson gegeben hat, und bekomme einen verständnislosen Blick von dem Beamten zugeworfen.

»Wie der Chef schon gesagt hat, haben diese Menschen sehr gute Verbindungen«, sagt der Sheriff mit einem noch stärkeren südlichen Akzent als sein Kollege. Er muss sich bemühen, nicht zu keuchen, während er sich den Schweiß von der Stirn wischt. Er ist einer dieser großen Menschen, die für ihre Masse zu aktiv zu sein scheinen.

»Das mit Sicherheit«, sagt ein anderer Polizist. »Militärbasen werden nicht angezeigt, genau wie Area 51.«

»Ich habe auch etwas unternommen, und mein

Haus aus Google Earth entfernen lassen«, vernehme ich einen weiteren Beamten. »Du kannst den guten Menschen bei Google Maps deine Bedenken die Privatsphäre betreffend mitteilen, und sie machen dein Haus unkenntlich, einfach so.«

»Das ist doch völliger Schwachsinn«, sagt der Sheriff, und alle lachen auf Kosten des über seine Privatsphäre besorgten Beamten.

»Verteilen wir uns wieder«, sage ich und drehe mich von meiner Begleitung weg, um tiefer in den Wald zu gehen.

Das Walkie-Talkie des Sheriffs erwacht zum Leben.

»Wir haben es gefunden«, sagt eine Stimme, deren Besitzer durch den gestörten Empfang nicht zu erkennen ist.

In einiger Entfernung von uns steigt eine Leuchtrakete auf.

Dieses Ereignis widerspricht unserem Plan, uns unbemerkt heranzuschleichen, derart, dass ich sofort in die Stille hinübergleite, um eine Erklärung zu finden.

Diese dumme Teleportation führt immer noch dazu, dass ich in der Gedankendimension an zufälligen Orten auftauche. Dieses Mal tauche ich auf der anderen Seite des Sheriffs auf, der bis vor einem Augenblick noch einige Zentimeter hinter mir stand.

Ich blicke verständnislos auf die eingefrorene Leuchtrakete. Der Plan war, heimlich die GPS-Koordinaten des Tempels herauszufinden. Wir haben besonderen Wert darauf gelegt, jeden anzuweisen, auf keinen Fall die Mönche zu alarmieren. Außerdem sollte die Befreiungsaktion bei Einbruch der Dunkelheit beginnen – ohne Leuchtraketen oder einen anderen Hinweis auf unsere Anwesenheit –, aber es ist immer noch taghell.

Was zum Teufel passiert hier? Haben die Mönche diese Leuchtrakete abgeschossen, um einen Alarm abzugeben? Das kann ich mir nur schwer vorstellen.

Als mir auffällt, dass ich unfokussiert in den Himmel starre, höre ich damit auf und gehe zu meinem eingefrorenen Körper zurück. Der beste Weg zu verstehen, was passiert ist, ist, zu dem Leuchtkörper zu gehen und herauszufinden, wer ihn abgeschossen hat.

Dann fällt mir etwas auf.

Die Hand des Sheriffs.

Vielleicht bin ich durch die Ereignisse auf Kyles Beerdigung paranoid geworden, aber ich mag es nicht, wie der eingefrorene Sheriff seine Hand hält. Und um ehrlich zu sein, bemerke ich die gleiche beunruhigende Haltung, als ich zu dem nächsten Polizisten gehe. Es scheint fast so, als würden sie nach ihren Waffen greifen.

Ich gehe zum Sheriff und beginne die Lesung.

WIR VERSUCHEN ZUZUHÖREN, ABER HABEN Schwierigkeiten, uns zu konzentrieren. Die Frau in dem schwarzen Latex-und-Leder-Outfit, die die Verantwortung trägt, ist zu umwerfend, als dass ein echter Mann funktionieren könnte. Sie gibt uns unsere Anweisungen. Der Plan unterscheidet sich nicht allzu sehr von dem, was wir tun würden, wenn wir in den Wäldern nach einem verschwundenen Kind suchen würden – das ist auch der einzige Grund, weshalb wir dem folgen können, was sie sagt.

»Ihr werdet die Lichtung, die den Ort umgibt, nicht betreten, ganz zu schweigen von dem Gebäude in der Mitte«, erklärt die Frau. »Sobald ihr das Objekt findet, benachrichtigt eure Gruppe und danach den Rest von uns.«

Ich, Darren, trenne mich, weil genau in diesem Moment jemand in die Gedanken des Sheriffs eindringt.

Sobald du das Gebäude findest, töte Darren, den jungen Beamten, der euch begleitet.

Sobald du die Funkübertragung bekommst, in der es heißt »Wir haben es gefunden«, ist das gleichzeitig dein Signal, ihn umzubringen.

Er ist ein extrem gefährlicher Flüchtling, der versucht, seiner Haft zu entkommen. Warte, bis deine Gruppe sich versammelt hat und er dir den Rücken zudreht, dann erschießt du ihn. Stell keine Fragen, lies ihm nicht seine Rechte vor und tue auch sonst nichts, was ihm eine Möglichkeit geben würde, zu reagieren. Er ist extrem gefährlich, und wenn er weiß, was du vorhast, wirst du sterben. Er ist dein Feind. Du bist im Krieg ...

Die düsteren Anweisungen gehen weiter, aber ich habe genug gehört, um die generelle Richtung zu verstehen. Außerdem erkenne ich diese »Stimme«. Sie gehört zu der gleichen Person, die die Polizisten auf Kyles Beerdigung kontrolliert hat.

Die Person, die ich den Marionettenspieler genannt habe, ist diejenige, die die Strippen des Sheriffs zieht.

Aber das ergibt keinen Sinn. Wie könnte sie hier sein?

Die wahrscheinlichste Erklärung ist, dass eines der Mitglieder von Kates Team der Marionettenspieler ist. Allerdings hat Kate erwähnt, dass sie die Insel seit Monaten nicht verlassen haben. Das bedeutet, dass sie nicht auf Kyles Beerdigung gewesen sein können – außer, der Marionettenspieler hat Kate dazu geführt, das zu sagen, um ihrem Team ein Alibi zu verschaffen.

Eine andere Möglichkeit könnte sein, dass meine Annahme, der Marionettenspieler sei kein Mann, richtig war. Ich dachte nach dem maskierten Angreifer in der Bibliothek – der definitiv männlich war –, ich hätte mich geirrt, aber was ist, wenn Kate die Marionettenspielerin ist? Was ist, wenn sie irgendeinen Mann auf der Insel dahin geführt hat, mich anzugreifen, um mich von ihrer Spur abzubringen? Diese Möglichkeit unterscheidet sich nicht sehr von der Art und Weise, wie diese Polizisten dazu gebracht wurden, mich anzugreifen. Vielleicht musste der maskierte Mann die Maske aufsetzen? Sie könnte ihn lange vor jenem Zeitpunkt geführt haben, zu dem wir in Fredericks Gedankendimension gezogen wurden, um die Einschränkung zu umgehen, von dort aus nicht in die 2. Ebene gelangen zu können. Bei genauerem Nachdenken fällt mir auf, dass sie von einem Spaziergang zurückkam, als George und ich gerade gefrühstückt haben. War sie weggegangen, um ihren Plan in die Tat umzusetzen? Mit der gleichen Logik könnte auch Eleanor hinter allem stecken.

Auf jeden Fall scheint der Marionettenspieler nahe daran zu sein, sich zu zeigen. Der wichtigste Hinweis ist, dass er oder sie die uns umgebenden Polizisten in Schläfer verwandelt hat, die darauf ausgerichtet sind, mich zu töten.

Als ich überlege, warum der Marionettenspieler so lange damit gewartet hat, mich umzubringen, und über das Rätsel des Leuchtsignals nachdenke, wird mir die einzige mögliche Antwort klar.

Ich wurde am Leben gelassen, bis feststand, dass der Tempel gefunden wurde, weil ich die einzige Person bin, die jemals dort war.

Das bedeutet wiederum, dass der Tempel aus irgendeinem Grund das Ziel des Marionettenspielers ist.

Scheiße. Mir wird ganz kalt, aber ich beschließe, über die Konsequenzen dieser Feststellung später nachzudenken. Jetzt muss ich erst einmal sicherstellen, dass die Polizisten mich nicht erschießen, wenn ich die Stille verlasse.

Aus diesem Grund wähle ich eine kurze und direkte Anweisung, die ich in das Gehirn des Sheriffs brenne: »Du wirst Darren nicht erschießen.«

Damit verlasse ich seinen Kopf.

Ich hinterlasse die gleiche Du-wirst-Darren-nicht-erschießen-Anweisung in den Köpfen der restlichen

Mannschaftsmitglieder. Ich finde einige Männer etwas weiter entfernt und mache das Gleiche bei ihnen – besser kein Risiko eingehen.

Danach verlasse ich die Stille, um zu überprüfen, wie gut meine Befehle funktionieren.

Als die Geräusche der Welt zurückkehren, drehe ich mich um. Der Sheriff greift nicht mehr nach seiner Waffe. Ich seufze beim Ausatmen vor Erleichterung.

Und genau dann spüre ich einen furchtbaren Schmerz in meiner Brust.

So ausgeschlossen das auch sein mag, es gibt nur eine einzige Möglichkeit, dieses Gefühl zu deuten.

Ich bin angeschossen worden.

17

DIE ZEIT SCHEINT SICH ZU VERLANGSAMEN.

Ich kann nichts anderes denken als »Jetzt stecke ich in der Scheiße«, was sich wie eine Schleife in meinem Kopf wiederholt.

Ich verliere die Kontrolle über meine Muskeln, einschließlich derjenigen, die meinen Körper stehen lassen, und beginne, zu Boden zu fallen. Auch das Fallen geschieht in einer eigenartigen Zeitlupe.

Und dann stehe ich auf einmal einige Zentimeter von meinem Körper entfernt hinter dem Sheriff. Mein eingefrorenes Ich befindet sich mitten im Fall. Das Entsetzen darüber, angeschossen zu werden, muss dazu geführt haben, dass ich in die Stille hinübergeglitten bin, wahrscheinlich zum letzten Mal.

Ich renne zu meinem statuengleichen Ich, um das Ausmaß des Schadens zu begutachten.

Zu meiner Überraschung und Erleichterung sehe ich kein Blut aus einer Wunde auf meinen Körper spritzen.

Trotzdem sehe ich, dass sich an meiner Brust Drähte befinden. Diese führen zu einem jungen Polizisten der rechts neben mir steht. Er hält etwas in der Hand, was aussieht wie eine der Spielzeugpistolen von Nerf, und in diesem Apparat verschwinden die Fäden.

Ich verfolge die Drähte zurück zu meinem Körper, und endlich dämmert es mir.

Der Beamte hat mich mit einem Elektroschocker angegriffen – eine der nicht-tödlichen Waffen, die die Polizisten bei sich tragen.

Verwirrt begebe ich mich in den Kopf des Beamten, um herauszufinden, was passiert ist.

Ich brauche nicht lange, um das Problem zu erkennen. Offensichtlich wurde ich das Opfer meines ungenauen Führens. Wir beide, der Marionettenspieler und ich, haben zu dieser Situation beigetragen.

Der Marionettenspieler hat den Polizisten dahin geführt, seine dienstälteren Kollegen im Falle eines Handgemenges zu unterstützen. Der Strippenzieher muss es eilig gehabt haben, da er sich nicht damit aufgehalten hat, ihm die genaue Anweisung zu geben, mich umzubringen, weil ich mehr als gefährlich bin. Also hat der Beamte versucht, diese Situation auf eine vernünftigere Weise zu lösen, als der Strippenzieher es vorausgesehen hatte. Da er ein guter Mann ist, hat er sich dagegen entschieden, ein tödliches Mittel einzusetzen, und hat stattdessen darauf gesetzt, mich mit dem Elektroschocker außer Gefecht zu setzen, um mir danach Handschellen umzulegen.

Ich meinerseits war nicht spezifisch genug, als ich diesen Polizisten geführt habe, oder was das betrifft, auch alle anderen. Ich habe ihm nur verboten, mich niederzuschießen. Da ein Elektroschocker keine wirkliche Pistole ist, hat das »Du wirst Darren nicht erschießen« ihn nicht davon abgehalten, genau den zu benutzen.

Ich bin gründlicher, als ich meine neuen Anweisungen in die Gedanken des Beamten einpflanze, und das Gleiche bei seinen Kollegen tue.

Ich bin dein Herr und Meister. Du wirst mir auf keine körperliche oder emotionale Weise wehtun. Du wirst auf mich hören und meine Befehle ohne Fragen befolgen. Du wirst mich mit deinem Leben beschützen. Wenn Gefahr aufkommt, wirst du denken, du seist beim Geheimdienst und ich sei der Präsident.

Einiges an meinem Führen ist vielleicht übertrieben, aber ich werde meinen Fehler lieber nicht wiederholen.

Ich weise einige der kräftiger aussehenden Beamten an, mir aufzuhelfen. Den Polizisten mit dem Elektroschocker führe ich dahin, seinen Finger aus Angst um sein Leben von dem Apparat zu entfernen.

Als ich mit meiner Arbeit zufrieden bin, gehe ich behutsam zu meinem armen Körper zurück.

Ohne zu viel nachzudenken, verlasse ich die Stille, indem ich seine beziehungsweise meine gerunzelte Stirn berühre.

Ich liege auf dem Boden, bevor ich überhaupt zu

mir kommen kann, aber wenigstens hat das hohe Gras meinen Aufschlag gedämpft.

Neben meinem sich beschwerenden Steißbein ist der Schmerz dort am schlimmsten, wo der Elektroschocker meine Haut berührt hat. Der Rest dieser Erfahrung ist genauso verwirrend wie schmerzhaft. Die zwei Elektroden, oder wie auch immer sie genannt werden, befinden sich noch immer an meinem Körper, aber der Schock ist weg, und ich beginne, die Kontrolle über meine Muskeln wiederzuerlangen.

Starke Hände helfen mir auf und entfernen die Elektroden.

Sobald ich mich wieder so weit erholt habe, dass ich mich bewegen kann, sage ich zu den Polizisten: »Wir gehen in die Richtung, aus der die Leuchtrakete abgeschossen wurde. Sollte sich jemand per Funk melden und fragen, ob es ausgeführt ist, sagt ihr ›erledigt‹.«

»Ja, Sir«, erwidert der Sheriff. Die anderen wiederholen das »Ja, Sir« in einem solch perfekten Einklang, dass sie einen Ausbildungsunteroffizier stolz gemacht hätten.

Ich lasse sie meinen Befehl wiederholen, um sicherzugehen, dass sie ihn verstanden haben, und das haben sie.

Gefolgt von meiner mir jetzt ergebenen Mannschaft, renne ich durch den Wald. Rennen ist vielleicht ein wenig zu viel behauptet, aber ich bewege mich so schnell ich kann, ohne ein Auge an den tiefhängenden Zweigen zu verlieren oder mir ein Bein durch einen heimtückischen Stein zu brechen.

Mein schlechtes Gefühl intensiviert sich mit jedem Schritt, genauso wie meine Befürchtung, ich könnte ein Desaster ausgelöst haben.

Ein Schuss hallt durch den Wald.

Ich schaue hinter mich. Meine kleine Mannschaft sieht genauso überrascht aus, wie ich mich fühle.

Ein weiterer Schuss ertönt, und ich bin mir sicher, dass beide aus der Richtung der Leuchtrakete kamen.

Jetzt renne ich wirklich.

Noch ein Schuss.

Ich gebe Gas.

Dann höre ich eine Salve, die nur aus einer Maschinenpistole stammen kann.

Blut strömt aus den Schnitten, die ich mir zugezogen habe, als ich an Zweigen hängen geblieben bin, aber ich ignoriere den Schmerz und werde noch schneller. Mein Herz fühlt sich an, als würde es mir die Morsezeichen für SOS durch meinen Brustkorb senden.

Auf einmal ertönt eine Explosion, und die Welt verstummt.

In der Stille ist es leichter zu rennen, da es keinen Wind gibt. Außerdem bin ich mutiger, weil die Verletzungen, die mir die Zweige hier zufügen, nicht mehr da sein werden, sobald ich in die reale Welt zurückkehre.

In dieser Geschwindigkeit benötige ich nur wenige Minuten, um die Lichtung zu erreichen, die den

Tempel umgibt. Ich habe mir ein halbes Dutzend Kratzer und Splitter zugezogen, aber ich vergesse diese kleineren Verletzungen in dem Moment, in dem ich den Tempel erblicke.

Menschen – viele Menschen – tun etwas, was sie nicht tun sollten.

Ich muss näher herangehen, bevor ich glauben kann, was gerade passiert. In meinem fieberhaften Zustand bekomme ich nicht einmal mit, wie ich über die Lichtung rase.

Je weiter ich mich dem Tempel nähere, desto mehr bewahrheiten sich meine Befürchtungen.

Eine richtige Schlacht ist in vollem Gange, und Gewalt und Tod sind in den gelassensten Ort, den ich kenne, eingedrungen.

Zuerst erkenne ich die Umgebung gar nicht wieder. Prächtige Lauben und aufwendige riesige Sträucher kennzeichneten eigentlich den Eingang zur Tempelanlage. Die meisten von ihnen sind jetzt zerstört, und eine Laube wurde in tausend Stücke gesprengt – wahrscheinlich durch die Explosion, die ich eben gehört habe. Reststücke der Laube knacken unter meinen Füßen, als ich weitergehe, um mich umzuschauen.

Auf meiner linken Seite sind fünf Polizisten dabei eingefroren worden, wie sie gerade auf einen in Orange gekleideten Mönch schießen. Einige Mönche haben einen ruhigen, entschlossenen Gesichtsausdruck, aber die Mehrzahl von ihnen sieht uncharakteristisch ängstlich aus. Einer der Brüder sieht sogar völlig entsetzt aus, so wie das jeder in seiner Situation tun sollte. Eine Kugel ist eingefroren worden, als sie gerade in seine Stirn eindringt.

Rechts neben mir würgt ein Mönch einen Polizisten mit einem eigenartigen, Kung-Fu-inspirierten Griff. Ein weiterer Mönch hält den Arm eines anderen Beamten in einer so unnatürlichen Haltung, dass ich denke, dass er gebrochen sein muss.

Ich überprüfe die Waffen auf dem Boden. Wie ich mir gedacht habe, haben die Mönche den Moment ausgenutzt, in dem die Polizisten keine Kugeln mehr hatten.

Näher am Tempel kämpft ein junger Mönch gegen einen älteren. Da ich noch nicht bereit bin, über den Grund dafür nachzudenken, behalte ich dieses Rätsel im Hinterkopf. Die Gewalt der Mönche untereinander und die Schüsse sind allerdings nicht der Grund dafür, weshalb sich meine Umgebung anfühlt wie ein Höllenszenario.

Diese Ehre gebührt Kate.

Sie steht mit ihrer blutbedeckten Kleidung in einer Blutlache, die den Boden um sie herum durchtränkt hat. Ihr Schwert befindet sich in der Brust eines Mönchs. Köpfe und Gliedmaßen anderer Mönche umgeben Kate in einem blutigen Durcheinander, so wie in einer Szene aus einem Slasher-Film.

Ich schaue weg. Auch wenn ich mich noch nie in der Stille übergeben habe, fühle ich mich in diesem Moment durch den Anblick der verstümmelten Körper der Mönche so, als ob ich genau das gleich tun werde.

Als Kind hatte ich ein verherrlichtes Bild vom Schwertkampf, nachdem ich *Die drei Musketiere* und *Star Wars* gesehen hatte. Ich dachte, das sei etwas Cooles. Jetzt, und für den Rest meines Lebens, werde ich denken, dass es eine der barbarischsten und grausamsten Tode ist, durch ein Schwert zu sterben.

Leider verschwinden diese grauenhaften Dinge nicht dadurch, dass ich wegschaue – nicht, wenn mein Blick jetzt auf George fällt, der dabei eingefroren wurde, wie er gerade eine Schrotflinte nachlädt. Vor ihm befinden sich haufenweise erschossene Mönche. Ihre Wunden haben die orangefarbenen Kutten blutrot gefärbt.

Ich renne weiter, wenn auch aus keinem anderen Grund, als diesem Blutvergießen zu entkommen.

Aber das Blutvergießen verfolgt mich. Ein Stück weiter, in der Nähe des deplatziert friedlichen Steingartens, stoße ich auf Eleanor, die einen blutigen Mönch über ihrem Kopf hält – und ich will damit sagen: Mit fast ganz ausgestreckten Armen über ihrem Kopf hält. Sie sieht aus wie ein Wrestler, der gerade dabei ist, jemandem den Rücken zu brechen.

Ich kann das nicht mehr ertragen, aber außer meine Augen zu schließen habe ich keine Fluchtmöglichkeit.

Sobald sie geschlossen sind, und ich endlich eine Sekunde lang zum Nachdenken komme, werde ich von einer furchtbaren Angstwelle überrollt. Irgendwo in diesem Tempel befinden sich Thomas und Mira. Nachdem ich so viel Tod gesehen habe, ist es fast zu leicht für mich, mir das Schlimmste vorzustellen.

Ich öffne meine Augen, und mein Herz schlägt frenetisch.

Ich muss zum Tempel gehen.

Als ich zum Gebäude renne, sehe ich noch mehr Polizisten und Mönche, die sich neben den Bonsais in tödlichen Umarmungen befinden.

Ich gehe an ihnen vorbei und sehe den eingefrorenen James, der neben den heiter blühenden Kirschbäumen mit einem Maschinengewehr Tod auf die Mönche regnen lässt. Er sieht aus wie ein Grizzlybär, der während der Paarungssaison der Lachse im Fluss steht.

Je weiter ich mich den riesigen Türen des Tempels nähere, desto spärlicher werden die Kampfszenen. Auf dem Boden sehe ich einen Haufen durchlöcherter Polizisten sowie einige Beamte mit Stichwunden, und schnell erkenne ich den Grund dafür.

Zwei große Männer sind mitten in einem epischen Kampf eingefroren. Oder genauer gesagt ist an diesem Punkt des Kampfes einer der beiden gerade dabei, den anderen umzubringen.

Ich benötige nur einen Augenblick, um John als das Opfer zu erkennen, den »kranken Löwen« aus Kates Zirkustruppe. Seine Gesichtszüge sind vor Wut und Angst verzogen, und ich kenne seinen mörderischen Gegner nur allzu gut. Er steckt wahrscheinlich auch hinter den erschossenen und erstochenen Polizisten. Die Tatsache, dass er gegen John kämpft und nicht unter dem Einfluss des Marionettenspielers steht, überrascht mich zwar, aber es ist nichts, über was ich gerade nachdenken kann.

Als ich auf sein ernstes Gesicht schaue, überkommt mich eine Art kameradschaftliches Gefühl. Ich habe den Eindruck, dass ich mich zum ersten Mal freue, Caleb zu sehen, und ich feuere ihn innerlich an.

Natürlich benötigt Caleb meine moralische Unterstützung nicht. Seine Hände befinden sich um Johns Hals, und seine eingefrorenen Knöchel sind durch die Anstrengung weiß wie Marmor. Calebs Griff muss zerstörerisch stark sein. Das Ergebnis des Ganzen ist etwas, was ich niemals für möglich gehalten hätte. Calebs Fingerspitzen sind in den Hals seines Gegners eingedrungen. Ich bin kein Arzt, aber ich denke, Caleb ist im Begriff, Johns Adamsapfel herauszureißen.

John hat außerdem eine Stichwunde in seinem Bauch, und Calebs Schwert liegt blutbefleckt einige Zentimeter von den beiden entfernt auf dem Boden.

Der Einzige von Kates Mannschaft, der fehlt, ist Richard – der Skorpion.

Fehlt er, weil er der Marionettenspieler dieses Wahnsinns ist?

Ich drücke die Türen des Tempels auf und gehe hinein.

Die Halle ist fast leer, aber in einer Ecke auf der gegenüberliegenden Seite sehe ich einen einzelnen Mönch, der kaum Anfang zwanzig ist. Er sieht aus, als würde er gerade auf die großen Türen des Hinterausgangs zueilen.

Ich beschließe, ihn zu lesen, um eventuell nützliche Informationen zu bekommen, strecke mich aus und berühre seinen geschorenen Kopf. Aber nichts passiert. Die Empfindungen, die wegen der Ereignisse draußen in mir wüten, erschweren es mir extrem, die Kohärenz zu erreichen. Ich konzentriere mich auf meine Atmung und schiebe das Grauen, das ich erlebt habe, aus meinem Bewusstsein. Ein, aus … ein, aus … Auch wenn ich nicht wirklich ruhig bin, erreiche ich eine Art roboterhafte Entspannung, aber erst nach einer gefühlten Stunde. Sie ist ausreichend, um in den Kopf des jungen Mönchs einzudringen.

WIR SEHEN, WIE UNSERE BRÜDER ZWEI FREMDE INS Gästehaus tragen, und wir folgen ihnen neugierig. Ein Anblick wie der der jungen, hübschen, langhaarigen Frau ist eine Seltenheit im Tempel. Natürlich haben wir Schwestern, aber die zählen nicht. Diese hier ist sogar noch hübscher als die jüngere der beiden Frauen, die bereits im Gästehaus wohnen.

Ich, Darren, trenne mich von den Gedanken des jungen Mönchs. Wenn ich nicht völlig verzweifelt wäre, würde ich es interessant finden, wie der Mönch versucht, gegen seine hormongesteuerten Gedanken anzukämpfen. Stattdessen konzentriere ich mich auf die Fakten. Zu meiner großen Erleichterung waren die zwei Menschen, die er gesehen hat, Mira und Thomas. Sie waren am Leben, und die Mönche haben sie dorthin geschafft, wo auch Julia und ihre Mutter untergebracht sind – und ich weiß ganz genau, wo das ist. Bevor ich den Kopf des Mönchs verlasse, überfliege ich seine Erinnerungen noch ein wenig weiter, um eventuell etwas Nützliches zu finden, und bin augenblicklich froh, diese Mehrarbeit auf mich genommen zu haben.

»Nimm mich mit«, sagen wir zu dem Meister. »Lass mich die Erleuchteten beschützen.«

»Ich möchte, dass du dich im Wald versteckst«, erwidert der Meister. »Ich möchte, dass das alle tun, die so jung sind wie du.«

»Aber wohin bringt ihr sie?«, fragen wir schweren Herzens. »Was wird aus uns werden?«

»Wir werden sie hinausschaffen. Auf der Rückseite des Tempels ist ein Pfad, den wir benutzen können«, antwortet der Meister. »Dann werden wir uns genau wie du im Wald verstecken.«

»Aber die anderen werden kämpfen …«

»Sie sind alt und weise genug, um ihre eigene Entscheidung zu treffen, die ich akzeptieren muss«, sagt der Meister

»Aber ich muss …«

»Bitte tu das, was ich dir sage«, entgegnet der Meister müde. »Lass diesen alten Mann nicht betteln.«

»In Ordnung, Meister«, antworten wir und lügen zum ersten Mal in diesem Monat. »Ich werde in den Wald rennen.«

Wir sehen dem Meister und einigen älteren Mönchen dabei zu, wie sie weggehen.

Wir sehen unseren Brüdern dabei zu, wie sie den Tempel verlassen, um vor dessen Eingang zu kämpfen.

Wir haben nicht vor, in den Wald zu laufen.

Wir werden unseren Brüdern helfen.

Wir werden uns ihnen im Kampf anschließen.

Als die Schüsse beginnen, haben wir allerdings Schwierigkeiten, den Mut aufzubringen, nach draußen zu gehen.

Wir gehen einen Schritt auf den Eingang zu, dann gehen wir zwei Schritte zurück.

Ich, Darren, kann die Angst und die Zweifel im Kopf des Mönchs nicht mehr ertragen und verlasse ihn.

ICH BETRACHTE DEN JUNGEN BRUDER UND ERKENNE Entschlossenheit und Bestimmtheit in seinem Gesicht. In diesem Moment sieht es so aus, als habe er den Kampf gegen seine Angst gewonnen. Er wird sich dem Massaker anschließen.

Ich dringe erneut in seinen Kopf ein und führe ihn dahin, dem Rat des Meisters zu folgen und in den Wald zu rennen, um sich dort zu verstecken.

Als ich diese Aufgabe erledigt habe, wird mir etwas klar – die Antwort auf ein Rätsel, das mir vorher aufgefallen war. Ich konnte nicht verstehen, warum die jüngeren Mönche draußen gegen die älteren kämpfen. Jetzt allerdings kommt mir der Gedanke, dass die jungen Mönche, genau wie derjenige, den ich gerade gelesen habe, noch nicht die Fähigkeit beherrschen, sich dem Lesen und Führen zu widersetzen. Also könnte der Marionettenspieler, oder so gesehen jedes Mitglied aus Kates Team, die Mönche gegen ihre eigenen Brüder richten – und offensichtlich ist genau das geschehen.

Ich finde den Gedanken, die Mönche dahin zu führen, gegen ihre eigenen Brüder zu kämpfen, extrem grauenhaft. Andererseits kann ich das wenigstens rückgängig machen, aber ich muss damit warten, bis ich mich um etwas anderes gekümmert habe – na ja, eigentlich, bis ich mich um zwei andere Dinge gekümmert habe.

Auf was konzentriere ich mich zuerst? Ich bin hin- und hergerissen, ob ich zuerst zum Gästehaus gehe, um nachzuschauen, ob es Mira und Thomas gut geht, oder ob ich zur Rückseite des Tempels gehe, um meine Großeltern zu finden.

Ich entscheide mich für das Gästehaus.

Ich gehe über den äußeren Trainingsplatz, der jetzt leer ist, und betrete das Gebäude in der Größe eines Herrenhauses. Niemand befindet sich hier, zumindest nicht im Erdgeschoss. Sobald ich den ersten Stock betrete, sehe ich allerdings ganz klare Zeichen dafür, dass hier etwas vorgefallen ist.

Die Tür des Raumes neben mir wurde herausgerissen und liegt mit verbogenen Angeln auf dem Boden. Bevor sie gewalttätig geöffnet wurde, war sie mit einem Riegel und einem großen Schloss gesichert gewesen. So wie sie aussieht, war das Vorhängeschloss draußen angebracht gewesen.

Ich gehe den Flur hinunter und sehe den Rücken einer Gestalt, die in einer Kampfhaltung mit erhobenen Fäusten neben einer weiteren Tür mit Vorhängeschloss steht. Selbst von meinem Blickwinkel aus meine ich zu wissen, um wen es sich handelt, aber ich nähere mich, um sicherzugehen.

Meine Vermutung war richtig.

Es ist Thomas.

Als ich einen besseren Blick auf ihn habe, wird mir innerlich eiskalt.

Thomas' Hände sind blutverschmiert.

18

Ich starre wie in einem betäubenden Nebel auf seine blutigen Hände, bis mir auffällt, dass das Blut von seinen verletzten Knöcheln stammt.

Hat er um sein Leben gekämpft?

Nein. Als ich die Tür, neben der er steht, betrachte, erkenne ich auf ihr blutige Abdrücke – Abdrücke, die genau zu Thomas' Knöcheln passen.

Er hat sich seine Hände bei dem Versuch verletzt, den verschlossenen Raum zu betreten.

Ich überprüfe die Tür, die aus den Angeln gerissen wurde. Thomas' Blut ist über die ganze Rückseite verschmiert, und ich sehe außerdem Stiefelabdrücke. Wahrscheinlich war Thomas in diesen Raum eingeschlossen worden, hat sich befreit und versucht jetzt, in den anderen Raum zu gelangen.

Ich kann mir denken, was hier gerade geschieht, aber ich möchte mir sicher sein.

Als ich mich zum Schlachtfeld zurückbegebe, renne ich, als würde ich von einem tollwütigen Tiger verfolgt werden.

Ich benutze einen Stock, um George die Waffe aus den Armen zu schlagen; ich möchte ihn nicht aus Versehen zu mir in die Stille holen. Danach gehe ich wieder in den ersten Stock des Gästehauses und benutze den Kolben des Gewehrs, um Thomas' eingefrorenen Körper aus dem Weg zu schieben. Auch ihn möchte ich nicht zu mir holen.

Ich feuere immer wieder mit der Waffe auf die Tür. Meine Ohren schreien nach Gnade, aber ich ignoriere sie. Als ich zum fünften Mal abdrücke, höre ich nur ein Klicken, was bedeutet, dass das Gewehr leer ist. Die Tür ist bereits zersplittert, also trete ich gegen das, was von ihr noch übrig ist.

Wie ich vermutet hatte, befindet sich Mira in dem Raum. Sie liegt bewusstlos auf dem Bett.

Wenn ich Thomas' verrücktes Vorgehen beim Öffnen der Tür bedenke, muss ich davon ausgehen, dass er versucht einzubrechen, um ihr etwas anzutun. Die Grimmigkeit auf seinem Gesicht und die tiefen Schnitte in seinen Knöcheln lassen keine Alternative zu.

Es gibt nur eine mögliche Erklärung.

Der Marionettenspieler kontrolliert Thomas genauso, wie er es auf der Beerdigung getan hat.

Thomas ist entschlossen, zu Mira zu gelangen, und ihre Tür wird nicht mehr lange widerstehen.

Scheiße.

Ich betrachte Mira.

Ihr Gesicht ist fast engelsgleich. Mir wird schlagartig klar, wie sehr ich sie vermisst habe. Ich kann den Gedanken nicht ertragen, dass ihr möglicherweise etwas zustoßen könnte.

Nein. Ich weigere mich, diese Möglichkeit in Betracht zu ziehen. Ich berühre ihre Stirn, da ich entschlossen bin, sie in die Stille zu ziehen und sie zu warnen.

Nichts passiert.

Ich berühre sie erneut.

Immer noch nichts.

Ich schüttele sie, so als könne ich sie von der Stille aus damit aufwecken, und versuche sogar, sie wachzuküssen, so als sei sie Dornröschen und ich der Prinz.

Nichts.

Sie muss nicht nur Medikamente bekommen haben, sondern auch noch inert sein. Wie ich Mira kenne, vermute ich, dass sie sich gewehrt hat, sobald sie im Van nach der Fahrt aufgewacht ist.

Scheiße. Ich werde mich wohl weiterhin allein in diesem Kriegsgebiet durchschlagen müssen.

Ich ziehe in Betracht, Thomas zu mir zu holen, aber das würde die Situation nicht verbessern. Im günstigsten Fall könnte ich ihn inert machen, aber in der echten Welt wäre er immer noch problemlos in der Lage, die Tür einzuschlagen und Mira etwas anzutun.

Außerdem wäre es sowieso zu gefährlich, ihn in die

Stille zu ziehen, um ihn inert zu machen. Wenn ich es nicht schaffen sollte, ihn zu töten, und er stattdessen mich umbrächte, wäre ich inert und hätte keine Möglichkeit mehr, dieses Chaos zu entwirren – nicht, dass ich jetzt gerade einen Weg sehen würde, das zu tun.

Obwohl, eigentlich gibt es einen Weg.

Wenn ich die 2. Ebene erreichen könnte, könnte ich das rückgängig machen, was der Marionettenspieler mit Thomas getan hat. Und natürlich auch gleich das, was er, wie ich vermute, mit George, Kate und ihrer Mannschaft gemacht hat.

Aber da ich nicht in die 2. Ebene gelangen kann, ist es sinnlos, darüber nachzudenken. Jetzt muss ich mir erst einmal einen besseren Überblick über diese verfahrene Situation verschaffen.

Dieses Ziel erhöht das Durchhaltevermögen meiner schmerzenden Beine, und ich renne aus dem Gästehaus. Ich muss einen Weg finden, um auf die Rückseite des Tempels zu gelangen.

Während meines Laufs dorthin lese ich die jungen Mönche und bin froh, dass ich das tue. Der Ausgang ist wirklich ein versteckter Korridor. Ich muss in den Keller des Tempels gehen und einigen gewundenen Gängen folgen, was ich auch tue.

Als ich aus dem geheimen Gang herauskomme, finde ich mich im Wald wieder, umgeben von Polizisten und Richard. Sie alle haben ihre Waffen auf eine Gestalt in einer weißen Kutte gerichtet.

Edward.

Er ist einer der Erleuchteten und so etwas wie mein Stiefgroßvater, da er mit Rose, der Mutter meines Vaters, verheiratet ist. Sie hatte meinen Vater wegen der genetischen Reinheit mit Paul gezeugt, mit dem sie allerdings nicht verheiratet war. Natürlich ist nichts dieses Jerry-Springer-Zeugs gerade wichtig.

Die von Kugeln durchlöcherten Körper der Mönche liegen überall verstreut und bestätigen das, was sowieso schon offensichtlich war: Edward wird gleich erschossen werden.

Aber dann bemerke ich etwas Eigenartiges an Edward. Er sieht mit Sicherheit verängstigt aus, aber scheint gleichzeitig zu etwas entschlossen zu sein. Wenn ich es nicht besser wüsste, würde ich sagen, dass ich in seinen eingefrorenen Augen Triumph erkennen kann.

Ich berühre seine Stirn, um ihn zu mir zu holen und herauszufinden, was er gerade macht.

Allerdings kann ich ihn nicht in die Stille ziehen, wahrscheinlich, weil Richard ihn inert gemacht hat.

Edwards rechte Hand ist in den Falten seiner weißen Robe versteckt. Irgendetwas an der Art, wie er dort steht, macht, dass mir seine Hand verdächtig vorkommt, weshalb ich sie mir anschaue – und mir dreht sich der Magen um.

Er will gerade damit beginnen, den Sicherheitssplint einer Handgranate herauszuziehen, die an seinem Körper befestigt ist.

Er will sich selbst in die Luft sprengen und seine Angreifer mit sich nehmen.

Nein, das ist verrückt. Es muss einen besseren Weg geben, mit dieser Situation fertigzuwerden.

Ich begebe mich in den Kopf des ersten Polizisten und sehe, wie Richard die Mönche, die jetzt tot auf dem Boden liegen, mit einem übelkeitserregenden Exekutionsstil angreift.

Danach beginne ich zu führen.

Ich weise den Polizisten, der am nächsten an Richard steht, an: *Du wirst nicht auf diesen alten Mann schießen. Du wirst deine scharfe Waffe gegen eine Elektroschockpistole tauschen und sie auf Richard richten – und dann wirst du abdrücken. Richard, der große Kerl links neben dir, ist der vom FBI meistgesuchte Kriminelle, und du bist hier, um ihn festzunehmen. Sobald der Elektroschocker ihn bewegungsunfähig gemacht hat, legst du ihm Handschellen an. Danach wirst du niemandem erlauben, den Menschen in den weißen Kutten zu folgen.*

Jedem der Polizisten, die näher an Edward stehen, befehle ich: *Benutz deine Elektroschockpistole, um den alten Mann ruhigzustellen, und sichere danach vorsichtig seine versteckte Handgranate. Du wirst ihm erzählen, dass alles in Ordnung ist und dass er zu seiner Gruppe gehen kann. Du wirst sicherstellen, dass diese Menschen nicht verfolgt werden.*

Ich hoffe, meine Anstrengungen werden sich auszahlen. Es wird eine Frage der Zeit sein, ob die Elektroschocks bei Edward ankommen, bevor er die Sicherung der Granate lösen kann. Da ich mir nicht sicher bin, wie ich dem Ehemann meiner Großmutter sonst noch helfen kann, renne ich einfach tiefer in den Wald.

Nach einigen Minuten sehe ich eine Gruppe von Gestalten in weißen Roben. Neben den Erleuchteten befinden sich auch einige normale Menschen dort. Ganz besonders fallen mir unter diesen Julia und ihre Mutter auf. Einen Moment lang überkommt mich Wut. Sie haben Julia mitgenommen, aber Mira im Stich gelassen und sie somit einer Gefahr ausgesetzt.

Ich gehe zu den Polizisten zurück und nehme mir eine Pistole – vorsichtshalber.

Als ich zurückkomme, mache ich mein Arschloch von einem Großvater ausfindig, Paul. Mit meiner schussbereiten Pistole berühre ich ihn, um ihn zu mir zu holen.

Und wieder einmal passiert nichts.

Er muss bereits inert sein, was bedeutet, dass ihn jemand in der Stille umgebracht hat, bevor ich hier ankam. Da sich Richard in nächster Nähe befindet, ist er der wahrscheinlichste Kandidat – was bedeutet, dass er weiß, wo sich Paul in der echten Welt befindet – und somit auch der Rest der Erleuchteten.

Ich berühre einige der anderen Erleuchteten mit dem gleichen Ergebnis, was meine Theorie bestätigt, dass Richard weiß, wo sie sich verstecken.

Als ich zu meiner Großmutter Rose gehe und sie berühre, habe ich endlich Glück.

Eine zweite Rose taucht bei mir in der Stille auf.

Ihr normalerweise lächelndes Gesicht ist voller Sorge. Als sie mich sieht, verändert sich ihr Ausdruck zunächst in Erstaunen, und kurz darauf in einen solch ungebremsten Hass, dass ich sie fast nicht mehr wiedererkenne.

»Du Bastard.« Sie schlägt mir, so fest sie kann, ins Gesicht. »Du hast deinem eigenen Fleisch und Blut den Tod gebracht.«

19

Ich reibe meine Wange und sage: »Das – was auch immer es ist – ist nichts, was ich veranlasst habe. Ganz im Gegenteil. Ich bin hier, weil ich versuche, euch zu helfen.«

»Um uns zu helfen, ja genau«, schnauft sie. »Um uns dabei zu helfen, früher in unsere Gräber zu steigen.«

»Warum würde ich dir erzählen, dass ich helfen möchte, wenn es nicht der Wahrheit entspricht?«

»Mir fallen eine Million verräterische Gründe ein«, erwidert sie bitter. »Warum sollte ich irgendetwas von dem glauben, was du mir sagst?«

»Weil ich dich nicht anlügen muss.« Meine Stimme wird schärfer. Ich verliere gerade in rasendem Tempo das bisschen guten Willen, das ich hatte, als ich sie zu mir geholt habe. Mein Kinn spannt sich an, ich zeige ihr meine Waffe und versuche dabei, diese Geste so unbedrohlich wie möglich aussehen zu lassen. »Wenn ich dir etwas antun wollte, hätte ich schon lange auf dich geschossen.«

»Ich denke, du willst es einfach nur genießen.« Ihr Ton ist genauso scharf wie meiner. »Du willst dich in meinem Leiden suhlen, bevor du mich tötest.«

»Warum zum Henker sollte ich das tun?« Ich starre sie wütend an. »Woher kommt dieser ganze Scheiß? Wenn überhaupt jemand verärgert sein sollte, dann ich, nicht du.«

»Schön, also was willst du?« Ihre Maske des Hasses verrutscht, und eine verängstigte alte Frau kommt zum Vorschein.

»Ich möchte, dass du mir dabei hilfst, dir, deinem Ehemann und den Erleuchteten zu helfen.«

Sobald ich ihren Ehemann erwähne, verzieht sich Roses Gesicht schmerzerfüllt.

»Er wird sterben«, sagt sie heiser, und in ihren Augen schimmern Tränen. »Er hat darauf bestanden, ein Held zu sein, und es gab nichts, was ich tun konnte, um ihn davon abzubringen.«

»Das ist genau das, was ich gerade versuche, dir zu sagen«, erwidere ich verzweifelt. »Ich habe die Polizisten dahin geführt, nicht auf Edward zu schießen, sondern eine Elektroschockwaffe zu benutzen, um ihn davon abzuhalten, sich selbst in die Luft zu sprengen. Sie werden außerdem weder dich noch Edward angreifen. Sie werden stattdessen ihre Führer außer Gefecht setzen.«

Sie starrt mich an. »Ist das ein grausamer Scherz,

der mir Hoffnung machen soll, bevor du sie mir komplett nimmst?«

Ich seufze. »Wenn du mir nicht glaubst, gehe doch einfach zu ihnen und lies sie.«

Sie nickt kurz und folgt meinem Vorschlag. Auf ihrem Weg zu den Polizisten sieht sie viel kleiner und zerbrechlicher aus, als ich sie in Erinnerung habe. Sie scheint durch die heutigen Qualen um mindestens zehn Jahre gealtert zu sein.

Sie geht zu dem ersten Polizisten und ergreift das Fleisch in seinem Gesicht mit einem wütenden, krallenartigen Griff. Ich erwarte schon fast, dass sie dem gefrorenen Mann ein Auge aussticht oder ihm in die Eier tritt, aber sie bringt genug Haltung auf, um ihn einfach nur zu lesen. Danach macht sie das Gleiche bei einem anderen Beamten.

Sie sieht ein wenig ruhiger aus, als sie zu Edward geht und ihn berührt. Auch bei ihrer Berührung passiert nichts, aber trotzdem umarmt sie ihn weiterhin und streichelt seinen Körper vom Kopf bis zu den Zehen, als erwarte sie, einen magischen Punkt zu finden, der ihn zu uns holt.

Ich lasse sie das einige Minuten lang tun, bevor ich zu ihr gehe und sanft zu ihr sage: »Ich denke, er ist inert.«

Sie nickt, und ihr Gesicht fällt zusammen, die Ruhe, die sie gerade gewonnen hatte, verschwindet.

»Die Polizisten könnten es nicht schaffen«, sagt sie, und ihre Stimme ist ganz belegt durch die vielen

Tränen. »Er könnte sich immer noch in die Luft sprengen, und jetzt wäre das völlig sinnlos.«

»Ich kann es arrangieren, dass die Polizisten mit ihm reden, falls du meinst, es würde helfen«, biete ich ihr an.

Sie schüttelt den Kopf. »Das denke ich nicht. Er ist nicht in dem richtigen Gemütszustand.«

»Vielleicht könntest du versuchen, ihn anzuschreien?«

»Ich bin zu weit weg, als dass er mich hören könnte«, erwidert sie und vergräbt ihr Gesicht in den Händen.

»Okay, aber wenn er sieht, dass die Polizisten ihre Elektroschockpistolen hervorziehen ...« Ich halte mich an Strohhalmen fest.

Sie nimmt ihre Hände herunter, und ihr Mund zittert, als würde sie gleich anfangen zu weinen. Ich fühle mich schrecklich.

»Es tut mir leid, dass ich dich in die Stille gezogen habe, Rose«, sage ich. »Ich habe einfach jemanden gesucht, der nicht inert ist. Ich habe nicht daran gedacht, wie schmerzhaft das sein würde, besonders für dich.«

»Also steckst du wirklich nicht dahinter?« Sie scheint immer noch Schwierigkeiten zu haben, das zu begreifen. »Ich war mir so sicher. Wir alle waren das.«

»Nein«, erwidere ich. »Ich meine, ich habe diese Menschen mit mir hierhergebracht, aber sie sollten Thomas und Mira retten, nicht euch angreifen. Es sollte eine heimliche Rettungsaktion sein, von der ihr alle nichts mitbekommt. Den Tempel in ein Kriegsgebiet zu verwandeln war niemals der Plan.«

»Aber sie sind Strippenzieher, oder nicht?«, fragt sie. »Das haben wir in den Köpfen der Polizisten gelesen, nachdem sie uns angegriffen haben.«

»Sie sind Führer, aber das bedeutet nicht automatisch, dass man ihnen nicht trauen kann. Ich hätte nicht gedacht, dass du solche Vorurteile hast.«

»Die hatte ich auch nicht, bis Strippenzieher versucht haben, alle Menschen zu töten, die mir etwas bedeuten.« Ihr Mund wird hart. »Warum denkst du, dass du ihnen trauen kannst?«

»Sie arbeiten für die Ältesten«, erwidere ich. »Eurer Entsprechung unter den Führern.«

Ihre Augenbrauen ziehen sich zusammen. »Du wusstest das und dachtest, dass das Ergebnis anders aussehen würde?«

»Als ich mit ihnen gesprochen habe, wollten die Ältesten nichts weiter als Frieden mit den Lesern«, erkläre ich ihr. »Ich war mir sicher.«

»Das ist mir neu«, sagt sie.

Ich atme verzweifelt aus. »Das können wir klären, sobald wir das hier überlebt haben.«

»Das ist kaum ein Weg, um Frieden zu schließen.« Sie blickt auf die gefallenen Mönche. »Das ist der Weg zu einem erneuten Krieg.«

»Richtig«, erwidere ich. »Das könnte auch der Grund dafür sein, dass genau das hier passiert. Jemand, der gegen eine Allianz der Führer und Leser ist, hat das verursacht. Ich denke, dass jemand die Menschen kontrolliert, die ich mitgebracht habe, die gleiche Person, die Mira und Thomas kontrolliert hat, als eure Leute kamen, um mich mitzunehmen. Jemand …«

Sie sieht so entsetzt aus, dass ich mich frage, ob gerade Würmer oder Skorpione über mein Gesicht kriechen.

»Jemand kann Mira kontrollieren, einen Leser?« Ihre Augen sehen mehr als schockiert aus. »Also stimmen die Gerüchte. Sie können es mit jedem machen.«

Mir wird klar, dass wir uns gerade auf sehr dünnem Eis befinden.

»Nur einige Führer können Leser oder Führer beeinflussen«, erwidere ich vorsichtig. »Jeder denkt, dass es nur die Ältesten können, aber da bin ich mir nicht so sicher. Und das Verrückteste daran ist, dass ich es, zumindest theoretisch, auch kann, aber das ist eine lange Geschichte.«

Sie schluckt. »Erzähl mir alles. Bitte lass nichts aus.«

Ich erkläre ihr unzusammenhängend alles das, was ich für die Situation als wichtig erachte: warum ich Großvater entführt habe und aus dem Tempel geflüchtet bin, um meine Mutter zu retten, und wie mein Treffen mit Kyle dazu geführt hat, dass meine Fähigkeit, die 2. Ebene zu erreichen, zum Vorschein gekommen ist. Ich berichte ihr von der 2. Ebene, weil ich möchte, dass die Erleuchteten wissen, dass ihr kleines Zuchtprojekt schon in dieser Generation erfolgreich war. Ich hoffe, dass sie mich in Ruhe lassen werden, sollten wir lebend hier herauskommen.

Ich erzähle ihr davon, wie ich erfahren habe, dass jemand anderes eine ähnliche Macht besitzt wie ich, und dass er oder sie Kyle genauso wie Mira, Thomas und – mehr als wahrscheinlich – jeden hier im Tempel geführt hat. Ich berichte ihr auch von meinem Ausflug auf die Insel der Ältesten. Das gibt mir die Möglichkeit, das zu tun, was die Ältesten wirklich von mir wollten – eine Friedensverhandlung zu beginnen. Also erzähle ich ihr, was sie von mir verlangt haben.

Als ich fertig geredet habe, wischt sie ihr Gesicht mit einem Ärmel ihrer Robe ab und sagt: »Ich denke Folgendes: Wenn all das Gerede über Frieden wahr ist, und nehmen wir mal an, dass es das ist, dann muss mindestens einer der Ältesten gegen die anderen arbeiten.«

»Aber keiner der Ältesten ist hier«, erwidere ich. »Sie verlassen niemals die Insel.«

»Richtig«, sagt sie. »Also denkst du, dass einer derjenigen, die du hierhergebracht hast, diese bestimmte Macht besitzt.«

»Nirwana«, meine ich. »Oder 2. Ebene.«

»Genau das.« Sie sieht aus, als würde sie gleich wieder anfangen zu weinen. »Unsere Pläne waren von Anfang an zum Scheitern verurteilt. Wir waren Generationen zu spät.«

»Zu spät?«

»Einer der Gründe, weshalb wir Tiefe gezüchtet haben, war, uns vor einem solchen Szenario zu schützen. Wir haben angenommen, dass bei ausreichender Tiefe ein Leser in die zweite Stufe der Gedankendimension gezogen werden würde und man ihn nicht führen könnte. Damals, als sich unsere Gruppen noch im Krieg gegeneinander befanden, haben einige Gefangene Informationen über eine solche Macht preisgegeben. Wir haben ihnen geglaubt, weil es der einzige Grund dafür war, etwas so Paradoxes wie die Orthodoxen zu erklären.«

Ich runzele die Stirn. »Warum paradox?«

»Denk doch mal darüber nach«, erwidert sie. »Warum würden Puristen, Menschen, die die Strippenzieher mehr als alles andere auf der Welt hassen, mit ihren Entsprechungen, den Traditionalisten, zusammenarbeiten?«

»Ich habe Theorien gehört. Sie könnten zum Beispiel planen, sich gegenseitig umzubringen, sobald …«

»Wir haben lange und intensiv darüber nachgedacht, aber keine andere Theorie kann so einer Überprüfung standhalten«, meint sie. »Nimm zum Beispiel Jacob. Dieser Mann hat in seiner Jugend Strippenzieher umgebracht, aber eines Tages beschließt er, mit ihnen zusammenzuarbeiten? Der Jacob, den ich kannte, hätte das niemals getan, außer man würde ihn führen.«

Sie könnte recht haben.

»Ihr wart nicht zu spät«, sage ich und beschließe, ihre einstige Besorgnis anzusprechen. »Auf einer gewissen Art und Weise habt ihr wegen des

Hintergrundes meiner Mutter Erfolg gehabt. Zum Teufel, da ich zur Hälfte ein Führer bin, kann ich vom Nirwana aus mehr tun als nur zu lesen.«

»Das stimmt.« Sie blinzelt schnell, so als wolle sie ihre Tränen zurückhalten. »Paul und ich, wir haben dich unterschätzt.«

Ach wirklich, möchte ich am liebsten antworten, aber ich widerstehe diesem Drang.

»Ich werde versuchen, einen großen Teil des Schadens wiedergutzumachen«, sage ich stattdessen. »Du und die anderen, ihr müsst fliehen.«

»Kannst du bitte die Mönche retten?«, fragt sie. »Sie haben es nicht verdient, zu sterben.«

Ich nicke. »Darum wollte ich mich als Nächstes kümmern. Was ich mit den Polizisten getan habe, werde ich auch mit denjenigen machen, die den Tempel auf der Vorderseite angreifen.«

Roses Mund zittert, als sie versucht zu lächeln. »Danke. Kann ich dir irgendwie helfen?«

Ich denke darüber nach. Nach einer kurzen Pause antworte ich: »Eigentlich schon. Es wäre sehr hilfreich, wenn du Caleb in die Stille ziehen und ihm sagen könntest, dass er mit mir zusammenarbeiten soll. Ich habe keine Ahnung, warum er nicht kontrolliert wird, aber da das definitiv nicht der Fall ist, könnte ich seine Hilfe gebrauchen, auch wenn ich noch nicht weiß, wie.«

»Betrachte es als erledigt.« Rose versucht ganz offensichtlich, sich zusammenzureißen. Sie atmet tief ein und sagt: »Ich frage mich, warum dieser

Strippenzieher uns, seine Opfer, nicht einfach dazu gebracht hat, Selbstmord zu begehen. Wozu dieser Angriff?«

»Keine Ahnung«, erwidere ich überrascht. »Das wäre die einfachste Lösung gewesen.«

»Es sieht so aus, als seien wir aus irgendeinem Grund nicht greifbar für diese Person, genauso wie du es bei Caleb beschrieben hast.« Sie sieht nachdenklich aus. »Ich frage mich, warum.«

»Das ist ein Rätsel.« Ich gebe ihr ein Zeichen, loszugehen. »Aber es wird sich hinten anstellen müssen.«

»Ja, du hast recht. Es ändert nichts.« Sie begibt sich an meine Seite. »Wohin gehen wir?«

»Caleb ist vor dem Tempel«, sage ich. »Ich warne dich, es ist nicht schön dort.«

»In Ordnung.« Sie hat offensichtlich genug damit zu tun, ihren neutralen Gesichtsausdruck beizubehalten.

Den ganzen Weg über sprechen wir nicht mehr. Stattdessen verbringe ich meine Zeit damit, darüber nachzudenken, welche Gemeinsamkeit Caleb und die Erleuchteten haben könnten. Was schützt sie vor dem Marionettenspieler? Wenn meine Gedanken nicht gerade so aufgewühlt wären, könnte ich es vielleicht herausfinden, aber so, wie die Dinge gerade stehen, habe ich keine Ahnung.

Als wir den Tempel verlassen, betrachtet Rose das Szenario, und stumme Tränen laufen ihre Wangen hinunter. Ich sage nichts, weil ich sie nicht in Verlegenheit bringen möchte.

Stattdessen versuche ich, sie abzulenken, und meine: »Bringe ihn noch nicht hinein.« Ich nicke mit meinem Kopf in Richtung Caleb. »Er könnte mich angreifen.«

»Okay.« Sie schnieft. »Wie möchtest du vorgehen?«

»Ich werde zuerst die Polizisten und die jungen Mönche führen. Danach ziehst du Caleb hinein, während ich zu meinem Körper zurückgehe.«

Sie nickt, und in der darauffolgenden Stunde dringe ich in die Köpfe aller Polizisten ein, die sich hier befinden, und gebe ihnen die folgenden Anweisungen: *Kämpfe nicht gegen die Mönche. Nimm Kates Team fest, aber benutze deine Waffen nicht. Nimm die Elektroschockpistole.*

»Ich denke, du solltest sie umbringen lassen«, meint Rose, nachdem sie meinen ersten geführten Polizisten gelesen hat. »Du machst es den Beamten viel schwerer, ohne dass es einen guten Grund dafür gibt.«

»Bis ich nicht weiß, wer hier alle kontrolliert, möchte ich eine Lösung, die nicht tödlich ist«, erwidere ich. »Einige von ihnen sind unschuldig, und George ist mit mir verwandt.«

Sie sieht so wenig überzeugt aus, dass ich ein wenig unfreundlich hinzufüge: »Im Gegensatz zu einigen anderen Menschen bedeutet mir Familie etwas.«

Ihre Schultern fallen nach unten, und ich fühle mich wie ein Arschloch. Da ich nichts sagen kann, um die Situation zu entspannen, fahre ich damit fort, die jungen Mönche zu überschreiben. Ich befehle ihnen, zusammen mit den Polizisten, Kates Mannschaft anzugreifen. Unter gar keinen Umständen dürfen sie gegen ihre Brüder kämpfen.

»Warte, bis ich im Wald verschwunden bin, bevor du Caleb zu dir holst«, sage ich zu Rose, als ich fertig bin.

»Geh.« Ihre Stimme hört sich sicherer an; sie muss sich wieder halbwegs gefangen haben. »Wenn Edward überlebt ...«

»Soll ich dich das nächste Mal, wenn ich wieder in der Stille bin, zu mir holen?«, frage ich und beginne wegzugehen.

»Nur wenn du mich brauchst«, antwortet sie.

Ich fasse das als ein Nein auf und gehe weiter in Richtung des Waldes. Aus meinem Gehen wird bald ein Laufen. Ich weiß, dass außerhalb der Stille keine Zeit vergeht, aber ich bin ungeduldig, zu sehen, was passieren wird.

Den Weg zurück zu meinem Körper bekomme ich kaum mit. Als ich dort ankomme, berühre ich die Stirn meines eingefrorenen Ichs, ohne mir seinen beziehungsweise meinen Gesichtsausdruck näher anzuschauen.

Die Geräusche des Waldes kommen sofort zurück, und ich renne, so schnell ich kann, genauso wie ich es getan habe, bevor ich in die Stille hinübergeglitten bin. Ich ignoriere die Schmerzen, die mir die ganzen Kratzer auf meinem Körper zufügen.

Während ich laufe, lausche ich. Ich höre definitiv

weniger Schüsse in der Entfernung, was schon einmal ein guter Anfang ist. Ich höre auch keine Explosionen – noch etwas, was mir ein Quäntchen Hoffnung gibt.

Ich renne und weiß, dass sich die Situation am Tempel gerade ändert – hoffentlich zum Besseren.

Dann passiert etwas, mit dem ich überhaupt nicht gerechnet habe.

Mein Telefon klingelt.

20

ICH HABE IMMER GEDACHT, DASS HANDYS MITTEN IM Wald nicht funktionieren würden.

Ich nehme mein Telefon hervor und blicke verständnislos auf den eingehenden Anruf. Laut der Telefonnummer handelt es sich dabei um Eugene.

Ich nehme das Telefonat an und danke innerlich den Waldgöttern des Funkturms, bei denen es sich wahrscheinlich um meine erleuchteten Großeltern handelt. Sie müssen einen Verstärker oder Ähnliches für den Tempel haben. Sollte das nicht der Fall sein, werde ich Verizon-Aktien kaufen, sobald ich hier fertig bin.

»Eugene, wo seid ihr?«, rufe ich in das Telefon. Einer der Polizisten schaut mich besorgt an. Er muss die Aufregung in meiner Stimme als Gefahr deuten. Ich ignoriere ihn und fahre fort: »Habt ihr Fortschritte gemacht?«

»Wir sind dabei, die Straße in den Wald zu nehmen,

die uns Hillary beschrieben hat«, sagt Eugene. »Was den Fortschritt betrifft, befürchte ich, dass es eine lange und enttäuschende Geschichte ist …«

Den Rest höre ich nicht, weil ich in die Stille hinübergleite. Was auch immer das für eine Geschichte ist, sie muss warten, bis ich zu seinem Auto gegangen und ihn zu mir geholt haben werde. Ich möchte sie aus seinem eigenen Mund hören – was einfacher sein wird, als eine Unterhaltung zu führen, während ich durch den Wald renne.

Bevor ich allerdings mit Eugene sprechen kann, muss ich zuerst am Tempel vorbeischauen.

Entsetzt blicke ich auf das eingefrorene Schlachtfeld.

Ich habe es wirklich versaut.

Einige Polizisten liegen zerstückelt vor Kate und umkrallen ihre unwirksamen Elektroschockpistolen in einem buchstäblich tödlichen Griff. Sie waren gute Menschen – ehrliche Polizisten, soweit ich das beurteilen konnte. Meine Schuldgefühle sind überwältigend. Ihr einziger Fehler war, von einem Idioten geführt zu werden – mir –, der dachte, dass Kate mit einigen Elektroschockern überwältigt werden könnte.

Aber das ist noch nicht einmal das Schlimmste daran.

Nein, diese perverse Freude ist einem anderen

Schicksal vorbehalten, das die größere Mehrheit der Beamten ereilt hat, die einer völlig anderen Macht zum Opfer gefallen sind.

Rechts von mir tritt ein Mönch einem Polizisten im Kung-Fu-Stil in die Brust. Links von mir fliegt ein anderer nach hinten, nachdem ihn der Schlag eines Mönchs an der Schulter getroffen hat. Es muss sich bei ihnen um die härteren Beamten handeln, weil ihre Kollegen schon längst am Boden liegen, nachdem sie offensichtlich von Mönchen zusammengeschlagen wurden.

Als ich einen der jüngeren Mönche lese, bestätigt sich das, was ich bereits vermutet habe. Die Polizisten haben aufgehört, auf die Mönche zu schießen, aber diese haben das offensichtlich nicht mitbekommen. Anstatt sich den Beamten anzuschließen, um zusammen Kates Mannschaft anzugreifen, haben die Mönche die Gelegenheit genutzt, um die Polizisten loszuwerden. Sie hatten nicht verstanden, dass die Polizisten jetzt ihre Verbündeten waren.

Deshalb haben nur einige wenige Beamte Kate und ihr Team angegriffen, und sie alle haben mit ihrem Leben bezahlt. Ich weiß, dass ich es richtig versaut habe.

Ich war derjenige, der die Polizisten angewiesen hat, keine tödlichen Waffen einzusetzen, und habe sie dadurch zu leichten Opfern gemacht. Ich hätte auf Rose hören sollen. Man würde erwarten, dass ich meine Lektion schon damals am Friedhof gelernt habe, aber offensichtlich war das nicht der Fall. Zu meiner

Verteidigung muss ich sagen, dass ich wirklich überhaupt keine Bereitschaft dazu entwickelt habe, jemanden, ob er will oder nicht, dahin zu führen, zu töten.

James' Schnellfeuergewehr hat die Dinge zusätzlich verschlimmert. Mehrere Beamte starben durch seinen Kugelhagel. Ich zähle mindestens vier. Haben die Mönche das nicht gesehen? Kennen sie das alte Sprichwort »Der Feind meines Feindes ist mein Freund« nicht?

Ich fühle mich so schuldig, dass mir ganz schlecht ist. Ich reiße mich zusammen und erinnere mich daran, dass nicht wirklich ich für diese Tode verantwortlich bin. Kate und ihre Mannschaft sind es, und sie handeln so, weil sie von dem Marionettenspieler kontrolliert werden. Letztendlich geht das alles auf seine oder ihre Kappe. Zumindest habe ich die Anzahl der getöteten Mönche verringert, und ein großer Teil der Polizisten ist lediglich bewusstlos, nicht tot.

Aber es ist schlecht, dass wegen der Kurzsichtigkeit der Mönche diese Gnadenfrist nicht lange andauern wird, nicht, wenn Kate und ihr Team weiterhin so mörderisch vorgehen.

Allerdings nicht alle ihrer Mannschaft, das sehe ich, als ich dorthin gehe, wo Caleb und John kämpfen. Seinen Wunden nach zu urteilen ist John so gut wie tot.

Caleb hat ihn zum Ausbluten zurückgelassen und befindet sich in einer tödlichen Konfrontation mit einem neuen Gegner – Eleanor. Zumindest denke ich unter diesen Umständen, dass sie kämpfen. Ehrlich gesagt könnten sie auch gerade Sex haben. Ihre schweißüberströmten, sich windenden Körper sind auf dem Boden ineinander verschlungen. Sie versucht ihre Beine um ihn zu legen, und er versucht, ihren Rücken vom Boden zu lösen, indem er ihre Hüfte umfasst.

Ich hebe eine Waffe auf, stecke sie hinten in meinen Hosenbund und frage mich, ob ich Caleb zu mir holen sollte. Nein, entscheide ich, nicht bis ich mir nicht einen Überblick über die ganze Situation gemacht habe und einen Plan ausarbeiten kann. Entschlossen begebe ich mich auf den Weg zur Rückseite des Tempels, um zu sehen, was aus Edward geworden ist.

Die gute Nachricht ist, dass Edward sich nicht in die Luft gesprengt hat, wie ich schon vermutet hatte, da ich keine Explosion gehört habe. Die schlechte Nachricht ist, dass er auf dem Boden liegt. Es ist schwer zu sagen, ob er tot oder bewusstlos ist, auch wenn die Kabel des Elektroschockers eher auf Letzteres hindeuten.

Und das sprichwörtliche Unglück kommt niemals allein. Anstatt in Handschellen auf dem Boden zu liegen, ist Richard verschwunden. Die Polizisten, die versucht haben, ihn mit dem Elektroschocker ruhigzustellen, liegen am Boden, aber wenigstens sind sie nicht mit Kugeln durchlöchert. Es sieht aus, als habe Richard die Wirkung der Elektroschockpistolen irgendwie abschütteln können, als sie zu ihm gegangen sind, um ihm die Handschellen umzulegen. Ich nehme an, dass er sie außer Gefecht gesetzt hat, sobald sie sich in seiner Reichweite befanden.

Als ich Richard endlich finde, erkenne ich, dass mir bei ihm ebenfalls ein Fehler unterlaufen ist. Ich hätte die Polizisten auf ihn schießen lassen sollen. Es sieht zwar so aus, als habe er während des Kampfes seine Pistole verloren, allerdings braucht er sie für das, was er gerade macht, sowieso nicht.

Er versucht, eine Gruppe alter Menschen zu töten.

Er steht über meinem Großvater Paul, der mit einer blutigen Lippe auf dem Boden liegt. Die anderen sehen entsetzt aus. Der alte Mann muss sich Richard widersetzt haben. Ich fühle leichte Bewunderung, bevor mich die Angst überkommt.

Paul hat keine Chance in diesem Kampf. Er könnte bereits eine gebrochene Rippe oder schlimmere Verletzungen haben. Wenn er aufsteht – und er sieht so aus, als habe er genau das vor –, ist er so gut wie tot.

So widerlich er sich mir gegenüber auch benommen hat, als wir uns kennengelernt haben, möchte ich ihn trotzdem nicht verlieren. Wie sagt man so schön: Man kann sich seine Familie nicht aussuchen.

Eugene sollte besser etwas Nützliches für mich haben. Ich weiß nicht, wie ich Paul retten kann, ohne in die 2. Ebene hinüberzugleiten. Und selbst dann sind Paul und der Rest der Erleuchteten erledigt, sollte Richard der Marionettenspieler sein.

Mein Kopf dreht sich, während ich zum Gästehaus gehe.

Als ich in die erste Etage gelange, bleibt mein Herz fast stehen.

Ich habe die blinde und Schmerzen ignorierende Bestimmtheit eines geführten Kopfes unterschätzt.

Thomas steht nicht mehr im Flur; er hat den Kampf gegen Miras Tür gewonnen. Er hat einen großen Teil der Haut seiner Fäuste an dem hölzernen Rahmen gelassen, aber er ist in das Zimmer gelangt.

Und jetzt befinden sich diese blutigen Hände einen Zentimeter von Miras Hals entfernt.

21

»MIRA!«, SCHREIE ICH, AUCH WENN ICH WEIß, DASS ES sinnlos ist. Selbst wenn sie sich nicht wegen der Medikamente, die Caleb ihr eingeflößt hat, in einem komatösen Zustand befinden würde, könnte sie mich nicht hören, da ich mich in der Stille befinde.

Ich ziehe die Waffe, die ich dem Polizisten abgenommen habe, hervor und kämpfe gegen meinen Drang an, Thomas in die Brust zu schießen. Meine Finger zucken, da sie unbedingt abdrücken wollen. Thomas umzubringen wäre falsch, also schieße ich stattdessen immer wieder in die Wand, bis ich nur noch eine Kugel habe.

Nach meinem Ausbruch fühle ich mich immer noch nicht besser, also schlage ich den eingefrorenen Thomas mit dem Gewehrkolben in den Bauch, womit mein schräges Gewissen kein Problem hat. Der Schlag ist genauso effektiv wie der Schuss gewesen wäre – in der realen Welt sind die Auswirkungen gleich null.

Nicht, dass ich Thomas außerhalb der Stille in den Bauch schlagen oder ihn erschießen möchte – zumindest nicht, solange er nicht Mira ungeführt umbringen möchte. Ich lasse einfach nur Dampf ab, etwas, was ich, wie mir meine Therapeutin – und ironischerweise Thomas' Freundin – geraten hat, in sehr stressigen Situationen tun soll.

Ich beschließe, mich noch ein wenig mehr abzureagieren, und werfe die Pistole gegen die Wand. Das ist allerdings nicht gut genug, also zerbreche ich einen Stuhl an derselben Wand.

Immer noch nichts. Ich muss Liz sagen, dass das ein weiterer ihrer Vorschläge ist, der nicht funktioniert.

Ich atme tief und beruhigend ein, bevor ich Mira anschaue. Ihr Gesicht ist noch genauso friedlich wie das letzte Mal, als ich sie eingefroren in ihrem seltsamen Schlaf angesehen habe. Voller irrationaler Hoffnung streichen meine Finger sanft über Miras Wange, aber natürlich passiert nichts.

Als ich mir sicher bin, Mira nicht erreichen zu können, verlasse ich das Gästehaus und zerstöre weitere Möbelstücke auf meinem Weg nach draußen.

Sobald ich mich im Wald befinde, lege ich meine verbleibende Frustration in das Laufen. Nach einigen Kilometern bin ich ruhig genug, um zu überlegen, wohin ich gehen muss.

Wenn Eugene den Wald vom Highway aus sehen kann, habe ich eine ziemlich gute Vorstellung davon, wo er gerade ist. Das macht es trotzdem nicht einfacher, ihn zu finden. Allerdings ist es einfach, zu rennen, und wenn ich einen Energieschub brauche, muss ich nur an Miras derzeitige Lage denken.

Ich fühle eine Art Déjà-vu, während ich so adrenalindurchströmt laufe. Ich blicke auf meine Zeit an der Highschool zurück, als ich die Stille dazu benutzt habe, herauszufinden, hinter welcher Ecke sich die um einiges älteren Schläger versteckten. Damals bin ich immer in die entgegengesetzte Richtung gelaufen. Komisch, wie sich Dinge im Laufe der Zeit ändern. Würde ich jetzt auf eines dieser Arschlöcher treffen, oder auch auf alle zusammen, würde ich nicht mehr wegrennen. Nicht heute. Nicht mit dem, was ich gerade fühle. Ich würde das Treffen begrüßen.

Während ich laufe, schwirren mir viele Dinge durch den Kopf, die ich bereue. Dinge wie „Ich hätte nicht zu dieser beschissenen Insel gehen sollen" oder „Ich hätte nicht auf diese beschissene Beerdigung gehen sollen" und „Ich hätte unsere gemeinsame Zeit mehr schätzen sollen".

Jedes Mal, wenn der hässliche Gedanke, ich könnte Mira verlieren, zum Vorschein kommt, renne ich schneller.

ALS ICH MEIN ZIEL ERREICHE, FRAGE ICH MICH, OB ICH einen Marathon laufen könnte.

Der Lastwagen, den meine Freunde gemietet haben, ist riesig. Ein merkwürdiger Typ sitzt hinter dem Steuer, und nachdem ich ihn oberflächlich lese, erfahre ich, dass er von Eugene und Bert als Fahrer angeheuert wurde.

Ich gehe zum hinteren Teil des Fahrzeugs. Als ich hineinschaue, werde ich mit dem ganzen Charme von Eugenes geheimem Labor konfrontiert, nur dass dieses hier unglaublicherweise noch chaotischer ist als die Höhle in Brooklyn. Oh, und in der Ecke liegt ein riesiger Haufen Bananen.

Die drei, die sich in diesem Anhänger befinden, sehen aus, als hätten sie wochenlang nicht gebadet, und nicht nur die letzten vierundzwanzig Stunden oder wie viele es auch immer waren. Und wenn ich drei sage, meine ich natürlich Bert, Eugene und Kiki, die Schimpansin.

Von allen sieht Kiki am gelassensten aus. Berts eingefrorene Augen sind so rot, dass ich mich frage, ob er Drogen genommen hat. Er hatte gesagt, dass er sich Adderall besorgen wolle, etwas, was er in Harvard regelmäßig genommen hat. Danach erinnere ich mich daran, dass meine Tante für seine Konzentration gesorgt hat. Sein derzeitiger Zustand muss das Ergebnis davon sein. Eugene sieht normal aus – er sieht immer so aus, als habe er die ganze Nacht lang nicht geschlafen. Er hält gerade ein Telefon in der Hand, an dessen anderem Ende sich mein eingefrorenes Ich befindet.

Ich berühre Eugenes Hand.

Ein zweiter Eugene taucht neben mir auf und sagt mit einem völlig überraschten Gesichtsausdruck: »Darren? Was machst du hier?«

»Wir hatten keine Zeit, in der echten Welt zu sprechen«, erkläre ich ihm. Ich kämpfe gegen eine neue Angstwelle an und füge hinzu: »Du hast keine Vorstellung davon, wie wenig Zeit.«

»Was ist passiert?«, fragt er und hört sich sofort besorgt an.

»Es sieht übel aus. Bitte sage mir, dass du mich in die 2. Ebene bringen kannst.«

Aus seinem besorgten Gesichtsausdruck wird ein zutiefst bedauernder. »Ich wünschte, es wäre so einfach.«

»Du verstehst mich nicht. Du musst es tun.«

Er schüttelt den Kopf. »Das kann ich nicht. Da wir keine Zeit hatten, um uns mit der Tiefe zu befassen, haben wir uns auf genau den Teil des Kopfes konzentriert, von dem ich vermute, dass er für das Splitten verantwortlich ist.« Er schaut zu Bert und Kiki. »Wir haben einige erste Fortschritte gemacht.«

»Eugene, bitte erzähl mir davon, aber schnell«, erwidere ich. »Ich bin keine Fachzeitschrift. Du kannst mir Dinge sagen wie ›meine Ergebnisse sind dilettantisch‹ und so.«

»Die Ergebnisse sind unklar«, meint er. »Es ist nichts, was ich veröffentlichen würde, selbst wenn ich verrückt genug wäre, eine solche Arbeit zu veröffentlichen.«

»Deine Ergebnisse wären ohne mich nie vollständig«, erinnere ich ihn. »Ich bin der Einzige, der in die 2. Ebene splitten kann.«

»Richtig«, erwidert er. »Aber ich spreche von den Schritten davor …«

»Erzähle mir doch einfach, was passiert ist«, bitte ich ihn.

»In Ordnung.« Er atmet hörbar aus. »Wir haben den Apparat an Kiki getestet. Sie ist darauf trainiert, mich unter bestimmten Umständen zu berühren …«

Ich weiß nicht, ob mein lautes Auflachen unter den gegebenen Umständen fröhlich oder hysterisch ist, aber er sieht mich mit zusammengekniffenen Augen an und sagt: »Falls du schon wieder schmutzige Gedanken hast …«

»Es tut mir leid«, erwidere ich ehrlich. »Der Affe ist darauf trainiert, dich unter sehr speziellen, nicht romantischen Umständen zu berühren. Bitte fahre fort.«

»Genau, sie wurde darauf trainiert, jedes Mal an mir zu ziehen, wenn wir einen Spiegel vor sie gestellt und ihre Ohren abgedeckt haben, damit die Geräusche verschwinden – eine Situation, die das Splitten simuliert. Das Training hat funktioniert, genauso wie mein Apparat, denn sie hat mich in die Gedankendimension gezogen«, sagt er in einem leicht vorsichtigen Ton. »Also hatten wir einen Teilerfolg.«

»Ein Schimpanse, der splitten kann«, murmele ich erstaunt und gehe zu dem betreffenden Affen.

»Das stimmt«, sagt er, allerdings ohne den Enthusiasmus, den ich erwartet hätte.

»Okay, und jetzt das Aber«, sage ich und kraule das Fell – oder ist es Haar? – auf Kikis Kopf.

»Wir konnten das Experiment danach nicht noch einmal wiederholen«, meint Eugene. »Und was mich am meisten beunruhigt, ist, dass sie nicht länger gelesen werden kann.«

Ich versuche, Kiki zu lesen, um das zu überprüfen.

»Du hast recht«, sage ich nach einigen Momenten. »Das ist nicht länger möglich.«

Eugene nickt. »Es ist fast so, als sei sie inert geworden. Ein unerwartetes Ergebnis.«

»Könnte es sein, dass Schimpansen sich in dieser Region des Gehirns von Menschen unterscheiden?«, frage ich hoffnungsvoll.

»Bert hat genau das Gleiche gesagt. Dann hat er mich davon überzeugt, den Apparat an ihm zu testen.« Eugene zeigt auf meinen zerzausten Freund.

»Deinem Gesichtsausdruck nach zu urteilen ist das auch nicht viel besser gelaufen?«

»Bert ist in die Gedankendimension gelangt, hat mich zu sich gezogen, und nach einem kurzen Moment haben wir die Gedankendimension wieder verlassen. Seitdem kann man ihn, genau wie Kiki, nicht mehr lesen. Ich muss wohl auch nicht hinzufügen, dass die Maschine danach nicht mehr an ihm funktioniert hat.« Eugene lässt seine Finger müde durch sein Haar gleiten. »Bitte versuche, ihn zu lesen, nur um sicherzugehen, dass es nicht an mir liegt.«

Ich berühre Berts Stirn und begebe mich in die Kohärenz.

Nichts. Nicht einmal dieses weiße Rauschen, das

ich bei den Mönchen bemerke. Es ist, als würde ich einen Türknopf berühren.

»Nada«, meine ich. »Aber vielleicht würde es bei einem von uns besser funktionieren?«

»Ich habe darüber nachgedacht, es auszuprobieren«, erwidert Eugene, »aber ich hatte Angst.«

»Dann hast du Glück«, sage ich, ohne zu zögern. »Du hast gerade eine neue Laborratte bekommen.«

»Darren, du verstehst nicht …«

»Doch, das tue ich.« Ich kann die Dringlichkeit nicht länger aus meiner Stimme heraushalten. »Wenn ich nicht die 2. Ebene erreiche, werden viele Menschen sterben, einschließlich Mira.«

»Was?« Seine Augen werden groß. »Was ist passiert?«

Ich erzähle ihm alles. Sobald ich fertig bin, beginnt Eugene, sich geschäftig im Laster umherzubewegen, anstatt in Panik zu verfallen. Er sieht aus, als würde er aufräumen, und das irritiert mich so sehr, dass ich ihn frage: »Was zum Teufel machst du da?«

»Ich bereite den Apparat vor«, erklärt er knapp und macht weiter.

Ich sehe ihm bei seinen Vorbereitungen zu und bin von seiner Cool-unter-Druck-Art beeindruckt.

»Probier das aus.« Er wirft mir etwas zu, was einmal ein Fahrradhelm gewesen war. Mit den vielen durchgebohrten Löchern sieht es jetzt eher aus wie ein Nudelsieb.

Ich setze das Gerät auf und passe es an, da mein Kopf um einiges größer ist als Berts.

»Gut«, sagt Eugene und nimmt mir den Helm wieder ab.

Danach schiebt er ein Bündel Kabel hindurch.

»Hilf mir bitte damit.« Er zeigt auf einen riesigen Apparat in der Ecke – das Herzstück der TMS-Maschine, die ich ihm gekauft habe.

Ich helfe ihm dabei, das schwere Gerät auf einen unkonventionellen Wagen mit großen Rädern zu heben. »Wozu der Wagen? Wohin gehen wir?«

»Nach dem, was du mir erzählt hast, musst du dich in der 2. Ebene in der Nähe deines Opfers befinden«, meint Eugene. »Also werden wir den Apparat zum Tempel bringen.«

»Oh.« Ich kämpfe gegen meine Verwirrung an und sehe Eugene dabei zu, wie er den Helm und einige Peripheriegeräte auf die Karre packt.

»Lass uns gehen«, sagt er und rollt den Wagen die Rampe des Lasters hinunter.

»Warte«, meine ich. »Mir ist gerade etwas eingefallen. Wie werden wir dieses Ding benutzen? Davon mal abgesehen, dass wir nicht wissen, ob es wirklich klappen wird, funktioniert Technologie in der Stille nicht.«

Er antwortet nicht, als er zurück in den Laster geht.

»Hier, fang an, das zu drehen«, weist er mich an und gibt mir etwas, was aussieht wie ein Flaschenöffner. Ein Kabel verbindet es mit einem viereckigen Metallstück.

Ich schaue dieses Gerät misstrauisch an. »Was zur Hölle ist das?«

»Ein USB-Ladegerät zum Aufziehen mit einer Batterie«, erklärt mir Eugene. »Ich habe außerdem ein anderes so umgebaut, dass das Drehen der Räder des Wagens es aufladen wird.«

Ich drehe das Ding, aber mein Gesicht muss verwirrt aussehen, denn Eugene fügt hinzu: »Das hat mit Technologie in der Gedankendimension zu tun.«

Den Karren vor sich herschiebend, beginnt er zu gehen, und ich folge ihm.

»Es sind nur sehr empfindliche Technologien, die ein Problem damit haben, dass einige ihrer Teile eingefroren sind«, erklärt er mir. »Das sind zum Beispiel die Flüssigkristalle in den LCD-Bildschirmen oder die elektrophoretische Technologie, auf der der Bildschirm von Kindle basiert. Wie du weißt, funktionieren Dinge wie Uhren zum Aufziehen, Waffen und viele andere technische Geräte, einschließlich der Mehrheit der elektrischen Apparate. Es ist nur so, dass die meisten Displays tot aussehen. Viel schlimmer als das Problem mit den Bildschirmen ist die Tatsache, dass die Stromversorgung der meisten Apparate nicht gegeben ist, nicht einmal bei Batterien. Sie können ihren Ladestrom nicht halten. Da Batterien und Bildschirme in der heutigen Technik allgegenwärtig und wichtig sind – und ich muss wohl nicht darauf eingehen, dass fast alles am Stromnetz angeschlossen sein muss –, hast du, wie viele andere, den Eindruck, dass

Technologie in der Gedankendimension nicht funktioniert.«

»Interessant«, erwidere ich. Ich erinnere mich an das Buch, das ich auf der Insel zu lesen begonnen hatte. Hätte ich die Möglichkeit gehabt, es zu überfliegen, würde ich mich jetzt nicht so dumm fühlen. »Willst du mir gerade sagen, dass diese Maschine keinen Bildschirm hat?«

»Na ja, sie hat einen Bildschirm«, meint Eugene. »Aber ich weiß, wie ich arbeiten kann, ohne etwas auf ihm zu sehen, und ich habe mich versichert, dass das keinen Einfluss auf die kritischen Funktionen hat.«

Ich wedele mit diesem USB-Ladegerät-Ding. »Und das hier lädt sie auf?«

»Genau«, antwortet Eugene. »Es sollte alles funktionieren.«

»Es muss funktionieren«, sage ich und lasse das USB-Ladegerät rotieren.

»Ich habe Tests durchgeführt«, sagt er beruhigend. »Es wird sich in der Gedankendimension aufladen. Der Teil, bei dem ich mir nicht ganz so sicher bin, ist, was passiert, wenn wir den Apparat benutzen.«

»Du denkst, ich werde die 2. Ebene nicht erreichen?«, frage ich, während wir den Wald betreten.

»Doch, das solltest du.« Eugene schiebt die Karre durch das schwierige Gelände. »Aber ich mache mir Sorgen um das, was danach passieren wird.«

»Du meinst, ich werde dadurch inert werden?«

»Nein, Darren«, sagt er zögernd. »Ich meine, dass du deine Fähigkeiten niemals wiedererlangen wirst.«

22

EINIGE MINUTEN LANG GEHEN WIR SCHWEIGEND. ICH bin sprachlos. Ich hatte angenommen, dass die Maschine mich inert machen könnte, und habe diesen Gedanken gehasst, aber für immer machtlos zu sein ist eine ganz andere Angelegenheit. Ich kann mir so ein Leben nicht einmal vorstellen; das ist undenkbar. Trotzdem habe ich keine andere Wahl. Ich kann diese Menschen nicht sterben lassen.

Genauer gesagt kann ich Mira nicht sterben lassen.

Für den Fall, dass Eugene sich Gedanken macht, sage ich: »Ich werde es immer noch tun.«

»Ich weiß«, winkt er ab. »Und du kannst dir gar nicht vorstellen, wie dankbar ich dir dafür bin, dass du das für meine Schwester tust.«

»Bist du sicher, dass ich danach ...«

»Wir haben den Test mit Kiki vor einem Tag gemacht. Nach den Aufzeichnungen meines Vaters über dieses Thema sollte sie sich nach einer Stunde wieder erholt haben. Aber sie ist immer noch inert«, sagt er und wirft mir einen bedauernden Blick zu.

»Aber es besteht trotzdem die Möglichkeit, dass sie sich wieder erholt, stimmt's?«, frage ich. »Dein Vater war nicht unfehlbar?«

»Okay«, antwortet Eugene. »Vielleicht gibt es eine Alternative zum Splitten in die 2. Ebene. Kann die Situation auf irgendeine andere Weise gelöst werden?«

»Ich wüsste nicht, wie«, erkläre ich. »Niemand befindet sich in der Nähe des Zimmers, also kann ich niemanden dahin führen, sie zu retten. Thomas wird geführt, was bedeutet, dass er nicht zur Vernunft kommen wird, wenn ich mit ihm rede. Das habe ich das letzte Mal bei Mira versucht, und es ist sinnlos. Thomas zu überschreiben ist die einzige Möglichkeit, Mira zu retten. Außerdem gibt es noch Richard, der gerade dabei ist, meinen Großvater zu töten, und Kate und ihre Freunde, die die restlichen Mönche und Caleb umbringen werden.«

»Es tut mir leid, dass ich keine sicherere Lösung für dich finden konnte.«

»Genug damit«, sage ich und drehe das USB-Ladegerät immer schneller. »Lass uns einfach einen Plan ausarbeiten.«

»Na ja, wir müssen alle Beteiligten hineinziehen«, meint Eugene. »Also alle diejenigen, die du überschreiben willst, meine ich.«

Ich höre auf, das Ladegerät zu drehen, und schaue ihn an. »Was? Bist du verrückt? Sie sind alle geschulte Kämpfer. Wenn wir sie zu uns holen, werden sie uns innerhalb von Sekunden inert machen, und dann kann ich dein Gerät nicht mehr benutzen, um alle zu retten.«

»Das verstehe ich, aber ich sehe keine andere Möglichkeit.«

»Warum nicht?«

»So wie du es mir erklärt hast, konntest du in der 2. Ebene keine Muster sehen, die sich nicht in der Gedankendimension befanden. Oder habe ich das falsch verstanden?«

»Nein«, sage ich nachdenklich, als mir auffällt, dass ich noch nie wirklich darüber nachgedacht habe.

»In dem Fall«, meint er, »müssen wir diese Situation so gut wie möglich nachbilden, weil wir nur einen einzigen Versuch haben.«

»Aber du hast Kate nicht kämpfen sehen.« Ich fahre langsam damit fort, das Rad in meiner Hand zu drehen. »Unsere Chancen, zu überleben – und unsere Macht zu behalten –, sind gerade extrem in den Keller gegangen.«

»Hast du nicht gemeint, dass Caleb auf unserer Seite ist?« Eugene wirft mir einen kurzen Blick zu. »Das sollte mit Sicherheit helfen.«

»Ich bin mir nicht einmal bei ihm sicher, dass er mit ihr fertigwerden kann«, sage ich. »Und sie ist nicht allein. Drei von ihnen befinden sich vor dem Tempel – Kate, James und Eleanor –, und wahrscheinlich ist jeder von ihnen besser als unser kratzbürstiger Freund. Ich habe noch nicht einmal John – falls er noch lebt – oder Richard, der auf der anderen Seite des Tempels steht, eingerechnet. Wir sollten auch Thomas nicht vergessen, unsere eigentliche Zielperson, der ebenfalls kein Schwächling ist.«

»Vielleicht sollten wir uns auf Mira konzentrieren und sie retten«, erwidert Eugene.

Ein Teil von mir liebäugelt mit dieser Lösung, aber ich kann meine Großeltern nicht einfach sterben lassen, egal, was für ein riesengroßes Arschloch Paul ist. Die Mönche haben es auch nicht verdient, abgeschlachtet zu werden. Außerdem bleibt uns, wenn ich es recht bedenke, nicht einmal die feige Option.

»Nein«, sage ich. »Selbst wenn ich Thomas aufhalte, könnten Kate oder die anderen seinen Platz einnehmen, nachdem sie mit den Mönchen fertig sind, wofür sie nicht lange brauchen sollten. Selbst wenn ich rechtzeitig zum Tempel gelangen sollte, könnte ich jemanden wie Kate nicht davon abhalten, Gewalt anzuwenden.«

»Blya – ich meine Scheiße«, sagt Eugene mit deutlich hörbarem Akzent. »Was machen wir dann, verdammt nochmal?«

»Lass mich ein wenig darüber nachdenken«, erwidere ich. »Wir können uns mit Rose und Caleb beratschlagen, sobald wir bei ihnen sind.«

***

WIR KOMMEN AM EINGANG DES TEMPELS AN, UND Eugene schaut entsetzt auf das Chaos, das uns umgibt.

»Das ist Entweihung«, flüstert er.

Auch wenn es weder das erste noch das zweite Mal ist, dass ich dieses Bild sehe, bin ich genauso verstört wie er.

»Wer auch immer das getan hat, ich hoffe, ich werde ihn dafür bezahlen lassen können«, erwidere ich.

»Hast du jetzt einen Plan?«, will Eugene wissen. »Mein Gehirn hat nämlich kapituliert.«

Ich drehe mich zu ihm hin. »Trägst du eine Uhr zum Aufziehen?«

»Ja«, antwortet er. »Ich benutze sie, um in der Gedankendimension grob die Zeit messen zu können. Für genauere Messungen habe ich dieses Zeitkontrollgerät, das …«

»Mann.« Ich halte meine Hand nach oben. »Ich weiß, dass wir in diesem Moment verharren und Mira nicht schneller umgebracht werden wird, wenn du weiterredest. Trotzdem finde ich, dass wir uns beeilen sollten und uns weder von deiner Wissenschaft noch von irgendetwas anderem ablenken lassen sollten.«

»Es tut mir leid.« Er sieht niedergeschlagen aus. »Du hast völlig recht.«

»Lass uns die Maschine in Miras Zimmer bringen«, sage ich und fühle mich kurz schlecht, ihn zurechtgewiesen zu haben. »Du kannst dort damit beginnen, alles zusammenzubauen.«

Ich gehe schnell zum Gästehaus, und Eugene folgt mir.

Auf halbem Weg nehme ich mir von den

eingefrorenen Polizisten einige Uhren zum Aufziehen mit und ignoriere Eugenes irritierten Blick.

Während wir das Gebäude betreten und uns fast unsere Rücken dabei brechen, den Wagen die Treppen hochzuziehen, schweige ich – abgesehen von meinem Stöhnen –, da ich im Kopf meinen Plan durchgehe.

Als wir kurz davor sind, Miras Zimmer zu betreten, sage ich zu Eugene: »Dieser Anblick wird hart für dich sein. Mach dich auf etwas gefasst.«

Ich selbst beherzige ebenfalls meinen eigenen Rat und wappne mich.

Als wir den Raum betreten, erfüllt sich Eugenes Gesicht mit blankem Entsetzen und spiegelt damit wahrscheinlich meine eigene Mimik wider.

»Ich gebe dir ein wenig Zeit mit ihr.« Ich selbst kann nicht anders, als Thomas anzustarren, der über Mira gebeugt ist. Wie vorauszusehen war, beginnt mein Herz schneller zu schlagen. »Ich gehe meine Großmutter zu uns holen.«

Ich renne zu dem Ort, an dem eine entsetzte Rose steht. Ihr eingefrorener Blick ruht auf Paul. Richard hat sich über ihn gebeugt.

Sanft berühre ich ihre Stirn.

»Darren«, ruft Roses animierte Version aus. »Bitte sage mir, dass du einen Plan hast, der ihn retten kann.«

Ich nicke. »Ich habe etwas. Bitte folge mir.«

Wir gehen zum Gästehaus zurück.

»Eugene, das ist meine Großmutter«, erkläre ich ihm, als wir eintreten. »Sie ist verantwortlich für die Entführung.«

Eugene schaut sie kaum an, da sein Blick an seiner Schwester klebt. Roses Augen folgen den seinen, und sie sagt leise: »Das habe ich nicht gewollt.«

Ihr kleines, faltiges Gesicht sieht so reumütig aus, dass ich ihr glaube.

»Deine Worte werden meiner Schwester nicht helfen.« Eugene dreht sich zu ihr um. Sein normalerweise freundliches Gesicht bekommt einen kalten, geradezu wilden Ausdruck.

»Lasst uns Caleb holen.« Ich lege meine Hand auf Eugenes Schulter, um ihn zu besänftigen. »Du kannst ihr später eine Standpauke halten, sollten wir dann noch am Leben sein.«

Mit diesen Worten führe ich die Gruppe auf die Vorderseite des Tempels.

»Wir werden auf Abstand gehen«, meine ich und nehme ein Gewehr von einem der getöteten Beamten, um es Eugene zu geben, bevor ich mir selbst eine Pistole besorge. »Natürlich muss ich nicht extra dazu sagen, dass der Plan hinfällig ist, wenn er uns etwas antut.«

»Er wird das tun, was ihm gesagt wird«, entgegnet Rose. »Aber richtet ruhig die Waffen in unsere Richtung, wenn ihr euch Sorgen macht.«

»Als würden wir dafür deine Erlaubnis benötigen«, erwidert Eugene mit zusammengebissenen Zähnen.

Ich nehme die Uhren, die ich den Polizisten abgenommen habe, und gebe sie Rose. »Nimm eine für dich und gib eine Caleb. Ich habe nicht vor, mich Caleb so weit anzunähern, dass ich sie ihm selbst geben kann.«

Sie nimmt die Uhren und geht zu Caleb, der sich immer noch in seiner Umarmung mit Eleanor befindet. Sie sucht vorsichtig nach einem Stück Fleisch, das definitiv Calebs ist, und berührt es.

Einen Moment später taucht eine animierte Version des großen Kerls auf. Sein kurzer Augenblick der Verwirrung wird schnell von der umgehenden Alarmbereitschaft abgelöst, zu der nur Caleb fähig ist.

Ich entsichere meine Waffe, und Eugene legt das Gewehr an.

»Du wirst diesen Jungen nichts tun«, sagt Rose zur Begrüßung zu Caleb. Dann fährt sie damit fort, ihm die Situation mit Paul zu schildern, und erklärt ihm, in welcher Lage sie Mira vorgefunden hat.

»Darren hat einen Plan, der uns alle retten könnte«, sagt sie abschließend.

»Nicht alle«, sage ich und denke dabei an den Marionettenspieler. »Aber mit Sicherheit Paul und Mira und auch viele der Mönche.«

»Was ist der Plan, Kind?«, will Caleb wissen.

»Für dich und Rose ist es einfach …«

»Ich kann dich nicht hören«, meint Caleb. »Kannst du näher kommen?«

Ich seufze und gehe auf ihn zu. Eugene folgt mir. Ich halte einige Meter vor ihm an und sage: »Wie ich gerade gesagt habe, ist deine Aufgabe …«

Plötzlich schließt Caleb den Abstand zwischen uns. Ich bin zu entsetzt, um meine Waffe abzufeuern, und im nächsten Moment befindet sich Eugenes Gewehr in Calebs Händen und ist auf uns gerichtet.

»Caleb, ich habe dir eine Anweisung gegeben«, fährt Rose dazwischen und starrt Caleb wütend an.

»Du hast gesagt, dass ich ihnen nichts antun soll, und das habe ich auch noch nicht«, erwidert Caleb, ohne seine Augen von uns abzuwenden. »Und jetzt wirf deine Waffe weg, Kind.«

Ich werfe die Pistole hinter mich, auch wenn ich einen Moment lang mit dem Gedanken gespielt habe, sie ihm an den Kopf zu werfen.

»Braver Junge.« Caleb grinst. »Was hast du gerade gesagt?«

»Wenn du mich tötest, sind Paul und die anderen …«

»Tot, das habe ich verstanden«, meint er. »Das ist der einzige Grund, weshalb du noch unversehrt bist.«

Ich beschließe, so fortzufahren, als sei nichts passiert. »Ich habe gesagt, dass ich möchte, dass Rose ihren Angreifer, Richard, zu uns in die Stille holt und dass du zur gleichen Zeit Kate hineinziehst«, ich zeige auf sie, bevor ich auf den Rest ihrer Mannschaft deute, um sie einzeln aufzuzählen, »und Eleanor, George, James und John – falls dieser noch lebt.«

Rose schaut mich an, als würden mir Hörner wachsen.

Caleb fragt sarkastisch: »Sonst noch etwas?«

»Ja«, erwidere ich und ignoriere seinen Ton. »Ihr müsst es genau zur gleichen Zeit tun.«

Roses Stimme zittert, als sie fragt: »Wie sollen wir …?«

»Das ist leicht«, erkläre ich. »Wir synchronisieren unsere Uhren.«

»Das wollte ich nicht fragen«, meint sie und fasst sich wieder. »Aber das wusstest du ja.«

»Das Schlimmste, was sie euch antun können, ist, euch inert zu machen«, sage ich. »Und du, Rose, hast nichts zu verlieren.«

»Aber ich«, widerspricht Caleb. »Ohne die Gedankendimension habe ich einen riesigen Nachteil.«

»Das tut mir leid«, erwidere ich, »aber ich habe keinen besseren Plan.«

»Das ist kein Plan«, meint Caleb. »Das ist lediglich eine Aufgabe für uns. Ich möchte wissen, wozu du dieses Selbstmordkommando benötigst, bevor ich ihm zustimme.«

Ich schaue zu Rose, und sie nickt. Ich nehme an, dass es ihr nichts ausmacht, dass Caleb erfährt, dass Leser geführt werden können, also erzähle ich ihm von dem, was ich und die Ältesten tun können. Ich erkläre ihm außerdem meinen Plan, Thomas zum gleichen Zeitpunkt zu uns zu holen, an dem er und Rose die anderen hineinziehen, und dann Eugenes Maschine dafür zu nutzen, mich in die 2. Ebene zu bringen, um die Situation unter Kontrolle zu bringen.

»Das wird nicht funktionieren«, bemerkt Caleb. »Zumindest nicht bei John.«

»Warum«, will Eugene wissen.

»Weil ich ihn inert gemacht habe«, erklärt Caleb.

»Ich habe es bei allen außer ihm versucht.« Er zeigt auf George. »John war der Einzige, den ich in der Gedankendimension besiegen konnte.«

»Du meinst, du hast von allen außer John einen draufbekommen?«, frage ich unfreundlich.

Er wirft mir einen Blick zu, der sagt »Du bekommst gleich einen von mir drauf«, also vertiefe ich diesen Punkt nicht.

»Warum hast du nicht versucht, George inert zu machen?«, frage ich stattdessen. »Er hat überhaupt keine Chance gegen dich. Er gehört nicht zu Kates Team. Er ist ein Bürokrat der Ältesten.«

Caleb sieht überrascht aus. »Das habe ich nicht erkannt. Ich habe sogar gedacht, dass das Gegenteil der Fall sei. Da er aussieht, als sei er ihr Anführer, habe ich angenommen ...«

»Er ist nicht ihr Anführer.« Ich runzele meine Stirn. »Kate – die mit dem Schwert – ist es.«

Er zuckt mit den Schultern. »Jetzt kann ich mit der Information nicht mehr viel anfangen.«

»Aber du scheinst dich dort tapfer zu schlagen.« Ich schaue auf die gefrorenen Körper von Caleb und Eleanor.

»Würdest du deinen Kopf benutzen, wüsstest du, dass ich so gut wie tot bin«, sagt er. »Zumindest werde ich das sein, sobald die anderen mit den Mönchen fertig sind. Diese Kuh und ich sind etwa gleich stark, und ich habe es zugelassen, dass sie mich zu Boden gerissen hat. Jetzt stellt sie sicher, dass ich so lange liegen bleibe, bis ihre Mannschaft mich fertigmachen kann.«

»Also kannst du es genauso gut mit diesem Plan versuchen«, meint Rose. »Zumindest bekommst du eine Chance.«

Caleb schaut mich kalt an. »Gut, aber ich habe eine Bedingung. Du wirst aus meinem Kopf bleiben.«

»Natürlich. Selbst wenn ich in deinen Kopf eindringen wollen würde, vermute ich, dass ich es nicht könnte. Etwas an deinem Kopf ist sehr speziell.« Ich muss lachen. »Zumindest, was die 2. Ebene betrifft.«

»Du meinst die Tatsache, dass er nicht von dem Marionettenspieler geführt wird?« Eugene betrachtet Caleb, als sähe er ihn zum ersten Mal.

»Ja«, bestätige ich. »Rose ist auch nicht geführt worden. Die beiden müssen irgendwie resistent sein.«

»Interessant«, meint Eugene, bevor er sich zu mir umdreht. »Dieser ganze Plan hat eine Schwachstelle.«

Er sieht besorgt aus, und ich weiß, dass er nicht länger von Calebs eigenartigem Kopf redet.

»Was für eine Schwachstelle?«, will ich wissen.

»Wenn Caleb nicht einzeln mit ihnen fertigwerden kann, werden wir dann nicht Probleme bekommen, wenn sie alle zusammen auftauchen?«

»Was du nicht sagst«, meint Caleb spöttisch. »Vielen Dank für diese Enthüllung. Brauchtest du diesen weißen Kittel, um das herauszufinden?«

»Er muss gegen niemanden kämpfen«, erkläre ich Eugene. Dann blicke ich zu Caleb und sage: »Du kannst einfach jeden berühren und dann wegrennen oder was auch immer.«

»Hervorragender Vorschlag«, erwidert Eugene, während Caleb gleichzeitig sagt: »Wegrennen?«

Calebs Gesicht sieht bedrohlich ruhig aus, als er etwas vor sich hin murmelt. Das einzige Wort, das ich verstehen kann, ist »Beleidigung«.

»Kann ich das Gleiche tun?«, fragt Rose und ignoriert das Meckern des großen Mannes.

»Ja«, antworte ich. »Und du hast den Vorteil, dass du dich hinter den Bäumen verstecken kannst.«

»Aber den Nachteil meines hohen Alters«, erwidert sie.

»Ich könnte deine Aufgabe übernehmen«, bietet Eugene ihr an, »und dir erklären, wie man die Maschine bedient.«

»Nein«, entgegnet Rose. »Du bist am besten dafür geeignet, das Ding zu steuern. Ich werde rennen und mich verstecken, so wie Darren es vorgeschlagen hat.«

»Alles klar«, sage ich. »Fangen wir an. Außer, einer von euch hat noch irgendwelche Einwände.« Ich sehe, dass Caleb etwas sagen möchte, also füge ich hinzu: »Etwas anderes als sich über den Vorschlag zu beschweren, vor den Feinden wegzulaufen.«

»Hier«, sagt Caleb und dreht den Gewehrkolben in Eugenes Richtung. »Nimm die Waffe.«

»Nein«, widerspricht Eugene. »Ich brauche beide Hände, um den Apparat zu bedienen.«

»Behalte sie, aber bitte erschieß niemanden«, meine ich zu Caleb. »Egal, wie verlockend es sein mag.«

»Ich bin doch kein Idiot«, entgegnet Caleb.

»Darüber kann man sich streiten«, murmele ich. Danach sage ich lauter: »Wir sollten unsere Uhren auf neunzehn dreißig stellen, außer … Caleb, reicht dir eine halbe Stunde, um die letzte Person pünktlich um acht hineinzuziehen?«

»Und noch einmal – ich bin kein Idiot, Kind«, sagt Caleb und verschränkt seine Arme vor der Brust. »Und fordere dein Glück nicht heraus, indem du so weitermachst. Dir eins draufzugeben würde den Plan hinfällig machen, also …«

Ich schlucke meine geistreiche Antwort hinunter und frage: »Rose, ich nehme an, du bist einverstanden?«

Sie nickt.

»Eugene, ist das genug Zeit für uns, zum Gästehaus zurückzukehren und den Apparat des Jüngsten Gerichts einsatzbereit zu haben?«, frage ich.

»Mehr als ausreichend, aber ich beginne trotzdem schon mit dem Aufbau.« Eugene dreht sich um und geht in Richtung des Eingangs.

»Dir auch viel Glück, Eugene«, ruft Caleb Eugenes Rücken zu.

»Sollte das funktionieren, wirst du Kate erklären müssen, dass sie und ihr Team nicht eure Feinde sind«, sage ich Caleb. »Ich nehme an, dass sie verwirrt über das sein werden, was passiert ist.«

»Und sobald du sicher bist, dass sie nicht aggressiv sind, wirst du sie nicht umbringen«, fügt Rose hinzu. »Ich mag den Gedanken an einen Frieden mit den

Ältesten der Strippenzieher – ich meine Gedankenführer. Ich bin mir sicher, dass der Rest der Erleuchteten ihn auch möchte. Und ich muss wohl nicht betonen, dass sinnloses Töten für das Erreichen dieses Ziels nicht besonders hilfreich wäre.«

Caleb spannt seinen Kiefer an und sagt: »Aber das wird die Dinge erschweren.«

»Das ist ein Befehl.« Roses gebieterischer Ton ist genauso unerwartet wie alarmierend.

»In Ordnung«, gibt Caleb nach. Das ist das zweite Mal, dass ich sehe, wie er sich meinen Großeltern gegenüber geradezu ehrerbietig verhält. »Wenn das blöde Walross seinen Griff lockert, werde ich das auch tun. Das Gleiche gilt für die anderen. Wenn sie mich in Ruhe lassen, werde ich sie nicht töten.«

»Danke«, erwidert Rose, und ihre Stimme hört sich netter an. »Dann viel Glück.«

»Ehrlich, viel Glück«, sage ich. »Gehen wir, Rose.«

»Hey, Kind«, sagt Caleb. »Wenn du diesen Tag rettest, erinnere mich daran, mich bei dir zu entschuldigen.«

»Dafür, dass du meine Mütter und meine Freunde als Geiseln genommen hast?«, frage ich, und meine Nackenhaare stellen sich auf. »Oder dafür, mich davor entführt zu haben?«

Ohne eine Antwort abzuwarten, drehe ich mich um und gehe auf die Tür des Tempels zu. Hinter mir höre ich Roses schlurfende Schritte. Als sie mich eingeholt hat, gehen wir schweigend, bis wir die Mitte des

Erdgeschosses erreicht haben – den Punkt, an dem wir uns trennen müssen.

»Danke.« Rose hört sich ein wenig unbeholfen an, als sie es ausspricht. »Wenn dein Vater noch leben würde, wäre er sehr stolz auf dich.«

»Ähm, danke«, erwidere ich, weil ich nicht weiß, was ich sonst sagen soll. »Ich hoffe, wir werden lange genug leben, um ihn mit etwas stolz zu machen, was nicht verrückt ist.«

»Darf ich dir einen Kuss geben?«, fragt sie mich völlig unerwartet.

Mein erster Reflex ist, abzulehnen, aber sie ist schließlich meine Großmutter. Ich umarme sie vorsichtig und beuge meinen Kopf nach unten, damit meine rechte Wange in ihrer Reichweite ist. Sie gibt mir ein kurzes, zaghaftes Küsschen. Fast automatisch berühre ich im Gegenzug ihre faltige Wange mit meinen Lippen und schmecke eine salzige Flüssigkeit, so als habe ich eine von Roses Tränen geküsst.

Ohne ein weiteres Wort geht sie davon, und ich schaue ihr einen Moment lang nach. Dann schüttele ich den Kopf über ihr eigenartiges Verhalten und gehe zu meinem Ziel.

Ich frage mich, ob Frauen mit zunehmendem Alter geheimnisvoller werden.

***

»Bist du so weit?«, frage ich Eugene, als ich den Raum betrete.

»Ja«, antwortet er. »Setz das auf.«

Er reicht mir den Helm, der jetzt aussieht wie Medusas enthaupteter Kopf.

Ich setze ihn auf und schaue auf meine Uhr. »Wir müssen noch ein wenig Zeit totschlagen.«

»Ich werde alles noch einmal überprüfen«, meint Eugene. Einige der Kabel könnten sich wegen der ganzen Wurzeln und Steine, über die die Karre fahren musste, gelöst haben.

Die Kabel, die mich mit der Maschine verbinden, lassen mir ungefähr einen Meter Spielraum, so dass ich auf und ab gehen kann, während Eugene an seiner Ausrüstung werkelt.

»Okay, es ist fast so weit«, sagt Eugene nach den längsten fünfzehn Minuten meines Lebens. »Wer von uns zieht Thomas hinein?«

»Ich mache das«, erwidere ich. »Du kannst das Ding anschmeißen, sobald ich ihn berühre.«

»In Ordnung«, antwortet er. »Das werde ich, sobald du so weit bist.«

Nach einer Minute angespannter Stille frage ich Eugene ruhig: »Eugene, was tun wir, wenn es nicht funktioniert?«

Eugene wirft mir einen unleserlichen Blick zu, bevor er zuversichtlich sagt: »Es wird funktionieren. Es muss.«

Ich halte mich die nächsten Minuten davon ab, etwas Dummes zu sagen. Als ich das nächste Mal auf meine Uhr schaue, ist es genau 19.58 Uhr.

»Scheiße. Es ist gleich so weit.«

Ich starre wie in Trance auf den Minutenzeiger meiner Uhr. Mein Zeigefinger befindet sich schon neben Thomas' Stirn und wartet auf den Moment, an dem er seine Reise beenden wird.

Genau um acht Uhr drücke ich meine Finger in Thomas' Haut.

Mit einem kehligen Laut taucht Thomas im Zimmer auf.

Aus dem Augenwinkel sehe ich, dass Eugene etwas auf dem Apparat drückt. Er drückt es so schwungvoll und entschlossen, dass ich weiß, dass er das Gerät eingeschaltet hat.

Aber die willkommene Leere der 2. Ebene stellt sich nicht ein, und die neue animierte Version von Thomas stürmt auf mich zu.

23

ICH ERWARTE, DASS ER MICH ANGREIFT, ABER stattdessen stößt Thomas mich mit einer Dringlichkeit so kräftig zur Seite, dass ich beinahe zu Boden falle. Ich schlage hart gegen sein eingefrorenes Ich, und der statuengleiche Thomas kippt um. Das macht den Weg für den animierten Thomas frei, der sich in die gleiche Position begibt, in der sich eben noch sein eingefrorener Körper befand, und nach Miras Hals fasst.

»Eugene«, flüstere ich. »Warum bin ich immer noch hier?«

Mein Freund murmelt etwas auf Russisch und überprüft hektisch sein Gerät.

Mit blankem Entsetzen sehe ich Thomas dabei zu, wie er Mira so kräftig würgt, dass die Adern auf seiner Hand durch die Anstrengungen hervortreten.

Meine beste Erklärung für sein eigenartiges Verhalten ist, dass er in seinem geführten Zustand nicht versteht, dass sie eingefroren ist. Er scheint nicht zu begreifen, dass was immer er gerade macht keine wirklichen Auswirkungen haben wird.

Der Marionettenspieler muss bei seinem Führen zu spezifisch gewesen sein und ihn damit beauftragt haben, die Tür aufzubrechen und seine Hände um den Hals des Mädchens zu legen. Er scheint ihm nicht erklärt zu haben, dass das Ziel des Ganzen ist, sie umzubringen, und nicht nur einfach ihren Hals zu würgen.

Ich werfe einen Blick auf Eugene. Er zieht Kabel heraus, bevor er sie wieder fest hineinsteckt. Er scheint zu denken, dass ein Wackelkontakt der Grund für unsere Verzögerung ist.

Mir kommt ein furchtbarer Gedanke. Was ist, wenn die Maschine zwar eingeschaltet wurde, sie mich aber einfach nicht in die 2. Ebene bringen kann?

Nein. Es ist sinnlos, über das Was-wäre-Wenn nachzudenken.

Ich muss handeln, weil Thomas jederzeit seine Aufmerksamkeit Eugene und mir zuwenden kann. Ich habe keine Ahnung, was der Marionettenspieler sonst noch in seinen Kopf gepflanzt hat.

Ich nutze Thomas' laserscharfen Fokus auf Mira, um ihm einen Nackenschlag im Karate-Stil zu verpassen – einen Nackenschlag, den ich schon immer einmal ausprobieren wollte, für den sich auf der Insel aber nie die richtige Gelegenheit ergeben hat.

Zu meinem Entsetzen reagiert Thomas nicht so,

wie ich es erwartet hatte, als meine Hand auf seinem Nacken auftrifft.

Ich meine damit, dass er nicht mit quälenden Schmerzen zu Boden fällt.

Ich versuche diese mangelnde Reaktion zu verstehen und komme zu der Annahme, dass Thomas in seinem geführten Zustand Schmerzen nicht normal spüren kann.

Trotzdem fühlt er etwas, denn er dreht sich um und greift ohne Umschweife nach meinem Hals.

Ich wehre seinen Angriff ab, indem ich meine Finger um seine Handgelenke lege und ihn davon abhalte, seine tödliche Bewegung zu Ende zu führen. Gleichzeitig trete ich ihm ordentlich gegen das Schienbein.

Thomas stolpert, und als ich sehe, dass er dabei ist, zu fallen, lasse ich seine Handgelenke los. Allerdings imitiert er das, was ich eben getan habe, und umfasst meine Handgelenke, so dass er mich mit sich reißt, als er fällt.

Es gelingt mir, auf ihm zu landen und sicherzustellen, dass mein Knie in seine Seite stößt. Obwohl er nicht darauf reagiert, kann ich dadurch wenigstens meine Hände befreien. Ich versuche, ihn mit einer Aikido-Bewegung zu bändigen, aber er lässt mich nicht so zugreifen, wie ich müsste. Als ich alles gebe, um die Oberhand zu gewinnen, finde ich mich selbst in einer Position wieder, die genauso peinlich aussehen könnte wie die von Caleb und Eleanor in der richtigen Welt. Eigenartigerweise hat es Thomas wieder nur auf meinen Hals abgesehen, anstatt sich zu wehren.

Der Befehl, zu würgen, muss gerade seinen Kopf beherrschen.

Ich erinnere mich vage daran, wie der Angreifer mit der schwarzen Maske versucht hat, mich zu erwürgen; es muss die typische Vorgehensweise des Puppenspielers sein.

Als Thomas versucht, seine Hände um meinen Hals zu legen, lösen seine Finger den Gurt meines Helmes. Ich ziehe meinen Kopf zur Seite, aber zu meinem Entsetzen ist alles, was ich dadurch erreiche, dass ich meine kabelgeschmückte Kopfbedeckung komplett verliere. Sie scheppert, während sie über den Boden rollt.

Scheiße.

Selbst wenn Eugene es schaffen sollte, die Maschine in Gang zu bringen, bin ich nicht mehr mit ihr verbunden.

»Mann!«, schreie ich. »Mein Helm.«

Ein Schuss ertönt. Meine Ohren fühlen sich an, als habe jemand mit einem Baseballschläger auf meine Trommelfelle geschlagen.

Mein fassungsloses Gehirn bietet eine Erklärung an: Eugene hat die Pistole gefunden, die ich an die Wand geworfen hatte. Trotzdem war es verrückt, sie zu benutzen.

Überall ist Blut.

Thomas versucht immer noch, mich zu erwürgen.

Ich weiß nicht, ob ich erleichtert oder voller Panik sein sollte, weil er noch am Leben ist.

»Ich habe ihn angeschossen«, sagt Eugene und hört sich selbst panisch an. »Warum kämpft er weiter?«

»Eugene, konzentriere dich auf die Maschine«, kann ich heiser krächzen, bevor ich Thomas mit meinem Ellenbogen schlage. »Wenn du ihn tötest, wirst du ihn inert machen, und das wird alles ruinieren.«

Mein Schlag bewirkt nichts weiter, als mich in eine Position zu bringen, in der Thomas seinen Körper drehen kann. Er nutzt die Schwungkraft, um ein Manöver auszuführen, das meinen Kopf zum Drehen bringt – einen Wurf im Hapkido-Stil, der sich anfühlt, als habe ich gerade einen perfekten Salto geschlagen. Im nächsten Moment liege ich auf dem Rücken, Thomas' Knie befinden sich auf meinen Bizepsen, und sein ganzes Gewicht drückt mich auf den Boden. Die hässliche Schusswunde in seinem Oberschenkel könnte genauso gut ein Mückenstich sein, wenn man die Aufmerksamkeit betrachtet, die er ihm schenkt. Seine schwieligen Hände schließen sich wieder um meinen Hals.

Ich versuche, mich zu bewegen, um ihn abzuwerfen – *irgendetwas* zu tun –, aber er hat mich fest im Griff.

Ich winde mich weiterhin, so gut ich kann, aber alles, was ich erreiche, ist, dass eine Müdigkeitswelle so stark wie die Nachwirkungen von zwanzig Tequilas durch meinen Körper fließt. Der Sauerstoffmangel scheint sich bemerkbar zu machen.

Thomas verstärkt seinen Griff, da ihn meine immer schwächer werdende Gegenwehr offensichtlich ermutigt.

Ich beginne, die Matrix des weißen Nachglühens zu sehen, und versuche Eugene zu sagen: »Jetzt wäre ein guter Zeitpunkt, mir zu helfen«, aber das, was herauskommt, ist ein Zischen wie bei einem kaputten Staubsauger.

Ich frage mich kurz, warum die Welt nicht langsamer wird.

Das letzte Mal, als ich mich auf der Schwelle zum Tod befand, bin ich allein in die 2. Ebene hinübergeglitten – ohne Maschine. Habe ich jetzt wirklich weniger Angst als damals? Bin ich nicht genauso verzweifelt? Wenn ich den heutigen Tag überlebe, werde ich über meinen neuentdeckten Mut nachdenken müssen, sollte er der Grund für meine Unfähigkeit sein, in die 2. Ebene zu gelangen.

Ich habe Schwierigkeiten, das Zucken meines Körpers zu stoppen, und jeder Moment, der vergeht, entzieht mir mehr Energie.

Ich beginne, das Bewusstsein zu verlieren. Fast wie in einem Traum fühle ich einen Druck um meinen Schädel. Ich brauche einige Augenblicke, um zu verstehen, was er bedeutet. Eugene muss den Helm wieder auf meinem Kopf befestigt haben.

Seine Stimme ist ganz dicht an meinem Ohr. »Ich starte ihn noch einmal.«

Ein eigenartiges Geräusch folgt seinen Worten – ein Geräusch, das sich wie ein Summen anhört.

Auf das Summen von außen folgt ein sehr ungewöhnliches Gefühl – eine Reihe von unangenehmen Schlägen gegen meine Stirn. Ich erinnere mich schwach, über diesen Effekt der TMS-Therapie gelesen zu haben.

Dann bin ich weg.

ICH HÄTTE NIEMALS GEDACHT, SO FROH DARÜBER SEIN ZU können, keine Sinne zu besitzen. Ich hätte niemals gedacht, die Schwärze und die Abwesenheit von absolut Allem in der 2. Ebene willkommen zu heißen. Wenn ich in diesem Zustand ein Herz besitzen würde, zerspränge es gerade vor Freude. In diesem Fall scheint die Freude stattdessen in einem Teil meines Gehirns auszubrechen.

Zum Teufel, ich bin so erleichtert, dass ich diesen Ort im Moment sogar Nirwana nennen werde. So unangenehm es ist, ein nacktes Gehirn zu sein, das in diesem Äther schwebt, es schlägt mit Sicherheit die Alternative. Wenn Thomas schneller gewesen wäre als Eugene, wenn er mich getötet hätte, würde ich mich jetzt wieder im Wald befinden, inert und ohne die Macht, Thomas davon abzuhalten, Mira zu erwürgen.

Ein Teil meines Enthusiasmus verfliegt, als ich mich umsehe.

Mit »sehen« beziehe ich mich auf diesen fremden Sinn, der es mir erlaubt, die aus Sternen bestehenden Gebilde »zu sehen« – die Darstellung der anderen

Gehirne. Es ist nicht wirklich eine Vision, aber ich finde kein besseres Wort dafür.

Nachdem ich mich stark auf das Sehen konzentriere, erkenne ich drei Muster, die sich »in der Nähe« zu befinden scheinen – eine weitere nette Umschreibung.

Ich nehme an, dass es sich bei diesen Gebilden um Thomas, Eugene und mich selbst handelt. Mira kann nicht hier sein, da sie sich nicht in der Stille befindet.

Ich schaue mich noch etwas weiter um.

Nichts.

Was ist mit den Mustern, die Kates Team, Rose und Caleb darstellen? Vielleicht sind sie zu weit von mir entfernt, um sie in diesem Zustand wahrzunehmen, aber was bedeutet Entfernung an diesem Ort schon?

Auf jeden Fall ist das Wichtigste für mich, Mira zu retten, und dafür benötige ich nur Thomas' Muster.

Ich betrachte die drei Gebilde. Auch wenn sie sich auf die gleiche Art voneinander unterscheiden wie Sternbilder, bleibt die Hundert-Dollar-Frage: Welches gehört zu Thomas?

Sie befinden sich ziemlich nahe beisammen, weshalb ich mich nicht daran orientieren kann, wie sie zueinander stehen. Das Schlimmste, was passieren könnte, wäre, dass ich mit meinem eigenen Muster interagiere und somit die Stille verlasse.

Es ist milde gesagt frustrierend, dass ich mich selbst nicht erkenne.

Ich erinnere mich daran, dass ich keine Ahnung habe, wie viel Zeit ich in dieser Dimension verbringen kann, also beschließe ich, meiner Intuition zu folgen. Vielleicht ist Intuition das, was an diesem Ort für das Wiedererkennen nötig ist.

Ich lasse meine Intuition entscheiden, bei welchem Muster es sich um Thomas' handelt.

Zuerst passiert nichts, aber nach einem Augenblick der Konzentration habe ich den halben Weg dorthin zurückgelegt, ohne die Entfernung wirklich durchlaufen zu haben.

Wenn ich im Nirwana bin, kann ich teleportieren wie die Ältesten. Vielleicht ist das auch der Grund dafür, dass sie so gut darin sind? Vielleicht ist es leichter, diese Fähigkeit einfacher in der Stille zu meistern, wenn ich sie hier übe? Ich beschließe, mich auf diese Teleportationsbewegungen zu konzentrieren, während ich sie durchführe. Ungebeten überkommt mich ein dunkler Gedanke: Wenn es überhaupt ein Später gibt. Schließlich besteht die Möglichkeit, dass Eugenes Maschine mir meine Kräfte für immer wegnimmt.

Angst überkommt mich. Die Leere der 2. Ebene wird so erdrückend, dass ich an einem Punkt ankomme, an dem ich nicht weiß, ob ich sie noch aushalten kann. Wenn ich Augen hätte, würden Tränen meine Wangen hinunterlaufen. Wenn ich einen Mund hätte, würde ich meinen Frust hinausschreien. Weil mein ganzes Leiden allerdings kein Ventil hat, macht es das Ganze noch viel schmerzvoller für mich.

Dann erinnere ich mich daran, warum ich hier bin.

Thomas ist gerade dabei, Mira umzubringen. Ich kann jetzt nicht zerbrechen.

Ich schaffe es, meine wirbelnden Gedanken unter Kontrolle zu bringen, und bewege mich mit meinem Willen näher auf das Muster zu, bei dem es sich hoffentlich um Thomas' handelt. Und als ich dort ankomme, umschließe ich es.

Sobald ich den Kontakt herstelle, bin ich auch schon drin.

»ICH HABE IHN ANGESCHOSSEN«, SAGEN WIR. »WARUM kämpft er weiter?«

»Eugene, konzentriere dich auf die Maschine«, sagt Darren, dessen Stimme voller Entsetzen wie zugeschnürt ist. »Wenn du ihn tötest, wirst du ihn inert machen, und das wird alles ruinieren.«

Wir hassen uns selbst für unsere Dummheit. Wir werfen die Waffe, die wir gefunden haben, auf den Boden. Wir hätten beinahe unsere Schwester getötet, indem wir dem Strippenzieher, der Thomas Kopf kontrolliert, fast einen Gefallen getan hätten. Es ist unmöglich für Darren, Thomas zu überschreiben, wenn dieser inert ist.

Also natürlich nur, wenn Darren überhaupt dazu kommt, jemanden zu überschreiben, denken wir, aber verbannen diesen verräterischen Gedanken sofort. Natürlich wird Darren erfolgreich sein – auch wenn es das letzte Mal sein wird, an dem er jemals seine Macht nutzen wird. Wir hatten nicht den Mut, ihm zu sagen, wie präzise die Rechnungen unseres Vaters sind.

Wir beschließen, dem Rat unseres Freundes zu folgen, und konzentrieren uns darauf, ihn in die 2. Ebene zu bekommen. Wir eilen zur Maschine zurück und handeln schnell. Wie ein Jongleur schieben wir den Apparat zu unseren kämpfenden Freunden und beginnen gleichzeitig damit, die Kabel neu einzustecken, von denen wir hoffen, dass sie für die Verspätung verantwortlich sind.

Zuerst das rote und dann das blaue. Unser Herz schlägt schmerzhaft schnell. So müssen sich diejenigen fühlen, die Bomben entschärfen.

Wir beenden das Ganze mit einigen Kabeln, von denen unser Instinkt uns sagt, dass sie lose sein könnten.

Es muss einfach funktionieren, hoffen wir halb und beten wir halb.

Wir wollen die Maschine gerade anstellen, als uns etwas Schreckliches auffällt: Der Helm ist von Darrens Kopf gefallen, und was noch schlimmer ist, ist, dass Thomas gerade dabei ist, Darren zu erwürgen.

Wir greifen nach dem Helm.

Darrens Gesicht ist lilafarben. Er hat nur noch wenige Sekunden, wenn überhaupt.

Wir nehmen den Helm und schieben ihn auf seinen Kopf.

Thomas ist so sehr auf seine mörderische Aufgabe konzentriert, dass er uns ignoriert, als wir den Gurt unter Darrens Kinn befestigen.

Wir sind froh, dass die Maschine so nahe bei uns steht, und drücken auf den Knopf.

***

OKAY, DAS WAR EUGENES KOPF UND NICHT DER VON Thomas, was bedeutet, dass es keinen Unterschied macht, ob ich auf meine Intuition vertraue oder einfach zufällig auswähle. Und es bedeutet außerdem, dass die Wahrscheinlichkeit, Miras Leben zu riskieren, gerade bei eins zu drei gelegen hat. Verdammt. Es bedeutet sogar, dass meine nächste Wahl eine fünfzigprozentige Wahrscheinlichkeit hat, richtig – oder falsch – zu sein, wenn ich keinen Weg finde, die Muster zu unterscheiden. Was das Ganze verschlimmert, ist die Tatsache, dass ich mich schnell entscheiden muss, da meine Tiefe sich mit unbekannter Geschwindigkeit verringert, und Mira auch dann sterben wird, wenn ich mich nicht entscheide.

Ich schwanke zwischen »zufällig auswählen« und »eine Strategie entwickeln«. Ich verbringe eine gefühlte Stunde mit diesem Hin und Her, und mein einziges Ergebnis sind Kopfschmerzen, die beweisen, dass auch ein nicht vorhandener Kopf von Phantomschmerzen betroffen sein kann.

Gut, dann werde ich eben zufällig auswählen, denke ich in den Äther und entscheide mich für das rechte Muster als mein Zielobjekt.

»Bitte, Darren, nicht dieses«, sagt eine bekannte

Stimme in meinem Kopf. »Das ist dein verlangsamtes Ich.«

»Mimir«, erwidere ich erleichtert. »Nett von dir, hier aufzutauchen. Du wirst immer besser darin, es genau dann zu tun, wenn ich am wenigsten damit rechne.«

»Und du sahst gerade so aus, als seist du an dem Punkt angelangt, zu lernen, Muster selbst unterscheiden zu können«, Mimirs Gedanke gelangt bei mir mit einem Hauch Besorgnis und Unschuld an, von dem ich vermute, dass er nicht ernst gemeint ist, »bis du fast das Nirwana verlassen hast.«

Mimirs Gedanke schafft es, einen Sinn von Behaglichkeit bei meinem neuen Wort für die 2. Ebene zu übertragen. Er mag es ganz offensichtlich.

»Also hast du es zugelassen, dass ich mir den Kopf zerbreche, damit ich einen Lernerfolg habe?« Ich übertrage ihm meinen Gedanken verärgert. »Genießt du es, mich dabei zu betrachten, wie ich mich winde?«

»Ich hatte keine bösartigen Absichten. Du solltest in der Lage sein, Muster zu erkennen, die du schon einmal gelesen hast«, erwidert Mimir. »Und da du Thomas das letzte Mal gelesen hast, dachte ich, du würdest ihn wiedererkennen.«

»Wenn das so ist, woher weißt du, welches Thomas' ist?«, übertrage ich. »Du hast ihn niemals gelesen, oder doch? Kannst du das überhaupt? Jemanden lesen, meine ich.«

»Ich musste nicht wissen, welches sein Muster ist, wenn nur noch zwei Möglichkeiten übrig waren und ich wusste, welches deines ist«, denkt Mimir. »Ich kenne dich genauso gut wie mich, verstehst du?«

»Deshalb hast du mich nicht davon abgehalten, fälschlicherweise Eugene zu lesen?« Mir fällt auf, dass er mir nicht auf meine Frage geantwortet hat, ob er lesen kann. Ich verliere keine Zeit damit, ihn darauf hinzuweisen, da ich weiß, dass er weiß, dass ich weiß, dass er der Frage ausgewichen ist – weil er gerade meine Gedanken liest.

»Genau«, erwidert Mimir. »Bis du Eugene gelesen hast, wusste ich nicht, welches sein Muster war. Im Gegensatz zum letzten Mal, an dem wir uns getroffen haben, konnte mir der Standort der Muster nicht weiterhelfen, da ihr drei euch in der Stille sehr nah beieinander befindet.«

Ich ignoriere ihn, gebe weiterhin vor, nur über Eugenes Muster gesprochen zu haben, und erwidere: »In Ordnung, wie auch immer. Wir können später über das hier und die kryptische Nachricht sprechen, die du mir auf der Insel hinterlassen hast. Da ich jetzt weiß, welches dieser Muster Thomas' ist, muss ich mich darauf konzentrieren, Miras Tod zu verhindern.«

»Da stimme ich dir voll und ganz zu.« Mimirs Antwort fühlt sich zufrieden an. »Du hast eine Menge über Geduld, Zeitmanagement und Prioritäten gelernt, seit wir uns das letzte Mal ausgetauscht haben.«

Ich erlaube ihm, das letzte Wort zu haben, konzentriere mich auf Thomas' Muster und teleportiere mich in zwei Sprüngen zu ihm, genauso wie ich es bei den anderen Mustern getan habe.

Als ich dort ankomme, beschließe ich, den Bruchteil einer Sekunde dafür zu verwenden, herauszufinden, ob ich erkennen kann, dass es sich um Thomas handelt, bevor ich mich in die Kohärenz begebe.

Ich konzentriere mich. Obwohl mein Muster ihn noch nicht umgibt, ist es schon kurz davor.

Manchmal hilft es, zu wissen, dass etwas machbar ist, um es erreichen zu können. Das ist die einzige Erklärung dafür, warum ich jetzt auf einmal sagen kann, dass es sich um Thomas handelt, auch wenn es schwierig ist, zu erklären, warum. Wenn das Wort »sehen« die beste Annäherung daran ist, wie ich diese sternförmigen Gebilde wahrnehme, dann ist »riechen« die beste Beschreibung dieses neuen Sinns, der mir sagt, dass es sich zweifellos um Thomas handelt. Natürlich dehne ich die Definition des Wortes »riechen« hier noch weiter aus, als ich es mit dem Wort »sehen« bereits tue.

Thomas riecht nach Ehre, Anstand und Patriotismus. Wie können diese abstrakten Begriffe einen Geruch haben? Ich weiß es nicht, aber das sind die Gedanken, die in meinem Kopf auftauchen, als ich das alles wahrnehme. Die weltliche Wahrnehmung, die dem vielleicht am nächsten kommt, ist ein moschusartiger Geruch durch harte Arbeit mit einem Hauch von Bergluft und einem Spritzer dieser neu ausgepackten, frisch gedruckten Fahnen.

Ohne zu zögern, begebe ich mich in die Kohärenz. Ich muss zugeben, dass ich froh bin, Thomas selbst erkannt zu haben, bevor ich mich in ihn begebe. Nicht, dass ich Mimir nicht trauen würde, aber mein derzeitiges neues Motto ist »Vertrauen ist wichtig, aber Kontrolle ist besser«.

Ein bekannter Zustand überkommt mich, und ich werde von Thomas' Erinnerungen überflutet.

24

——————

Wir schauen auf die ganzen Menschen, die zu
Kyles Beerdigung gekommen sind, und unsere
Gedanken sind durcheinander. Größtenteils kannten
die Menschen Kyle genauso wenig wie wir, und
vielleicht sogar noch weniger. Wir wissen genug über
ihn, um seinen Tod nicht zu bedauern. Wenn wir
überhaupt etwas bedauern, dann die Tatsache, so
wenig über ihn erfahren zu haben, sei es etwas
Schlechtes oder Gutes. Er war immerhin unser
biologischer Vater, und nur einer Person auf der
ganzen Welt wird jemals diese Ehre zuteilwerden.
Nicht, dass dieser Titel etwas so Besonderes wäre. Wer
wirklich wichtig ist, ist die Person, die man sein ganzes
Leben lang »Vater« genannt hat, und für uns lebt diese
Person in Queens. Diese Person mag nicht unser
Fleisch und Blut sein, aber sie ist eine Million Mal
mehr ein richtiger Vater, als es Kyle jemals gewesen
sein könnte. Er und Mutter, unsere Adoptivmutter,

sind die besten Eltern, die man sich jemals vorstellen könnte. Unsere Sehnsucht danach, etwas über unsere biologischen Eltern herauszufinden, hatte ihren Ursprung überhaupt nicht darin, dass wir mit Mami und Papi nicht zufrieden waren.

Als wir an unsere Mutter denken, wenden wir unseren Blick auf jemand anderen – eine Frau, die gerne ihren Platz eingenommen hätte, wenn Kyle nicht genau das verhindert hätte. Wie anders wäre unser Leben gewesen, wenn wir unter Lucys und Saras Dach aufgewachsen wären? Mit Darren aufgewachsen wären? Wären wir ihm ähnlicher? Oder sind wir ein Resultat unserer Gene, wie Liz meint? Das ist ein beängstigender Gedanke, wenn man bedenkt, was für ein Bastard unser Vater war. Sind wir fähig, genauso böse zu sein wie Kyle?

Und da ist er schon – der Knackpunkt unseres Problems. Er und zusätzlich unser Bedauern. Wir wünschen uns wirklich, wir hätten nicht so eine große Sache aus Kyles Tod gemacht, als Darren uns von der ganzen katastrophalen Konferenz berichtet hat. Wahrscheinlich denkt er, dass wir ihm böse Absichten dafür unterstellen, dass er unseren biologischen Vater umgebracht hat. Um ehrlich zu sein haben wir eine Art instinktive Abneigung in dem Moment gefühlt, in dem Kyle getötet wurde. Kurz danach, auf unserem Weg zurück zum Krankenhaus, haben wir allerdings verstanden, dass Darren genau das Richtige getan hat. Trotzdem haben wir gespürt, wie wir uns voneinander entfernt haben, als wir gesagt haben:

»Ich möchte nichts mehr darüber hören« – eine Entfernung, die hoffentlich bald verschwinden wird. Die gute Nachricht ist, dass Darren nicht der Typ zu sein scheint, der nachtragend ist, also sollten die Dinge zwischen uns sich mit der Zeit wieder normalisieren, so sein, als hätte Kyle nie existiert. Diese Beerdigung ist ein guter Anfang, und wir sind hier, um Darren und Lucy zur Seite zu stehen. Wir sind auch für uns hier, aber wahrscheinlich eher für sie.

Wir können es kaum abwarten, dass Lucy endlich bereit ist, von uns zu erfahren. Liz denkt, dass sie bald so weit sein wird. Wenn sie wüsste, wer wir sind, müssten wir nicht wie ein Fremder an der Seite stehen. Wenn nur …

Plötzlich verschwinden alle Geräusche des Friedhofs. Jemand hat uns in die Gedankendimension gezogen. Und dann, bevor wir sehen können, wer uns hineingezogen hat, dringt etwas Fremdes in unseren Kopf ein.

Du wirst Darren töten …

Ich, Darren, trenne mich, als diese dunklen Anweisungen beginnen. Ich muss instinktiv zu dem Zeitpunkt von Kyles Beerdigung in Thomas' Kopf gesprungen sein. Hätte ich Zweifel an Thomas' Motiven gehabt, wären sie jetzt beseitigt. Er ist mir nicht böse. Leider hat er keinen Blick auf den Marionettenspieler werfen können, bevor dieser Bastard in seinen Kopf eingedrungen ist.

Na gut. Ich werde keine Zeit mehr verlieren. Ich

muss die Situation mit Mira lösen, also gebe ich Thomas meine Anweisungen:

Du wirst damit aufhören. Du wirst Mira nichts tun. Sie ist die Freundin deines Adoptivbruders und eine gute Freundin von dir. Du wirst sie mit deinem Leben schützen. Versuche, sie aus dem Zustand aufzuwecken, in dem sie sich befindet. Sobald sie aufwacht, sag ihr, dass sich Darren in der Nähe befindet. Sag ihr, dass sie hierbleiben soll, und schütze dich und sie unter allen Umständen.

ICH VERLASSE THOMAS' KOPF UND FÜHLE MICH WIE EIN Mann, der nach einigen langen Minuten des Tauchens zum ersten Mal einatmet.

Mira wird nicht sterben.

»Thomas wird sie nicht umbringen«, korrigiert mich Mimirs Gedanke. »Aber du hast den Tempel noch nicht für Mira, deine Großeltern oder die Mönche gesichert.«

»Du hast recht«, antworte ich. »Ich muss noch einige Menschen führen. Die Frage ist: Wie kann ich sie finden?«

»Ich kann dich führen«, bietet Mimir an. »Folge mir.«

Das riesige Mini-Universum, das Mimir darstellt, erscheint in einiger Entfernung. Dann zieht es sich zurück. Ich teleportiere zu ihm, und es zieht sich wieder zurück. Nach einigen Sprüngen sehe ich schwach einige Gebilde weit von mir entfernt. Noch ein paar Sprünge, und ich kann sie besser erkennen. Allerdings sind es drei Gebilde, während ich nur zwei erwartet hatte.

»Das rechte ist Julia«, erklärt mir Mimir, »Also ist das andere der Angreifer, Richard. Das dritte, das sich etwas weiter weg befindet, ist Rose.«

»Julia war nicht inert?« Ich frage mich, ob meine Aufregung mit meinem Gedanken übertragen wurde.

»Das war sie nicht, und deine Großmutter hat ihr in weiser Voraussicht die Aufgabe übertragen, Richard hineinzuziehen, da Julia jünger ist als sie selbst.« Sein Gedanke hört sich vorwurfsvoll an.

»Ich wusste nicht, dass Julia eine Option war«, denke ich und unterdrücke meinen Drang, mich zu verteidigen. »Ich habe nicht versucht, sie hineinzuziehen, nachdem ich es bei Rose geschafft hatte. Ich habe einfach angenommen, dass alle anderen inert waren.«

»Du weißt, was sie über Vermutungen sagen, aber ich werde deine kostbare Zeit nicht damit verschwenden, dir die zahlreichen Pläne aufzuzählen, die viel sicherer als deiner gewesen wären.« Mimirs Antwort ist barsch.

»Ich weiß deine Zurückhaltung wirklich zu schätzen«, denke ich zurück. »Ich muss noch etwas wissen, und ich weiß wir stehen unter Zeitdruck, aber …«

»Ich habe den Marionettenspieler davon abgehalten, deine Großmutter zu führen, und was das betrifft, auch alle anderen Erleuchteten«, sagt Mimir und beantwortet damit die Frage, an die ich gerade gedacht habe.

»Wie?«

»Er hat versucht, sie hineinzuziehen, und nicht nur sie. Er hat versucht, sie alle hineinzuziehen. Als er das getan hat, hat er einen Teil von ihnen ins Nirwana gebracht.« Er projiziert die letzten Worte genüsslich. »Sobald sich ein Teil von ihnen im Nirwana befand, konnte ich bei ihnen sein, genauso wie ich bei dir sein kann. Dann habe ich die Verbindung verhindert, was sich für den Marionettenspieler so angefühlt haben muss, als seien sie inert.«

»Aber wie?«, denke ich. »Und was ist mit Caleb? Er scheint auch immun gegen den Marionettenspieler zu sein.«

»Caleb wurde von einem anderen Wesen wie mir beschützt – demjenigen, das ihr beide während eurer Vereinigung erschaffen habt – als du gelernt hast zu kämpfen«, erklärt Mimir.

Mein Kopf dreht sich wegen dieser Erklärung, aber noch mehr wegen der Erinnerung daran, dass es dort draußen weitere solcher Kreaturen gibt wie Mimir.

»Nenne uns nicht Kreaturen«, sagt mir sein Gedanke.

»In Ordnung. Wie sollte ich euch nennen?«

»Such dir einen gesetzteren Namen aus. Wie wäre es denn mit transzendente Geister?«

»Das ist ganz schön lang«, denke ich zurück. »Wie wäre es, wenn ich euch als Kurzform Transis nenne?«

Ein mentales Schnauben erreicht meine Gedanken.

»In dem Fall nenne uns bitte Omni-Geister oder Omnis, wenn du alles kurz haben musst. Da wir aber nicht wissen, wie viel Zeit du noch hast, musst du jetzt die Erleuchteten retten – jetzt sofort.«

»Warte, was ist mit Julia? War sie auch immun gegen den Marionettenspieler?«

Seine Antwort ist gehetzt. »Ja. Ein anderer Omni hat dafür gesorgt, einer, der gebildet wurde, als die Erleuchteten sich mit Julia vereinigt haben. Und jetzt konzentriere dich. Ich weigere mich, mit dir zu kommunizieren, bis diese Bedrohung neutralisiert ist.«

Ich zügele meine Millionen von Fragen über die Omnis und konzentriere mich stattdessen auf die Neuronenkonstellation, die Richard darstellt. Dieses Mal teleportiere ich, ohne einen Zwischensprung zu benötigen. Ich denke, dass ich langsam beginne, das Teleportieren in der 2. Ebene zu beherrschen.

Richards Geist hat keinen Geruch, was auch kein Wunder ist, da ich ihn niemals zuvor gelesen habe – aber das tue ich jetzt.

⁂

UNSERE GEDANKEN KONZENTRIEREN SICH AUF UNSERE Aufgabe: Wir sollen als selbststeuernde Rakete fungieren. *Finde die Erleuchteten. Töte die Erleuchteten.* Die Anweisungen wiederholen sich in unserem Kopf, als wir unseren Opfern durch den Wald folgen.

Ich, Darren, behalte im Hinterkopf was gerade vor sich geht. Das ist Richards Kopf. Er ist gerade mit den

Polizisten fertiggeworden, die ich auf ihn angesetzt hatte, und rennt, um die Erleuchteten im Wald einzuholen. Widerwillig lasse ich die Erinnerung ablaufen.

Wir rennen wie ein Berserker, ohne auf die Zweige und Wurzeln zu achten, die uns im Weg sind. Als die weißen Gestalten vor uns auftauchen, bereitet sich jeder Muskel in unserem Körper darauf vor, sie umzubringen.

Ein alter Mann tritt aus der Gruppe hervor.

»Was willst du, Strippenzieher?«, fragt er mit fester Stimme. Über seine Schulter hinweg befiehlt er: »Geht. Jetzt.«

Auf einer bestimmten Weise wissen wir, dass er Angst hat, aber auf einer anderen, unterschwelligen Weise bewundern wir, dass ein älterer, schwach aussehender Mann wie er sich uns überhaupt widersetzt.

Die Anweisungen gewinnen die Oberhand.

Wir gehen schweigend zu dem Mann und bereiten uns mental auf eine Verfolgung vor. Er rennt nicht; er versucht sogar, uns mit dem Blick niederzuzwingen.

Wir antworten ihm mit einem Schlag. Unsere Faust versinkt im weichen Bauch des alten Mannes. Als wir sehen, dass er unter Schmerzen zusammenbricht, versetzen wir ihm einen Stoß.

Der alte Mann fällt mit wehender weißer Kutte zu Boden.

Wir ziehen unser Bein nach hinten, um ihn zu

treten, damit wir unsere Arbeit beenden und uns um die anderen kümmern können.

Ich, Darren, ziehe mich erschaudernd zurück. Es ist abscheulich, einen Mann in eine lebende, atmende Vernichtungsmaschine zu verwandeln, so wie es der Marionettenspieler getan hat. Jeder, außer einem echten Psychopathen, würde Mitleid empfinden, wenn er einen alten Mann derart zusammenschlagen würde – zumindest hoffe ich das. Pauls Mut berührt mich. Obwohl ich es nicht mag, wie er mich behandelt, bin ich froh, den alten Scheißer zu retten.

Ich weise Richard an: *Du wirst den Mann vor dir nicht treten. Außerdem wirst du keinem der Erleuchteten oder ihren Begleitern etwas antun. Eigentlich bist du sogar ihr Beschützer, und dein oberstes Ziel ist es, sie im Wald in Sicherheit zu bringen. Um ihnen zu zeigen, dass du keine Bedrohung darstellst, wirst du dich mit den Händen hinter dem Kopf hinknien und ihnen sagen: »Ich bin ab jetzt euer Beschützer. Verfügt über mich. Oh, und hallo, Paul. Ich werde gerade von Darren, deinem Enkel, geführt, der dir ausrichten lässt: ›Hallo, du arroganter Arsch. Es tut mir leid, dass du Schmerzen hast. Rose wird dir erklären, was gerade passiert.‹«*

Damit verlasse ich Richards Kopf.

»Sehr gut.« Mimirs Gedanke ist das Erste, was ich wahrnehme, als die Schwärze der 2. Ebene mich erneut überkommt. »Und jetzt folge mir.«

Er teleportiert, und ich folge ihm.

Irgendwann sehe ich sie – die Lichtbündel. Ich zähle fünf, was bedeutet, dass Caleb es geschafft hat George, Kate, Eleanor und James hineinzuziehen, ohne umgebracht zu werden.

Von den fünf Mustern, die ich in der Entfernung sehe, sind die meisten zu einer Gruppe zusammengedrängt, die wie eine kleine Sternenkonstellation aussieht, die ungefähr ein Drittel so groß ist wie Mimir. Etwas abseits von ihnen befindet sich ein vereinzeltes Muster.

»Okay«, denke ich halb zu mir, halb zu meinem Führer. »Wie bekommen wir heraus, was was beziehungsweise wer wer ist?«

»Das ist eine sehr gute Frage mit weitreichenden Konsequenzen«, erwidert Mimir, und seine Neuronen flackern heller als normalerweise.

»Wolltest du gerade etwas vorschlagen?«, denke ich, dieses Mal in Richtung Mimir.

»Na ja, zunächst einmal kenne ich jemanden, der Caleb identifizieren kann«, erklärt Mimir. »Nachdem er das getan hat, werden wir improvisieren müssen.«

Plötzlich erscheint eine neue Ansammlung von Neuronen vor mir.

Dieses Wesen lebt, und seine Synapsen flackern genauso hektisch wie Mimirs. Es ist deutlich kleiner als Mimir – um genau zu sein nur ein Sechstel so groß.

»Und trotzdem bin ich doppelt so groß wie du, Kind«, sagt eine neue Stimme in meinem Kopf.

»Außerdem kommt es nicht auf die Größe des Gehirns an, sondern darauf, wie man es benutzt.«

»Du bist ein weiterer Omni.« Diese Erkenntnis erfüllt mich mit Ehrfurcht. »Derjenige, der aus Caleb und mir entstanden ist, stimmt's?«

»Nein, eigentlich bist du schizophren, weil du zwei Stimmen in deinem Kopf hörst, ganz abgesehen davon, dass du unter Größenwahn leidest.« Dieser Gedanke wird von einem Grinsen begleitet. »Natürlich bin ich das. Nenn mich Daleb.«

Ich ignoriere den kurzen Angstschub, den sein Witz hervorgerufen hatte, und antworte: »Du hast einfach unsere Namen zusammengefügt und das ›D‹ meines Namens an den Anfang gestellt. Bedeutet das, dass meine die dominantere der beiden Persönlichkeiten ist, aus denen du bestehst? Du hörst dich eher wie Caleb an.«

»So funktioniert das nicht«, erwidert Daleb, diesmal ernsthaft. »Ich bin beide, aber keiner. Nichts überwiegt. Ich bin ich, und nicht einer von euch.« Dann fügt er mit einem weiteren mentalen Grinsen hinzu: »Ich bin Daleb, weil ich nicht Carren sein wollte, da es sich zu sehr nach einer Frau anhört.«

»Also siehst du dich selbst als männlich?«

»Gentlemen«, unterbricht uns Mimirs Gedanke. »Wir versuchen gerade, Caleb zu retten. Ich würde meinen, dass besonders du, Daleb, sein Leben nicht aufs Spiel setzen möchtest.«

»Der großmächtige Mimir hat recht«, antwortet Daleb. »Derjenige, der sich etwas abseits der

Ansammlung befindet, ist Caleb. Leicht zu erkennen. Bitte, rette ihn, Darren. Ich werde dir einiges schulden, wenn du das tust.«

»Wie konnte er sie alle an einem Ort zusammentreiben?«, frage ich mich. »Ich wünschte, er hätte es nicht getan.«

»Lies ihn und finde es heraus«, schlägt Daleb vor. »Vielleicht sieht er, wo jeder Einzelne von ihnen sich befindet.«

Ich teleportiere zu dem großen Haufen und finde Caleb. Ich versuche, das zu tun, was Daleb vorgeschlagen hat: Caleb zu lesen, um herauszufinden, wie er seine Aufgabe ausgeführt hat.

Die Kohärenz kommt schnell, und mit ihr dringe ich in Calebs Gedanken ein.

Wir rennen auf die Tür des Tempels zu und ignorieren die Kugeln der Strippenzieher, die uns verfolgen. Wir konzentrieren uns auf diese Türen, als seien sie das Himmelstor.

Dann springen wir halb und gleiten halb – eine Bewegung, die wir bei all den Malen perfektioniert haben, die wir als Kind beim Baseball eine Base erreicht haben. Wir sind drin. Wir springen auf unsere Füße und drehen uns um, um die Türen zuzumachen. Wir werden es schaffen. Die schweren Türen sind fast geschlossen, nur ein klitzekleiner Spalt ist noch übrig.

Dann schafft es das verdammte Schwert, durch die Ritze zu dringen.

Unsere Umgebung wird ein wenig langsamer, so wie jedes Mal, wenn wir uns im Kampfmodus befinden.

Das Schwert zielt auf unseren Körper. Wir ducken uns, ohne die Türen loszulassen. Danach wird das Schwert nach links gestoßen, und unerträgliche Schmerzen folgen. Verblüfft betrachten wir das surreale Bild unserer linken Hand, die zu Boden fällt. Als wir verstehen, was gerade passiert ist, verschlimmert sich der Schmerz in unserem Arm.

Wir kämpfen weiter und zwingen unseren Körper, in Alarmbereitschaft zu bleiben, um zu verhindern, dass er in einen Schock verfällt – was alles zunichtemachen würde.

Die Wunden werden verheilt sein, sobald wir die Gedankendimension verlassen, erinnern wir unser verängstigtes Eidechsengehirn.

Mit unserer kugelsicheren Weste lehnen wir uns gegen das Schwert.

Die Waffe bricht nicht, obwohl sie das eigentlich tun sollte, aber die Schlampe, die es schwingt, entscheidet sich dafür, es zurückzuziehen – wahrscheinlich, um gleich erneut zuzustechen.

Wir nutzen die momentane Atempause, um die Türen zu schließen, und stecken danach das, was von unserem linken Arm noch übrig ist, durch die Türgriffe, so wie man es eigentlich mit einem Stock tun würde. Auch mit unserer rechten Hand halten wir die Griffe geschlossen. Wir wissen, dass unser Unterarm Schläge gegen das Tor nur einige Sekunden lang hinnehmen werden kann.

Wir wünschten, wir könnten auf die Uhr schauen, aber sie befindet sich auf dem Boden an unserer verletzten Hand.

Es ist schon lange nach zwanzig Uhr, Kind, denken wir. *Was zum Henker tust du mir an?*

Ein Tritt gegen die Tür löst unerträgliche Schmerzen aus …

ICH BIN ZURÜCK IN DER 2. EBENE UND BEGRÜßE IHRE schmerzfreie Leere.

Das waren die letzten Momente von Calebs Mission. Er hat eindeutig das getan, was wir von ihm verlangt hatten, indem er Kate und die anderen hineingezogen hat. Allerdings haben Eugenes und meine Verspätung ihm jede Menge Unannehmlichkeiten und Schmerzen verursacht. Kate und ihr Team befinden sich also auf einem Haufen, weil sie in der Stille nebeneinander vor der Tür des Tempels stehen.

Ich erschaudere erneut, als ich mich daran erinnere, welche Schmerzen Caleb gerade erleiden muss, um diesen Plan durchzuführen. Wenigstens werden die Schmerzen nur vorübergehend sein. Sobald ich in der 2. Ebene fertig bin, wird er sich wieder auf dem

Schlachtfeld befinden und mit all seinen Gliedmaßen am Körper gegen Eleanor kämpfen.

»Er ist ein harter Knochen«, beruhigt mich Dalebs Gedanke. »Und er hat schon schlimmere Schmerzen ertragen.«

»Wir haben ein großes Problem.« Mimirs Stimme ist sorgenvoll. »Wir wissen immer noch nicht, wer wer ist.«

»Warum ist das so wichtig?«, frage ich und schüttele mein Entsetzen ab.

»Weil es offensichtlich ist, dass der Marionettenspieler zu uns ins Nirwana kommen wird, solltest du mit ihm beginnen.« Dalebs Gedanke hat die gleiche abfällig Art, die mich bei Caleb immer wütend macht.

»Wissen wir mit Sicherheit, dass er sich unter ihnen befindet?«, erwidere ich, so ruhig ich kann. So wie bei dem echten Caleb darf ich meinen Ärger nicht zulassen, aber mein Problem ist, dass Daleb meine Gedanken, und somit meine Gereiztheit, lesen kann, falls er so ist wie Mimir.

»Nichts ist sicher«, wirft Mimir ein. »Aber ich bin überzeugt davon, dass der Marionettenspieler einer dieser vier ist.«

»Jetzt komm schon, Kind«, fügt Daleb hinzu. »Du weißt doch schon, wer es ist. Auf einer bestimmten Ebene hast du es schon gewusst, als diese ganze Scheiße losging.«

Er hat recht, aber ich wollte es nicht zugeben, weil

das bedeutet hätte, dass ich mich verarschen lassen habe.

Da ich meinen Gedanken vor den Omnis sowieso nicht verheimlichen kann, erlaube ich ihm, an die Oberfläche zu kommen.

»Es ist George, stimmt's?«

25

»Sei nicht so hart zu dir selbst, Kind«, sendet mir Daleb. »Es hätte jeder sein können.«

»Es wurde erst nach seinem doppelten Spiel deutlich.« Auch wenn Mimirs Gedanken ein Versuch sind, mich zu beruhigen, werde ich immer wütender.

»Es war George, der vorgeschlagen hat, dass jeder von uns eine Gruppe mit fünf oder sechs Polizisten bildet«, denke ich gleichermaßen für mich wie für die Omnis. »Dieses Arschloch hat es getan, damit er mich umbringen konnte, sobald er das Einzige von mir hatte, was er brauchte: den Standort des Tempels.«

»Genau.« Dalebs Synapsen leuchten ein wenig heller, als mein Gehirn seinen Gedanken empfängt. »Die Erleuchteten müssen die ganze Zeit über sein Ziel gewesen sein.«

»Aber warum?« Ich lasse meinen »Blick« der 2. Ebene von dem gigantischen Netzwerk, das Mimir darstellt, zu dem kleineren wandern, bei dem es sich um Daleb handelt. »Er arbeitet für die Ältesten. Er ist ein Botschafter. Er sollte das wollen, was sie wollen. Ich bin mir ziemlich sicher, dass sie mich damit nicht angelogen haben, Frieden zu wollen. Gerade Frederick.«

»Du hast recht.« Dalebs Gedanken sind jetzt erstaunlich ernst. »Ich denke nicht, dass die Ältesten das angeordnet haben. George handelt offensichtlich allein. Was das Warum betrifft, stelle ich mir die gleiche Frage. Vielleicht hat mein intelligenterer Bruder eine Idee?«

»Nicht wirklich.« Jetzt brennt Mimirs Mini-Universum. Ich bin es nicht gewohnt, ihn so hell vor mir zu sehen. »Wenn ich sie hätte, würde ich gewusst haben, dass George unser Mann ist, und ich hätte Darren gewarnt, als er sich in Fredericks Nirwana befand. Ich kann allerdings eine Vermutung zu seiner Motivation liefern. Mary, eine Frau, die Gedankenleser hasst, hat ihn aufgezogen. Er ist ein ziemlich traditioneller Mann, jemand, der Familiensinn betont. Das, und seine enge Beziehung zu Hillarys Eltern, verbindet ihn mit den Traditionalisten.«

»Familiensinn, genau darauf bin ich hereingefallen«, denke ich und frage mich, ob meine Neuronen vor Wut rot leuchten. »Er ist ein Heuchler. Ich bin seine Familie, und er will mich umbringen.«

»Möglicherweise sieht er es als ein notwendiges Übel an«, erwidert Mimir.

»Es gibt einen weiteren Hinweis.« Dalebs Gedanke fühlt sich nahezu aufgeregt an. »Caleb hat gedacht, dass sich George wie der Anführer von Kates Team aufgeführt hat. Im Nachhinein betrachtet, kann Caleb sehr scharfsinnig sein, wenn er will, und in diesem Fall hatte er recht. George hat das Kommando. Er benutzt die Führer, die ihn begleiten, als Marionetten.«

»Jetzt, während ich darüber nachdenke, fügen sich auch andere kleine Dinge in dieses Puzzle«, denke ich wieder halb zu mir, halb zu ihnen. »So etwas wie das Aufleuchten seiner Augen, als ich die Erleuchteten erwähnt habe.«

»Sie zu erwähnen hat dir wahrscheinlich das Leben gerettet«, fügt Mimir hinzu. »Ansonsten hätte er wohl Hillary dazu gebracht, dich von hinten zu erstechen, oder er hätte es selbst im Haus ihrer Eltern getan.«

»Mein Leben wurde auf Kosten vieler anderer gerettet.« Endlich bemerke ich, was mich stört, und denke: »Er hat mich benutzt.«

»Er hat dich benutzt, aber jetzt geht es nach hinten los.« Dalebs Gedanke ist nicht so beruhigend wie Mimirs, aber wenigstens versucht er es. »Die Tatsache, dass er dich benutzt hat, hat dazu geführt, dass du jetzt hier bist und den Schaden behebst, den er angerichtet hat. All die Todesfälle, die passiert sind, gehen auf sein Konto, nicht auf deins.«

»Ich sollte es aber irgendwie bemerkt haben.« In Gedanken peitsche ich mich selbst aus. »Er trug einen schwarzen Kimono, bevor er mich mitgenommen hat, um Mary zu sehen.«

»Genauso wie die Mehrheit der Gäste auf der Insel«, merkt Mimir an.

»Er war überrascht, als er mich zum ersten Mal sah«, argumentiere ich.

»Es könnte auch genauso gut Hillarys Anwesenheit gewesen sein, die ihn überrascht hat«, widerspricht Daleb.

»Mein Chef Bill hat erwähnt, dass George der Botschafter von New Jersey war«, denke ich diesmal ruhiger. »Das bedeutet, dass er sich nahe genug an New York befunden hat, um Kyles Strippen zu ziehen. Und da wir gerade davon sprechen, George war wahrscheinlich auch bei der Beerdigung dieses Arschlochs – was erklären würde, weshalb Anne so enttäuscht war, dass er so schnell wieder gegangen ist. Er muss kurz vor uns mit seinem Privatjet dort angekommen sein.«

»Er hat etwas getan, was dich abgelenkt hat – etwas, was uns alle abgelenkt hat«, denkt Mimir mit einem Hauch von Beschämung. »Er hat dir beigebracht, zu teleportieren.«

»Ja«, erkenne ich. »Dieser Bastard hat sogar offen zugegeben, dass er es mir beibringt, um mein Vertrauen zu gewinnen.«

»Das war ziemlich clever«, denkt Daleb. »Er dachte, du würdest nicht lange genug überleben, um diese Fähigkeit zu meistern, aber es dir beizubringen, hat dich dazu gebracht, ihm zu vertrauen.«

»Genau, aber ironischerweise bin ich genau dieser Fähigkeit wegen noch am Leben«, denke ich. »Als ich erkannt habe, dass etwas nicht stimmt, bin ich in die Stille hinübergeglitten und habe mich einige Meter von den Polizisten entfernt materialisiert, was mir eine gute Sicht auf das gab, zu dem sie geführt worden waren. Hätte George mir nicht beigebracht, zu teleportieren, hätten sie mich wahrscheinlich einfach von hinten erschossen.«

»Und er hat dich generell unterschätzt«, fügt Mimir hinzu. »Das ist ein Fehler, den schon so mancher bereut hat.«

»Ja, er hätte dich auf der Insel nicht persönlich angreifen sollen«, stimmt Daleb zu. »Er war zu selbstsicher; eine weisere Person hätte Kate dahin geführt, dich umzubringen.«

»Vielleicht hatte er Angst, so etwas vor den Ältesten zu tun?«, wende ich ein. »Außerdem hätte er niemanden führen können, nachdem er von Fred in die Stille hineingezogen worden war. Man kann die 2. Ebene nicht aus der Gedankendimension eines anderen erreichen. Was ich wirklich wissen möchte, ist: Warum hat er mich überhaupt angegriffen?«

»Sein Angriff hätte dich nicht umgebracht. Er hätte dich nur inert gemacht. Als Martin und seine Leute dir verboten haben, jemanden auf der Insel inert zu machen, hatten sie kein Problem damit, dass du selbst inert wirst. George hat dich wahrscheinlich nur auf die Insel gebracht, um dein Vertrauen zu gewinnen, damit du ihn im Gegenzug zum Tempel bringst«, meint Mimir. »Er wollte eigentlich nicht, dass du mit den Ältesten sprichst. Wenn überhaupt, hat er sich eher Sorgen darüber gemacht, dass du den Ältesten vom Marionettenspieler berichtest. Sie hätten eine solche Information sehr ernst nehmen können.«

»Ich dachte, einer der Ältesten sei der Marionettenspieler«, denke ich entschuldigend.

»Und das war vernünftig«, antwortet Mimir. »Aber George wusste nicht, dass das deine Theorie war, oder vielleicht dachte er, du würdest trotzdem reden.«

»Also hat er mich auf die Insel gebracht und dann versucht, mich inert zu machen, aber wozu?«

»Vielleicht, um dir seine Hilfe anbieten zu können«, überträgt Daleb. »Inert zu sein hätte dich eher seine Hilfe annehmen lassen. Er hätte sein eigenes Rettungsteam vorgeschlagen, das aus Leuten bestanden hätte, die ihm bereits treu ergeben sind. Als sein Plan, dich inert zu machen, nicht funktioniert hat, musste er ihn nur ein wenig anpassen, da Frederick dir bereits ein Team zur Verfügung gestellt hatte. Dadurch, dass George es führen konnte, hat er fast genau das bekommen, was er wollte.«

Ich verarbeite diese Information, und dann denke ich: »Mir ist gerade etwas anderes eingefallen: Hillary hatte vermutet, dass George einer der Ältesten werden würde. Sie hat mir quasi gesagt, dass er genauso mächtig ist wie sie. Ich hatte nur nicht ganz …«

»Ich hasse es, diese Unterhaltung zu unterbrechen, besonders deshalb, weil sie so befreiend für dich ist, Darren«, wirft Mimir ein, »aber du könntest jeden Moment deine Tiefe aufbrauchen, und wir haben immer noch eine wichtige Aufgabe für dich. Wie Daleb schon gesagt hat, hat George fast bekommen, was er wollte, und du musst sicherstellen, dass das nicht passiert.«

»In Ordnung, aber wie vermeide ich, George hineinzuziehen?«, denke ich und lenke meine Aufmerksamkeit wieder dem Hier und Jetzt zu.

»Keine Ahnung«, antwortet Daleb.

»Ich auch nicht«, schließt sich Mimir an.

»Und falls ich ihn hineinziehe?«

»… wird er dich angreifen, und du wirst wahrscheinlich inert werden.« Mimirs Gedanke hat einen besorgten Unterton. »Und ich weiß, dass du gleich fragen wirst, ob wir dir helfen können, aber das können wir nicht.«

»Außerdem sollten wir nicht vergessen, dass die Mönche sterben und Mira und Thomas sich weiterhin in Gefahr befinden werden, solltest du sterben«, fügt Daleb hinzu.

»Warum könnt ihr mir nicht helfen?«, möchte ich wissen.

»Wir möchten nicht, dass die Ältesten von unserer Existenz erfahren«, erklärt Mimir. »Und wir haben einen moralischen Kodex, der uns jegliche Beeinflussung eines Geistes verbietet, auch Georges. Das kannst du nicht verstehen.«

»Oder gut finden«, denke ich und übertrage mit diesem Gedanken, so gut ich kann, meinen ganzen Ärger. »Schön, ihr wollt nichts mit dem Geist der Menschen machen. Das kann ich irgendwie verstehen. Aber warum diese Geheimniskrämerei? Du hast es auf der Insel erwähnt, und es hat, wie ich hinzufügen sollte, bei mir für eine Menge Verwirrung gesorgt. Allerdings hast du mir nie erklärt, warum das so ist. Warum dürfen die Ältesten nichts über euch wissen?«

»Warum lassen die Gedankenleser und Gedankenführer die Unbelasteten nichts über ihre Existenz wissen?«, fragt Mimir. »Warum hast du deine wirkliche Tiefe vor deinen Freunden verheimlicht?«

»In Ordnung«, antworte ich. Ich bin davon überzeugt, dass mehr dahintersteckt, als er andeutet, aber ich bin mir sicher, dass er mich daran erinnern wird, dass meine Zeit zu Ende geht, sollte ich insistieren.

»Die Zeit geht ja auch zu Ende.« Mimirs mentale Stimme klingt, als würde er mit dem Auge zwinkern.

»Irgendwelche letzten Ratschläge?«

»Folge deinem Instinkt«, denkt Daleb im gleichen Moment, in dem Mimir projiziert: »Wähle zufällig aus.«

Ich suche mir die hellste Konstellation des Haufens aus – diejenige, die sich am nächsten bei mir befindet – und teleportiere problemlos zu ihr.

Mimirs und Dalebs Lichter verschwinden.

»Jungs, wartet«, denke ich, aber ich bekomme keine Antwort mehr.

Sie sind weg.

Schön, denke ich spitz. *Ich bekomme das auch ohne euch hin.*

Und damit strecke ich mich nach meinem intuitiven oder zufällig ausgewählten Opfer aus.

DER SCHNÜFFLER, MIT DEM WIR VERSCHLUNGEN SIND, ist stark – stark genug, um eine seltene Herausforderung darzustellen. Die Kampfeslust vermischt sich mit einer unwillkommenen Erregung, die durch unsere weibliche Wahrnehmung hervorgerufen wird.

Ich, Darren, trenne mich angewidert. Ich befinde mich in den Gedanken von Eleanor, die scharf auf Caleb ist, obwohl sie den Befehl vom Marionettenspieler erhalten hat, ihn zu töten. Ohne weitere Umstände beginne ich damit, sie zu führen:

Der Mann, gegen den du kämpfst, ist nicht dein Feind. Du wirst ihm Folgendes sagen: »Caleb, Darren hat es geschafft. Ich bin jetzt auf deiner Seite. Hilf dabei, den Mann zu stellen, der für diesen ganzen Scheiß verantwortlich ist.« Danach wirst du aufstehen und George festhalten. Das ist dein oberstes Ziel. Solltest du James oder Kate sehen, die den Mönchen etwas antun, versuche, sie davon abzubringen. Das ist dein zweites Ziel.

Und damit verschwinde ich auch schon aus Eleanors Kopf.

SOBALD DAS TREIBENDE GEFÜHL DES NIRWANAS WIEDER da ist, denke ich, dass meine Wahl vielleicht eher intuitiv als zufällig war. Vielleicht ahne ich auf einer unbewussten Ebene, wer wer ist. Ein skeptischerer Teil von mir erinnert mich daran, dass meine Chancen, richtig zu wählen, bei drei zu vier lagen.

Ich wähle das nächste Muster vorsichtig aus, indem ich meine Intuition entscheiden lasse, falls dieses Vorgehen wirklich funktioniert. Ich teleportiere zu der Konstellation meiner Wahl und umhülle sie, um das Lesen zu beginnen – aber nichts passiert.

Auf einmal bemerke ich ein neues Muster, das neben mir aufgetaucht ist.

Es ist eine bewegliche Version der Konstellation, auf die ich mich gerade eingelassen habe.

Wenn ich Augen hätte, würde ich blinzeln, um sicherzugehen, dass sie wirklich hier ist, aber ich muss mich mit der innerlichen Variante zufriedengeben, was bedeutet, mir ohne zu blinzeln zu bestätigen, dass ich einen lebenden Verstand vor mir habe.

Es gibt nur einen Grund für ein solches Ereignis.

Meine Intuition taugt nichts.

Ich habe gerade George zu mir geholt.

Bevor ich diese Gedanken zu Ende führen kann, ist die Ansammlung der Neuronen, die meinen Feind darstellen, unangenehm nahe bei mir.

Ich bin mir nicht sicher, ob meine Wahrnehmung seines Musters durch meine Wut und meinen Abscheu beeinflusst wird oder ob es seine Absicht ist, aber zum ersten Mal sieht ein Muster in der 2. Ebene für mich abstoßend aus.

Die Weltall-Optik ist verschwunden. Stattdessen hat es etwas an sich, was mich an die Kreaturen aus den Meerestiefen erinnert. Besonders seine Synapsen sehen schleimig und ungesund aus, wie die Stacheln einer riesigen Qualle, die leuchtet, um ihre Beute anzulocken. Seine Neuronen erinnern mich ebenfalls an die Lichter auf den Spitzen der Rückenflossen von monströsen Seeteufeln. Ungewollt stelle ich mir auch eine Reihe scharfer Zähne und hässlicher Gesichter hinter jedem Lichtpunkt vor.

Und zu meinem äußersten Entsetzen umhüllt mich diese Abscheulichkeit auf einmal.

26

ICH VERSTEHE SOFORT, DASS GEORGE EINE ASSIMILATION beginnt – diese eigenartige, emphatische Verschmelzung der Gedanken, die Frederick und ich auf der Insel eingegangen waren.

Eine Angstlawine trifft mich und verwandelt sich schnell in einen Tornado aus lähmender Panik. Es ist, als würde ich eine Adrenalinspritze in das Angstzentrum meines Gehirns bekommen. Rational weiß ich, dass es sich dabei um meine Angst handelt, die sich mit ähnlichen Gefühlen von George vermischt, aber das macht es nicht besser. Angst ist niemals rational.

Ich versuche, dagegen anzukämpfen, aber sobald ich wieder halbwegs gefestigt bin, spüre ich eine neue Gefühlswelle, die ich am besten mit Ablehnung beschreiben kann. Es ist meine Verneinung dessen, was George versucht mit mir zu tun, und seine Version desselben Gefühls. Wir beide fühlen uns, als würde die

Heiligkeit unserer Gedanken zerstört werden. Diese Emotion zu beschreiben ist schwierig. Ich kann es nur mit Schmerzen vergleichen, aber es ist viel schlimmer. Im Gegensatz dazu ist der Schmerz, den Caleb erlitten hat, als er seine Hand verlor, nur ein Kratzer.

Das normale Gefühl der Inexistenz, das ich mit dem Nirwana verbinde, ist weg. Stattdessen spüre ich eine eigenartige Körperlichkeit. Sobald sie auftaucht, ist sie auch schon wieder verschwunden, fast so, als sei sie gelöscht worden. Das Gleiche passierte auch während meiner Assimilation mit Frederick, aber dieses Mal ist es tausendmal schlimmer.

George hat nur ein Ziel: Er will mich auslöschen, ein Prozess, der mich inert machen würde, sollte er damit Erfolg haben.

Ich muss etwas dagegen unternehmen, realisiere ich, und schiebe ihn mental beiseite.

Ein extrem widerwärtiges Gefühl überkommt mich. Es ist so, als würde ich etwas Unschuldiges töten oder etwas Wunderschönes zerstören.

Ich rufe mir in Erinnerung, dass George keine einzigartige, wunderschöne Blume ist. Er ist das Arschloch, das versucht hat, mich auf der Insel zu erwürgen. Mental beruhigt, schiebe ich ihn erneut beiseite.

Das beunruhigende Gefühl verstärkt sich. Eine frische Angstwelle geht von George aus, und ihre Intensität vermischt sich mit meiner eigenen Empfindung. Ich spüre, dass das Gefühl, ausgelöscht zu werden, das ich spüre, auch von ihm ausstrahlt – oder vielleicht ist es nur mein eigenes, das ist schwer zu sagen.

»Hör auf, Darren«, sagt mir sein abstoßender Gedanke. »Bitte.«

Wegen der Assimilation weiß ich, dass er es ernst meint; er möchte wirklich, dass ich aufhöre.

Ernsthaft? Das bedeutet lediglich, dass das, was ich gerade tue, funktioniert. Gut. Ich verstärke meine Bemühungen und konzentriere mich auf meinen Erfolg.

Das Gefühl, ausgelöscht zu werden, verstärkt sich, aber ich kann erkennen, dass er derjenige ist, der es ausstrahlt, nicht ich.

Mein schlechtes Gefühl, etwas Schreckliches zu tun, verstärkt sich allerdings auch. Ich kämpfe dagegen an und versuche, mich zur Rücksichtslosigkeit zu zwingen. Ich rufe mir in Erinnerung, wie nahe Mira dem Tod war, bevor ich Thomas' Anweisungen überschrieben habe. Das belebt meine Entschlossenheit, und ich versuche, den Geist, der dafür verantwortlich ist, dass sie beinahe umgebracht wurde, zu zerdrücken.

»Lass uns ein Abkommen eingehen«, versucht es George erneut. »Ich kann gerade nicht lügen. Kannst du das nicht erkennen?«

Ich spüre, wie ich verschwinde, nur ein wenig, aber selbst dieses Wenig ist schlimmer als ein Tritt ins Gesicht – und ich spreche aus Erfahrung.

Er lenkt mich mit seinen Worten ab und versucht, sich aus dieser Situation herauszuwinden. Und das

Schlimmste daran ist, dass es einen Augenblick lang sogar funktioniert hat.

Gut, ich kann das Spiel auch spielen, beschließe ich und versuche, mit ihm so zu sprechen, wie ich es mit Frederick getan habe. »Warum tust du das, George? Warum versuchst du, die Erleuchteten umzubringen?«

Während ich auf seine Antwort warte, sammele ich meine Energie für meinen nächsten mentalen Angriff.

»Die Ältesten sind Dummköpfe, wenn sie diesen Frieden herstellen wollen«, antwortet er, aber ich spüre, dass er mir nicht wirklich die Wahrheit sagt.

»Du lügst«, meine ich, hauptsächlich, um ihn aus dem Konzept zu bringen. Mir ist seine Erklärung nicht wirklich wichtig.

»Ich habe nicht die ganze Wahrheit gesagt«, antwortet er. »Ich habe andere, persönlichere Gründe, die ich allerdings für weniger wichtig halte.« Dieses Mal hört sich seine Antwort ehrlicher an. »Ein Schnüffler hat meine Eltern getötet.«

Ich sammele mehr Energie und erwidere: »Das ist immer noch nicht die ganze Wahrheit.«

»Was willst du? Eine komplette Liste aller meiner Beschwerden gegen die Schnüffler? Wahrscheinlich hast du gar nicht genug Reichweite, um sie dir alle anhören zu können. Die Schnüffler haben diesen Krieg begonnen, nicht wir. Warum sollten ihre Gräueltaten einfach vergessen werden?«

Seine Antwort ist ehrlich, aber nicht sehr informativ. Er muss das bemerkt haben, denn er erklärt: »Ich tue das nicht nur für mich. Ich bin in

Marys Auftrag hier. Markus Robinson hat Henry getötet, ihren Ehemann. Sie hat sich niemals davon erholt, wie du ja selbst gesehen hast.«

Das Gefühl, ausgelöscht zu werden, verstärkt sich, als ich über das nachdenke, was er gerade gesagt hat. Henry, Marys Ehemann, wäre dann also mein Großvater.

»Wer zum Teufel ist Markus?«, frage ich. Robinson war der Nachname meines Vaters …

»Er war der Vater einer dieser sogenannten Erleuchteten«, antwortet George wahrheitsgemäß. »Jetzt wird sein Sohn, Paul, genauso wie der Rest von ihnen, mit seinem Leben dafür bezahlen, und damit werden alle Friedensbewegungen ein für alle Mal aufhören.«

Während ich noch ein wenig von mir verliere, verarbeite ich, was er sagt. Wenn Markus Pauls Vater ist, bedeutet das, dass einer meiner Großväter den anderen umgebracht hat. Ich bin mir nicht sicher, was ich jetzt fühlen sollte. Wussten meine Eltern das?

Auf einmal spüre ich, wie ich ein riesiges Stück von mir verliere. George hat meine Ablenkung zu seinem Vorteil genutzt. Mir wird schwindelig, als ich mich fühle, als würde ich schwinden. Wenn das so weitergeht, wird er gewinnen, und das bald.

»Hör auf, gegen mich anzukämpfen, und ich werde dich am Leben lassen«, erreicht mich Georges Gedanke, und erstaunlicherweise sagt er die Wahrheit. »Ich werde sogar deine Schnüfflerfreundin am Leben lassen, wenn du jetzt aufgibst.«

Mit diesem Angebot erreicht mich ein erneuter mentaler Angriff.

Anstatt ihm zu antworten, setze ich die ganze mentale Energie frei, die ich während dieses Hin-und-Hers angesammelt habe. Als ich merke, dass es wirkt, mache ich ihm mein Gegenangebot. »Höre auf, alle umzubringen, und ich werde dich am Leben lassen. Höre sofort auf, gegen mich anzukämpfen, und ich werde das als deine Annahme meines Angebots deuten.«

Er antwortet mit einem erneuten mentalen Angriff, aber diesmal ist er schwächer.

Ich muss seine eigene Strategie gegen ihn anwenden.

»Warum wolltest du, dass Kyle diese ganzen Wissenschaftler tötet?«, frage ich.

Ich bin perfekt darauf vorbereitet, seine Antwort zu ignorieren, und erinnere mich daran, warum ich diesen Mann auslöschen muss.

»Wenn ich sterbe, wirst du es niemals wissen«, antwortet er, aber seine Antwort ist eher verängstigt als ehrlich. »Ohne meine Arbeit werden die Unbelasteten die transformative Technologie dazu nutzen, unkontrollierbar zu werden ...«

Ich bekomme seine Worte nur am Rande mit. Mein Ziel ist es, ihn abzulenken. Anstatt ihm zuzuhören, drücke ich erneut zu.

Ich fühle etwas, was mich denken lässt, dass mein Plan funktioniert. Georges Geist gibt spürbar nach. Ich werde von seinen Gefühlen überfallen – Angst,

Enttäuschung und noch etwas anderes, was seine verspätete Erkenntnis sein könnte, dass ich ihn getäuscht habe.

Es ist beängstigend, wie sehr sich unsere Gefühle vermischen. Als ich ihn zerstöre, fühle ich mich fast so, als würde ich mich selbst verlieren oder, besser gesagt, ihn zu einem Teil von mir machen. Ich fühle überwältigendes Mitleid, so viel, dass ich mir nicht sicher bin, weitermachen zu können.

Wenn ich gewinnen möchte, muss ich an mir selbst festhalten. Ich muss meine Zweifel überwinden. Entschieden konzentriere ich mich darauf, noch mehr von ihm auszulöschen, und erinnere mich dabei die ganze Zeit daran, dass er, falls ich Erfolg habe, einfach nur inert sein wird.

Die Qualen, die George ausstrahlt, sind unerträglich. Ich muss einen Weg finden, immun gegen sie zu werden. Ich muss mich konzentrieren, damit ich diese hässliche Aufgabe zu Ende bringen kann.

Ich verwandele Georges Verbrechen in ein Mantra, das ich in meinem Geist wiederhole, als ich ihn angreife. Ich erinnere mich daran, wie ich mich gefühlt habe, als Thomas und Mira mich auf der Beerdigung angegriffen haben, als die Polizisten mich fast erschossen hätten, und das alles, als ich neben meinen Müttern stand. Ich kanalisiere die Wut und die Frustration darauf, ihn mental zu zerquetschen.

Eine Welle mentalen Entsetzens trifft mich, aber ich ignoriere sie. Ich konzentriere mich auf meine Erinnerung an das eine Mal, als er mich in der

Bücherei angegriffen hat. Ich spüre dieses Gefühl seiner Hände um meinen Hals und nutze es, um zuzudrücken. Ich kann seine wachsende Angst und Bestürzung fühlen, aber ich spiele die Erinnerung daran, als ich die blutigen Mönche zum ersten Mal gesehen habe, ab und drücke noch fester.

»Nein, bitte nicht«, fleht er, und mit einem Tsunami aus Entsetzen gibt er weiter nach.

Ich lasse die Szene ablaufen, in der Paul in den Bauch geschlagen wird, und drücke fester. Georges Griff lässt nach.

Ich ignoriere sein verzweifeltes Bitten und zerquetsche das störende Gefühl, etwas Frevlerisches zu tun, indem ich mich daran erinnere, dass Thomas bereit war, Mira zu erwürgen.

Diese Erinnerung hat eine durchschlagende Wirkung.

Als ich die Angst, Mira zu verlieren, kanalisiere, fühle ich, wie George immer kleiner wird.

Ich fühle mich beängstigend mächtig. Etwas sagt mir, dass kein Sterblicher das tun können sollte, was ich gerade tue, aber ich ignoriere dieses Gefühl und konzentriere mich stattdessen auf Georges Gräueltaten, um meinen letzten Angriff durchzuführen.

Nach einem Moment voller Qualen, der sich wie eine Ewigkeit anfühlt, verspüre ich Erleichterung, als ich die letzte Schwelle überschreite.

Plötzlich erfahre ich wieder die Substanzlosigkeit der 2. Ebene, und Georges Muster ist verschwunden –

und damit meine ich nicht nur sein neurales Netzwerk, gegen das ich gekämpft habe. Selbst seine in der Zeit eingefrorene Version ist verschwunden, was auch logisch ist, da er jetzt inert ist.

Anstatt mich zu freuen, fühle ich mich, als sei ich ein Jahr lang in einer Isolationskammer eingesperrt gewesen. Ich habe nicht länger das Gefühl, dass ich im Nirwana treibe, stattdessen ist es, als würde ich ertrinken und gleichzeitig aus einer riesigen Höhe fallen. Das ist so bestürzend, dass ich versucht wäre, mein eingefrorenes Ich zu berühren, wenn es sich gerade vor mir befinden würde, um diese Dimension zu verlassen, ohne mich um den Rest von Kates Team zu kümmern.

»Es tut mir leid, dass du das durchstehen musstest«, sagt Mimirs Gedankenstimme. »Aber jetzt musst du dich noch um den Rest kümmern.«

Ich sammele alle mentalen Reserven, die ich noch habe, und ohne Mimir zu antworten, wähle ich eine der beiden Konstellationen, um in ihre Erinnerungen zu fallen wie ein Stein in einen See.

DIE FAUST UNSERES STIEFBRUDERS SIEHT RIESIG AUS, ALS sie auf unsere Nase schlägt.

Der Schmerz ist erschütternd, und da er uns gerade betäubt, bleiben wir einfach nur bewegungslos stehen. Die Welt scheint sich zu verlangsamen, wie so oft, wenn wir uns in Schwierigkeiten befinden.

»Wird die kleine ›Puddy Tat‹ jetzt weinen?«, fragt er mit seiner ständig wechselnden Fistelstimme eines Dreizehnjährigen.

Sein Spott ist schlimmer als der Schmerz seiner Übergriffe, und er bringt uns in die Gegenwart zurück.

»Mein Name ist Kate«, wollen wir schreien, aber unterdrücken den Drang. Stattdessen bedecken wir unsere Nase mit unseren kleinen Händen und hoffen, dass er es als unterwürfige Geste auffasst. Wir bewegen unsere Brust auf und ab, damit er denkt, dass wir weinen. In Wirklichkeit lenken wir ihn allerdings ab, um den Raum mit den Augen nach etwas zu durchsuchen, was wir gegen ihn benutzen können. Bei einem kurzen Blick zur Seite sehen wir, dass er sich seine Faust reibt.

Natürlich, denken wir höhnisch. Er hat niemals gegen jemanden seiner Größe gekämpft, gegen andere wahrscheinlich auch nicht. Alles, was er kann, ist, ein achtjähriges Mädchen zu tyrannisieren. Wir haben allerdings vor, das hier ganz anders ausgehen zu lassen, als er es sich vorgestellt hat.

Wir erblicken, was wir gesucht haben: ein Spielzeugschwert, etwa einen Meter von uns entfernt. Es ist aus Holz und unserer Meinung nach etwas, mit dem ein Junge seines Alters längst nicht mehr spielen sollte.

Wir schnappen uns den gelobten Stock und schwingen ihn gegen seinen Kopf.

Er ist fassungslos, als das Schwert in seinem Gesicht aufkommt, aber wir nutzen diesen Moment nicht, um uns zu freuen. Jetzt zielen wir mit dem Schwert auf seinen Schritt.

Ich, Darren, trenne mich. Das ist Kate, aber Kate vor einer sehr, sehr langen Zeit. Durch meinen Identitätsverlust nach der Assimilation muss ich viel weiter zurückgesprungen sein, als ich wollte. Dass sie in einem so jungen Alter schon so furchteinflößend war, speichere ich unter »zum späteren Abarbeiten« ab. Jetzt gerade kann ich keine weitere Sekunde verschwenden, also beginne ich, sie zu führen:

Du wirst aufhören, diese Mönche und Polizisten zu töten. Stattdessen wirst du dich darauf konzentrieren, Darren zu beschützen und Eleanor zu helfen ...

ICH BIN ZURÜCK IN DER 2. EBENE. DAS GEFÜHL, ZU ertrinken, hat sich verstärkt. Ich erinnere mich nicht einmal daran, Kates Gedanken verlassen zu haben, aber ich bin mir sicher, ihr genügend Anweisungen gegeben zu haben, so dass sie kein Problem mehr sein wird.

Noch eine Person – und ich kann von hier verschwinden.

Und damit wahrscheinlich meine Macht für immer verlieren, denkt ein Teil von mir. Das Gefühl, zu ertrinken, wird noch stärker.

James' Gedanken sollten mir etwas Erleichterung verschaffen, hoffe ich, als ich die Verbindung herstelle. Ich dringe wieder rabiat in die

Erinnerungen ein, so wie ein Bungeespringer, dessen Seil gerissen ist.

WARM. GEMÜTLICH. SICHER.

Ich, Darren, bin verwirrt. Eigentlich sollte ich mich in James' Gedanken befinden, aber James ist nicht in seinem eigenen Kopf. Es existiert lediglich eine ganz schwache Sinneswahrnehmung. Bin ich zu einem Zeitpunkt gesprungen, an dem er sich im Koma befand? Fehlt es seinem Bewusstsein deshalb an tiefgründigeren Gedanken?

Nein, diese Theorie erklärt diese eigenartige Situation nicht. Zum Beispiel ist diese Dunkelheit nichts, was ich von einem Traum erwarte. Diese Dunkelheit ist anders, so als ob James seine Augen geöffnet hat, während er in einer dunklen Höhle sitzt, in die nur ein Hauch des Sternenlichts von draußen hereinfällt.

Noch eigenartiger ist dieses Gefühl, zu treiben. Zuerst frage ich mich, ob ich jetzt durchdrehe und mich gerade wieder im Nirwana befinde, wo ich mich fühle, als würde ich in der Dunkelheit treiben. Aber nein, das Schweben im Nirwana ist eine Illusion, die daher kommt, dass man keinen Körper besitzt. James dagegen treibt wirklich, allerdings an einem engen, dunklen Ort.

Ich lasse diese Erinnerung auf mich einwirken.

Im Gegensatz zur 2. Ebene gibt es hier Geräusche.

Besonders eine Art beständiges Klopfen, das in regelmäßigen Intervallen zu hören ist, was der kleine Teil von uns, der James ist, sehr beruhigend findet.

Dann entdecke ich eine zweite Parallele zur 2. Ebene: Wir atmen nicht.

Nachdem ich einige Minuten lang versucht habe, die Puzzleteile zusammenzusetzen, erkenne ich es.

Als ich dachte, ich sei zu weit in Kates Erinnerung zurückgesprungen, war es nichts im Vergleich hierzu.

James liegt nicht im Koma.

Er ist noch nicht geboren worden.

Ich bin James so früh in seinem Leben, dass er sich noch im Bauch seiner Mutter befindet.

Diese Erkenntnis erklärt einige Details, die ich vorher nicht verstanden hatte, wie dieses entfernte Geräusch, das wir sehr gerne mögen, und das die Stimme seiner Mutter gewesen sein muss. Uns stehen einige primitive Sinne zur Verfügung, die uns erlauben, den leichten Currygeschmack des Fruchtwassers zu schmecken, das wir gerade geschluckt haben. Seine Mutter muss indisch gegessen haben. Das beruhigende Nachgeben, das wir fühlen, wenn wir gegen die Grenzen unserer kleinen Welt stoßen, macht mir klar, wie unheimlich das Ganze ist. Eigentlich bin ich mir nicht sicher, ob ich ehrfürchtig berührt sein oder es unheimlich finden sollte – ich verspüre beides gleich stark.

Plötzlich bricht die Lesung ab.

ICH HÖRE DIE GERÄUSCHE DES WALDES, DIE SCHRITTE der Polizisten, die mich begleiten, und rieche die Pflanzen.

Ich bin wieder im Wald.

Ich muss letztendlich meine Tiefe aufgebraucht und die Stille verlassen haben. Ich renne, während ich mit meiner Hand immer noch das Telefon umklammere, und meine Muskeln schmerzen.

Das Ganze dauert allerdings nur einen Moment lang an, bis ich mit meinem Schuh an einer Wurzel hängenbleibe und falle, wobei mein Kopf gegen einen nahestehenden Baum kracht.

27

»Sir«, sagt eine Stimme mit einem Akzent aus dem Süden. »Geht es Ihnen gut?«

Ich liege einfach da und denke über meine Antwort auf diese Frage nach. Ein feiger Gedanke kommt mir in den Sinn. Ich frage mich, ob alles, was heute passiert ist – der Angriff auf den Tempel, die Assimilation, die zu tiefen Sprünge in die Erinnerungen und viel wichtiger Eugenes Maschine, die mir meine Fähigkeiten vielleicht für immer weggenommen hat –, nur Dinge waren, die ich mir eingebildet habe, weil ich gefallen bin und mir den Kopf gestoßen habe. Es gibt nur einen Weg, herauszufinden, wie real die Situation ist.

Ich versuche, in die Stille zu gleiten, wie ich es normalerweise tun würde.

Ich kann mit Sicherheit sagen, dass es nicht funktioniert hat, weil ich höre: »Sir, möchten Sie, dass ich per Funk um medizinische Hilfe bitte?«

»Ja.« Ich öffne die Augen. »Lassen Sie per

Hubschrauber jede Menge medizinische Hilfe herbeischaffen, aber nicht für mich.«

Während der Mann etwas in sein Funkgerät sagt, berühre ich die Seite meines Kopfs. Dort hat sich die Mutter aller Beulen gebildet, aber ansonsten geht es mir gut. Meine rechte Hand schmerzt – ich halte mein Telefon immer noch in einem Todesgriff –, also stecke ich den Apparat in meine Tasche.

»Wie lange war ich bewusstlos?«, frage ich den Sheriff.

»Sie waren bewusstlos?« Er schaut mich irritiert an. »Sie sind erst vor einer Sekunde gefallen.«

Und bevor ich ihm antworten kann, ertönen im Wald Schüsse.

Dieses plötzliche Geräusch macht mir klar, wie still es bis jetzt aus Richtung des Tempels war, was eine gute Nachricht ist. Trotzdem, da ich es nicht geschafft habe, James zu überschreiben, und weil George zwar inert, aber nicht neutralisiert ist, weiß ich, dass ich dorthin zurückkehren muss, um nachzusehen, was passiert.

»Helfen Sie mir bitte auf«, sage ich, als ich erfolglos versuche, allein aufzustehen. Der Sheriff und ein junger Polizist helfen mir, mich hinzustellen. Als ich mir sicher bin, nicht zu benommen zu sein, um allein zu stehen, bitte ich sie: »Folgen Sie mir. Es ist jetzt nicht mehr weit.«

Ich renne, so schnell ich kann, ohne das Falldebakel zu wiederholen. Ich denke, langsam habe ich den Bogen raus, zu rennen, während ich verletzt, müde und kaputt bin. Sollte man das zu einer olympischen Sportart machen, könnte ich versuchen, Gold zu gewinnen.

Erstaunlicherweise bekomme ich durch das Laufen einen klaren Kopf, was die Verarbeitung der Dinge betrifft, die in der 2. Ebene passiert sind. Es dämpft sogar meine nagende Angst vor der Möglichkeit, dass ich für immer inert sein könnte, auch wenn ich vielleicht gerade einfach nur meine Lieblingsbewältigungsstrategie anwende – die laut Liz das Leugnen ist.

Endlich sehe ich durch die Bäume die Lichtung, die den Tempel umgibt.

Einige Beamte, einschließlich des Sheriffs und des jungen Mannes, der mich mit der Elektroschockpistole angegriffen hatte, treten aus dem Wald heraus. Ich folge ihnen schnell. In diesem Moment bemerke ich, dass sie auf eine Gestalt in einiger Entfernung blicken.

George.

Er befindet sich etwa sechs Meter von uns entfernt, und sobald er die Polizisten erblickt, schreit er: »Schützt mich, ihr habt den Befehl erhalten …«

Dann richten sich seine Augen auf mich, und selbst aus dieser Entfernung kann ich starke Gefühlsvorgänge auf seinem Gesicht erkennen – leichtes Entsetzen gemischt mit Angst und Hass. Er muss instinktiv versucht haben, in die Stille hinüberzugleiten – und konnte es nicht.

Mit entschieden weniger Selbstvertrauen in der

Stimme fährt George fort: »Dreiundzwanzig. Befehl dreiundzwanzig. Greift diesen Mann an.«

Er zeigt auf mich und zieht zur gleichen Zeit Munition aus seiner Tasche, mit der er sein Gewehr lädt.

Auch wenn ich nicht in die Stille gleiten kann, scheint sich die Welt zu verlangsamen – der Effekt eines Adrenalinschubs.

In diesem zeitlupenartigen Zustand bemerke ich, dass ich meine Macht nicht mehr brauche, um zu wissen, was in Georges Gehirn vor sich geht. Er dachte, dass er die Polizisten gegen mich einsetzen könnte; er muss ihnen eine Art von Codewörtern in die Köpfe eingepflanzt haben, die ihm erlaubt hätten, die Kontrolle über sie zu übernehmen – allerdings war das, bevor ich seine Anweisungen überschrieben habe.

In meinem besten Kommandoton sage ich: »Hören Sie nicht auf ihn. Er ist ein ausgebrochener Gefangener, nehmen Sie ihn fest, indem Sie …«

Ich beende den Satz nicht.

George muss verstanden haben, dass ich sie überschrieben habe. Er unterbricht das Laden seines Gewehrs und geht einige Schritte nach hinten. Während er das tut, zieht er etwas aus seiner Tasche.

Meine Begleitung greift nach ihren Waffen, und ihre Bewegungen sind dabei so unheimlich synchron, dass sie wie einstudiert aussehen.

Ich ziehe die Beruhigungswaffe mit dem langen Lauf, die mir Hillary gegeben hatte, aus meinem Hosenbund – eine Erinnerung daran, dass diese

Mission heimlich und ohne Zwischenfälle verlaufen sollte.

In der Zwischenzeit hat George einen runden, vertraut aussehenden Gegenstand in die Hand genommen. Ich habe erst kürzlich einen ähnlichen in den Falten von Edwards Kutte gesehen.

»Granate!«, schreie ich, falls die Polizisten sie übersehen haben sollten.

Ich will gerade noch mehr sagen, aber die Worte bleiben mir im Hals stecken, als George hektisch die Sicherung herauszieht und die Granate in meine Richtung wirft.

Dadurch, dass ich ein solches Szenario tausendmal in Filmen gesehen habe, mache ich das Gleiche, was die Menschen, die dabei sind, in die Luft zu fliegen, immer tun: Ich falle zu Boden. Genauer gesagt werfe ich mich so hin, als wolle ich einen Liegestütz ausführen.

Ich schaue auf und sehe, dass George das Gleiche getan hat, allerdings ohne aufzublicken; er hat die Hände um seinen Kopf gelegt.

Ich begreife sofort, dass es mich nicht retten wird, flach auf dem Boden zu liegen.

Die Granate ist etwa einen Meter von mir entfernt gelandet. Wenn Menschen sich vor einer Granate in dieser Entfernung schützen könnten, indem sie sich auf den Boden werfen, wären Granaten ziemlich nutzlos.

Paradoxerweise für jemanden, der gerade dabei ist, zu sterben, bin ich eher wütend über den Verlust meiner Fähigkeiten. Wenn ich sie nicht verloren hätte, könnte ich mich jetzt in die Stille begeben, zum Tempel gehen und mich versichern, dass es allen gut geht. Und dann, wahrscheinlich wenn meine Tiefe aufgebraucht wäre, würde ich mit einem Knall in die Realität zurückkehren. Bei meiner Tiefe hätte ich Mira hineinziehen und ein ganzes Menschenleben mit ihr in der Stille verbringen können, etwa so, wie die Ältesten das tun. Nein, halt, Mira ist gerade entweder inert oder bewusstlos, also hätte das nicht funktioniert.

Warum ist die Granate nicht explodiert?, frage ich mich, und dieser Gedanke unterbricht meine düsteren Überlegungen. Es muss sich wohl um eine zeitzündende und nicht um eine aufschlagszündende Ausführung handeln, wird mir im nächsten Moment klar.

Dann frage ich mich, wie viele Menschen genau diesen letzten Gedanken hatten.

Es folgt eine weitere lange Millisekunde meines Lebens. Mir fällt auf, dass es einen weiteren Nachteil hat, inert zu sein, während man sich in Gefahr befindet: Man kann niemanden dahin führen, zu helfen. Wäre ich allerdings kaltschnäuzig, könnte ich …

Mit einer blitzschnellen Bewegung landet der Körper des Sheriffs auf der Granate. Es ist so, als wüsste er, was ich gedacht habe. Ein weiterer Polizist wirft sich auf den Sheriff, und dann noch einer obendrauf. Die restlichen Beamten schmeißen sich auf mich. Jetzt kann ich mir vorstellen, wie Thomas sich auf dem Friedhof gefühlt hat, auch wenn sein Haufen aus Polizisten schlimmer war als meiner. Meine Erfahrungen aus dem Kindergarten sind definitiv überholt – sich auf dem Boden eines menschlichen Haufens zu befinden ist wirklich scheiße.

Aber was zum Teufel geht hier gerade vor sich?

Dann macht es klick in meinem Kopf. Ich habe sie dahin geführt, mich mit ihrem Leben zu beschützen. Ich habe ihnen explizit gesagt, dass sie die Geheimpolizei des Präsidenten seien.

Auch wenn dieser Befehl mich retten wird, werden sie dafür mit ihrem Leben bezahlen.

Die Schuldgefühle haben keine Chance, mich zu überkommen, weil die Granate in diesem Moment explodiert.

Der Knall hört sich an wie die Kirschbomben, die Bert und ich in unserem Freshman-Jahr in der Cafeteria in Harvard losgehen lassen haben, nur zehnmal so laut.

Durch eine schmale Öffnung zwischen dem Gewirr aus Gliedmaßen vor mir sehe ich, dass George schon wieder aufgesprungen ist.

»Runter von mir«, befehle ich, aber ich bin mir nicht sicher, dass mich meine Beschützer hören. »Bewegen Sie sich!«

Der Geruch verbrannten Fleisches steigt mir in die Nase, und ich verspüre sofort den Drang, mich zu übergeben. Ich kann nicht – das ist der einzige Vorteil, wenn man seit zwanzig Stunden nichts gegessen hat –, aber ich würge trocken.

Ein weiterer Knall lässt mich denken, dass eine zweite Granate losgegangen ist, aber es ist George, der jetzt mit seinem Gewehr schießt. Ich denke, dass er gerade auf die drei Männer gezielt hat, die auf der Granate liegen, aber jetzt schießt er genau auf den Haufen über mir.

Ich versuche, zur Seite zu rollen, aber die Körper drücken mich zu Boden.

Ich bedecke mein Gesicht, als George erneut feuert. Ich rieche Schießpulver und den metallischen Geruch von Blut.

Ein weiterer Schuss folgt.

Ich fühle, dass Blut über meinen Nacken läuft, aber da ich keine Schmerzen habe, nehme ich an, dass es sich dabei nicht um meins handelt.

Ich suche mit meiner Hand den Boden unter mir nach dem Betäubungsgewehr ab. Erfolglos.

Der nächste Schuss ist lauter.

Ich gebe die Idee mit dem Gewehr auf und versuche hektisch, mir etwas von dem Polizisten über mir zu nehmen. Seine Waffe befindet sich unter einem anderen Körper, aber ich kann seine Elektroschockpistole und seine Handschellen erreichen.

Ich versuche, mich vom Boden hochzudrücken, indem ich quasi einen Liegestütz mache. Ich bete, dass mein Adrenalinschub und mein jahrelanges Gewichtestemmen im Fitnessstudio mir genug Kraft geben werden. Ich kann meine Arme nur halb durchstrecken, aber das ist ausreichend, um meine Knie zur Brust ziehen zu können.

Nach dem fünften Knall bewege ich mich, um aufzustehen.

Im Fitnessstudio liegt mein Rekord für Kniebeugen mit Gewichten bei vier Zwanzig-Kilo-Scheiben auf jeder Seite einer Zwanzig-Kilo-Hantel. Das macht zusammen hundertachtzig Kilo, außer ich habe mich verrechnet. Was ich jetzt gerade mache, ist um einiges härter, da ich nie so tief am Boden beginne, und sich außerdem mein linkes Knie an regnerischen Tagen bemerkbar macht, seit ich diesen Rekord aufgestellt habe. Ich bin mir nicht sicher, wie schwer das Gewicht dieser ganzen Polizisten ist, die sich auf mir befinden, aber es fühlt sich schwerer an als hundertachtzig Kilo. Als die Körper zur Seite fallen, schreien meine Beine und Knie nach Gnade.

Ich ignoriere sie und konzentriere mich auf George, als sei er der Mittelpunkt meines Universums. Er lädt erneut sein verdammtes Gewehr.

Rein instinktiv ziele ich mit der Elektroschockpistole und drücke ab. Die dünnen Kabel überwinden die sechs Meter Abstand zwischen uns und dringen in Georges Brust ein, aber der Mann steht immer noch. Dann erstarrt er und beginnt zu zucken, bevor er nach hinten aufs Gras fällt.

Das Problem ist, dass sich durch seinen Fall die kleinen Kabel aus seiner Brust gelöst haben.

Da ich keine Ahnung habe, wie lange er weg sein wird, treffe ich blitzschnell eine Entscheidung und renne.

Ich bin nicht gerannt, nachdem ich damals diese

hundertachtzig Kilogramm gestemmt hatte, und kann jetzt erkennen, dass das eine weise Entscheidung war.

Trotz der Schmerzen und Anstrengungen kann ich die Hälfte des Abstands zwischen George und mir innerhalb einer Sekunde hinter mich bringen. Wahrscheinlich hätte ich auch schneller sein können, wenn die bewegungslosen Körper meiner Beschützer mich nicht eine kritische halbe Sekunde langsamer gemacht hätten.

George bewegt sich.

Ich werde schneller, obwohl ich weiß, dass ich auf dem Boden liegen werde, sollte sich mir eine Wurzel in den Weg stellen.

George springt auf.

Zu meiner Überraschung haben meine Beine genügend Energie übrig, um eine Bewegung auszuführen, die aus dem Taekwondo kommt.

Ich nutze meinen Schwung, um während des Sprungs zuzutreten – ein Manöver, das eigentlich dazu dient, Menschen von einem galoppierenden Pferd zu holen.

Mit einem befriedigenden Klatschen trifft mein Fuß auf Georges Stirn. Er fällt nach hinten, und unglücklicherweise folge ich seinem Beispiel.

Während ich stürze, frage ich mich, wie es möglich ist, dass ich so viel in so kurzer Zeit denke. Mir gehen in solchen Situationen, in denen ich mich gleich verletzen werde, immer mehr Gedanken durch den Kopf, als ich erwarte. Gestern hätte ich gesagt, dass es sich um einen Nebeneffekt der Stille handelt, aber da ich gerade falle, während ich inert bin, verstehe ich, dass es eine Art Mechanismus des Gehirns ist, den jeder hat. Das ist es, was den Menschen ermöglichen muss, ihr Leben an sich vorbeiziehen zu sehen, wenn sie sich in lebensbedrohlichen Situationen befinden.

Ich schlage auf dem Boden auf. Mein Steißbein beschwert sich nachdrücklich, aber die wahren Schmerzen gehen von meinem Knöchel aus. Ich muss umgeknickt sein, als ich gelandet bin oder als ich zugetreten habe.

Ich ignoriere die Qualen, hebe die Handschellen vom Boden auf und halte sie an ihren zwei Ringen fest, um sie als notdürftigen Schlagring zu benutzen. Ich versuche, in eine Sitzposition zu springen, aber das Einzige, was ich erreiche, ist ein unbeholfenes Wippen. Ich kämpfe bei jeder noch so kleinen Bewegung gegen meine Verletzungen an, bis ich mich irgendwann in den Sitz gedrückt habe. Von dieser Position aus kann ich mich leicht auf meine Füße stellen.

Sobald ich stehe, schaue ich zu George. Er befindet sich eine Armeslänge von mir entfernt und hält sein Gewehr in den Händen. Falls er es geladen hat, während ich aufgestanden bin, war es das für mich. Allerdings muss ich annehmen, dass er das nicht getan hat, da er es in einem großen Bogen in meine Richtung schwingt.

Ich habe zwei Möglichkeiten: mich zu ducken oder den Schlag zuzulassen.

Ich wähle die schmerzhafte Variante. Ich bewege mich, damit der Kolben des Gewehrs auf meinem

Hintern aufschlägt, und ramme meine mit den Handschellen bewaffnete Faust genau in dem Moment in Georges Kiefer, in dem meine Seite zu schmerzen beginnt. Die Schmerzen in meiner rechten Hand, von der ich vermute, dass sie durch die Handschellen blutet, nehme ich kaum wahr. Da ich nicht vorhabe, mir meine Handfläche noch weiter einzuschneiden, werfe ich die Handschellen gegen Georges Kopf.

Ich treffe ihn zwar nicht, aber wenigstens liegt es nicht daran, dass er ausgewichen ist. Er sieht nicht so aus, als sei er noch in der Lage, meine Angriffe abzuwehren. Seine Augen wirken trüb, und er scheint kurz davor zu sein, umzufallen. Das Gewehr rutscht ihm aus der Hand.

Ich versuche, meine gehetzte Atmung zu beruhigen, aber das ist schwer. Etwas in mir hat sich ein Stück brennend heißes Eisen besorgt und sticht mich jedes Mal damit, wenn ich einatme.

Sauerstoff hin oder her, ich muss Georges Benommenheit ausnutzen. Ich trete näher an ihn heran und bereite mich darauf vor, ihn zu schlagen.

Ich werde nie herausfinden, ob George seinen Schwächeanfall nur gespielt hat oder ob er in der letzten Sekunde wieder zu Kräften gekommen ist, aber seine Benommenheit hält ihn nicht davon ab, eine seltsame, halb stampfende, halb tretende Bewegung auszuführen, bei der sein Fuß auf meinem Knöchel landet.

Ich atme scharf ein und löse damit diesen Schmerz des brennend heißen Eisens in meiner Seite aus. Sofort ist mein Vorhaben, George zu schlagen, vergessen, und ich konzentriere mich darauf, nicht in der Kindslage zu Boden zu gehen.

Ermutigt erhebt George seine Fäuste im Stil eines Boxers und holt aus.

In dem Moment erkenne ich etwas: Mein Kampftraining ist eher defensiv als offensiv. Als mein Gehirn eine Faust auf mich zufliegen sieht, ignoriert es die Schmerzen und folgt der Konditionierung durch mein Training.

Ich lasse Georges Faust auf meinem Ellenbogen aufkommen und schlage ihn in seinen Solarplexus.

George muss den ganzen Tag Sit-ups machen, denn meine Hand trifft auf harte Muskeln.

Anstatt sich vor Schmerzen zu krümmen, wehrt mich das Arschloch ab, indem es mit beiden Händen meinen Hals ergreift und damit ein für alle Mal beweist, dass es einen Fetisch dafür hat, Menschen zu erwürgen.

Wegen meiner sowieso schon niedrigen Sauerstoffaufnahme werde ich schnell schwächer und habe ein Déjà-vu.

Ich sehe weiße und schwarze Punkte vor meinen Augen, die mich an unsere Assimilationsschlacht erinnern. Ich denke daran, wie ich mich motiviert habe, indem ich all die Dinge vor meinem inneren Auge ablaufen ließ, die George getan hat, und meine Schwäche wird langsam von unbeschreiblicher Wut verdrängt.

Diese Wut setzt einen kleinen Energieschub frei,

aber ich weiß, dass es der letzte Energieschub sein wird, den ich jemals bekommen habe, sollte ich ihn nicht überlegt benutzen.

Ich bemerke, dass meine Hände nach oben gerichtet und meine Ellenbogen abgewinkelt sind – eine natürliche Reaktion, wenn man von jemandem gewürgt wird, der vor einem steht. Es wäre dumm, jetzt zu versuchen, die Hände zu entfernen; sein Griff ist stark, und in der Verfassung, in der ich mich gerade befinde, habe ich nicht die Kraft, ihn zu stoppen. Also benutze ich mein Fünkchen Energie dazu, Georges Handgelenke zu umfassen und seine Arme nach hinten zu ziehen, so als würde ich wollen, dass er jemanden erwürgt, der hinter mir steht.

Der Trick funktioniert. Seine Hände rutschen weg, und seine Arme fahren an meinen Schultern entlang.

Dieses Manöver begleite ich mit einer Bewegung aus dem Krav Magna, die auch Miras Lieblingsabwehrmanöver ist: einem Tritt in den Schritt.

George stöhnt, aber er fällt nicht hin. Er muss aber dringend fallen, weil ich das auch gleich tun werde. Also mache ich etwas, was ich betrunken während einer Kneipenschlägerei tun würde.

Ich gebe ihm eine Kopfnuss.

Meine Stirn trifft auf sein Nasenbein. Ich höre das Geräusch von brechenden Knochen, auch wenn es sich dabei genauso gut um meinen Schädel wie um seine Nase handeln könnte.

Während ich falle, sehe ich, dass George ebenfalls

umkippt. Ich schlage auf dem Boden auf, und mein Körper möchte einfach nur sein Bewusstsein verlieren, doch mit monumentaler Willensstärke mache ich weiter.

Ich sammele meine restliche Kraft, um den Boden nach den Handschellen abzutasten. Die Finger meiner rechten Hand treffen auf die beruhigende Kühle von Metall. Ich nehme die Handschellen, krieche zu George hinüber und lege sie meinem bewusstlosen Gegner an.

Dann greife ich in seine Tasche und nehme seine Munition heraus. Ich rolle mich zum Gewehr, das sich nur kurz außerhalb meiner Reichweite befindet, und lade es.

Um Kraft zu sparen, ziehe ich es über den Boden und richte den Lauf auf Georges Kopf. Es ist schließlich ein Gewehr, also ist es nicht wichtig, besonders gut zu zielen.

Ich lege meinen Finger auf den Abzug.

George öffnet seine Augen und flüstert: »Bitte. Nicht.«

Danach bedeckt er sein Gesicht mit seinen Händen, so als könne das den Schuss abwehren.

Etwas lauter fügt er hinzu: »Das kannst du nicht tun. Wir sind eine Familie.«

Ich muss mich in einem schlechteren Zustand befinden, als ich dachte, weil mein Finger sich weigert, abzudrücken. Oder genauer gesagt hält mich etwas in mir davon ab, es zu tun. Ein Teil von mir sagt, dass ich ihn nicht töten kann, dass es nicht richtig wäre.

Ich kämpfe gegen diesen Teil mit den unangebrachten Skrupeln in mir an.

Hat sein Flehen mein Zögern ausgelöst? Nein, ich nehme ihm diesen Wir-sind-eine-Familie-Kommentar nicht eine Sekunde lang ab.

Liegt es daran, dass er in Handschellen gefesselt vor mir liegt und meiner Gnade ausgesetzt ist? Das könnte es schon eher sein, aber das würde mein Verhalten irrational machen. Vor einem Moment hat er noch versucht, mich umzubringen. Ich könnte ihn mit einem Faustschlag getötet haben und immer noch ruhig schlafen, aber ich kann einfach nicht abdrücken.

Ich versuche, mich weiterhin zur Vernunft zu bringen. George ist zu gefährlich, um weiterleben zu dürfen. Auch was die Rechtsprechung betrifft, hat er die Höchststrafe verdient – schon allein wegen der Anzahl der verstorbenen Polizisten, die auf sein Konto geht. Und wenn man dann noch die toten Mönche hinzunimmt, käme er auf die doppelte Todesstrafe.

Ich erhebe die Waffe, um ihn zu erschießen, aber bemerke, dass ich es immer noch nicht kann.

Was stimmt nicht mit mir? Es ist ja nicht so, als wäre George der Erste, den ich umbringe.

Ich habe den russischen Mafiosi erschossen, denjenigen, der in der Lagerhalle auf Mira geschossen hat. Ich habe auf der Brücke auf Jacob geschossen. Ich habe Kyle dahin geführt, sich selbst auf der wissenschaftlichen Konferenz umzubringen. Natürlich habe ich die ersten beiden Male in der Hitze des Gefechts gehandelt, um Menschen zu beschützen, die mir etwas bedeuten. Aber bei Kyle war es kälter. Ich habe von Anfang an vorgehabt, ihn zu töten. Auch wenn letztendlich Viktor abgedrückt hat, hätte ich es genauso gut tun können.

Der irrationale Teil von mir, der mich davon abhält, zu schießen, ist ein Heuchler.

Trotzdem kann ich es nicht tun. Ich kann niemanden erschießen, obwohl er es verdient hat. Wenn diese Verletzungen mich nicht umbringen, werde ich meine Psychiaterin aufsuchen müssen. Einiges läuft bei mir im Kopf nicht ganz rund.

Frustriert ahme ich Georges vorangegangenes Manöver nach und benutze die Waffe als Schlagstock. Ich lasse sie auf seinem Kopf niedergehen, und er verliert das Bewusstsein. Nichts hat mich davon abgehalten, das zu tun.

Ich ziele erneut mit der Waffe und hoffe, dass ich das tun kann, was ich tun muss, wenn er mich dabei nicht anblickt, aber mein Finger weigert sich, sich zu krümmen.

Plötzlich liegt ein Schatten auf uns.

»Lass das Gewehr fallen, Kind«, sagt Caleb. Er hat eine Pistole auf mich gerichtet.

George mit der Waffe zu schlagen hat mir meine letzten Kräfte geraubt. Eigentlich kann es sogar sein, dass ich mir dafür Stärke aus der Zukunft geliehen habe. Ich kann mir nicht einmal vorstellen, das Gewehr zu heben, um es auf Caleb zu richten, also lasse ich es fallen. Ich hätte sowieso nicht abgedrückt.

Caleb zielt und schießt. Blut und Gehirnmasse

spritzen durch die Gegend. Da ich das Ergebnis des Schusses sehen kann, war ich offensichtlich nicht Calebs Ziel.

»Er war zu gefährlich.« Caleb hört sich fast entschuldigend an. Hatte sogar Caleb Vorbehalte, George zu töten? »Niemand sollte in der Lage sein, die Strippen eines Lesers zu ziehen.«

Er tritt näher an mich heran und beugt sich genau über mich. Er fährt damit fort, die Pistole gerade nach unten zu richten, genau auf meine Stirn. Jetzt verstehe ich den Grund für seinen entschuldigenden Ton.

Es ist sein Vorhaben, mich zu töten, was ihn nachdenklich stimmt.

Offensichtlich kann man zu kaputt für den Selbsterhaltungstrieb sein, denn ich tue nichts weiter, als ihm zuzusehen.

Sein Gesicht sieht hin- und hergerissen aus. Habe ich vor einer Minute genauso ausgesehen? Ist es ansteckend, ein Gewissen zu haben?

»Solltest du abdrücken, werde ich dich einen Kopf kürzer machen«, sagt eine weibliche Stimme – eine Stimme, die zu Kate gehört. Eine metallene Klinge erscheint neben Calebs Hals.

Ich sollte mir Sorgen darum machen, mich mit einer Kugel im Kopf wiederzufinden, aber das Einzige, was ich denken kann, ist: Wie hat sie es geschafft, sich an Caleb anzuschleichen? Wenn man die Reflexe dieses Mannes bedenkt, ist das keine leichte Aufgabe.

Kate bewegt sanft ihr Schwert, und auf Calebs Hals

erscheint eine blutige Linie. »Lass die Waffe fallen. Jetzt.«

Caleb grinst und gehorcht.

Die Waffe fällt auf meinen Kopf, und endlich wird alles schwarz.

28

ICH WACHE MIT EINEM GEFÜHL DER TAUBHEIT AUF.

Ich versuche, in die Stille hinüberzugleiten, aber es funktioniert nicht.

Natürlich nicht, erinnere ich mich im gleichen Moment. Ich bin inert.

Ich öffne meine Augen, aber schließe sie sofort wieder, weil mir der Raum zu hell ist.

»Ich glaube, er hat gerade geblinzelt«, sagt eine Stimme. Die Stimme hört sich stark nach Thomas an.

»Darren, bist du wach?«, fragt mich sanft eine angenehme, weibliche Stimme, die ich sofort als die Miras erkenne.

Ich blinzele sie an. Mira sitzt neben mir auf dem Bett. Ihre Hand liegt auf meiner, aber wegen meiner warmen Taubheit habe ich sie bis jetzt nicht gefühlt. Sie trägt andere Kleidung. Ich glaube, es handelt sich dabei eigentlich um ein Herrenhemd, aber durch das

Öffnen einiger der obersten Knöpfe hat sie es definitiv zu ihrem erklärt.

Thomas sitzt in einem Stuhl neben einer großen Anzahl von Maschinen. Seine Hände sind bandagiert, aber ansonsten scheint ihm nichts zu fehlen.

Ich öffne meine Augen ein wenig mehr. Die ganzen medizinischen Geräte sind mit mir verbunden, genauso wie die intravenöse Lösung, die neben Miras Kopf hängt.

Ich spüre das unangenehme Gefühl, eine Sauerstoffzufuhr in meiner Nase zu haben. Trotz der Zufuhr benötige ich zusätzliche Luft, also atme ich tief ein und bereue es sofort. Die Taubheit wird von den Schmerzen in meiner Seite verdrängt.

»Kannst du bitte den Arzt oder eine Schwester holen?«, fragt Mira Thomas. Sie muss gesehen haben, dass ich zusammengezuckt bin. »Sie sollten ihm mehr Schmerzmittel geben.«

Thomas verlässt das Zimmer. Sah er so aus, als würde er sich schuldig fühlen, als er aufgestanden ist?

»Ich bin im Krankenhaus?« Diese Frage ist gleichzeitig eine Feststellung, die zeigt, was Schmerzmittel mit einem Verstand anstellen können. Als ich spreche, wird mir klar, dass das ebenfalls wehtut. Außerdem hört es sich selbst für meine übermedikamentierten Ohren so an, als würde ich lallen.

»Ja.« Mira streicht mit ihren Fingerspitzen über meine Wange. »Eugene hat angerufen. Er hat mir erzählt, wie du mich gerettet hast … mal wieder.«

Ich bereite mich auf die Schmerzen vor und frage: »Sind er und Bert …«

»Sie sind auf dem Weg hierher«, sagt sie.

»Wie lange war ich weg?«, frage ich leiser, und es schmerzt weniger.

»Ich bin mir nicht sicher.« Sie schaut auf ihr Telefon. »Einige Stunden.«

»Ist George …?«

Kate betritt das Zimmer, unerklärlicherweise in Begleitung von Rose.

»George ist tot«, meint Kate mit einem so ausdruckslosen Gesicht, wie ich es normalerweise von Thomas kenne. »Hast du nicht gesehen, wie Caleb ihn erschossen hat?«

Ich blicke von Kate zu Rose, die mich zu meiner Überraschung mit wirklicher Besorgnis anschaut. Muss ich derart schlimm zusammengeschlagen werden, um ihre großmütterlichen Instinkte auszulösen?

»Ja, ich habe es gesehen«, erwidere ich, als mir auffällt, dass Kate immer noch auf eine Antwort wartet. »Ich wollte nur sicher sein. Ich war nicht gerade in Bestform …«

»Du bist jetzt auch nicht gerade in Bestform.« Kate lächelt. »Aber ja, George könnte nicht toter sein, außer, ich hätte ihn zuerst erwischt.«

»Und James?« Ich beschließe, weiterhin flach zu atmen, da die Schmerzen in meiner Seite schlimmer werden. »Ich konnte ihn nicht mehr überschreiben.«

»Das habe ich mir schon gedacht.« Kates Lächeln

verschwindet. »Er war der Grund dafür, dass George entkommen konnte.«

»Nein, ich meine, ist er am Leben?« Die scharfen Stiche in meiner Seite erinnern mich daran, dass ich vergessen habe, leise zu sprechen.

»James lebt. Eleanor und Caleb haben ihn überwältigt. Sogar John hat überlebt, allerdings wird er gerade operiert.« Während sie spricht, werden ihre Augen verdächtig feucht.

Ich stelle sicher, meine Verletzungen nicht zu verärgern, und flüstere laut: »Was ist mit den Polizisten? Diejenigen, die George …«

»Wenn du über die am Tempel sprichst, haben wir versucht, so viele zu retten, wie wir konnten, aber ich will nicht lügen – es gab Kollateralschäden. Das Gleiche gilt für die Mönche. Falls du die Polizisten meinst, die dich begleitet haben, als George weggelaufen ist, muss ich dir leider sagen, dass kein Einziger von ihnen überlebt hat.«

Ein intensives Schuldgefühl überkommt mich. Mein Führen hat den Sheriff und seine Beamten das Leben gekostet, was nicht meine Intention gewesen war. Ich wollte lediglich die Anweisungen Georges umkehren. Als ob sie spürt, was ich gerade fühle, umfasst Mira meine Hand mit ihren beiden Handflächen, so als wolle sie mich aufwärmen.

»Nichts davon ist deine Schuld«, sagt Kate, die offensichtlich ebenfalls den Grund meiner Anspannung erkannt hat. »Das geht alles auf Georges Kappe.«

»Nein«, widerspricht Rose. »Wir tragen auch einen Teil der Verantwortung.«

»Entschuldigen Sie bitte die Störung.« Ein großer Mann in einem weißen Kittel tritt ein. Er bleibt stehen, da Kate sich zwischen ihm und meinem Bett befindet. Sie hat ihr Schwert zwar nicht bei sich, aber ihre Körpersprache ist so eindeutig, dass er sich keinen Millimeter weiterbewegt.

»Ausweis«, befiehlt sie.

Der Mann zeigt erst auf seine Tasche und dann auf sein Gesicht. Kate zeigt ihre beste Imitation eines Agenten der Transportsicherheitsbehörde und starrt zuerst auf seinen angesteckten Ausweis und danach auf sein Gesicht.

Schließlich sagt sie: »Okay, sprechen Sie.«

»Eigentlich wollte ich mich gerade vorstellen. Ich bin Doktor Churin«, erklärt er.

»Hallo, Herr Doktor, ich bin Darren.« Ich versuche, mich freundlich anzuhören. Es war schon immer einer meiner Grundsätze, einen guten Eindruck auf meine Ärzte zu machen, besonders dann, wenn ich mich in ihrem Krankenhaus befinde. »Sie können alles über meinen Zustand vor meinen Freunden und meiner Familie berichten.«

Er schaut auf die Akte, bevor er sich in dem Zimmer umsieht. Er räuspert sich und erklärt: »Sie haben eine leichte Gehirnerschütterung, und auf ihren Röntgenaufnahmen haben wir eine gebrochene Rippe gesehen.«

Kate pfeift, Miras Augen verengen sich und Rose atmet besorgt aus.

»Es sollte Ihnen bald wieder gut gehen«, sagt der Arzt halb zu mir, halb zu den Frauen. »Wir müssen nur sicherstellen, dass Sie die angemessenen Schmerzmittel bekommen, damit sie normal atmen, husten und lachen können. Die Schmerzmittel werden Ihnen außerdem mit ihrem rechten Knöchel helfen. Er ist geschwollen, und es könnte schmerzhaft sein, ihn zu belasten. Und jetzt würde ich gerne wissen, wie Sie sich fühlen.«

Ich rattere eine lange Beschwerdeliste herunter, die der Arzt in der Krankenakte vermerkt.

»Ich werde in einer Stunde wieder nach Ihnen sehen.« Er steckt den Stift in seine Brusttasche zurück. »In der Zwischenzeit werde ich Ihnen unsere beste Krankenschwester schicken, damit sie Ihnen etwas gegen die Schmerzen verabreicht.«

»Warten Sie«, sagt Mira. »Darf er schlafen? Ich habe gehört, dass man mit einer Gehirnerschütterung nicht schlafen darf.«

»Da er eine Unterhaltung führen kann, würde ich mir keine Sorgen machen. Wenn sie auf Nummer sicher gehen wollen, können Sie ihn nach einigen Stunden aufwecken, um sicherzugehen, dass sich sein Zustand nicht verschlimmert hat. Das tun wir bei Kindern.«

»Das werde ich machen«, murmelt Mira, eher zu sich selbst als zu dem Arzt.

Rose blickt sie mit unverhohlener Neugier an.

Der Arzt, der das Zimmer wieder verlässt, war so hilfsbereit, dass ich mich frage, ob Thomas ihn geführt hat.

Jetzt, da ich weiß, dass mein Körper sich erholen wird, erlaube ich mir, darüber nachzudenken, dass ich inert bin. Was ist, wenn Eugene recht hatte? Was ist, wenn ich meine Fähigkeiten für immer verloren habe? Mir vorzustellen, ohne meine Fähigkeiten leben zu müssen, ist genauso, wie mir vorzustellen, blind zu sein.

Als Nächstes betritt die Krankenschwester das Zimmer und lenkt mich von meinen trüben Gedanken ab. Bevor es ihr gestattet wird, etwas zu tun, verlangt Kate nach ihrem Ausweis, genauso wie sie es bei dem Arzt getan hat. Zum Glück besteht die Krankenschwester die Überprüfung und kann mir meinen Ich-fühle-mich-gut-Cocktail verabreichen.

»Ich werde mir etwas zu essen besorgen«, sagt Kate, als die Krankenschwester das Zimmer verlässt. »Aber mach dir keine Gedanken. Eleanor steht vor der Tür.«

»Beschützt ihr mich?«, frage ich.

»Dich und deine Leute.« Kate deutet auf Rose. »Die Ältesten möchten, dass sich die Erleuchteten in Sicherheit befinden.«

Wärme und Zufriedenheit fließen durch mich hindurch, auch wenn ich mir nicht sicher bin, ob der Grund dafür das Wissen ist, dass Kate mich beschützt, oder die Medikation, die ich von der Schwester erhalten habe. Wie dem auch sei, das Gefühl breitet sich angenehm in meinem Körper aus, und ich kann auf einmal sehr leicht atmen.

»Sie sind ein wenig überfürsorglich«, sagt Rose, nachdem Kate das Zimmer verlassen hat. »Aber wir arrangieren uns um des lieben Friedens willen damit.«

»Da wir gerade von überfürsorglich sprechen«, sage ich und fühle mich leicht übermütig, das anzusprechen, was ich mir gerade nicht verkneifen kann. »Wie geht es Paul?«

Sie lacht. »Er hat einige Beulen und Blutergüsse, aber er wird sich erholen. Er ist dir dankbar, auch wenn du nicht erleben wirst, dass er es zugibt. Als diese Frau ihm erzählt hat, dass Caleb dich umbringen wollte, war er außer sich vor Wut.«

Sie hört auf zu reden, weil auf dem Flur ein Gerangel zu vernehmen ist.

Einige Sekunden später kommt Eleanor herein. Sie hat ihre Hände in die Hüften gestemmt, und Eugenes Kopf befindet sich zwischen ihrem Körper und ihrem rechten Ellenbogen. Auf ihrer linken Seite befindet sich Berts Kopf in genau der gleichen Position.

»Kennst du diese beiden?«, fragt sie mit einer Donnerstimme.

»Ja, bitte lass sie los«, sage ich im gleichen Moment, in dem Mira faucht: »Lass meinen Bruder los, du Miststück.«

Eleanor folgt meiner Anweisung und wirft Mira einen bösen Blick zu.

»Danke, Eleanor«, füge ich hinzu. »Bitte warte draußen.«

Zu meinem Entsetzen nickt die große Frau und verlässt das Zimmer. Es könnte an den Medikamenten liegen, aber ich meine, ich habe einen Hauch von Respekt in dieser Geste erkannt.

»Darren, wie geht es dir?«, fragt Eugene.

»Was ist passiert?« Berts Stimme ist eine Oktave höher als die Eugenes.

»Hallo Eugene«, meint Rose mit einem verschmitzten Lächeln. »Weißt du eigentlich, dass Julia auch hier im Krankenhaus ist?«

»Julia?« Eugene wird knallrot. »Woher weißt du …?«

»Ich habe Darrens Erinnerungen gelesen, als ich ihn zum ersten Mal getroffen habe.« Roses Lächeln verstärkt sich. »Ich habe gesehen, wie ihr zusammen Mira gerettet habt …«

Und damit verlässt auch sie das Zimmer und lässt Eugene mit einem verblüfften Gesichtsausdruck zurück.

Ich warte nicht darauf, dass sich mein Freund erholt, sondern erzähle beiden, was alles geschehen ist, auch wenn es eindeutig ist, dass sie einiges davon schon gehört haben.

»Also hast du deine Tiefe, deine Macht, aufgegeben, um mich zu retten?« Miras Gesichtsausdruck ist schwer zu interpretieren. Vielleicht ist es Entsetzen, oder vielleicht ist es auch etwas anderes. So etwas wie Dankbarkeit.

Wieder fühle ich eine innerliche Wärme, und diesmal weiß ich, dass es nicht die Schmerzmittel sind.

Miras Reaktion lässt den Verlust fast so erscheinen, als sei er es wert.

»Kopf hoch, Mann«, meint Bert. »Ich kann das, was du konntest, auch nicht, und ich bin trotzdem okay.«

»Aber du bist wie eine dieser Personen, die taub zur Welt gekommen sind.« Ich weiß, dass ich mich jetzt niedergeschlagen anhöre, aber ich kann nichts dagegen tun. »Natürlich vermisst du nichts, was du niemals besessen hast.«

»Ich habe gelesen, dass Menschen, die ihr Augenlicht oder ihr Hörvermögen verlieren, sich irgendwann daran gewöhnen«, meint Eugene. »Mit der Zeit sind sie wieder genauso glücklich wie vor der Tragödie.«

»Zhenya, was habe ich dir über deine Fähigkeiten, Menschen aufzubauen, gesagt?« Miras Stimme ist hart.

Berts Telefon macht R2-D2-Geräusche, was ich als den Benachrichtigungston für Textnachrichten wiedererkenne.

Er schaut auf sein Handy und sagt: »Entschuldigt bitte, es ist Hillary. Sie weiß immer noch nicht so richtig, was sie tun soll.«

»Wie geht es ihr? Wie geht es meinen Müttern?«, frage ich, als ich mich endlich daran erinnere, dass Hillary sie in Sicherheit gebracht hatte.

»Es geht ihnen gut«, antwortet Bert. »Aber Hillary ist sich nicht sicher, ob sie Sara von deiner Lage erzählen soll.«

»Sie hat clevere Gene«, erwidere ich. »Sag ihr, sie soll sie ohne Hektik und unter irgendeinem anderen

Vorwand hierherbringen als dem, dass ich verletzt bin. Ich bin mir sicher, dass sie sich etwas einfallen lassen kann. Und wenn die beiden erst einmal hier sind, werde ich die Sache in die Hand nehmen. Sollte Sara auf ungünstigere Weise herausfinden, dass ich eine gebrochene Rippe habe oder andere Dinge, wird sie mit einer Panikattacke im Krankenhaus landen.«

»Verstanden«, meint Bert, und seine Finger tanzen über die Tastatur seines Telefons.

Ich gähne. Dieses ganze Reden ist sehr kräftezehrend.

Mira nimmt mein Gähnen mit einem Stirnrunzeln wahr. Sie blickt zu Eugene und Bert und fragt: »Habt ihr beiden etwas gegessen? Habt ihr geschlafen?« Sie atmet tief ein und fügt hinzu: »Und wo wir gerade dabei sind, hat sich einer von euch in den letzten Wochen geduscht?«

Bert schaut Eugene an, als wolle er sagen: Sie ist deine Schwester, Mann.

»Wir werden jetzt etwas essen gehen«, sagt Eugene. Offensichtlich weiß er, wie er mit Mira umgehen muss. »Danke, dass du uns daran erinnert hast, Schwesterherz.«

Nachdem sie das Zimmer verlassen haben, steht Mira auf, geht zur Tür und schließt sie demonstrativ. Danach nimmt sie einen Stuhl und stellt ihn mit der Lehne unter die Türklinke, um den Zugang zu meinem Zimmer zu blockieren. Sie macht die grelle Krankenhausbeleuchtung aus, setzt sich neben mich aufs Bett und beugt sich nach unten, um mich zu küssen.

Ich erwidere ihren Kuss und versuche, dabei nichts Unmännliches wie »Autsch« zu sagen. Ich persönlich genieße den Kuss, aber meine Rippen sind weniger begeistert.

Sie lehnt sich zurück und fragt sanft: »Warum schläfst du nicht ein wenig? Der Arzt hat gesagt, das sei in Ordnung.«

»Ich werde es versuchen«, sage ich und kann ein weiteres Gähnen nicht unterdrücken. »Ich weiß allerdings nicht, ob ich kann. Ich habe ja heute schon einen Schlafrekord aufgestellt.«

Sie antwortet nicht, aber ergreift wieder meine Hand.

Ich schließe meine Augen, um zu sehen, was passiert. Die Wärme ihrer Berührung vermischt sich mit der Wirkung der Schmerzmittel und ich schlafe ein.

Während meines Schlafes träume ich etwas sehr Beruhigendes.

Jemand weckt mich auf, um mich zu fragen, ob es mir gut geht, und danach singt mir jemand ein russisches Schlaflied.

29

»WENN DU VERSUCHST, ETWAS ZU ESSEN, WERDE ICH dich aufstehen lassen«, sagt Mira zu mir.

Ich kenne Mira gut genug, um ein Ultimatum zu erkennen, wenn ich es höre, also versuche ich gar nicht erst, zu widersprechen.

Außerdem hat sie recht. Seit ich aufgewacht bin, habe ich mich ziemlich schwach gefühlt, besonders nachdem ich versucht habe, in die Stille hinüberzugleiten und – wieder einmal – keinen Erfolg hatte.

Mein Magen sucht sich genau diesen Moment aus, um zu knurren, und Mira wirft mir ihren typischen Ich-habe-es-dir-ja-gesagt-Blick zu.

Ich betrachte das Krankenhausessen, das sie mir gebracht hat, rümpfe die Nase und sage: »Ich werde dieses Pseudo-Kartoffelpüree probieren, das vermutlich aus Pulver gemacht wurde.«

»Gut«, antwortet sie. »Der Wackelpudding ist auch ziemlich gut, davon habe ich schon etwas gegessen. Selbst ein Krankenhaus kann keinen Wackelpudding versauen.«

Während ich esse, erzählt Mira mir alles, was passiert ist, als ich geschlafen habe. Die Online-Nachrichtenseiten sind bereits voller Spekulationen darüber, was am Tempel passiert sein könnte. Als sie detailliert beschreibt, wie die Ältesten – oder wahrscheinlicher einer der Botschafter – die Spuren verwischt haben, bin ich froh, dass Bert nicht hier ist. Wenn er über eine solche Vertuschungsaktion in der realen Welt erfahren würde, würde das nur seinen Hang zu Verschwörungstheorien verstärken.

Den Medien zufolge hat ein ehemaliger Söldner, und jetziger Drogenboss, eine Sekte in Nordflorida gegründet. Seine Anhänger haben sich die Köpfe rasiert, Kutten wie die buddhistischen Mönche getragen und als Teil dieser verrückten Religion auch Kampfsporttraining erhalten. Während eines abteilungsübergreifenden Polizeieinsatzes zur Rettung eines vermissten Kindes sind die Beamten auf die Sekte und ihr riesiges Anwesen oder ihren Tempel gestoßen. Die Dinge sind eskaliert und haben zu einer hässlichen Auseinandersetzung geführt.

»Das ist gruselig«, meint Mira, als ich zu Ende gegessen habe. »Wenn die Ältesten die normalen Menschen so einen Scheiß glauben lassen können, fragt man sich, welche anderen Weltereignisse sie verdreht haben.«

»Du hörst dich an wie Bert.« Ich schiebe das Tablett von meinem Gesicht weg. »Hilf mir, dieses Zeug abzubekommen.«

»Nein.« Mira starrt mich wütend an. »Ich werde die Schwester rufen. Hör endlich auf, dich wie ein verdammter Held aufzuspielen.«

Die Schwester kommt so schnell, dass ich mir sicher bin, dass jemand das medizinische Personal dahin geführt hat, uns auf Abruf zur Verfügung zu stehen.

Die Schwester gibt mir mehr Schmerzmittel, wechselt die Verbände an meinem Kopf, nimmt den Tropf ab und versichert Mira, dass ich keinen zusätzlichen Sauerstoff mehr brauche. Beide Frauen helfen mir auf die Füße.

»Scheiße, mein Knöchel tut wirklich weh«, sage ich zu der Schwester, als mein Fuß den Boden berührt.

»Ich werde Ihnen einen Rollstuhl bringen«, erwidert sie. »Dann kann ihre Freundin …«

»Kein Rollstuhl«, widerspreche ich, völlig entsetzt von dieser Vorstellung. »Ich werde einfach ganz langsam gehen.«

Vorsichtig gehe ich einige Schritte. Es schmerzt, aber ich kann es aushalten – gerade so. Die Schwester verlässt uns, und ich humpele, Miras Hilfe ablehnend, allein auf den Gang.

Kate hält neben der Tür Wache. »Du kannst gehen.« Ihr Lächeln sieht ehrlich aus. »Das ist ein sehr gutes Zeichen.«

»Wie geht es John?«, frage ich sie.

Ihr Lächeln lässt nach. »Nicht so gut wie dir, aber er wird durchkommen. Die Operation ist problemlos verlaufen. Danke.«

»Gut.« Ich erinnere mich daran, wie sich Calebs Finger in Johns Hals gegraben haben, und erschaudere innerlich. Ich verdränge dieses Bild und sage zu Kate: »Wir wollen ein wenig umhergehen. Weißt du, in welchen Raum mein Großvater, Paul, ist?«

Kate nickt. »Geh diesen Gang entlang, bis du Eleanor sehen kannst.«

Mira und ich gehen langsam zu der beschriebenen Tür und treten ein, nachdem wir Eleanor begrüßt haben. Offensichtlich teilt sich Paul ein Zimmer mit Edward. Rose und Marsha sind auch da. Mira schaut sich diese Konstellation neugierig an. Ich habe sie vorgewarnt, dass meine Großeltern beide andere Partner haben, aber es muss ihr trotzdem komisch vorkommen.

»Darren«, meint Rose lächelnd. »Ich freue mich, dich auf den Beinen zu sehen.«

»Ich wollte nach Paul sehen«, erwidere ich. »Rose, Marsha, Edward, Paul, kennt ihr Mira schon?«

Paul betrachtet mich mit dem für ihn typischen Gesichtsausdruck, als habe er gerade in eine Zitrone gebissen, auch wenn er heute ein wenig wärmer wirkt.

»Rose hat mir erzählt, was du für mich getan hast«, sagt er barsch. »Und ich werde niemals vergessen, was dieser Strippenzieher, Richard, gesagt hat, als er damit aufgehört hat, mich zusammenzuschlagen. Danke.«

Ich erinnere mich an die witzige Nachricht, die ich Richard an Paul ausrichten ließ, und lache. Offensichtlich ist Paul nicht beleidigt.

Ich richte meine Aufmerksamkeit auf Edward und frage ihn: »Wie geht es dir?«

»Ich bin nur hier, um Paul Gesellschaft zu leisten«, antwortet der Ehemann meiner Großmutter. »Ich bin nicht so schwer verletzt, als dass ich im Krankenhaus bleiben müsste.«

»Danke, dass du meinem Ehemann das Leben gerettet hast«, sagt Marsha.

»Und meinem«, fügt Rose hinzu.

Ich nicke leicht, um ihnen zu sagen, dass ich ihren Dank annehme, und meine als nicht so subtile Warnung: »Ich hoffe, das beendet bedauernswerte Besuche von Caleb oder den Mönchen.«

Paul nickt. »Lass uns die Vergangenheit vergessen.« Er hört sich an, als würde er über einen Herstellungsfehler seines Unternehmens reden, für den er verantwortlich war.

»Natürlich. Aber haben die Damen oder Herren davor noch etwas zu Mira zu sagen?«, frage ich, weil ich mich nicht einfach beherrschen kann.

Mira kneift mich schmerzhaft in den Arm.

»Das, was passiert ist, tut uns sehr leid, Mira«, erklärt Rose. »Das tut es wirklich.« Sie wirft Paul einen Blick zu.

»Du hast geschlafen, als wir dich im Gästezimmer zurückließen«, fügt Marsha hinzu. »Wir dachten, dass deine Freunde auf alle schießen würden, und deshalb haben wir nicht damit gerechnet, dich einer Gefahr auszusetzen.«

»Die ganze Sache ist außer Kontrolle geraten«, stimmt Edward zu. »Caleb hätte niemanden entführen sollen. Sein Befehl war, sich Darren zu schnappen, als dieser die Beerdigung verließ, und nichts weiter. Trotzdem, auch wenn wir deine Entführung nicht veranlasst haben, Mira, hätten wir sie nicht einfach so hinnehmen sollen. Wir hätten ihn beauftragen sollen, dich zu Darren zurückzubringen.«

Paul sagt nichts, also seufze ich und meine: »In Ordnung, ich werde jetzt gehen.«

»Darren, warte«, meldet sich Paul zu Wort, und ich halte an. »Komm uns besuchen, wenn wir den Tempel wiederaufgebaut haben und zurückgekehrt sind«, sagt er mit leiser Stimme. »Rose und ich, wir sind deine Familie, und ich weiß, dass sie dich gerne in ihrem Leben hätte … genau wie ich.«

Ich verstehe, dass das seine Art ist, sich zu entschuldigen, und erwidere: »Natürlich, Großvater.«

»Und du auch, Mira«, fügt Paul hinzu. »Bitte komm mit ihm mit.«

Mira nickt und zieht mich aus dem Zimmer, da sie wahrscheinlich spürt, dass ich kurz davor bin, etwas Bissiges zu sagen, das die Bemühungen der Erleuchteten – ihren guten Willen zu zeigen – zunichtemachen könnte.

Wir gehen schweigend zum Fahrstuhl. Ich versuche dabei, mich zu bewegen, ohne meinem

Knöchel zu schaden, während Mira nachdenklich aussieht.

»Du wirst mit ihnen in Kontakt bleiben, stimmt's?«, fragt Mira, als wir vor dem Fahrstuhl anhalten.

»Bittest du mich gerade ernsthaft darum, nett zu ihnen zu sein?« Ich drücke den Knopf des Fahrstuhls, bevor ich mich zu ihr umdrehe, um sie anzuschauen. »Du, die Person, die sie entführt haben?«

»Sie sind deine einzige Verbindung zu deinem verstorbenen Vater.« Die Fahrstuhltür öffnet sich, und sie geht hinein. »Ich sage ja nicht, dass du ihnen verzeihen musst oder dass das, was sie getan haben, richtig war. Mein Standpunkt ist: Es schadet ja nicht, wenn du mit ihnen in Kontakt bleibst. Verstehst du, was ich meine?«

Ich werfe ihr einen amüsierten Blick zu. »Weißt du, manchmal vergesse ich, dass du eigentlich jünger bist als ich.«

Ich humpele in den Fahrstuhl und drücke auf den Knopf fürs Erdgeschoss.

Ich warte darauf, dass mir Mira etwas wie »Was Reife anbelangt, bin ich doppelt so alt wie du« antwortet, aber sie tritt nur näher an mich heran, stellt sich auf ihre Zehenspitzen und küsst mich.

Ich erwidere ihren Kuss. Sie so nahe bei mir zu spüren, lässt mich fast vergessen, dass ich die Stille in meinem Leben vermisse – eine Abwesenheit, die lebenslänglich sein könnte.

Als sich die Fahrstuhltüren öffnen, küssen wir uns immer noch. Thomas und Liz stehen vor uns und betrachten uns fasziniert, wenn auch auf unterschiedliche Art und Weise.

Überraschenderweise fühle ich mich wie ein unartiger Schuljunge, weil mich meine Psychiaterin beim Knutschen erwischt hat. Ich werfe einen Blick auf Mira, die das überhaupt nicht zu stören scheint. Sie verhält sich völlig normal, so als sei sie dabei überrascht worden, wie sie sich Staub von ihrem Pulli entfernt hat.

Thomas wirft mir ein verschmitztes Lächeln zu, während meine Therapeutin Mira eingehend betrachtet.

»Liz, was machst du hier im Krankenhaus?«, frage ich, als mir auffällt, dass ich schon zu lange geschwiegen habe.

»Liz? Wovon redest du? Sie ist nicht hier«, zieht mich Mira auf. »Stell dir mal vor, wie ironisch es wäre, wenn deine Halluzination ausgerechnet die Gestalt deines Seelenklempners hätte.«

Liz lacht und antwortet mir: »Ich bin sofort gekommen, als ich davon gehört habe.« Sie hakt sich beschützend bei Thomas ein. »Danke, dass du ihn gerettet hast.«

»Keine Ursache.« Ich weiß nicht, was ich sonst noch sagen soll, also verlasse ich den Fahrstuhl und gebe mein Bestes, meinen Knöchel nicht zu belasten. Ich folge den Cafeteria-Zeichen auf dem Flur, und die anderen kommen mit.

»Wir waren eigentlich auf dem Weg zu deinem Zimmer«, meint Thomas und geht einen Schritt schneller, um neben mich zu gelangen. »Ich habe gerade etwas von Hillary gehört. Sie und deine Mütter sollten bald hier sein.«

»Oh.« Ich schaue Mira besorgt an. »Wie schlimm sehe ich aus?«

»Du gehst und du sprichst.« Mira fährt sich mit ihren Fingern durch ihre Haare und greift nach dem Band, das sie zusammenhält. »Sara sollte nicht allzu sehr ausrasten.« Mit einer eleganten Bewegung nimmt Mira ihr Haar zu einem sauberen Pferdeschwanz zusammen. »Was willst du ihnen überhaupt sagen?«

»Ach das.« Ich schaue zu Thomas und Liz. »Ich habe an die Big-Bang-Herangehensweise gedacht.«

»Wie big soll der Bang denn sein?«, fragt Thomas, und seine Augen glänzen hoffnungsvoll. »Die ganze Wahrheit?«

»Ja, wie der Schwur im Gerichtssaal.« Mir wird ein wenig schwindelig. »Liz, ist das eine gute Idee? Ich meine, ist Lucy bereit, die ganze Wahrheit über Kyle zu erfahren?«

Während ich auf ihre Antwort warte, lehne ich mich an die sterile weiße Wand, um mich einen Moment lang auszuruhen.

»Sie ist so bereit, wie sie nur sein kann.« Liz und alle anderen halten an, um darauf zu warten, dass ich mich ein wenig erhole.

»Kannst du dein Xanax-Ding bei beiden tun, während ich ihnen alles erzähle, auch, wie ich verletzt wurde?« Mein Schwächeanfall ist vorüber, also gehe ich weiter, und meine Freunde folgen mir.

»Ich denke, ich kann sogar etwas Besseres tun.« Liz sieht erstaunlich aufgeregt aus. »Wenn Mira mir helfen würde, denke ich, wir könnten etwas erreichen, was in der Psychiatrie einmalig ist. Ich kann splitten, sie hineinziehen, und dann kann Mira Lucys und Saras Gedanken von der Gedankendimension aus überwachen. Sie wird mir sagen können, was angepasst werden muss, und ich könnte ihre Reaktionen in Echtzeit feinabstimmen.«

Ich halte erneut an. »Ich bin mir nicht sicher, dass das funktionieren würde«, meine ich, als ich mich daran erinnere, dass ich Mira im Tempel nicht in die Stille ziehen konnte. Ich schaue Mira an. »Bist du nicht inert, Mira?«

»Nein.« Sie schüttelt den Kopf. »Ich war zwar inert, aber ich habe mich erholt. Ich habe meine Tiefe während der Reise aufgebraucht, da ich versucht habe, herauszufinden, wo ich war, als ich aus meiner Betäubung aufgewacht bin. Seit heute Morgen habe ich allerdings einige Minuten meiner Tiefe zurück. Es ist nicht viel, also müssten wir Hillarys Gedankendimension benutzen, aber ich kann Liz mit Sicherheit helfen.«

»Großartig.« Ich unterdrücke eine irrational aufflackernde Eifersucht, als wir weitergehen. In diesem Moment würde ich für einige Minuten Tiefe töten.

»Ja, das wird sehr interessant werden«, meint Liz. »Wenn solche Dinge erlaubt wären, wäre das eine tolle Forschungsarbeit.«

»Ich verstehe. Du willst meine Mütter als Versuchskaninchen benutzen.« Ich nicke Thomas dankbar dafür zu, die Tür zur Cafeteria aufzuhalten, und gebe Mira und Liz ein Zeichen, vor mir einzutreten.

»Ich denke, es könnte eine sehr effektive Therapiemethode sein«, meint Liz und honoriert mein höfliches Verhalten mit einem Lächeln.

»Sie könnte recht haben«, sagt Mira, die ihr folgt. »Das hört sich nach einem Weg an, ihr Leiden zu minimieren und ihnen trotzdem alle Informationen zukommen zu lassen.«

»Warte, Liz«, mische ich mich ein, als ich sie eingeholt habe. »Also hast du nichts dagegen, dass ich ihnen von der Existenz der Gedankenführer berichte?«

Ich bin auf eine ablehnende Antwort vorbereitet, da ich immer vermutet habe, dass sie eher konservativ ist, was dieses Thema betrifft.

»Ich habe kein Problem damit«, erwidert Liz, ohne zu zögern. »Vorausgesetzt, du übernimmst die volle Verantwortung dafür, dass sie alles wissen, und ich meine damit, dass du sie lesen und führen wirst, um sicherzugehen, dass sie nichts Verrücktes tun werden – so etwas wie zu einer Zeitung zu gehen.«

»Natürlich werde ich das, aber das würden sie ohnehin auf keinen Fall tun«, erwidere ich, und mir wird klar, dass Liz nicht weiß, dass ich vielleicht für immer inert sein könnte.

»Also, warum würde es mir etwas ausmachen?« Liz

lächelt. »Ich weiß nicht, wie du Thomas' Situation erklären könntest, ohne diese Dinge zu erwähnen.«

»Da wir gerade davon sprechen«, sage ich. »Was ist mit dir, Thomas? Bist du bereit?«

Thomas' Stimme hört sich belegt an, als er antwortet: »Ich weiß nicht einmal, was ich sagen soll …«

»Er hat davon geträumt, das kann ich dir versichern«, meint Liz, und Thomas schaut sie mit einem unleserlichen Blick an.

Ist sie deshalb so entgegenkommend? Für Thomas?

Anstatt diesen Gedanken auszusprechen, sage ich nur: »Na dann, gut. Hoffentlich wird das Entsetzen über die Wahrheit groß genug sein, um den Teil der Geschichte in Vergessenheit geraten zu lassen, dass ich fast getötet worden wäre. Aber was Sara betrifft, mache ich mir immer noch Sorgen.«

»Wir werden uns darum kümmern.« Liz zwinkert Mira zu. »Mach dir keine Gedanken.«

Ich kann gar nicht fassen, wie fantastisch es ist, dass Mira und Liz – oder Mira und irgendein Gedankenführer – zusammenarbeiten. Wenn jemand den Traum der Ältesten von Frieden auf die Probe stellen wollte, wäre das genau die Art und Weise, es zu tun. Wenn sie – besonders in Kombination mit Mira – sich nicht gegenseitig an die Gurgel gehen, gibt es Hoffnung, dass unsere Völker zur Einsicht kommen können.

Wir suchen uns einen abgelegenen Tisch in der Cafeteria, und Thomas erklärt Hillary, wie sie uns hier finden kann. In der Zwischenzeit bringt Liz allen etwas zu essen. Da ich durch meinen Spaziergang Appetit bekommen habe, entscheide ich mich für einen Donut und einen Kaffee, was Mira über alle Maßen gefällt.

Während wir essen, erklärt Liz Mira den Prozess des Führens und Lesens detaillierter, während ich mir überlege, was ich zu meinen Müttern sagen werde, wenn sie hier sind.

———

»DARREN, WAS IST MIT DEINEM GESICHT PASSIERT?« DIE Stimme meiner Mutter Sara ist, wie vorauszusehen war, angespannt und hoch. Ich hoffe, Mira und Liz kümmern sich darum, denn Sara ist kurz davor, zu hyperventilieren.

Zum Glück enttäuschen mich die beiden nicht. Sie sehen einen Moment lang abgelenkt aus, aber dann entspannt sich Sara sichtlich – na ja, so sehr das bei Sara eben möglich ist. Wahrscheinlich fühlt sie jetzt die Angst, die normale Eltern empfinden würden, wenn sie ihren zusammengeschlagenen Nachwuchs erblicken.

Mit anderen Worten: Sie sieht genauso besorgt aus wie Lucy.

Es scheint definitiv, als würden Mira und Liz erfolgreich zusammenarbeiten – bis jetzt zumindest. Ich frage mich, ob sie sich in der Gedankendimension angezickt haben. Verdammt. Wäre ich nicht inert, hätte ich mich selbst darum gekümmert.

»Mir geht es gut, Mama«, sage ich zu Sara. »Bitte setzt euch.«

Ich versuche, Gesundheit und Vitalität auszustrahlen – was nicht einfach ist, wenn man, wie ich es bin, randvoll mit Morphium ist – oder war es Oxycodon?

»Diese dummen Verbände lassen mich schlechter aussehen als es mir eigentlich geht.« Ich denke, ihnen die Wahrheit zu erzählen bedeutet nicht, dass ich Sara mit den blutigen medizinischen Details über meine Rippen, Gehirnerschütterung, Knöchel etc. belasten muss. Ich bin ja wirklich körperlich in Ordnung, oder zumindest werde ich es bald sein.

Sie setzen sich hin, und Lucy fragt: »Wurdest du von jemandem so zugerichtet oder war es ein Unfall?«

Ihre Stimme klingt ruhig, aber ich erkenne eine gefährliche Frage, wenn ich sie höre. Das bedeutet, dass meine Antwort für denjenigen gefährlich wäre, den ich als den Verantwortlichen nennen würde. Sie ist in ihrem Löwinnen-Denkmodus.

»Ich bin zu Boden gefallen und habe mich verletzt«, antworte ich. Danach füge ich um einiges weniger zuversichtlich hinzu: »Ich bin auch in eine kleine Auseinandersetzung geraten, aber die betreffende Person kann mir nichts mehr anhaben, Mama.«

Ich nehme nervös einen Schluck meines lauwarmen Kaffees und bereite mich auf die Lawine der Fragen vor, die jetzt folgen wird.

Ich sehe, wie sich Lucy innerlich ihre Detektivbekleidung anzieht, aber eine Sekunde später sieht sie unnatürlich entspannt aus und fragt mich nichts, was sie mich eigentlich gerade fragen wollte. Liz, die links von mir sitzt, zwinkert mir zu, und Mira berührt mich mit ihrem Knie, um mir zu signalisieren, dass das Team Mira und Liz wieder einen Treffer gelandet hat.

Hillary sitzt sehr schweigsam da, was mir sagt, dass meine Freunde sie in der Stille eingeweiht haben und sie jetzt wahrscheinlich ihre riesige Reichweite dazu nutzen, ihnen bei ihrer Aufgabe zu helfen. Normalerweise würden sie mich dafür benutzen. Dieser Gedanke verschlimmert mein Gefühl, aus den Geheimnissen beziehungsweise den Gesprächen außerhalb der realen Welt ausgeschlossen zu sein. Andererseits sollte ich mich vielleicht einfach daran gewöhnen.

»Es gibt da etwas, das ich euch gerne sagen würde«, beginne ich vorsichtig. Ich habe diesen Satz eine Million Mal in meinem Kopf geübt. »Es wird nicht leicht zu glauben sein.«

Ich beweise ihnen, wie untertrieben meine Einleitung war, indem ich sie mit der ersten Tatsache konfrontiere: die geheime Existenz der Leser und Führer.

Wie vorauszusehen war, sind meine misstrauische Mutter, die Kriminalbeamtin, und ihre immer skeptische Partnerin, die Wissenschaftlerin, nicht davon überzeugt. Also erhalten sie eine praktische Vorführung, die diejenige, die Bert von mir am Flughafen erhalten hat, wie einen billigen Zaubertrick aussehen lässt. Mira bittet sie, an beliebige Dinge zu denken, und sagt ihnen dann, um welche es sich handelt. Ich erzähle ihnen von Dingen, die ich erfahren habe, als ich sie weit in ihrer Vergangenheit gelesen habe, wie von ihrer Reise nach Israel, der Beerdigung der M&Ms – ihr Spitzname für meine Eltern – und das Mal, an dem sich Lucy mit Kyle und meinem Vater in der Bar betrunken hat. Ich erwähne Details, die nur sie wissen können.

Um dem Ganzen die Krone aufzusetzen, erhalten sie außerdem eine Vorführung des Führens. Meine Tante bringt alle in der Cafeteria, einschließlich meiner Mütter, dazu, Macarena zu tanzen. Als meine Mütter die anderen tanzen sehen, bröckelt ihre Überzeugung langsam. Letztendlich bin ich mir allerdings sicher, dass der Grund dafür, dass sie schließlich so aussehen, als hätten sie diese unglaublichen Tatsachen akzeptiert, eher der geheimen Manipulation durch Liz und Mira zu verdanken ist. Ansonsten hätte der Prozess wohl einige Wochen pausenloser Vorführungen in Anspruch genommen. Meine Mütter sind von Natur aus skeptisch, und außerdem haben sie schon vor langer Zeit diese unlogische Angewohnheit entwickelt, zu denken: Darren weiß Dinge, die er nicht wissen sollte, weil er so clever ist.

»In Ordnung.« Lucy verschränkt ihre Arme. »Nehmen wir mal an, dass wir euch glauben. Warum habe ich dann das Gefühl, dass es dabei um eine Menge mehr geht als diese ganze Telepathie und Hypnose?«

»Lesen und Führen«, korrigiere ich sie. »Und ja, du

hast recht. Es geht um mehr. Es hat außerdem mit meinen Eltern zu tun.«

Ich fahre damit fort, ihnen zu erzählen, dass die M&Ms – Mark und Margret – jeweils ein Leser und ein Führer waren. Ich erkläre ihnen ein wenig über die Feindseligkeiten zwischen den beiden Gruppen und darüber, wie die Dinge sich gerade verändern. Als wir über die Kriege zwischen den Lesern und den Führern sprechen, überrasche ich sogar meine Freunde, als ich sage, dass mein Leser-Urgroßvater meinen Führer-Großvater getötet hat. Da es so aussieht, als würden meine Mütter damit recht entspannt umgehen, gehe ich zu schwierigeren Themen über. Ich erkläre ihnen, dass meine biologische Mutter ihre Fähigkeiten dazu verwendet hat, sie dazu zu bringen, für viele Jahre nicht darüber zu reden, dass ich nicht Saras biologischer Sohn bin. Ich füge den letzten Teil als einen Extra-Bonus hinzu, da ich sicher bin, dass sie – besonders Sara – sich immer noch schuldig dafür fühlen, diese Tatsache so lange vor mir geheim gehalten zu haben. Sie bekommen große Augen, als sie diesen Teil meiner Geschichte hören, aber Liz und Mira müssen gezaubert haben, weil Lucy und Sara sich beruhigen und diese ganzen Dinge relativ gelassen aufnehmen.

»Also kannst du beides tun? Gedanken lesen und Menschen dazu bringen, Dinge zu tun?«, fragt Sara. »Und deine Wahnvorstellung, die Zeit anhalten zu können, war wirklich echt?« Sie schaut zu Liz.

»Wahrscheinlich schuldet sie euch eine dicke

Entschädigung«, sage ich und denke an die ganzen Therapiestunden, die ich gehabt habe, um meine »Wahnvorstellung« zu behandeln. »Allerdings ist es wahrscheinlich gerade richtiger, zu sagen, dass ich lesen und führen konnte – in der Vergangenheit.«

Sie sehen überrascht aus, also gebe ich mein Bestes, um meine Traurigkeit zu verstecken, und erkläre ihnen: »Die Situation hat sich verändert. Momentan kann ich nichts davon tun, und es besteht die Möglichkeit, dass ich jetzt wie ihr bin – na ja, fast wie ihr, weil ich in meinem derzeitigen Zustand weder lesen noch führen kann.«

Sara schaut mich so besorgt an, so als würde sie wirklich verstehen, was ich gerade verloren habe. Das Mitleid in ihren Augen zu sehen verschlimmert meine Sehnsucht nach der Stille nur.

Lucy hat die ganze Zeit über besorgt ausgesehen. Es scheint so, als hätte Liz' Eingreifen nicht verhindert, dass Lucys analytisches Gehirn trotzdem funktioniert.

»Also«, sagt sie mit ihrer Ich-bin-gerade-dabei-ein-Geheimnis-zu-lüften-Stimme, »Menschen leiden unter Gedächtnisverlust, wenn sie von jemandem dazu geführt werden, etwas zu tun, was sich zu stark von ihrem eigentlichen Charakter unterscheidet?«

»Hm, ich denke, ich weiß, worauf du damit hinausmöchtest, Schatz«, mischt sich Sara ein. »Aus irgendeinem Grund erinnere ich mich nicht an die letzten Tage. Hat einer von euch …«

»Es tut mir leid«, sagt Hillary. »Ich wollte nicht, dass ihr beiden euch Sorgen um eure Lage macht, da ihr entführt wurdet und so. Dadurch habe ich euch wohl einige Dinge vergessen lassen.«

»Wir wurden entführt?« Diese Enthüllung schockiert Lucy mehr als all die vorhergegangenen. Oder aber Liz hat es vermasselt und nicht verhindert, dass sie sich Sorgen macht.

Ich seufze und fahre damit fort, ihnen die ausführlichere Geschichte darüber zu erzählen, wie die Erleuchteten, meine biologischen Großeltern, Mira und Thomas entführt haben, um sie als Druckmittel gegen mich zu verwenden. Während ich rede, habe ich den Eindruck, dass Liz entweder weniger gründlich arbeitet oder meine Mütter resistenter gegen ihre Bemühungen werden, weil der Gedanke, dass sie entführt worden waren und es einfach vergessen haben, ihnen offensichtlich Sorgen macht. Wenn ich in die Stille hinübergleiten könnte, würde ich mit Liz darüber reden. Jetzt werfe ich ihr einfach nur einen Blick zu, auf den sie mit einem verstohlenen Okay-Zeichen reagiert. Ich nehme also an, dass sie ihnen absichtlich erlaubt, sich aufzuregen.

Lucys Gesicht verdunkelt sich, als sie sagt: »Kannst du endlich aufhören, um den heißen Brei herumzureden?«

»Was meinst du, Mama?«, frage ich besorgt, auch wenn Liz erneut nickt, so als sei alles bestens.

»Es gibt ein großes Geheimnis. Etwas sehr Beunruhigendes, das ich vergessen habe.« Das ist keine Frage, das ist eine Aussage. »Das ist auch der Grund dafür, dass ich zu ihr gegangen bin.« Sie zeigt auf Liz.

»Das ist der Grund für die Zeit, die mir fehlt … diese Löcher in meiner Erinnerung.«

Sara schaut Lucy besorgt an, aber dann entspannt sich ihr Gesicht plötzlich wieder. Was auch immer Liz vorhat, offensichtlich schließt es nicht ein, dass Sara sich aufregt.

»Ja, Mama«, erwidere ich und beschließe, auszupacken. »Es gibt etwas, das eine so große Sache ist, dass ich gar nicht weiß, wie ich es dir sagen soll.«

»Das Schlimmste zuerst«, antwortet Lucy und sieht mich eindringlich an. »Und geradeheraus.«

»Kyle hat dich dazu gebracht, meine Eltern umzubringen«, platze ich heraus und wünsche mir dabei, jemand würde dieses Xanax-Ding in diesem Moment bei mir tun. »Er hat dich als seine Waffe benutzt. Du hast sie erschossen, und er hat es dich vergessen lassen. Er hat später auch versucht, dich Selbstmord begehen zu lassen.«

Meine Mütter sehen zutiefst erschüttert aus, und das, obwohl Liz eingegriffen hat.

Als ich Lucys Gesicht betrachte, sehe ich, wie ihr Entsetzen sich schnell in stummes Nachdenken verwandelt.

»Natürlich«, flüstert sie zu sich selbst. »Deshalb konnte ich diesen verdammten Fall nicht lösen.«

Sie muss sich genauso fühlen wie die Menschen im Mittelalter, als sie erfahren haben, dass die Erde keine Scheibe ist.

Nachdem sie noch einige Sekunden lang vor sich hin gemurmelt hat, blickt sie mich an und meint: »So schlimm das auch ist, ich denke, es gibt etwas noch Schlimmeres. Etwas, das du mir immer noch nicht gesagt hast.« Sie atmet tief ein. »Etwas Tiefersitzendes. Etwas, das auch mit Kyle zu tun hat.« Sie spricht den Namen beklommen aus.

Ich hoffe, dass Liz die nötigen Vorbereitungen getroffen hat, und sage sanft: »Das gibt es, aber so schlimm es auch zu sein scheint, muss nicht alles daran schlimm sein.«

Ich schaue auf Thomas und fühle einen verräterischen Frosch im Hals.

»Kyle – er …«, ich schlucke. »Er hat dich dazu gezwungen … mit ihm zu schlafen.« Ich versuche, meine Stimme zu kontrollieren, damit sie nicht bricht. »Du hast ein Kind bekommen …«

Sie sieht entsetzt aus, aber ich erkenne auch einen Hauch von Erinnerung in ihren Augen. Liz hat sie darauf vorbereitet, aber nichts könnte eine Frau jemals darauf vorbereiten, zu erfahren, dass sie vergewaltigt wurde. Nichts könnte sie jemals darauf vorbereiten, zu erfahren, dass sie dazu gezwungen wurde, ihr Baby aufzugeben.

Ich sehe ihr dabei zu, wie sie versteht, was ihr angetan wurde, und es schmerzt mich, das Kaleidoskop der turbulenten Gefühle auf ihrem Gesicht zu betrachten. Schließlich sammeln sich in ihren Augen Tränen und laufen ihre Wangen hinunter. Lucy bedeckt ihr Gesicht mit ihren Händen und schluchzt leise.

Sara umarmt sie, auch wenn ihr Gesicht verständnislos aussieht.

»Was … was ist mit dem Baby …?« Lucy kann ihren Gedanken nicht zu Ende sprechen, da sie von einer weiteren Trauerwelle übermannt wird, die ihre Gefühle zum Überlaufen bringt.

»Das ist der glückliche Teil«, sage ich, und Tränen laufen über mein Gesicht. »Es ist Thomas.« Ich zeige auf meinen Freund, der rechts von ihr sitzt. Als ich ihn anblicke, sehe ich, dass Thomas' normalerweise gefühlloses Gesicht angespannt und schmerzvoll verzogen ist.

Lucy dreht sich um und betrachtet ihn eingehend.

Es vergeht ein gefühltes Dutzend Herzschläge, ohne dass sie ein Wort sagt. Befindet sie sich in einem Schockzustand?

Thomas erwidert ihren Blick, und plötzlich liegen sie sich in den Armen.

Sie schluchzt laut, und er sieht ziemlich ergriffen aus, besonders, weil es sich dabei um Thomas handelt.

Sie sprechen leise miteinander, und ich höre nur Fetzen ihres Gesprächs.

»Ich wusste schon das erste Mal, als wir uns getroffen haben, dass du etwas Besonderes bist«, meine ich sie flüstern zu hören.

»Du bist genau so, wie ich dich mir immer vorgestellt habe«, höre ich ihn sagen.

Ich fühle mich, als würde ich mit meinem Lauschen in ihre Privatsphäre eindringen, also wische ich mir mit meinem Ärmel übers Gesicht und schaue weg.

Liz sagt mit belegter Stimme: »Warum vertreten wir uns nicht ein wenig die Beine und lassen sie einen Moment allein?«

Alle folgen wie benebelt ihrem Vorschlag.

»Sara«, sagt Liz, als wir uns außerhalb der Hörweite der wiedervereinigten Mutter mit ihrem Sohn befinden. »Warum machst du nicht einen Spaziergang mit Hillary und mir? Wir können dir jede deiner Fragen beantworten.«

»Danke«, erwidert Sara mit einer zombiegleichen Stimme. Ich denke, Liz hat ihre Xanax-Therapie ein wenig übertrieben.

»Geht es dir gut?«, fragt Mira und wischt sich mit ihrem Zeigefinger Tränen von den Wangen.

»Ich denke schon«, lüge ich, weil mir bewusst ist, dass Liz noch hier ist. »Ich bin froh, dass es raus ist. Ich bin froh, dass sie Bescheid wissen.«

»Darren, ist das da drüben nicht Eugene mit deinem kleinen Freund? Es ist auch eine Frau bei ihnen«, meint Liz, die ihre Stimme wieder im Griff hat.

Ich schaue in die Richtung, in die sie deutet. Ich sehe, dass Eugene zu uns rennt, und ich meine wirklich rennen. Bert ist bei ihm, und zu meiner großen Überraschung Julia – Eugenes Ex-Freundin und Beinahe-Mutter meines Kindes.

Mit den Händen auf den Hüften geht Mira auf ihren aufgeregten Bruder zu. Ich folge ihr, so schnell mein verletzter Knöchel es zulässt.

»Zhenya, was ist los?« In Miras Stimme schwingt dieser gereizte Unterton, den sie manchmal hat, wenn sie sich zu vielen Gefühlen ausgesetzt sieht. Sie zeigt auf Julia. »Und warum hast du sie hierhergebracht?«

Eugene schaut von seiner Schwester zu Julia, und dann wieder zurück. »Julia hat eigentlich nichts mit meinen Neuigkeiten zu tun. Ich habe ihr nur gerade mein mobiles Labor gezeigt, als ich die Entdeckung gemacht habe.«

»Jetzt sag es ihm schon«, meint Bert. »Erzähle ihm, was passiert ist. Du weißt, dass er es unbedingt wissen möchte.«

»Ja, Entschuldigung«, sagt Eugene. »Darren, ich habe gute Neuigkeiten für dich.«

»Sag es ihm doch einfach.« Bert sieht aus, als würde er gleich anfangen zu hüpfen.

»Ich kann ihn jetzt wieder lesen.« Eugene zeigt mit seinem Daumen auf Bert. »Ihn und Kiki.«

»Ich habe es auch getestet«, meint Julia, »Um sicherzugehen.«

Mira sieht einen Moment lang nachdenklich aus.

»Ich habe gerade Bert gelesen.« Sie verengt ihre Augen, macht einen Knopf ihrer Bluse zu und sagt: »Danke, Bert. Das war wirklich ein wenig zu viel Dekolletee.«

Bert wird knallrot, aber ich ignoriere ihn.

Stattdessen versuche ich, diese neueste Entwicklung zu verarbeiten.

»Du meinst also, dass ich meine Tiefe wiederbekommen werde?«, frage ich und traue mich kaum, darauf zu hoffen. »Dass ich nicht für immer inert sein werde?«

»Genau«, sagt Eugene. »Die Berechnungen meines Vaters waren falsch. Ich war immer besser in Mathematik als er, und ich hätte sie überprüfen sollen, bevor ich dir solche Sorgen bereite.« Er lächelt mich verlegen an. »Du wirst doppelt so lange wie normalerweise inert sein, aber du wirst dich mit Sicherheit erholen.«

Ich bedanke mich nicht einmal. Tränen lassen meinen Blick verschwimmen, und ich unterdrücke ein Schluchzen. Dieses Krankenhaus muss ungewöhnlich staubig sein, und deshalb machen sich meine Allergien – erneut – bemerkbar. Bert und Eugene schauen mich an, als wäre mir gerade ein zweiter Kopf gewachsen. Sie wissen nicht, wie stark sich meine Allergien manchmal bemerkbar machen, besonders, wenn ich mich in der Nähe meiner weinenden Mütter befinde.

Ich bin so glücklich, dass ich dieses seltsame Gefühl habe, dass ich wegen dieser übersprudelnden Gefühle in meinem Körper direkt in die 2. Ebene springen würde, wenn ich gerade meine Macht besitzen würde.

Ich bin überwältigt vor Erleichterung – ich laufe geradezu über. Ich weiß nicht, ob dieser Zustand etwas mit der Achterbahn der Gefühle zu tun hat, die ich gerade mit meinen Müttern durchlebt habe, oder ob ich wirklich so viel Angst hatte, meine Fähigkeiten zu verlieren, aber in diesem Moment fühle ich mich wie jemand, der ein riesiges Unglück überlebt hat.

Ich schnappe mir Mira und küsse sie innig, so wie der Matrose auf dem berühmten V-J-Day-Foto am Times Square.

Während ich sie küsse, habe ich endlich das Gefühl, dass alles wieder gut werden wird.

Ich bin unglaublich glücklich.

Ich fühle mich wieder wie ich selbst.

DAS ENDE

LESEPROBEN

Vielen Dank, dass Sie dieses Buch gelesen haben! Ich würde mich sehr darüber freuen, wenn Sie eine Kritik hinterlassen würden.

Um sich für meinen Newsletter über Neuerscheinungen anzumelden und mehr über mich und meine Arbeit zu erfahren, besuchen Sie bitte meine Website www.dimazales.com/book-series/deutsch/.

Andere Serien von mir sind unter anderem:

- *Die letzten Menschen: Die komplette Trilogie* – futuristische Science-Fiction-Serie/dystopische Romanreihe mit Ähnlichkeit zu *Die Hungerspiele, Divergent – Die Bestimmung* und *Hüter der Erinnerung – The Giver.*

- *Mindmachines* – Techno-Thriller
- *Der Zaubercode* – High Fantasy

Ich arbeite ebenfalls an Science-Fiction-Romanen zusammen mit meiner Frau. Wenn Sie also kein Problem mit Erotik haben, dann werfen Sie doch einfach einen Blick in:

- *Mia & Korum: Die komplette Krinar Chroniken Trilogie* – Ein dunkler Science-Fiction-Liebesroman
- *Die Gefangene des Krinar* – Ein abgeschlossener dunkler Science-Fiction-Liebesroman

Und jetzt wünsche ich Ihnen viel Spaß mit einigen Leseproben aus *Mindmachines, Oasis – The Last Humans (Die letzten Menschen: Buch 1), Der Zaubercode (Der Zaubercode: Teil 1)* und weiteren meiner Werke.

AUSZUG AUS MINDMACHINES

Mit Milliarden auf meinem Konto und meiner eigenen Risikokapitalgesellschaft bin ich der lebende amerikanische Traum. Mein einziges Problem? Nach einem Autounfall leidet meine Mutter an Gedächtnisproblemen.

Brainozyten, eine neue Technologie, die unser Gehirn verändern kann, könnten die Antwort auf alle meine Probleme sein – aber ich bin nicht der Einzige, der ihr Potenzial sieht.

Als ich in eine kriminelle Unterwelt gerate, die düsterer ist als alles, was ich mir jemals vorgestellt hätte, droht meine lebensrettende Technologie, mein Tod zu werden.

Mein Name ist Mike Cohen, und das ist die Geschichte, wie ich mehr als menschlich wurde.

»Ein Heilmittel gegen Demenz und Alzheimer?« Onkel Abes graue Augen funkeln vor Erregung, genau so, wie Mutters es oft tun.

»Es ist nicht wirklich ein Heilmittel«, erkläre ich im gleichen Moment, in dem Ada meint: »Es ist eher eine Behandlung der Symptome.«

»Wie niedlich«, sagt Abe auf Russisch. »Dein Mädchen beendet schon deine Sätze.«

So als würde sie Russisch verstehen, erhellt sich Adas Gesicht mit einem verschmitzten Grinsen.

»Wir sind nicht zusammen«, sage ich Onkel Abe auf Russisch.

»Noch nicht?« Er zwinkert mir wissend zu.

»Es ist nicht höflich, vor Ada Russisch zu sprechen«, erwidere ich auf Englisch.

»Das stört mich nicht«, meint Ada. Jetzt ist der Schatten ihres Lächelns nur noch in ihren Augenwinkeln zu sehen, und sie sieht aus wie eine punkige Version der Mona Lisa.

»Trotzdem tut es mir leid«, sagt ihr Onkel Abe, wobei sein Akzent die Buchstaben T und R weicher klingen lässt.

Während wir den Flur im Krankenhaus entlanggehen, übernimmt Ada die Führung. Sie ist eine typische New Yorkerin, immer unruhig und mehrere Dinge auf einmal erledigend. Ich schaue sie verstohlen von oben bis unten an, und meine Augen bleiben an dem hängen, das ich an ihr am liebsten mag – diese spezielle Stelle zwischen den Sohlen ihrer Doc Martens und den Spitzen ihrer stacheligen Haare.

Ada blickt über ihre Schulter, und ihre braunen Augen treffen einen Augenblick lang auf meine. Hat sie gerade gespürt, dass ich sie angestarrt habe? Bevor mir das peinlich sein kann, bleibt sie vor einer grauen Tür stehen und sagt: »Das ist das Zimmer.«

Wir drei treten ein.

Im Gegensatz zu meinem Traum ist es kein OP. Es ist ein geräumiger Raum mit großen Fenstern und fröhlich blühenden Blumen auf den Fensterbänken. Auf den ersten Blick erinnert er mich an mein stylishes Loft in Brooklyn – wenn der feuchte Traum eines verrückten Wissenschaftlers die Inspiration für die Inneneinrichtung gewesen wäre.

Angestellte von Techno, meinem Portfolio-Unternehmen, das die Behandlung entwickelt hat, warten bereits im Hintergrund. Meine Mutter sitzt mit einem weißen Krankenhauskittel bekleidet auf einem OP-Stuhl, und eine Unmenge von Kabeln verbindet sie mit unzähligen hochmodernen Überwachungsapparaten. Ihre Aufmachung wird durch ein Headset vervollständigt, das aussieht, als käme es direkt aus dem alten Film *Die totale Erinnerung – Total Recall*. Das muss die »neueste Entwicklung in der tragbaren neuronalen Scantechnologie« sein, die J. C., der Vorsitzende von Techno, mir gegenüber erwähnt hat. Ich nehme mir vor, ihn *tragbar* definieren zu lassen.

Aus der hintersten Ecke des Raumes höre ich ein

»Hallo«. Die Person, die spricht, muss hinter der Wand aus Servern und riesigen Monitoren versteckt sein. Die anderen Angestellten von Techno arbeiten schweigend, auch wenn ich nicht weiß, ob sie nicht gehört haben, dass ich eingetreten bin, oder ob sie sich einfach gerade unsozial verhalten.

Es würde so einigen Mitarbeitern von Techno nicht schaden, an ihren sozialen Kompetenzen zu arbeiten. Ein Psychiater würde einige von ihnen vielleicht sogar als leichte Autisten abstempeln. Ich persönlich finde solche Stempel lächerlich. Psychiatrie kann manchmal genauso wissenschaftlich und hilfreich wie Astrologie sein – an die ich, nur um keine Zweifel aufkommen zu lassen, nicht glaube. Ein Psychiater in der High-School wollte mich auch zum Autisten erklären, weil ich »zu wenig Freunde« hatte. Er hätte auch genauso leicht zu dem Entschluss kommen können, dass ich Tourette hätte, nachdem ich ihm gesagt hatte, wohin er sich seine Diagnose stecken könne. Aber vielleicht bin ich auch nur deshalb schlecht auf Psychiatrie und Neuropsychologie zu sprechen, weil sie so wenig für meine Mutter getan haben. Eigentlich ist das einzig Gute, was ich über Psychiatrie sagen kann, dass die Lobotomie nicht länger als Behandlung benutzt wird.

Ich schaue mich im Raum nach J. C. um. Ich kann ihn nirgendwo finden, also muss er sich in einem ähnlichen Raum mit einem anderen Teilnehmer der Studie befinden.

Meine Mutter dreht ihren Kopf zu uns, was sie offensichtlich trotz ihrer Kopfbedeckung noch kann.

Mein Herz zieht sich vor Angst zusammen, so wie immer, wenn meine Mutter und ich uns nach mehr als einem Tag Trennung wiedersehen. Wegen des Unfalls, der das Gehirn meiner Mutter beschädigt hat, ist es möglich, dass sie mich eines Tages ansehen, aber nicht erkennen wird.

Heute erkennt sie mich definitiv, da sie mir eines ihrer Lächeln schenkt, bei denen ihre Grübchen zum Vorschein kommen – ein Lächeln, das wir gemeinsam haben. »Hallo kleiner Fisch«, sagt sie auf Russisch. Dann blickt sie ihren Bruder an. »Abrashkin, Hase, wie geht es dir?«

»Meine Mutter hat gerade nicht übersetzbare russische Tiernamen für uns benutzt«, flüstere ich Ada laut zu und winke den immer noch nicht interessierten Mitarbeitern im Hintergrund zur Begrüßung zu.

Meine Mutter schaut Ada an, ohne sie zu erkennen, und ich seufze innerlich. Sie sind sich schon zweimal begegnet.

»Wer ist dieser Junge?«, fragt mich meine Mutter auf Englisch. »Ist er ein Praktikant bei Techno?«

»Sie ist kein Junge, und ihr Name ist Ada«, antworte ich und versuche angestrengt, mich nicht so anzuhören, als würde ich mit jemandem reden, der eine Behinderung hat, da mir meine Mutter das sehr übel nehmen würde. »Sie ist keine Praktikantin, sondern eine derjenigen, die diese Nanozyten programmiert haben, die dir helfen werden.«

»Es freut mich, Sie kennenzulernen, Nina

Davydovna«, sagt Ada, so als hätte sie das nicht schon mehrmals getan.

Meine Mutter zieht ihre Augenbrauen in die Höhe, entweder wegen des kindlichen Klangs Adas glockenheller Stimme, oder weil Ada den russischen Vatersnamen richtig benutzt hat. Sie erholt sich allerdings schnell, genau wie das letzte Mal, und sagt, ebenfalls genau wie das letzte Mal: »Nennen Sie mich Nina.«

»Gerne. Danke, Nina«, erwidert Ada.

Mir wird klar, dass Ada meine Mutter absichtlich so förmlich anspricht, um ihren Stress zu lindern, und ich nicke Ada dankbar zu. Natürlich hätte Ada, wenn sie gewollt hätte, auch noch weitergehen und andere Kleidung tragen oder ihre Frisur verändern können, um die Verwirrung meiner Mutter über Adas Geschlecht zu verhindern. Aber die Verwirrung meiner Mutter könnte genauso gut auf ihren Zustand zurückzuführen sein, da Ada für mich trotz der Lederjacke und des schwarzen Kapuzenpullis die personifizierte Weiblichkeit ist.

»Ist sie seine Freundin?«, fragt meine Mutter Onkel Abe verschwörerisch auf Russisch. »Bin ich ihr schon begegnet?«

»Ich bin mir nicht sicher, Schwesterherz«, antwortet Onkel Abe. »So wie er sie ansieht, vermute ich, dass es nur eine Frage der Zeit ist, bis sie zusammen sind.«

»Ach ja?« Meine Mutter lacht. »Denkst du, dass sie Jüdin ist?«

Blut rauscht in meine Wangen, und das nicht nur wegen dieses »Jüdin oder nicht«-Dings. Das ist etwas, was für meine Mutter erst nach dem Unfall wichtig geworden ist – außer natürlich, es hat ihr schon immer etwas bedeutet, aber sie hat erst angefangen, es anzusprechen, nachdem die Gehirnschädigung ihre Hemmungen etwas abgebaut hat. Meine Großeltern haben viel über derartige Dinge gesprochen und sind sogar so weit gegangen, die Situation mit meinem Vater der Tatsache zuzuschreiben, dass er kein Jude war – etwas, was ich als umgekehrten Antisemitismus ansehe.

Das ist bedauernswert, aber ihre Einstellung wurde damals in der Sowjetunion geprägt, in der Juden als ethnische Gruppe angesehen wurden, was ihre Diskriminierung auf Regierungsebene rechtfertigte. Da die ethnische Zugehörigkeit in der berühmten fünften Spalte aller Pässe angegeben werden musste, war Diskriminierung normal und unvermeidbar. Meine Mutter wurde von den ersten Universitäten, an denen sie sich bewarb, abgelehnt, weil diese ihre »3-Juden-Quote« bereits erreicht hatten. Sie hatte es außerdem schwer, einen Job in den Ingenieurswissenschaften zu finden, bis mein Vater ihr geholfen hatte, um sie später sexuell zu belästigen und sie dann zu verlassen, so dass sie mich allein aufziehen musste. Diese negative Einstellung hatte sogar Auswirkungen auf mich, bevor wir wegzogen. Als meine Klassenkameraden in der siebten Klasse aus der Schülerzeitung von meinem

Glauben erfuhren, bemerkten sie, dass ich mit meinen blauen Augen und blonden Haaren (die im Laufe der Zeit nachgedunkelt sind, bis sie braun waren), überhaupt nicht wie ein Jude aussehe. Auch wenn sie den abwertenden russischen Begriff dafür verwendeten, war die Bemerkung als dickes Kompliment gemeint.

Was dieses Thema besonders eigenartig macht, ist, dass wir in Amerika, wo das Judentum eher als eine Religion als eine ethnische Zugehörigkeit betrachtet wird, auf einmal gar nicht mehr so jüdisch waren. Ich meine, wie könnten wir das sein, wenn ich erst im Teenageralter von Hanukkah erfahren und gestern Abend einen sehr nicht koscheren, mit Schinken umwickelten gegrillten Hummerschwanz gegessen habe.

Ja, ich habe die Bedeutung von koscher auch erst im Teenageralter erfahren.

Mir könnte Adas Judentum also nicht egaler sein – auch wenn sie, nur um es einmal erwähnt zu haben, mit dem Nachnamen Goldblum wahrscheinlich Jüdin ist. Ich weiß auch nicht, was ihr dieser Begriff bedeutet, da sie genauso weltlich ist wie ich. Ich denke, dass mein größtes Problem mit der Frage meiner Mutter ist, dass ich es einfach hasse, ganze Gruppen von Menschen in Schubladen zu stecken, besonders in solche Schubladen, die so viel Verantwortung mit sich bringen.

»Das ist schwer zu sagen«, antwortet Onkel Abe, nachdem er Adas zierliche Nase betrachtet, und dabei besonders auf ihr Piercing geachtet hat. »Mit diesem Haar ist sie definitiv keine Russin.«

Und schon wieder eine Schublade. Für meine Großeltern war der Begriff Russe ein Synonym für Goi oder Nichtjude, aber ich denke nicht, dass mein Onkel ihn gerade in diesem Sinn gebraucht. Auch wenn wir in Russland Juden waren, hier in den USA sind wir Russen – genauso wie alle, die aus der ehemaligen Sowjetunion kommen und Russisch sprechen. Ich nehme an, dass mein Onkel sagen will, dass Ada nicht so aussieht, als sei sie aus der ehemaligen Sowjetunion, da damit normalerweise eine bestimmte Art sich zu kleiden und sich zu frisieren verbunden ist, zumindest bei neueren Zuwanderern.

Ich beschließe, dieses Gesprächsthema abzubrechen, aber bevor ich die Gelegenheit bekomme, ein Wort zu äußern, sagt meine Mutter: »Als ich jung war, hießen solche Haarschnitte ›Explosion in der Nudelfabrik‹.«

Beide lachen, und auch ich kann mich nicht zurückhalten. Ich kenne den Haarschnitt, auf den sich meine Mutter bezieht, und es ist eine Frisur aus den Achtzigern, die entfernt mit dem verwandt sein könnte, was auf Adas Kopf passiert. Mit den gebleichten, spitzen Stacheln sieht sie aus wie ein Ameisenigel mit einem Irokesenschnitt – ein Eindruck, der durch ihren stacheligen Humor verstärkt wird.

Die Tür des Zimmers öffnet sich, und eine Schwester kommt herein.

Mein Blutdruck steigt an, als ich ihre OP-

Bekleidung sehe, auch wenn ich mir nicht sicher bin, ob es sich dabei um das normale Weiße-Kittel-Syndrom oder einen Flashback zu meinem Albtraum handelt. Wahrscheinlich Ersteres. Als ich aufwuchs, wurden in der sowjetischen Zahnmedizin keine Betäubungsmittel verwendet, weshalb ich eine konditionierte Reaktion auf alles habe, was einem Zahnarztkittel gleicht. Jeder in einem weißen Kittel löst in mir etwas Ähnliches aus wie die Reaktion, die eine Person mit Coulrophobie – irrationale Angst vor Clowns – haben würde, sähe sie eine Dokumentation über John Wayne Gacy oder den Film *Es*.

Die Schwester geht zu meiner Mutter und greift nach der großen Spritze, die still und heimlich neben dem Stuhl meiner Mutter liegt.

Die Angestellten von Techno im Hintergrund halten geschlossen die Luft an.

Die Schwester scheint den glücklichen Anlass nicht zu verstehen. Sie sieht aus, als wolle sie hier fertigwerden, um sich danach etwas Interessanterem zuwenden zu können, wie zum Beispiel eine Dauerrede auf C-SPAN zu verfolgen. Auf ihrem Namensschild steht »Olga«. Diese Tatsache in Kombination mit ihrem Haarschnitt aus den späten Achtzigern, dem Make-up und diesen slawischen Wangenknochen aktivieren meinen russischen Radar – in Kurzform Rudar. Das ist wie ein Homodar, nur zum Aufspüren von Menschen, die Russisch sprechen.

Ich wette, meine Mutter ist beleidigt, dass ihr das Krankenhaus diese Schwester zugeteilt hat. Es lässt den

Gedanken durchblicken, dass sie Hilfe bräuchte, um sich auf Englisch zu verständigen. Da meine Mutter mit Mitte dreißig, nachdem sie in die USA gezogen war, ihren Bachelorabschluss in Elektrotechnik gemacht hat, ist sie zu Recht stolz auf ihre Beherrschung der englischen Sprache – eine Fähigkeit, die durch den Unfall nicht beeinträchtigt wurde.

In der Stille kann ich das flache Atmen meiner Mutter hören; ihre Angst vor medizinischem Personal ist um einiges schlimmer als meine.

Olga ergreift die Spritze und hebt ihre Hand.

Mindmachines ist jetzt erhältlich. Falls Sie mehr darüber erfahren möchten, besuchen Sie bitte meine Homepage www.dimazales.com/book-series/deutsch.

AUSZUG AUS OASIS – THE LAST HUMANS

Mein Name ist Theo und ich bin ein Einwohner Oasis', dem letzten bewohnbaren Fleckchen Erde. Es sollte ein Paradies sein, ein Ort, an dem wir alle glücklich sind.

Schlechtes Benehmen, Gewalt, Geisteskrankheiten und andere Gesundheitsprobleme sind nur noch eine entfernte Erinnerung – auch der Tod ist keine Bedrohung mehr.

Einst war ich auch glücklich, aber jetzt habe ich mich verändert. Jetzt habe ich eine Stimme in meinem Kopf, die mir Dinge erzählt, die kein imaginärer Freund wissen sollte. Sie sagt, ihr Name sei Phoe – und sie ist meine Wahnvorstellung.

Oder etwa nicht?

Anmerkung: Dieses Buch enthält Kraftausdrücke. Wir

finden, dass diese für die im Roman thematisierte Zensur wichtig sind. Sollten Sie ein Problem mit derartigen Wörtern haben, könnte es sein, dass Ihnen dieses Buch nicht zusagen wird.

Ficken. Vagina. Scheiße.

Ich konzentriere mich auf diese verbotenen Worte, aber mein neuronaler Scan zeigt nichts anderes an, als wenn ich an phonetisch ähnliche Worte wie *Kicken, Angina* oder *Neiße* denke. Ich kann keinen Hinweis darauf erkennen, dass mein Gehirn beeinflusst wird, aber vielleicht ist es auch einfach schon so kaputt, dass es nicht schlimmer werden kann. Vielleicht brauche ich ein anderes Testobjekt – einen anderen »leicht zu beeindruckenden« Dreiundzwanzigjährigen wie mich.

Schließlich könnte ich geisteskrank sein.

»Ach Theo. Nicht schon wieder«, sagt eine überfreundliche, hohe, weibliche Stimme. »Außerdem haben diese Worte eine Wirkung auf dein Gehirn. Der Teil deines Gehirns, der für Ekel verantwortlich ist, leuchtet zwar auf, wenn du an ›Scheiße‹ denkst, aber nicht bei ›Neiße‹.«

Es ist Phoe, die gerade zu mir spricht. Dieses Mal ist sie aber keine Stimme in meinem Kopf; stattdessen scheint sie sich in den dichten Büschen hinter mir zu befinden, auch wenn sie das nicht tut.

Ich bin die einzige Person auf dieser Rasenfläche.

Niemand anderes kommt hierher, weil sich der

Rand etwa einen Meter von hier entfernt befindet. Nur wenige Einwohner von Oasis mögen es, sich die trostlose Barriere anzuschauen, an der unsere bewohnbare Welt endet und das Ödland des Goo beginnt. Ich habe kein Problem damit.

Allerdings könnte ich wie gesagt auch verrückt sein – und Phoe wäre der Grund dafür. Ich meine, ich denke nicht, dass Phoe real ist. Meiner Meinung nach ist sie meine imaginäre Freundin. Und ihr Name wird übrigens »Fi« ausgesprochen, auch wenn er »P-h-o-e« geschrieben wird.

Ja, so spezifisch ist meine Wahnvorstellung.

»Jetzt kommst du von einem durchgekauten Thema direkt zu einem anderen.« Phoe schnaubt. »Meine sogenannte Echtheit.«

»Genau«, erwidere ich. Obwohl wir allein sind, antworte ich, ohne meine Lippen zu bewegen. »Weil du nur meine Wahnvorstellung bist.«

Sie schnaubt erneut, und ich schüttele meinen Kopf. Ja, ich habe gerade für meine Wahnvorstellung meinen Kopf geschüttelt. Ich fühle mich auch gezwungen, ihr zu antworten.

»Nebenbei gesagt«, meine ich, »ich bin mir sicher, dass das Wort ›Scheiße‹ eine genauso starke Reaktion in dem Teil meines Gehirns auslöst, der für Ekel verantwortlich ist, wie seine akzeptableren Cousins, also zum Beispiel Fäkalien. Was ich damit sagen will, ist, dass das Wort meinem Gehirn weder schadet noch es beeinflusst. Diese Worte sind nichts Besonderes.«

»Ja, ja.« Diesmal ist Phoe in meinem Kopf und hört

sich spöttisch an. »Als Nächstes wirst du mir erzählen, dass einige der verbotenen Wörter damals einfach nur Tierbezeichnungen waren und dass es Wörter aus den toten Sprachen gibt, die eigentlich tabu waren, aber es jetzt nicht mehr sind, weil sie ihre ursprüngliche Stärke verloren haben. Danach wirst du dich wahrscheinlich darüber beschweren, dass die Gehirne beider Geschlechter nahezu identisch sind, aber es nur Männern nicht erlaubt ist, Worte wie ›Vagina‹ zu sagen.«

Mir fällt auf, dass ich genau diese Dinge gerade ansprechen wollte, was bedeutet, dass Phoe und ich schon häufiger darüber gesprochen haben müssen. Das passiert bei engen Freunden: sie wiederholen Unterhaltungen. Und ich nehme an, mit imaginären Freunden noch öfter. Allerdings glaube ich, dass ich in Oasis der Einzige bin, der einen hat.

Jetzt, da ich gerade darüber nachdenke: Zählen Gespräche mit imaginären Freunden überhaupt? Schließlich spricht man in diesem Fall ja eigentlich mit sich selbst.

»Das ist mein Stichwort, dich daran zu erinnern, dass ich real bin, Theo.« Phoe spricht das absichtlich laut aus.

Ich bemerke, dass ihre Stimme von rechts kam, so als sei sie einfach ein Freund, der neben mir im Gras sitzt – ein Freund, der zufällig unsichtbar ist.

»Nur weil ich unsichtbar bin, heißt das nicht, dass ich nicht real bin«, kommentiert Phoe meinen Gedanken. »Zumindest bin ich davon überzeugt, dass ich real bin. Ich wäre verrückt, wenn ich das nicht denken würde. Außerdem deuten eine Menge Punkte genau darauf hin, und das weißt du auch.«

»Aber müsste ein imaginärer Freund nicht darauf bestehen, real zu sein?« Ich kann nicht widerstehen, diese Worte laut auszusprechen. »Wäre das nicht Teil dieser Wahnvorstellung?«

»Sprich nicht laut mit mir«, erinnert sie mich mit besorgter Stimme. »Manchmal bewegst du auch leicht deine Halsmuskeln oder sogar deine Lippen, wenn du in Gedanken zu mir sprichst. Alle diese Dinge sind zu riskant. Du solltest einfach zu mir denken. Deine innere Stimme benutzen. Das ist sicherer, besonders in der Gegenwart anderer Jugendlicher.«

»Mit Sicherheit, aber dabei fühle ich mich noch verrückter«, entgegne ich, aber denke meine Worte und konzentriere mich darauf, meine Lippen und Nackenmuskeln so wenig wie möglich zu bewegen. Danach denke ich, als Test: »In meinem Kopf mit dir zu reden unterstreicht die Tatsache, dass du unmöglich real sein kannst, und ich fühle mich, als hätte ich noch mehr Schrauben locker.«

»Das solltest du nicht.« Ihre Stimme ist jetzt in meinem Kopf, aber hört sich immer noch hoch an. »Ich kann mir vorstellen, dass selbst damals, als es nicht verboten war, nervenkrank zu sein, ein lautes Gespräch mit deinem imaginären Freund die Menschen um dich herum nervös gemacht hätte.« Sie lacht kurz auf, aber ihre Stimme klingt eher besorgt als belustigt. »Ich weiß nicht, was passieren würde, sollte jemand denken, dass du verrückt bist; aber ich habe ein schlechtes Gefühl dabei, also tue es bitte nicht, okay?«

»In Ordnung«, denke ich und ziehe an meinem linken Ohrläppchen. »Auch wenn es etwas zu viel verlangt ist, selbst hier nicht normal mit dir zu reden. Schließlich sind wir allein.«

»Ja, aber die Nanobots, von denen ich dir erzählt habe, diese Dinger, die alles durchdringen können – angefangen von deinem Kopf bis hin zum Utility Fog – können theoretisch auch dazu benutzt werden, diesen Ort zu überwachen.«

»Okay. Außer natürlich, diese praktischerweise unsichtbare Technologie, von der du mir immer erzählst, ist genauso ein Produkt meiner Einbildung wie du«, denke ich zu ihr. »Da aber niemand etwas von dieser Technologie zu wissen scheint, wie kann sie dann dazu benutzt werden, um uns auszuspionieren?«

»Falsch: Keiner der Jugendlichen weiß etwas davon, aber den anderen könnte sie bekannt sein«, verbessert mich Phoe geduldig. »Wir wissen viel zu wenig über die Erwachsenen und noch viel weniger über die Betagten.«

»Aber wenn sie mit den Nanozyten Zugriff auf meinen Kopf haben, würde das Gleiche dann nicht auch auf meine Gedanken zutreffen?«, denke ich und unterdrücke einen Schauer. Wenn das so wäre, hätte ich ein Problem.

»Die Tatsache, dass du für deine häufig missratenen Gedanken noch keine Konsequenzen tragen musstest, ist der Beweis dafür, dass sie nicht generell überwacht werden – zumindest nicht deine«, antwortet sie, und das, was sie sagt, beruhigt mich. »Deshalb denke ich, dass die computergestützte Überwachung von Gedanken entweder verboten ist oder aber gegen eine der Milliarden Richtlinien für den richtigen Umgang mit Technologie verstößt. Ich muss zugeben, dass ich mir diese ganzen Regeln kaum merken kann.«

»Und was ist, wenn eine Technik, die in mich hineinhören kann, generell ein Tabu ist?«, entgegne ich, auch wenn sie anfängt, mich zu überzeugen.

»Das kann sein, aber ich habe Dinge gesehen, die man am besten damit erklären kann, dass die Erwachsenen spioniert haben.« Ihre Stimme in meinem Kopf hört sich jetzt gedämpft an. »Denk doch einfach nur an das eine Mal, als Liam und du Pläne gemacht habt, Physik zu schwänzen. Woher konnten sie das wissen?«

Ich erinnere mich an die epische Stille, die unsere Bestrafung war, und daran, dass wir uns beide damals geschworen haben, niemandem davon erzählt zu haben. Daraufhin sind wir zu dem gleichen Ergebnis gekommen: unsere Gespräche sind nicht sicher. Das ist der Grund dafür, dass Liam, Markwart – für Freunde Mark – und ich oft verschlüsselt miteinander reden.

»Es könnte aber auch eine andere Erklärung dafür geben«, denke ich zu Phoe. »Diese Unterhaltung haben wir während einer Vorlesung geführt, also könnte uns jemand gehört haben. Und selbst wenn nicht – nur weil sie uns während des Unterrichts überwachen, bedeutet das nicht, dass sie das Gleiche auch an diesem abgelegenen Ort tun.«

»Auch wenn sie diesen Ort oder generell alles außerhalb des Instituts nicht überwachen sollten, möchte ich trotzdem, dass du dir angewöhnst, dich richtig zu verhalten.«

»Was wäre, wenn ich in Geheimsprache spreche?«, schlage ich vor. »Du weißt schon, in der gleichen, die ich auch mit meinen nicht-imaginären Freunden benutze.«

»Für meinen Geschmack redest du sowieso schon zu langsam«, denkt sie mit offensichtlicher Verzweiflung. »Wenn du diese Geheimsprache sprichst, hörst du dich lächerlich an und erhöhst die Anzahl der Silben extrem. Falls du allerdings bereit wärst, eine der toten Sprachen zu lernen …«

»Okay. Ich werde denken, wenn ich dir etwas zu sagen habe«, erwidere ich in Gedanken. Dann sage ich ihr lautlos, allerdings nicht, ohne meine Lippen zu bewegen: »Aber ich werde dabei meinen Mund bewegen.«

»Wenn es sein muss.« Sie seufzt laut. »Aber es wäre besser, wenn du es einfach so machen würdest wie eben: ohne deine Gesichtsmuskeln zu bewegen.«

Statt ihr zu antworten schaue ich wieder auf den Rand, die Barriere, an der das frische Grün unter der Kuppel auf den abstoßenden Ozean aus trostlosem Goo trifft – dieser parasitären Technik, die sich pausenlos vermehrt und jegliche Substanz verschlingt. Das Goo ist das Einzige, was von der Welt außerhalb der Kuppel noch übrig geblieben ist, und sollte diese Hülle jemals zerstört werden, würde das Goo uns umgehend vernichten. Natürlich ruft dieser Anblick alle möglichen schlechten Gefühle hervor, und die Tatsache, dass ich freiwillig dorthin schaue, muss ein weiteres Zeichen dafür sein, dass mein Geisteszustand labil ist.

»Das Zeug ist definitiv widerlich«, denkt Phoe, die wie immer versucht, mich aufzuheitern. »Es sieht aus, als habe jemand versucht, aus Kotze und menschlichen Exkrementen einen Wackelpudding zu kreieren.« Dann fügt sie mit einem gedachten Lachen hinzu: »Entschuldigung, ich hätte ›Kotze und Scheiße‹ sagen sollen.«

»Ich habe keine Ahnung, was Wackelpudding ist«, denke ich zurück und bewege dabei meine Lippen. »Aber was auch immer es ist, du hast wahrscheinlich recht, was die Zutaten betrifft.«

»Wackelpudding war etwas, was unsere Vorfahren aßen, bevor es die *Nahrung* gab«, erklärt Phoe. »Ich werde herausfinden, wo du etwas darüber anschauen oder lesen kannst; wenn du Glück hast, gibt es vielleicht bald etwas davon auf dem anstehenden Jahrmarkt der Geburtsfeiern.«

»Das hoffe ich. Es ist schwer, aus Filmen oder Büchern etwas über Essen zu lernen«, beschwere ich mich. »Das habe ich schon versucht.«

»In diesem Fall würde es vielleicht sogar funktionieren«, widerspricht Phoe. »Das Entscheidende an Wackelpudding war die

Beschaffenheit, nicht der Geschmack. Er hatte die Konsistenz von Quallen.«

»Die Menschen haben damals wirklich diese schleimigen Dinger gegessen?«, denke ich angewidert. Ich kann mich nicht daran erinnern, das jemals in einem der Filme gesehen zu haben. Mit einer Handbewegung in Richtung des Goos sage ich: »Kein Wunder, dass so etwas aus der Welt geworden ist.«

»In den meisten Teilen der Welt haben sie keine Quallen gegessen«, erwidert Phoe, und ihre Stimme nimmt einen belehrenden Ton an. »Und Wackelpudding wurde genau genommen aus teilweise zersetzten Proteinen aus der Haut, den Hufen, den Knochen und dem Bindegewebe von Kühen und Schweinen hergestellt.«

»Jetzt willst du doch nur erreichen, dass ich mich ekele«, denke ich.

»Und das kommt ausgerechnet von Ihnen, Herr Scheiße.« Sie lacht. »Wie dem auch sei, du musst diesen Ort verlassen.«

»Muss ich das?«

»Du hast in einer halben Stunde Unterricht, aber viel wichtiger ist, dass Mark dich sucht«, sagt sie, und ihre Stimme vermittelt mir den Eindruck, als sitze sie bereits nicht mehr auf dem Rasen.

Ich stehe auf und beginne, mir den Weg durch die hohen Sträucher zu bahnen, die den Blick der restlichen Jugendlichen von Oasis auf das Goo versperren.

»Und nebenbei bemerkt –«, Phoes Stimme kommt

aus einiger Entfernung; sie tut also so, als würde sie vor mir gehen – »wenn du herausfindest, dass Mark wirklich nach dir sucht, dann versuche doch mal eine Erklärung dafür zu finden, wie ein imaginärer Freund wie ich so etwas wissen könnte ... etwas, was du selbst nicht wusstest.«

Oasis – The Last Humans ist jetzt erhältlich. Falls Sie mehr darüber erfahren möchten, besuchen Sie bitte meine Homepage www.dimazales.com/book-series/deutsch.

AUSZUG AUS DER ZAUBERCODE

Blaise, einst ein respektiertes Mitglied des Rates der Zauberer und jetzt ein Außenseiter, hat das letzte Jahr damit verbracht, an einem ganz besonderen magischen Objekt zu arbeiten. Sein Ziel ist es, die Magie jedermann zugänglich zu machen, nicht nur den ausgewählten Zauberern. Das Resultat seiner Arbeit ist allerdings völlig anders, als er sich das jemals vorgestellt hätte – denn anstelle eines Objekts erschafft er *sie*.

Sie ist Gala und alles andere als seelenlos. Sie wurde in der Welt der Magie geboren, ist wunderschön und hochintelligent – und niemand weiß, wozu sie alles fähig ist.

Augusta, eine mächtige Zauberin, sieht Blaises Werk genau als das, was es ist: die vermessenste aller Anmaßungen. Sie hat immer noch Gefühle für Blaise und möchte ihn retten, bevor er den höchsten aller Preise zahlen muss … für die Abscheulichkeit, die er erschaffen hat.

***

Da befand sich eine nackte Frau auf dem Fußboden in Blaises Arbeitszimmer.

Eine wunderschöne, nackte Frau.

Fassungslos starrte Blaise diese hinreißende Kreatur an, die gerade eben aus dem Nichts erschienen war. Sie schaute mit einem befremdlichen Gesichtsausdruck an sich hinunter. Offensichtlich war sie genauso überrascht darüber, hier zu sein, wie er es war, sie hier zu sehen. Ihr welliges, blondes Haar fiel ihren Rücken hinunter und verdeckte dadurch teilweise ihren Körper, der die Perfektion selbst zu sein schien. Blaise versuchte, nicht an diesen Körper zu denken, sondern sich stattdessen auf die Situation zu konzentrieren.

Eine Frau. *Sie* und kein *Es*. Blaise konnte das kaum glauben. War das möglich? Konnte dieses Mädchen das Objekt sein?

Sie saß mit ihren Beinen unter sich eingeschlagen da und stützte sich auf einem schlanken Arm ab. Diese Pose sah etwas unbeholfen aus, so als wüsste sie nicht so recht, was sie mit ihren eigenen Gliedmaßen anstellen sollte. Trotz ihrer Kurven, die sie als eine ausgewachsene Frau kennzeichneten, strahlte die völlig unbefangene Art und Weise, wie sie dort saß – die erkennen ließ, dass sie sich ihrer eigenen Reize nicht bewusst war – eine kindliche Unschuld aus.

Blaise räusperte sich und dachte darüber nach, was er sagen könnte. In seinen wildesten Träumen hätte er sich niemals vorstellen können, dass so etwas das Ergebnis dieses Projekts sein würde, welches in den letzten Monaten sein ganzes Leben bestimmt hatte.

Als sie das Geräusch hörte, drehte sie ihren Kopf, um ihn anzusehen, und Blaise bemerkte, dass sie ungewöhnlich hellblaue Augen hatte.

Sie blinzelte, legte ihren Kopf leicht zur Seite und nahm ihn mit sichtbarer Neugier in Augenschein. Blaise fragte sich, was sie wohl gerade sah. Er hatte seit zwei Wochen kein Tageslicht mehr gesehen, und es würde ihn nicht wundern, wenn er im Moment wie ein verrückter Zauberer aussah. Sein Gesicht war von etwa einer Woche alten Bartstoppeln übersät, und er wusste, dass sein dunkles Haar ungekämmt war und in alle Richtungen abstand. Hätte er gewusst, heute einer so wunderschönen Frau gegenüberzustehen, hätte er am Morgen einen Pflegezauber gewirkt.

»Wer bin ich?«, fragte sie und verunsicherte Blaise damit. Ihre Stimme war weich und feminin, genauso anziehend wie der Rest von ihr. »Wo bin ich? Was ist das hier für ein Ort?«

»Das weißt du nicht?« Blaise war froh, endlich einen halb zusammenhängenden Satz herausbekommen zu haben. »Du weißt weder wer du bist noch wo du bist?«

Sie schüttelte ihren Kopf. »Nein.«

Blaise schluckte. »Ich verstehe.«

»Was bin ich?«, fragte sie erneut und blickte ihn mit diesen unglaublichen Augen an.

»Also«, sagte Blaise langsam, »wenn du kein grausamer Scherzbold oder ein Produkt meiner Einbildung bist, dann ist das jetzt etwas schwierig zu erklären …«

Sie beobachtete seinen Mund, während er sprach, und als er aufhörte, sah sie wieder auf, und ihre Blicke trafen sich. »Das ist eigenartig«, sagte sie, »solche Worte in der Realität zu hören. Das waren gerade die ersten wirklichen Worte, die ich jemals gehört habe.«

Blaise fühlte, wie ihm ein Schauer über den Rücken lief. Er stand von seinem Stuhl auf und begann, hin und her zu gehen, sorgsam darauf bedacht, seinen Blick von ihrem nackten Körper abzuwenden. Er hatte damit gerechnet, dass etwas erschien. Ein magisches Objekt, eine Sache. Er hatte nur nicht gewusst, welche Form es annehmen würde. Ein Spiegel vielleicht, oder eine Lampe. Vielleicht sogar so etwas Ungewöhnliches wie die Lebensspeicher-Sphäre, die wie ein großer runder Diamant auf seinem Arbeitstisch stand.

Aber eine Person? Und dann auch noch weiblich?

Zugegeben, er hatte versucht, dem Objekt Intelligenz zu geben und die Fähigkeit, menschliche Sprache zu verstehen, um diese in den Code umzuwandeln. Vielleicht sollte er gar nicht so überrascht sein, dass die Intelligenz, die er herbeigerufen hatte, eine menschliche Form angenommen hatte.

Eine wunderschöne, weibliche, sinnliche Hülle.

Konzentriere dich Blaise, konzentriere dich!

»Wieso läufst du so herum?« Sie stand langsam auf, und ihre Bewegungen waren dabei unsicher und eigenartig tollpatschig. »Sollte ich auch umhergehen? Unterhalten sich Menschen so miteinander?«

Blaise hielt vor ihr an und bemühte sich, seine Augen oberhalb ihres Halses zu behalten. »Es tut mir leid. Ich bin es nicht gewohnt, nackte Frauen in meinem Arbeitszimmer zu haben.«

Sie fuhr sich mit ihren Händen an ihrem Körper hinunter, so als würde sie ihn zum allerersten Mal fühlen. Was auch immer sie vorhatte, Blaise fand diese Bewegung höchst erotisch.

»Stimmt etwas mit meinem Aussehen nicht?«, wollte sie von ihm wissen. Das war so eine typisch weibliche Sorge, dass Blaise ein Lächeln unterdrücken musste.

»Ganz im Gegenteil«, versicherte er ihr. »Du siehst unvorstellbar gut aus.« So gut sogar, dass er Schwierigkeiten hatte, sich auf etwas anderes als auf ihre Rundungen zu konzentrieren. Sie war mittelgroß und so perfekt proportioniert, sie hätte als Vorlage für einen Bildhauer dienen können.

»Warum sehe ich so aus?« Ein leichtes Runzeln erschien auf ihrer glatten Stirn. »Was bin ich?« Der letzte Teil schien sie am meisten zu beschäftigen.

Blaise holte tief Luft und versuchte, seinen rasenden Puls zu beruhigen. »Ich denke, ich könnte da eine Vermutung wagen, aber bevor ich das mache, möchte ich dir erst einmal etwas zum Anziehen geben. Bitte warte hier – ich bin sofort wieder zurück.«

Ohne eine Antwort abzuwarten, eilte er zur Tür.

Er verließ sein Arbeitszimmer und ging rasch zum anderen Ende des Hauses, zu *ihrem Zimmer*, wie er den halbleeren Raum in Gedanken immer noch nannte. Dort hatte Augusta immer ihre Sachen aufbewahrt, als sie noch zusammen gewesen waren – eine Zeit, die jetzt Ewigkeiten her zu sein schien. Trotzdem war es für ihn genauso schmerzhaft, den verstaubten Raum zu betreten, wie es vor zwei Jahren gewesen war. Sich von der Frau zu trennen, mit der er acht Jahre zusammen gewesen war – der Frau, die er eigentlich gerade heiraten wollte –, war nicht leicht gewesen.

Blaise versuchte, sich auf sein eigentliches Anliegen zu konzentrieren, ging zum Kleiderschrank und warf einen Blick auf dessen Inhalt. Wie er gehofft hatte, befanden sich noch einige Dutzend Kleider in ihm. Wunderschöne lange Kleider aus Samt und Seide, Augustas Lieblingsstoffen. Nur Zauberer – die in der Gesellschaft die obersten Ränge bekleideten – konnten sich so einen Luxus leisten. Die normale Bevölkerung war viel zu arm, um etwas anderes als grobe, schlichte Bekleidung tragen zu können. Blaise fühlte sich ganz schlecht, wenn er darüber nachdachte, über diese furchtbare Ungleichheit, die immer noch jeden Aspekt des Lebens in Koldun betraf.

Er erinnerte sich daran, wie er und Augusta sich immer darüber gestritten hatten. Sie hatte seine Sorgen um die Normalbevölkerung nie geteilt; stattdessen genoss sie die Stellung und die Privilegien, die einem respektierten Zauberer derzeit zugestanden wurden. Wenn Blaise sich richtig erinnerte, hatte sie jeden Tag ihres Lebens ein anderes Kleid getragen, ohne Scham ihren Reichtum zur Schau gestellt.

Wenigstens würden ihm die Kleider, die sie in seinem Haus zurückgelassen hatte, jetzt mehr als gelegen kommen. Blaise nahm sich eines von ihnen – eine blaue Seidenkreation, die zweifellos ein Vermögen gekostet hatte – und ein Paar hochwertige schwarze Samtschuhe, bevor er den Raum wieder verließ, während die Staubschichten und die bitteren Erinnerungen zurückblieben.

Auf seinem Rückweg rannte er in das nackte Lebewesen. Sie stand neben dem Eingang zu seinem Arbeitszimmer und schaute sich das Gemälde an, welches sein Bruder Louie geschaffen hatte. Es stellte eine sehr idyllische Szene in einem Dorf in Blaises Herrschaftsbereich dar – das Fest nach der großen Ernte. Lachende, rotwangige Bauern tanzten miteinander, während ein Harfenspieler auf Wanderschaft im Hintergrund spielte. Blaise schaute sich dieses Gemälde sehr gerne an. Es erinnerte ihn daran, dass seine Untertanen auch gute Zeiten erlebten, ihre Leben nicht nur aus Arbeit bestanden.

Das Mädchen schien es auch gerne zu betrachten – und anzufassen. Ihre Finger strichen über den

Rahmen, als würden sie versuchen, die Struktur zu begreifen. Ihr nackter Körper sah von hinten genauso großartig aus wie von vorne, und Blaise bemerkte, wie seine Gedanken schon wieder in eine unangemessene Richtung abschweiften.

»Hier«, sagte er schroff, trat in sein Arbeitszimmer ein und legte das Kleid und die Schuhe auf dem staubigen Sofa ab. »Bitte zieh das hier an.« Zum ersten Mal seit Louies Tod nahm er den Zustand seines Hauses wahr – und schämte sich dafür. Augustas Raum war nicht der einzige, der von Staub bedeckt war. Selbst hier, wo er den Großteil seiner Zeit verbrachte, war die Luft muffig und abgestanden.

Esther und Maya hatten ihm wiederholt angeboten, vorbeizukommen und sauberzumachen, aber das hatte er abgelehnt, da er niemanden sehen wollte. Nicht einmal die beiden Bäuerinnen, die für ihn wie seine Mütter gewesen waren. Nach dem Debakel mit Louie wollte er einfach nur allein sein und sich vor dem Rest der Welt verstecken. Was die anderen Zauberer betraf, wurde er geächtet, war ein Außenseiter, und das störte ihn auch überhaupt nicht. Er hasste sie ja auch alle. Manchmal dachte er, die Bitterkeit würde ihn auffressen – und wahrscheinlich hätte sie das auch, wenn es nicht seine Arbeit gäbe.

In diesem Moment hob das Ergebnis dieser Arbeit, immer noch nackt wie ein Neugeborenes, das Kleid hoch und betrachtete es neugierig. »Wie ziehe ich das an?«, wollte es wissen und schaute zu ihm auf.

Blaise blinzelte. Er hatte Erfahrung darin, Frauen

auszuziehen, aber ihnen in die Kleider zu helfen? Trotzdem wusste er wahrscheinlich immer noch mehr darüber als das geheimnisvolle Wesen, das vor ihm stand. Er nahm ihr das Kleid aus den Händen, schnürte den Rücken auf und hielt es ihr hin. »Hier. Steig hinein und zieh es hoch, die Arme müssen dabei in die Ärmel gesteckt werden.« Dann drehte er sich weg und versuchte angestrengt, seine Reaktion auf ihre Schönheit zu kontrollieren.

Er hörte, wie sie irgendetwas mit dem Kleid machte.

»Ich könnte ein wenig Hilfe gebrauchen«, sagte sie.

Blaise drehte sich zu ihr herum und war erleichtert, festzustellen, dass sie nur noch Hilfe dabei brauchte, die Schnüre auf dem Rücken festzuziehen. Sie hatte auch schon selber herausgefunden, wie man sich Schuhe anzog. Das Kleid passte ihr erstaunlich gut; sie und Augusta mussten ungefähr die gleiche Größe haben, obwohl das Mädchen irgendwie zierlicher zu sein schien. »Heb dein Haar an«, forderte er sie auf, und sie hielt ihre blonden Locken mit einer unbewussten Anmut in die Höhe. Er schnürte ihr schnell das Kleid zu und trat dann sofort einen Schritt zurück, um ein wenig Abstand zwischen sie zu bringen.

Sie drehte ihm ihr Gesicht zu, und ihre Blicke trafen sich. Blaise kam nicht umhin, die kühle Intelligenz in ihrem Blick zu bemerken. Sie mochte jetzt vielleicht noch nichts wissen, aber sie lernte schnell – und funktionierte unglaublich gut, wenn das, was er über ihren Ursprung vermutete, stimmte.

Einige Sekunden lang sahen sie einander nur an, teilten ein angenehmes Schweigen. Sie schien es mit dem Reden nicht eilig zu haben. Stattdessen betrachtete sie ihn, ihre Augen fuhren über sein Gesicht und seinen Körper. Sie schien ihn genauso faszinierend zu finden wie er sie. Und das war ja auch kein Wunder – er war wahrscheinlich der erste Mensch, den sie traf.

Schließlich unterbrach sie die Stille. »Können wir jetzt reden?«

»Ja.« Blaise lächelte. »Wir können, und wir sollten.« Er ging zur Sofaecke, setzte sich in einen der Loungesessel neben den kleinen, runden Tisch. Die Frau folgte seinem Beispiel und setzte sich in den Sessel ihm gegenüber.

»Ich befürchte, wir werden viele Antworten auf deine Frage zusammen erarbeiten müssen«, erklärte ihr Blaise, und sie nickte.

»Ich möchte es verstehen können«, antwortete sie ihm. »Was bin ich?«

Blaise atmete tief ein. »Lass mich von Anfang an beginnen«, entgegnete er ihr und zermarterte sich sein Hirn, wie er in dieser Angelegenheit am besten vorgehen sollte. »Weißt du, ich habe eine lange Zeit nach einem Weg gesucht, Magie den normalen Menschen einfacher zugänglich zu machen –«

»Steht sie im Moment nicht zur Verfügung?«, fragte sie und sah ihn eindringlich an. Er konnte sehen, dass sie sehr neugierig auf alles war und ihre Umgebung und jedes Wort, das er sagte, aufsaugte wie ein Schwamm.

»Nein, ist sie nicht. Im Moment können nur ein paar Auserwählte Magie anwenden – diejenigen, die die richtigen Voraussetzungen erfüllen, was die analytischen und mathematischen Neigungen ihres Gehirns anbelangt. Selbst die wenigen Glücklichen, die das besitzen, müssen sehr hart dafür studieren, komplexere Zauber zu wirken.«

Sie nickte, als würde das für sie Sinn ergeben. »Okay. Und was hat das alles mit mir zu tun?«

»Alles«, antwortete Blaise. »Es hat alles mit Lenard dem Großen begonnen. Er war der Erste, der herausgefunden hatte, die Zauberdimension anzuzapfen.«

»Die Zauberdimension?«

»Ja, so nennen wir den Ort, an dem der Zauber entsteht – der Ort, der es uns ermöglicht, Magie anzuwenden. Wir wissen nicht viel über sie, weil wir in der physischen Dimension leben – die wir als die reale Welt ansehen.« Blaise machte eine Pause, um zu sehen, ob sie bis jetzt Fragen dazu hatte. Er stellte sich vor, wie überwältigend das alles für sie sein musste.

Sie legte ihren Kopf auf die Seite. »Okay. Bitte mach weiter.«

»Vor etwa zweihundertundsiebzig Jahren hat Lenard der Große die ersten verbalen Zaubersprüche entwickelt – eine Möglichkeit für uns, mit der Zauberdimension zu interagieren und die Wirklichkeit der physischen Dimension zu ändern. Es war extrem schwierig, diese Zaubersprüche richtig zu formulieren, da man dafür eine spezielle Geheimsprache benötigte. Sie mussten ganz exakt ausgesprochen und vorbereitet werden, um das gewünschte Ergebnis zu erzielen. Erst vor kurzer Zeit wurde eine einfachere magische Sprache und ein leichterer Weg, Zaubersprüche anzuwenden, erfunden.«

»Wer hat das erfunden?«, fragte die Frau fasziniert.

»Augusta und ich«, gab Blais zu. »Sie ist meine frühere Verlobte. Wir sind das, was man Zauberer nennt – diejenigen, die eine Begabung für das Studium der Magie aufweisen. Augusta hat ein magisches Objekt erschaffen, welches Deutungsstein heißt, und ich habe eine einfachere magische Sprache gefunden, die dazu passt. Jetzt kann ein Zauberer seine Zaubersprüche in einer leichteren Sprache auf Karten schreiben und sie in den Stein einführen – anstatt einen schwierigen verbalen Spruch aufzusagen.«

Sie blinzelte. »Ich verstehe.«

»Unsere Arbeit sollte die Gesellschaft zum Besseren hin verändern«, fuhr Blaise fort und versuchte dabei, die Bitterkeit aus seiner Stimme zu halten. »Oder das war zumindest das, was ich gehofft hatte. Ich dachte, ein leichterer Weg, um Magie anzuwenden, würde es mehr Menschen ermöglichen, Zugang zu ihr zu bekommen, aber so hat es sich nicht entwickelt. Die mächtige Klasse der Zauberer ist noch mächtiger geworden – und noch abgeneigter, ihr Wissen mit der einfachen Bevölkerung zu teilen.«

»Ist das schlimm?«, fragte sie und schaute ihn mit ihren hellblauen Augen an.

»Das kommt darauf an, wen du fragst«, antwortete ihr Blaise und dachte dabei an Augustas gelegentliche Geringschätzung der Landarbeiter. »Ich denke, das ist schrecklich, aber ich gehöre einer Minderheit an. Den meisten Zauberern gefällt es so, wie es ist. Sie sind reich und mächtig und es stört sie nicht, Untertanen zu haben, die in Elend und Armut leben.«

»Aber dich stört es«, sagte sie aufmerksam.

»Das tut es«, bestätigte Blaise. »Und als ich vor einem Jahr den Rat der Zauberer verlassen habe, beschloss ich, etwas dagegen zu unternehmen. Ich wollte ein magisches Objekt erschaffen, welches unsere normale Sprache versteht – ein Objekt, das von jedem benutzt werden kann, verstehst du? Auf diese Art und Weise könnte auch eine normale Person zaubern. Sie würde einfach sagen, was sie bräuchte, und das Objekt würde es umsetzen.«

Ihre Augen weiteten sich, und Blaise konnte sehen, wie sie anfing, das Ganze zu verstehen. »Willst du mir gerade sagen –?«

»Ja«, antwortete er ihr und blickte sie an. »Ich glaube, ich habe dieses Objekt erfolgreich erschaffen. Ich denke, du bist das Ergebnis meiner Arbeit.«

Einige Augenblicke lang saßen sie einfach nur schweigend da.

»Ich muss das Wort *Objekt* falsch verstehen«, meinte sie schließlich.

»Das tust du wahrscheinlich nicht. Der Stuhl, auf

dem du sitzt, ist ein normales Objekt. Wenn du aus dem Fenster schaust, siehst du eine Chaise im Garten. Das ist ein magisches Objekt, es kann fliegen. Objekte leben nicht. Ich habe erwartet, du würdest so etwas wie ein sprechender Spiegel werden, aber du bist etwas völlig anderes!«

Ihre Stirn zog sich leicht in Falten. »Wenn du mich geschaffen hast, bist du dann mein Vater?«

»Nein«, wehrte Blaise sofort ab, da alles in ihm diese Vorstellung zurückwies. »Ich bin auf gar keinen Fall dein Vater.« Aus irgendeinem Grund war es für ihn wichtig, sicherzustellen, dass sie nicht so von ihm dachte. *Interessant, wohin meine Gedanken schon wieder abschweifen, dachte er selbstironisch.*

Sie sah immer noch verwirrt aus, also versuchte Blaise, es ihr näher zu erklären. »Ich denke, es wäre vielleicht sinnvoller, zu sagen, ich habe den Grundstein für eine Intelligenz gelegt – und habe sichergestellt, dass sie einiges an Wissen besitzt, um darauf aufzubauen –, aber alles Weitere musst du selber geschaffen haben.«

Er konnte einen Funken Wiedererkennung auf ihrem Gesicht sehen. Irgendetwas an seiner Aussage hatte bei ihr etwas zum Läuten gebracht, also musste sie mehr wissen, als es auf den ersten Blick schien.

»Kannst du mir etwas von dir erzählen?«, fragte Blaise und betrachtete die wunderschöne Kreatur vor sich. »Als Erstes, wie nennst du dich?«

»Ich nenne mich gar nichts«, antwortete sie. »Wie nennst du dich?«

»Ich bin Blaise, Sohn von Dasbraw. Ich nenne mich Blaise.«

»Blaise«, wiederholte sie langsam, als würde sie sich seinen Namen auf der Zunge zergehen lassen. Ihre Stimme war weich und sinnlich, unschuldig betörend. Blaise wurde sich schmerzhaft der Tatsache bewusst, dass er schon seit zwei Jahren keiner Frau mehr so nahe gewesen war.

»Ja, das ist richtig«, gelang es ihm ruhig zu sagen. »Und wir sollten auch einen Namen für dich finden.«

»Hast du eine Idee?«, fragte sie neugierig.

»Also, meine Großmutter hieß Galina. Würdest du meiner Familie die Ehre erweisen und ihren Namen annehmen? Du könntest Galina, Tochter der Zauberdimension sein. Ich würde dich dann kurz ›Gala‹ nennen.« Die unbezwingbare alte Dame war alles andere als dieses Mädchen gewesen, welches vor ihm saß, aber trotzdem erinnerte etwas dieser leuchtenden Intelligenz auf dem Gesicht dieser Frau ihn an sie. Er lächelte zärtlich bei diesen Erinnerungen.

»Gala«, versuchte sie zu sagen. Er konnte sehen, sie mochte den Namen, weil sie auch lächelte und ihm dabei ihre ebenmäßigen, weißen Zähne zeigte. Das Lächeln erleuchtete ihr ganzes Gesicht, ließ sie strahlen.

»Ja.« Blaise konnte seine Augen nicht von ihrer blendenden Schönheit abwenden. »Gala. Das passt zu dir.«

»Gala«, wiederholte sie sanft. »Gala. Du hast recht. Das passt zu mir. Aber du sagtest auch, ich sei die

Tochter der Zauberdimension. Ist das meine Mutter oder mein Vater?« Sie sah ihn voller Hoffnung an.

Blaise schüttelte seinen Kopf. »Nein, nicht im traditionellen Sinn. Die Zauberdimension ist der Ort, an dem du dich zu dem entwickelt hast, was du jetzt bist. Weißt du irgendetwas über diesen Platz?« Er machte eine Pause und schaute sich seine erstaunliche Kreation an. »Wie viel weißt du überhaupt von dem, was geschah, bevor du hier auf dem Boden meines Arbeitszimmers auftauchtest?«

Der Zaubercode ist jetzt erhältlich. Falls Sie mehr darüber erfahren möchten, besuchen Sie bitte meine Homepage www.dimazales.com/book-series/deutsch.

AUSZUG AUS GEFÄHRLICHE BEGEGNUNGEN VON ANNA ZAIRES

Anmerkungen des Autors. Gefährliche Begegnungen ist eine Kollaboration von Dima Zales und Anna Zaires. Es handelt sich dabei um das erste Buch einer von Kritikern hochgelobten erotischen Science-Fiction-Romanserie, den »Krinar Chroniken«. Wegen seines expliziten sexuellen Inhalts ist das Buch für Leser unter 18 Jahren nicht geeignet.

Eine düstere und anregende Liebesgeschichte, die die Fans erotischer und turbulenter Beziehungen begeistern wird …

In der nahen Zukunft herrschen die Krinar auf der Erde. Sie sind eine sehr fortgeschrittene Rasse aus einer anderen Galaxie und immer noch ein Geheimnis für uns – außerdem sind wir ihnen völlig ausgeliefert.

Mia Stalis, schüchtern und unschuldig, ist eine Studentin in New York, die ein sehr normales Leben führt. Wie die meisten Menschen hat sie nie etwas mit den Eindringlingen zu tun gehabt – bis zu diesem schicksalhaften Tag im Park, der ihr ganzes Leben auf den Kopf stellt. Da sie Korums Aufmerksamkeit auf sich gezogen hat, muss sie jetzt mit einem mächtigen, gefährlich verführerischen Krinar fertig werden, der sie besitzen möchte und vor nichts Halt machen wird, bis er sein Ziel erreicht.

Wie weit würden Sie gehen, um ihre Freiheit wiederzuerlangen? Wie viel würden sie aufgeben, um anderen Menschen zu helfen? Welche Wahl würden Sie treffen, wenn sie beginnen, sich in ihren Feind zu verlieben?

Die Luft war frisch und rein, als Mia mit schnellen Schritten einen gewundenen Pfad im Central Park entlangging. Überall zeigte sich schon der Frühling, in winzigen Knospen auf den noch immer kahlen Bäumen und in der rasch wachsenden Anzahl an Kindermädchen, die sich draußen mit ihren wilden Schützlingen über den ersten warmen Tag freuten.

Es war eigenartig, wie sehr sich alles in den letzten paar Jahren verändert hatte und wie sehr es doch gleich geblieben war. Wäre Mia vor zehn Jahren gefragt worden, was sie denke, wie ihr Leben wohl nach der Invasion einer anderen Rasse aussehen würde, hätte sie sich das bestimmt nicht so vorgestellt. Independence Day, Der Krieg der Welten – keiner dieser Filme näherte sich auch nur ansatzweise dem, was tatsächlich geschehen würde. Die Menschen trafen eine höher entwickelte Spezies, als diese zu ihnen auf die Erde kam. Es war weder zum Kampf, noch zu irgendeinem Widerstand auf der Regierungsebene gekommen. *Sie* hatten es nicht erlaubt. Rückblickend wurde klar, wie dumm diese Filme gewesen waren. Nuklearwaffen, Satelliten, Kampfjets waren nicht mehr als kleine Steine und Stöcke für diese uralte Zivilisation, die schneller als mit Lichtgeschwindigkeit das Universum durchqueren konnte.

Als sie eine leere Bank nahe am See sah, ging Mia dankbar auf diese zu. Auf ihren Schultern machte sich die Last des Rucksacks bemerkbar, in dem sie ihren schweren, zwölf Jahre alten Laptop und einige altmodische, noch auf Papier gedruckte Bücher hatte. Mit einundzwanzig fühlte sie sich manchmal alt, fehl am Platz in dieser schnellen neuen Welt der extra-schlanken Tablets und den in die Armbanduhren integrierten Handys. Die Geschwindigkeit der technischen Entwicklungen war seit dem K-Day nicht langsamer geworden, wenn überhaupt, waren jetzt viele neue Spielereien durch das beeinflusst, was die Krinar besaßen. Nicht dass die Krinar irgendetwas ihrer kostbaren Technologie preisgegeben hätten. Ihrer

Meinung nach sollte ihr kleines Experiment ohne größere Beeinflussungen fortgeführt werden.

Mia öffnete den Reißverschluss ihres Rucksacks und holte ihren alten Mac heraus. Das Gerät war schwer und langsam, aber es funktionierte, und als arme Studentin konnte sich Mia nichts Besseres leisten. Sie loggte sich ein, öffnete ein neues Word-Dokument und machte sich bereit, sich durch das Schreiben ihrer Hausarbeit in Soziologie zu quälen.

Zehn Minuten und genau null Worte später gab sie auf. Wem wollte sie denn damit etwas vormachen? Hätte sie wirklich dieses verdammte Ding schreiben wollen, wäre sie doch niemals in den Central Park gekommen. So verlockend es auch war, sich fest vorzunehmen, die frische Luft zu genießen und gleichzeitig etwas zu arbeiten, in Wirklichkeit hatte Mia das noch nie hinbekommen. Eine muffige alte Bibliothek war ein viel besserer Ort für solche Tätigkeiten, die derartig das Hirn zermartern.

Mia gab sich in Gedanken einen Tritt für die eigene Faulheit, seufzte und sah sich trotzdem erst mal um. Die Menschen in New York zu beobachten amüsierte sie immer wieder.

Das Bild, was sie vor sich sah, war ein Klassiker, mit dem Obdachlosen auf der Parkbank – zum Glück nicht auf der neben ihr, er sah nämlich so aus, als würde er schon sehr streng riechen – und den beiden Kindermädchen, die miteinander auf Spanisch redeten, während sie langsam ihre Kinderwagen vor sich her schoben. Ein Mädchen mit leuchtend pinkfarbenen

Reeboks, die einen schönen Kontrast zu ihren blauen Leggins bildeten, joggte auf einem Weg weiter vorne. Mias Blick folgte neidisch der Joggerin, als diese um die Ecke bog. Ihr eigener hektischer Tagesablauf ließ ihr nur wenig Zeit zum Trainieren, und sie bezweifelte, dass sie derzeitig auch nur einen Kilometer lang mit diesem Mädchen mithalten konnte.

Rechts konnte sie die Bogenbrücke sehen, die über den ganzen See reichte. Ein Mann lehnte am Brückengeländer und schaute über das Wasser. Sein Gesicht war von ihr weg gedreht, weshalb Mia nur einen Teil seines Profils sehen konnte. Trotzdem zog irgendetwas an ihm ihre Aufmerksamkeit auf sich.

Sie war sich nicht sicher, was es war. Er war zweifellos groß und schien unter seinem teuer aussehenden Trenchcoat auch einen gut gebauten Körper zu besitzen, aber das konnte es nicht sein. Große, gut aussehende Männer waren in dem von Modells überlaufenden New York nichts Besonderes. Nein, es war irgendetwas anderes. Vielleicht war es die Art und Weise, wie er dastand – völlig bewegungslos. Sein Haar war dunkel und glänzte in der hellen Nachmittagssonne, vorne gerade lang genug, um leicht im warmen Frühlingswind zu wehen.

Außerdem war er völlig allein.

Das ist es, bemerkte Mia auf einmal. Die normalerweise sehr beliebte und malerische Brücke war völlig leer, mit Ausnahme des Mannes, der dort am Geländer stand. Heute schien aus irgendeinem Grund jeder einen weiten Bogen um sie zu machen.

Tatsächlich saß niemand außer ihr und ihrem hocharomatischen, obdachlosen Nachbarn auf den sonst so beliebten Bänken in der ersten Reihe am See, sie waren alle leer.

Als ob es ihren Blick auf sich spüren würde, drehte das Objekt ihrer Aufmerksamkeit langsam seinen Kopf und sah Mia direkt an. Bevor ihr Hirn sich dieser Tatsache bewusst werden konnte, fühlte sie, wie ihr Blut gefror und sie sich bewegungslos dem Feind ausgeliefert sah. Während sie ihn nur hilflos anstarren konnte, schien er sie sehr interessiert zu durchleuchten.

Atme, Mia, atme. Irgendwo in ihrem Hinterkopf wiederholte eine kleine rationale Stimme immer wieder diese Worte. Diesem seltsam objektiven Teil von ihr fiel auch sein symmetrisches Gesicht auf und die straffe, goldfarbene Haut, die sich eng an hohe Wangenknochen und ein energisches Kinn schmiegte. Die Bilder und Videos, die sie von den Krinar gesehen hatte, wurden ihnen kaum gerecht. Dieses Wesen, das weniger als 10 Meter von ihr entfernt stand, war einfach atemberaubend schön.

Während sie ihn weiterhin bewegungslos anstarrte, richtete er sich auf und ging auf sie zu. Er pirscht sich eher heran, kam ihr dummerweise in den Sinn, da jede seiner Bewegungen sie an eine junge Raubkatze erinnerte, die sich geschmeidig einer Gazelle annähert.

Seine Augen ließen sie die ganze Zeit nicht aus dem Blick. Als er näherkam, konnte sie einzelne gelbe Sprenkel in seinen goldenen Augen erkennen und auch die vollen langen Wimpern sehen, die sie einrahmten.

Sie sah entsetzt und ungläubig, wie er sich weniger als einen Meter von ihr entfernt auf die gleiche Bank setzte und eine ebenmäßige Reihe weißer Zähne entblößte, als er sie anlächelte. Keine Fangzähne, bemerkte sie mit einem Teil ihres Gehirns, der noch zu funktionieren schien. Nicht die leiseste Spur von ihnen. Das war eines der Gerüchte über sie, genauso wie ihr vermeintlicher Abscheu vor der Sonne.

»Wie heißt du?« Das Wesen schnurrte die Frage förmlich. Seine Stimme war leise und weich, völlig ohne Akzent. Seine Nasenlöcher bebten leicht, als er ihren Duft einatmete.

»Ähm« Mia schluckte nervös. »M-Mia.«

»Mia«, wiederholte er langsam, und es schien, als würde er sich ihren Namen auf der Zunge zergehen lassen. »Mia, und weiter?«

»Mia Stalis.« Ach du Scheiße, warum wollte er denn ihren Namen wissen? Warum war er hier und redete mit ihr? Und überhaupt, was machte er eigentlich im Central Park, fernab aller Siedlungen der Krinar? *Atme, Mia, atme.*

»Entspanne dich, Mia Stalis.« Sein Lächeln wurde breiter, und es kam ein Grübchen in seiner linken Wange zum Vorschein. Ein Grübchen? Die Krinar hatten Grübchen? »Bist du bis jetzt noch nie auf einen von uns getroffen?«

»Nein, noch nie«, stieß Mia kurz hervor, und dabei fiel ihr auf, dass sie ihren Atem die ganze Zeit anhielt. Sie war stolz darauf, dass ihre Stimme nicht so zitterig klang, wie sie sich anfühlte. Sollte sie fragen? Wollte sie es wirklich wissen?

Sie nahm all ihren Mut zusammen. »Was, äh –« nochmal Schlucken. »Was willst du von mir?«

»Jetzt gerade, mich mit dir unterhalten.« Mit diesen goldenen Augen, die sich an den Winkeln leicht zusammenzogen, sah er aus, als würde er gleich über sie lachen.

Seltsamerweise machte sie das so wütend, dass sie dadurch ihre Angst verdrängte. Wenn es etwas gab, das Mia mehr hasste als alles andere, dann war das, ausgelacht zu werden. Mit ihrem kleinen, dünnen Körper und ihrem allgemeinen Mangel an sozialer Kompetenz seit Teenagerzeiten – sie hatte das komplette Albtraumprogramm absolviert: Zahnspange, krauses Haar und Brille – waren schon mehr als einmal Witze auf Mias Kosten gemacht worden.

Sie schob angriffslustig ihr Kinn in die Höhe. »Also schön, und wie heißt du?«

»Korum.«

»Nur Korum?«

»Wir haben keine richtigen Nachnamen, zumindest nicht so, wie ihr das habt. Mein voller Name ist sehr viel länger, aber du könntest ihn nicht aussprechen, wenn ich ihn dir sagen würde.«

Okay, das war doch mal interessant. Sie erinnerte sich daran, mal so etwas in der *New York Times* gelesen zu haben. So weit, so gut. Ihre Beine hatten schon fast aufgehört zu zittern und ihre Atmung wurde auch wieder gleichmäßiger. Vielleicht hatte sie ja doch noch eine klitzekleine Chance, aus dieser Nummer lebend herauszukommen. Diese Unterhaltung schien recht ungefährlich zu sein, auch wenn es sie etwas aus der Fassung brachte, dass er sie die ganze Zeit mit diesen gelblichen Augen anstarrte, ohne zu blinzeln. Sie beschloss, ihn reden zu lassen.

»Was machst du hier, Korum?«

»Das habe ich dir doch gerade gesagt. Ich unterhalte mich mit dir, Mia.« Seine Stimme hatte wieder den Hauch eines Lachens.

Frustriert stieß Mia ihren Atem aus. »Ich meine, was machst du hier im Central Park? Überhaupt in New York City?«

Er lächelte wieder und neigte seinen Kopf leicht zu einer Seite. »Vielleicht habe ich gehofft, hier ein hübsches Mädchen mit Locken zu treffen.«

Also, das reichte jetzt wirklich. Er spielte ganz klar mit ihr. Jetzt, da sie ihren Verstand wieder gebrauchen konnte, fiel ihr auf, dass sie sich mitten im Central Park befanden, in der Gegenwart einer Unmenge von Zeugen. Sie blickte sich verstohlen um, nur um sicherzugehen. Ja, obwohl die Menschen diese Bank und das darauf sitzende fremdartige Wesen offensichtlich mieden, gab es tatsächlich einige mutige Seelen, die aus sicherer Entfernung zu ihnen starrten. Ein Paar wagte es sogar, sie vorsichtig mit ihren in die Armbanduhren eingebauten Kameras zu filmen. Wenn der Krinar ihr irgendetwas antun sollte, wäre es umgehend auf YouTube zu sehen, und das müsste er auch wissen. Natürlich könnte ihm das auch egal sein.

Da sie immer noch davon ausging, dass sie relativ sicher war – sie hatte noch nie von Videos gehört, die Übergriffe der Krinar auf Studentinnen mitten im Central Park zeigten –, griff sie nach ihrem Laptop und hob ihn an, um ihn zurück in ihren Rucksack zu packen.

»Lass mich dir damit helfen, Mia –«

Und bevor sie auch nur blinzeln konnte, merkte sie, wie er den schweren Laptop aus ihren plötzlich kraftlosen Fingern nahm und dabei leicht deren Knöchel streifte. Als er sie berührte, durchfuhr Mia ein Gefühl wie ein elektrischer Schock, der, als er abebbte, kribbelnde Nervenverbindungen hinterließ.

Er nahm ihren Rucksack und packte den Laptop mit einer weichen und geschmeidigen Bewegung weg. »So, fertig.«

Oh Gott, er hatte sie berührt. Vielleicht war ihre Theorie über die Sicherheit auf öffentlichen Plätzen doch falsch. Sie merkte, wie sich ihre Atmung wieder beschleunigte, und ihre Herzfrequenz befand sich wahrscheinlich auch schon im sauerstoffunabhängigen Bereich.

»Ich muss jetzt los … Tschüss!«

Wie sie es schaffte, diese Worte herauszuquetschen, ohne zu hyperventilieren, würde sie wohl nie herausfinden. Sie griff sich den Riemen ihres Rucksacks, den er soeben losgelassen hatte, und sprang auf ihre Füße. Dabei fiel ihr irgendwo im Hinterkopf auf, dass die Lähmung von vorhin verschwunden war.

»Tschüs Mia. Bis später.« Seine Stimme mit dem leicht spottenden Unterton war noch lange in der klaren Frühlingsluft zu hören, als sie losging und fast rannte, weil sie es so eilig hatte, von ihm wegzukommen.

Wenn Sie mehr darüber erfahren möchten, besuchen Sie bitte Annas Webseite www.annazaires.com/book-series/deutsch/.

ÜBER DEN SCHRIFTSTELLER

Dima Zales ist ein *New York Times* und *USA Today* Bestsellerautor in den Genres Science-Fiction und Fantasy. Bevor er ein Schriftsteller wurde, hat er sowohl als Programmierer als auch als leitender Angestellter in der Softwareentwicklungsindustrie in New York gearbeitet. Von Hochfrequenzhandel-Software für große Banken bis hin zu Handy-Apps für bekannte Zeitschriften, Dima hat schon alles programmiert. 2013 verließ er dann die Software-Branche, um sich auf seine Karriere als Schriftsteller zu konzentrieren und nach Palm Coast, Florida zu ziehen, wo er derzeitig lebt.

Um mehr zu erfahren besuchen Sie bitte die Seite www.dimazales.com/book-series/deutsch/.

9 781631 423178